IN FARLEIGH FIELD
팔리 들판에서

옮긴이 정서진
숙명여자대학교 독어독문학과, 이화여자대학교 통역번역대학원 한영번역과를 졸업하고 현재 전문 번역가로 활동하고 있다. 옮긴 책으로는『스파이스』,『미식 쇼쇼쇼』,『인류세』,『문명과 식량』,『우리가 몰랐던 도시』,『그럼 동물이 되어 보자』,『대지의 아이들』,『신이 토끼였을 때』,『스카이 섬에서 온 편지』등이 있다.

RHYS BOWEN

리스 보엔 지음 | 정서진 옮김

IN FARLEIGH FIELD

팔리 들판에서

피니스 아프리카에

시작 단계부터 믿어 주고 소설로 형상화하는 데 도움을 준
메그 룰리에게 이 책을 바칩니다. 멕, 당신은 내 최고의 출판 대리인
이고, 우리가 만난 날은 내 인생에서 중요한 순간 중 하나였어요.

✝ 일러두기

본문의 모든 주는 옮긴이 주입니다.

1939년 9월

발신자: 국왕 폐하의 정부
수신자: 영국 본토의 민간인

전시 동안 다음의 일곱 가지 규칙을 항상 준수해야 한다.

1. 음식을 낭비하지 말 것.
2. 낯선 사람에게 말을 걸지 말 것.
3. 모든 정보를 비밀로 할 것.
4. 항상 정부의 지시에 귀 기울이고 실행할 것.
5. 수상쩍은 것은 뭐든 당국에 신고할 것.
6. 소문을 퍼뜨리지 말 것.
7. 침략을 받을 시 적에게 도움이 될 만한 것은 무엇이든 안전한 곳에 숨길 것.

| 등장인물 |

로더릭 서턴 웨스터햄 백작. 켄트의 대저택 팔리 플레이스의 주인.
레이디 에스메 서턴 로더릭의 아내.
레이디 올리비아 '리비' 서턴 26세. 서턴가의 큰딸. 캐링턴 자작과 결혼. 찰스의 어머니.
레이디 마거릿 '마고' 서턴 23세. 둘째 딸. 현재 파리에 거주.
레이디 패멀라 '패머' 서턴 21세. 셋째 딸. 현재 '정부 부서'에서 근무 중.
레이디 다이애나 '디도' 서턴 19세. 넷째 딸. 전쟁으로 사교계에 데뷔하지 못함.
레이디 피비 '핍스' 서턴 12세. 막내딸. 지나칠 정도로 똑똑하고 관찰력이 뛰어남.

팔리 저택의 하인들(최소한의 기본 인원)
솜스 집사.
모틀록 부인 요리사.
엘시 식사 시중을 드는 하녀.
제니 하녀.
루비 부엌 하녀.
필폿 레이디 에스메의 시녀.

유모

검블 양 레이디 피비의 가정교사.

로빈스 씨 사냥터 관리인.

로빈스 부인 사냥터 관리인의 아내.

앨피 런던 토박이 소년. 현재 시골로 피신 중.

잭슨 마부.

팔리 영지의 이웃

크레스웰 목사 올세인츠 교회의 교구 목사.

벤 크레스웰 목사의 아들. 현재 '정부 부서'에서 근무 중.

네더코트

윌리엄 프레스콧 경 도시의 금융업자.

레이디 프레스콧 윌리엄 경의 아내.

제러미 프레스콧 윌리엄 경과 레이디 프레스콧의 아들.
영국 공군의 에이스.

심라의 이웃

헌틀리 대령 영국 육군에서 퇴역.

헌틀리 부인 대령의 아내.

해밀턴 양 초로의 독신녀.

싱클레어 박사 의사.

화가 커플, 건축업자, 의심스러운 오스트리아인을 비롯한
여러 마을 사람들

로열 웨스트 켄트 연대의 장병들

프리처드 대령 지휘관.

하틀리 대위 부관.
휘하 사병들

돌핀 스퀘어

맥스웰 나이트 스파이 대장.
조앤 밀러 나이트의 비서.

블레츨리 파크

트래비스 중령 비밀 정부 부서의 부지휘관.
트릭시 래드클리프 현재 유익한 일을 하고 있는, 사교계에 데뷔한 상류층 여성.
프로기 브레이스웨이트 암호 해독가.

MI5(영국 국내 정보부)

가이 하코트 예전에는 한량이었으나 현재는 벤 크레스웰의 동료.
마이크 래디슨 팀장.

항공성 내 공중정찰 팀

메이비스 퓨 열정적인 여성.

파리

마담 지지 아르망드 유명 패션 디자이너.
헤어 딩크슬라거 나치 장교이자 다방면에서 위험한 남자.
가스통 드 바렌 백작. 마고의 연인.

프롤로그

켄트주, 엘름슬리
1939년 8월

여름 내내 전에 없이 무더위가 계속되었다. 벤 크레스웰은 하얀 크리켓 바지 아래 허벅지가 햇빛에 타들어 가는 느낌을 받았다. 그는 타석에 설 차례를 기다리며 클럽 하우스의 베란다에 앉아 있었다. 옆에는 헌틀리 대령이 땀투성이가 된 붉은 얼굴을 찡그린 채 앉아 있었다. 바로 다음 타자인 터라 그는 보호구를 착용하고 있었다. 대령은 타자로서 벤의 실력에는 못 미쳤으나 팀의 주장이었다. 마을에서 열리는 크리켓 경기에서는 실력보다 나이가 우선했다.

차를 마시기 전 겨우 2오버투수가 6회의 투구를 하여 이뤄지는 한 세트. 벤은 심스가 차를 마시는 휴식 시간 전에 헛방망이질로 아웃되지 않길 바랐다. 더위에 머리가 띵했다. 입은 바싹 말라 있었다. 그는 눈을 감고 배트에 공이 탁 하고 맞는 기분 좋은 소리, 클럽 하우스 뒤편 인동덩굴에 몰려든 벌들의 웅웅대는 소리, 오두막 정원 한 곳에서 들리는 잔디 깎는 기계의 덜컹거리는 소리에 귀를 기울였다. 후덥지근한 바람에 실려 온, 갓 깎은 풀의 향기가 저 멀리 모닥불에 낙엽을 태우는 냄새와 어우러졌다. 영국의 여름날 일요일에 풍기는 향기와 들리는 소리는 수 세기 동안 변함이 없군. 벤은 생각했다.

의례적인 박수 소리에 벤은 다시 경기로 주의를 돌렸다. 흰 크리켓 유니폼을 입은 두 주자가 위켓야구의 베이스에 해당 사이를 전력 질주 중이었다. 동시에 야수가 달려 나가 공을 잡아 송구했지만 이미 너무 늦은 뒤였다. 또 한 번 질주가 시작되었다. 아주 좋았어. 벤은 생각했다. 이번에는 이길지도 몰랐다. 완벽하게 잔디가 정리된 경기장 너머 아버지가 교구 목사로 있는 올세인츠 교회의 첨탑이 마을 광장에 그림자를 드리웠다. 건너편에는 나이 많은 떡갈나무가 대전Great War 당시 전사한 마을 사람들을 기리기 위해 세운 기념비 너머로 비슷한 그림자를 드리웠다. 그 기념비에는 열여섯 명의 이름이 새겨져 있었다. 벤은 이름을 세 본 적이 있었다. 2백 명이 사는 마을에 열여섯 명의 남자와 소년들. 무의미하기도 하지. 벤이 중얼거렸다.

"프레스콧은 대체 어디 있나?" 헌틀리 대령의 말에 벤은 상념에서 깨어났다. "오늘 그를 기용할 수 있었는데 말일세. 그 친구는 내가 본 누구보다 빠른 투수들을 잘 상대하지."

벤은 경기장에서 시선을 돌려 대령을 보았다. 그는 체구가 크고 얼굴이 불그레한 남자로, 인도에서의 오랜 군 복무와 스카치위스키 과음으로 낯빛이 붉게 변하고 말았다. "비행 시험을 치고 있습니다."

"비행 시험? 요즘 그 젊은 바보가 하는 짓이 그건가?"

"네. 비행 수업을 받고 있었습니다. 미리 준비해 두고 싶다면서요. 전쟁이 선포되면 바로 조종사로 영국 공군에 입대하겠답니다. 지난 전쟁의 불쌍한 사내들처럼 진흙탕 참호에서 머리만 내밀고 있고 싶진 않다고요."

대령이 끄덕였다. "가혹했지. 난 북서 국경에 있어서 운이 좋았네. 이번엔 그들이 빌어먹을 같은 실수를 하지 않길 바라자고."

"전쟁은 불가피하겠죠?" 벤이 물었다.

"오, 그렇네. 당연히. 의심의 여지가 없어. 그 망할 히틀러가 폴란드를 침공하면 영국은 명예를 걸고 전쟁을 선언해야지. 앞으로 몇 주 내에 그리되리라고 보네."

대령은 군대에 소집되기에는 자신의 나이가 많다는 것을 아는 자의 여유로운 어조로 말했다. "지난주에 집에 민방위 대원 하나가 다녀갔지. 나더러 집 뒤 잔디밭에 땅을 파서 방공호를 만들라고 하더군. 그건 불가능하다고 말했지. 뒷마당은 우리 집 마님이 크로케 경기를 하는 곳이거든. 모든 게 배급제가 될 걸세. 아내에게 크로케까지 포기하라고 할 순 없지 않은가!"

벤이 예의상 미소 지었다. "네. 저희 집에도 다녀갔습니다. 골함석을 잔뜩 가져다 놓고 설계도를 건네더군요. 아버지가 평생 뭐든 지어 봤다는 듯이요. 아버지는 라디오 켜는 법만 배운 분이라고요!"

대령은 벤을 날카로운 눈으로 보았다. "그래서 자넨 어쩔 셈인가, 젊은 친구? 자네도 전투기 조종사로 출전할 계획인가?"

벤이 겸연쩍은 미소를 지어 보였다. "저도 그러고 싶습니다만 당장은 비행 수업을 받을 여력이 안 돼서요. 영국 공군이 저를 받아 줄지 기다려 봐야죠."

대령은 최근에 옥스퍼드 대학을 졸업해 지금은 별 볼 일 없는 예비 학교에서 아이들을 가르치는 교구 목사의 아들에게 여윳돈이 없으리라는 것을 그제야 깨달았다는 듯 헛기침을 했다. 그는 누가 봐도 화제를 돌리려는 의도로 다른 이야깃거리를 찾아 주변을 둘러보더니 갑자기 놀란 목소리로 외쳤다. "이런, 뜻밖인데. 레이디 패멀라로군. 크리켓에 관심이 있는 줄은 몰랐는걸."

벤은 얼굴이 확 붉어지는 것을 느끼며 그런 자신에게 단단히 화가 났다. 복숭앗빛 실크 옷을 입은 우아하고 멋져 보이는 패멀라가 자신을 향해 느긋하게 걸어오고 있었다. 엷은 금발 한 가닥이 얼굴 위로 흩날리자 그녀는 머리카락을 쓸어 올리다가 벤을 발견했다. 남자들이 벌떡 일어났다.

"우리를 응원하러 여기까지 와 주다니 기쁘군요, 레이디." 대령이 자신이 앉아 있던 벤치를 내주며 말했다. "여기 크레스웰 옆에 앉으시오. 다음이 내 차례구려. 어차피 일어나 이 늙은 다리에 혈액 순환을 시켜 줘야 하니까." 패멀라는 대령에게 눈부시게 환한 미소를 지어 보이며 그가 내준 벤치에 앉았다.

"안녕, 패머?" 벤이 말했다. "여기서 널 보게 될 줄 몰랐어. 언니랑 파리에 있는 줄 알았는데."

"그랬었지. 아빠가 집으로 돌아오라고 했어. 실은 마고 언니를 집에 데려오라고 하셨지. 아빠는 곧 전쟁이 일어날 거라고 확신하시거든. 그래서 언니가 유럽 대륙에서 오도 가도 못 하게 될까 봐 걱정이 이만저만이 아니셔. 그런데도 언니는 눈 하나 깜짝 안 해."

"전쟁이 임박했는데도 떠날 생각이 없을 만큼 패션 디자인을 배우겠다는 열정이 대단한 거야?"

패멀라는 재미있다는 듯 미소를 띤 눈빛으로 벤과 시선을 마주했다. "그보다는 어떤 프랑스 백작 때문에 떠나고 싶지 않은 것 같아."

"이크." 벤은 남학생 같은 감탄사를 내뱉은 자신을 대단히 한심해하며 말했다. "네 언니가 프랑스 남자랑 사랑에 빠졌다고?"

"그들이 꽤 매력적이라는 거 알잖아." 패멀라가 여전히 그의 눈에 시선을 고정하며 말했다. "무척 정중하고. 그리고 그들은 손에 키스 같은 걸 해. 누가 거부할 수 있겠어?"

"넌 그랬길 바라." 입을 막을 틈도 없이 그 말이 그의 입에서 튀어 나왔다.

"프랑스 남자는 내 취향이 아니라서." 패멀라는 그렇게 말하고 주위를 둘러봤다. "제러미는 오늘 안 해?"

벤은 그제야 복부를 한 대 얻어맞은 것처럼 그녀가 자신을 보러 온 게 아니라는 사실을 깨달았다. 제러미였다. 당연히 빌어먹을 제러미를 보러 온 것이었다. 돌연 어떤 장면이 벤의 뇌리를 스쳤다. 오래전 오늘 같은 일요일 오후, 자신과 패멀라와 제러미는 패멀라의 아버지인 웨스터햄 백작의 저택 팔리 플레이스에 있는 커다란 떡갈나무를 오르고 있었다. 늘 그랬듯 제러미가 앞장서고 패멀라가 그 뒤를 바짝 쫓아 오를 때 그녀가 밟은 나뭇가지가 마구 흔들렸다. "더는 올라가지 마." 벤이 소리쳤다. 그녀는 벤에게 도전적인 미소를 지어 보였다. 그때 나무가 부러지는 소름 끼치는 소리가 들렸다. 패멀라의 놀란 얼굴이 슬로모션처럼 그들을 스쳐 지나가더니 이내 쿵 소리를 내며 그녀가 땅으로 떨어졌다. 나무에서 기어내려 그녀에게 가기까지 한참이 걸렸다. 제러미가 먼저 그녀 옆으로 뛰어내렸다. 벤은 언제나처럼 마지막이었다. 패멀라는 미동도 하지 않고 누워 있었다. 갑자기 눈을 뜬 그녀가 처음 벤의 걱정스러운 얼굴을 보더니 제러미에게 초점을 맞췄고, 눈을 빛냈다. "나 괜찮아. 수선 떨지 마." 그녀가 말했다. 그녀는 괜찮지 않았다. 팔이 부러졌다. 하지만 벤은 그녀가 마음에 품은 사람이 자신이 아니라 제러미라는 사실을 그때 처음 깨달았다. 그리고 자신이 얼마나 그녀를 좋아하는지도.

물밀 듯이 밀려오는 오래전 여름의 기억들…….

"하우잿Howzat 심판에게 상대 팀 타자가 아웃이라고 생각한다는 뜻으로 하는 말?"이라고 외치는 소리가 들렸고, 관중석에서 한탄이 흘러나왔다.

"바보 같은 녀석." 헌틀리 대령이 중얼거렸다. "녀석이 그걸 후려치겠군. 또 완벽한 볼드 아웃이야."

그는 자리에서 일어났다. 하지만 아웃당한 타자를 보러 클럽 하우스에서 나와 발을 떼기도 전에 하늘에서 웅웅거리는 소리가 났다. 모두가 고개를 든 순간, 언덕 너머에서 매우 낮게 나는 비행기가 나타났다. 웅웅대던 소리가 굉음으로 바뀌었다. 비행기가 계속 하강했다.

"설마 여기에 착륙하려는 건 아니겠지?" 헌틀리 대령이 외쳤다. "저 멍청이는 뭔 생각인 거야?"

그러나 비행기는 착륙하려는 참이었다. 커다란 너도밤나무를 스치듯 지난 비행기가 크리켓 구장에 깔아 놓은 롤 잔디를 간신히 피해 필드에 착륙하자 놀란 선수들이 황급히 흩어졌다.

샛노란 색과 검은색으로 칠한 비행기는 거대한 말벌 같아 보였다. 비행기는 요란하게 흔들리며 잔디밭을 가로질러 클럽 하우스 앞에 멈췄다. 벤은 대령이 웅얼대는 말을 들었다. "대체 저건." 하지만 그는 굳이 대꾸할 마음이 없었다. 조종사가 고글과 헬멧을 벗기 전에 벤은 그가 제러미임을 알았다. 제러미의 눈이 모여 있는 사람들을 훑었다. 벤을 알아본 그의 얼굴이 활짝 펴지며 예의 익숙한 함박웃음을 짓더니 그가 맹렬하게 손을 흔들었다.

"방금 샀어." 그가 외쳤다. "아름답지 않아? 한 바퀴 돌게 타."

패멀라가 일어나더니 벤이 대답하기 전에 비행기를 향해 달려갔다. "나도 타면 안 돼?"

"허, 이게 누구야, 패머." 제러미가 말했다. "크리켓 경기에서 널 보게 될 줄이야. 파리에 있는 줄 알았는데. 그런데 미안. 이 인승인데다가 넌 조종석에 올라타기에 적당한 옷차림도 아니고 네가 아무리 매력적으로 보여도……." 그는 말을 끝맺지 않고 여운을 남겼다. "괜찮다면 나중에 널 보러 올게." 그가 덧붙였다. "그리고 네가 괜찮다면 새로 산 내 새에 널 태워도 될지 네 아버지께 물어볼게."

"좋아." 짜증이 난 패멀라가 몸을 돌리더니 벤을 스쳐 관람석을 향해 걸었다. "결국 늘 남자들의 세계지, 안 그래?" 그녀가 말했다. "정말이지, 아빠에게 물어본다니. 그럼 어서 가. 같이 타러 가라고. 재미난 시간 보내."

"너만 혼자 두고 가고 싶진 않은데. 틀림없이 다음에 또 기회가……." 벤이 웅얼거렸다.

"오, 세상에. 네가 얼마나 비행기에 타고 싶어 죽겠는지 알아." 패멀라가 말했다. "가. 얼른." 그리고 그녀는 친근하게 벤의 등을 떠밀었다.

벤은 자신에게 쏟아지는 마을 사람들의 시선을 의식하며 비행기로 걸어갔다. 제러미의 얼굴은 기쁨으로 들떠 있었다. 벤은 전에 여러 번 그 표정을 본 적 있었다. 보통 철저하게 금지된 일을 해냈을 때 짓는 표정이었다.

"시험에 통과했나 보군." 벤이 무심하게 말했다.

"아주 높은 점수로, 친구. 그 녀석이 나더러 타고났대. 뭐, 우리 집안 문장에는 매가 있잖아, 안 그래? 어서, 거기 그렇게 서 있지 말고

빨리 타."

벤이 뒷자리에 올라탔다. "헬멧 같은 거 써야 하지 않아?"

"만일 추락이라도 하면, 그따위 헬멧 같은 게 별 도움은 안 될걸. 걱정하지 마. 첫 오 분 만에 바로 감 잡았다고. 이젠 식은 죽 먹기야."

엔진의 회전 속도가 올라갔다. 속도가 붙은 비행기는 잔디밭을 덜컹대며 내달리다 마침내 공중으로 떠올랐다. 관람석 뒤를 선회한 비행기는 다시 굉음을 내며 크리켓 구장을 지나 목사관 정원 안쪽의 너도밤나무에서 몇 미터 떨어진 상공을 날았다. 엘름슬리 마을의 전경이 그들 아래 펼쳐졌다. 푸른 잔디밭 한가운데 크리켓 구장이 지어져 있고, 한쪽에는 눈에 잘 띄는 위치에 대전을 기리는 기념비가 있었다. 반대쪽에는 수직식으로 지은, 정교한 탑을 자랑하는 세인트메리 교회가 있었다. 오른쪽 날개 아래로는 제러미의 집인 네더코트의 깔끔하게 손질된 정원이 보였다. 비행기가 선회하며 기체를 좌우로 기울이자 세븐오크스 시내가 눈에 들어왔다. 이어서 남쪽으로 구부러지며 죽 이어진 노스다운스 언덕과 쇼어햄 계곡의 전경이 보였다. 그들 왼쪽으로 메드웨이강의 반짝이는 물줄기가 흘렀고, 저 멀리 수평선에 템스강이 더욱 반짝였다. 바람이 벤의 머리카락 사이로 거세게 스쳤다. 그는 짜릿한 기분에 휩싸였다.

제러미가 벤을 향해 고개를 돌렸다. "이 정도면 딱지감이지, 안 그래? 어서 엄청난 쇼가 시작되면 좋겠어. 내가 생각하는 전쟁이란 바로 이런 거라고. 일종의 신사 간의 전쟁 말이야. 전사 대 전사, 그리고 더 나은 자가 이기는 거야. 친구, 너도 자격증을 꼭 따라고. 그럼 함께 공군에 입대할 수 있잖아."

벤은 자신이 비행 수업을 받을 형편이 되지 않는다고 말하는 게 무의미하다고 생각했다. 제러미는 돈이 문제가 될 수 있다는 사실을 전혀 알지 못했다. 옥스퍼드 재학 당시 그는 항상 런던의 공연이나 나이트클럽, 심지어 파리 주말여행 같은, 비용이 많이 드는 짧은 여행을 함께 가자고 했었다. 제러미는 기꺼이 두 사람의 여행 비용을 댔겠지만 벤은 그것을 받아들이기엔 너무 자존심이 강했고, 끝내야 할 과제가 있다고 둘러댔었다. 그 결과 벤은 공붓벌레라는 평판을 얻게 되었지만, 사실 그렇지는 않았다. 그리고 명석하다는 평판도 뒤따랐는데, 이 또한 아니었다. 그는 더도 덜도 아닌 딱 2등급 학위를 받았다. 제러미는 간신히 3등급을 받았지만 그의 경우에는 학위 등급이 중요하지 않았다. 그는 외동아들이니 언젠가 아버지의 작위와 함께 그에 따르는 모든 것을 물려받을 터였다.

"그래, 타 보니 어때?" 제러미가 외쳤다.

"완전 기가 막혀."

"맞아. 최고지? 프랑스까지 가자."

"연료는 충분해?"

"내가 어찌 알겠어? 방금 산 비행긴데." 제러미가 웃음을 터뜨리며 말했다. 하지만 그는 방향 전환을 위해 기체를 기울이더니 넓게 원을 그리며 다시 마을로 향했다. 그들 아래 마을 광장으로 이어진 작은 집들이 늘어선 중심가가 있었고, 홉과 사과나무가 자라는 들판이 그 주변을 에워싸고 있었다. 참으로 깔끔하고 푸르른, 전형적인 잉글랜드의 풍경이었다. 제러미는 한쪽으로 몸을 기울이며 가리켰다. "봐. 저기 팔리. 여기 위에서 보니 질서정연해 보이지 않아? 케이퍼빌리티 브라운유명한 조경사이 정원을 배치하는 방식은 정말 기가 막히다니까."

그가 조종간을 밀자 비행기가 하강하면서 1600년경 이래 패멀라의 조상이 대대로 살아온 팔리 플레이스가 그들의 시야에 들어왔다. 텃밭 너머 한쪽 편에 호수를 끼고 잘 꾸며진 화단으로 이어지는 굽이진 진입로가 딸린, 대정원 한복판에 세워진 거대한 사각형 잿빛 석조 저택이.

제러미가 신이 나 탄성을 질렀다. "저기 봐, 벤. 그들이 티타임에 손님들을 초대했어. 가서 깜짝 놀라게 해 줄까?"

기체가 급격하게 기울어졌다. 땅이 하늘이 된 순간, 벤은 눈을 질끈 감은 채 기체를 단단히 붙잡았다. 속이 뒤집혔다. 비행기는 점점 더 낮게 선회하더니 호수 한가운데 섬 같은 장식용 건물을 지나 그들이 어린 시절에 열매를 줍던 마로니에 나무가 줄지어 선 승마 길을 날았다. 뒷마당 잔디밭에는 테니스 코트의 라인이 그려져 있었다. 코트 옆 테이블에는 솜스 집사가 차를 내는 가운데 흰옷을 입은 사람 몇몇이 앉아 있었다.

"저 사람들 바로 옆에 착륙할 공간이 있을 거야." 제러미가 외쳤다. "줄행랑칠 때 품위를 지킬 만한 모자 같은 것도 쓰고 있지 않으니, 딱하기 그지없네."

그들은 남쪽의 승마 길을 따라 저택으로 향했다. 날개 양 끝으로 밤나무가 보였다. 벤은 여전히 너무도 짜릿한 감정에 휩싸여 두려움을 느낄 틈이 없었다. 비행 강사의 말이 옳다고 벤은 확신했다. 제러미는 타고난 조종사처럼 비행기를 몰았다. 우거진 나무숲 위로 비행기가 갑자기 나타나자 티타임에 참석한 손님들이 벌떡 일어났다. 모두들 화들짝 놀라 뒷걸음쳤다. 테이블보는 펄럭이고 냅킨은 날아올랐다. 비행기는 이제 땅에서 30센티미터 위를 날다가 이내 고작 몇

센티미터가 되었다.

제러미와 벤은 동시에 해시계를 발견했다. 해시계는 오랜 세월 풍화되어 기억에서 잊힌 채로 동쪽 잔디밭 한가운데 서 있었다. 벤이 말을 하려고 입을 열었다. "조심해. 저기 해……," 바로 그 순간 제러미는 조종간을 오른쪽으로 거칠게 잡아당겼다. 날개가 기울면서 풀밭에 파묻히더니 비행기가 뒤집혔다.

1부
패멀라

1

블레츨리 파크
1941년 5월

레이디 패멀라 서턴은 막사 3호 내 비좁은 방 벽에 붙어 있는, 정부가 발행한 음울한 포스터를 응시했다. 군인들에게 의연하게 전력을 다할 것을 장려하는 분위기의 포스터도 있었고, 조국의 기대를 배반하는 것에 관한 무서운 경고를 담은 포스터도 있었다. 창문을 가린 등화관제용 커튼 너머로 곧 날이 밝아 올 터였다. 그녀는 막사 뒤 숲에서 지저귀는 새들의 노랫소리를 들었다. 전쟁이 시작되기 전에도 그랬듯 새들은 여전히 쉴 새 없이 흥겹게 재잘거렸고, 전쟁이 끝난 후에도 그럴 터였다. 언제 끝나든 간에. 이미 전쟁은 지지부진하게 이어져 왔고, 끝날 기미가 보이지 않았다. 패멀라는 눈을 비볐다. 기나긴 밤을 지새운 터라 피곤이 쌓여 눈이 따끔거렸다. 공무직 규정에 따르면, 도덕관념이 시험대에 오를 경우를 대비해 여자는 남자와 함께 야간 근무를 못 하게 되어 있었다. 그녀는 이런 규정이 우습다고 생각했다. 남자 번역가가 부족한 상황에서 여자 중 한 명은 야간 근무를 할 수밖에 없었다. "솔직히 이곳의 남자 동료 때문에 내 명예가 위험해질 일은 없을 것 같아." 그녀는 전에 그렇게 말한 적이 있었다. "다들 여자보다 수학 문제에 더 관심이 많잖아."

하지만 그 이후로 여러 번 자신의 허세를 후회했다. 철야 근무는 혹독했다. 곧 근무가 끝나 가고 잠을 잘 수 있어서 기쁘기 그지없었다. 기차가 그녀의 방 창문을 뒤흔들고 지나갔기 때문에 낮에도 제대로 잠을 잘 수 없었다.

"지긋지긋한 전쟁." 그녀는 작게 푸념하고는 시린 손가락이 따뜻해지도록 손에 입김을 불었다. 5월이긴 해도 밤이면 막사 안은 춥고 눅눅했다. 코크스 배급은 5월 1일에 중단되었다. 하지만 그것이 최악은 아니었다. 주철 난로가 심한 연기를 내며 유독한 매연을 내뿜었다. 이즈음에는 모든 게 다 형편없었다. 먹을 만한 음식이 없었다. 식사로 나오는 음식은 분말 달걀과 소금에 절인 쇠고기 통조림, 고기라기보다는 톱밥에 가까운 식감의 소시지였다. 패멀라가 묵는 하숙집의 주인아주머니는 전쟁 전에도 분명 요리를 그리 잘하지 못했을 듯했지만, 요즘에 하는 요리는 못 먹을 수준이었다. 패멀라는 주간 근무를 하는 동료들이 부러웠다. 적어도 그들은 꽤 좋은 식당에서 괜찮은 식사를 할 수 있었다. 그녀는 퇴근 전에 식당으로 건너가 아침을 먹을 수 있었지만 긴 야간 근무가 끝날 무렵에는 늘 너무 피곤해 먹을 기운조차 남아 있지 않았다.

전쟁이 발발하자 그녀는 뭔가 도움이 될 만한 일을 하고 싶었다. 제러미는 첫날 입대했고, 영국 공군은 두 팔 벌려 그를 환영했다. 그는 브리튼 전투1940년 런던 상공에서 벌어진 영국과 독일의 전투에서 가장 많은 훈장을 받은 전투기 조종사 중 한 명이었지만, 열정이 넘치는 그답게 귀환하는 독일 비행기를 쫓아 프랑스로 너무 깊이 들어갔다가 격추되었다. 현재 그는 독일 어딘가에 있는 공군 포로들의 수용소인 슈탈라크 루프트에 있었다. 몇 달째 누구도 그에게서 소식을 듣지 못했다. 패멀라는 그의 생사조차 알지 못했다. 그녀는 눈물이 맺히지 않도록 눈을 질끈 감았다. 항시 의연해야 해. 그녀는 거듭 자신을 타일렀다. 그것이 요즘 요구되는 태도였다. "우리가 본보기가 되어야 한다." 아버지는 평소처럼 우레 같은 목소리로, 더 극적인 효과를 내기 위해 테이블까지 쾅쾅 두드리며 말했었다. "누구에게도 혼란스러워하거나 두려워하는 모습을 보여서는 결코 안 된다. 사람들은 우릴 존경하고, 우린 그게 어떤 것인지 보여 줄 의무가 있다."

그녀가 이 일에 선택된 이유가 바로 그것이었다. 1939년 봄에 사교계에 함께 데뷔한 친구 트릭시 래드클리프가 차를 대접하겠다며 런던으로 패멀라를 초대했었다. 전쟁 초기만 하더라도 브라운 호텔에서 차를 마시는 것 같은 문명화된 것이 여전히 존재했다.

"있잖아, 패머, 내가 알고 지내는 친구가 우리에게 일자리를 제안하고 싶다는 어떤 사람을 소개해 줬어." 트릭시가 특유의 열에 들뜬 목소리로 말했다. "그 남자는 우리 같은 여자를 찾고 있대. 좋은 집안 출신의 여자. 허튼짓하지 않고, 히스테리 발작과도 거리가 먼 여자."

"세상에. 대체 무슨 일을 주겠다는 거야? 육군 여자 보조 부대와 해군 여자 부대를 위한 바른 몸가짐 교실이라도 열겠대?"

트릭시가 웃음을 터뜨렸다. "그런 건 전혀 아니고. 뭐랄까, 비밀스러운 일 같아. 입이 무겁고 소문 따위는 절대 옮기지 않을 거라고 믿어도 되느냐고 내게 묻더라고."

"어머나." 패멀라는 놀란 표정을 지었다.

트릭시는 더 가까이 몸을 숙였다. "우리가 옳은 일을 할 정도의 교육은 받고 자랐다고 생각하는 듯했어. 그래서 배반하거나 비밀을 누설하지는 않을 거라고. 심지어 내가 술을 많이 마시는지도 묻더라니까." 그녀가 웃었다. "술에 취하면 비밀을 무심코 털어놓기 쉬우니까 물었겠지."

"그래서 그 사람한테 뭐라고 말했어?"

"전쟁 시작 전에 사교계에 갓 진출한 데다가 배급제 이후로는 사실 술에 얼마나 강한지 시험해 볼 기회를 얻지 못했다고 했지."

패멀라도 웃었지만 이내 그녀의 얼굴은 다시 심각해졌다. "대체 우리에게 원하는 게 뭘까? 우리를 독일에 스파이로 보내겠대?"

"내가 독일어를 하는지 물었어. 처음에는 독일 친구가 있는지 물어보는 줄 알았지. 웃음이 터져 나올까 봐 걱정했다니까. 우리 둘 다 스위스에서 학교를 졸업했고, 특히 네가 언어적 재능이 탁월하다고 말했어. 그랬더니 너한테 관심을 보이더라. 내가 널 안다고 말하니까 정말 눈까지 반짝이면서."

"어머." 패멀라가 다시 말했다. "내가 독일인 장교를 유혹하는 스파이로 보내진다? 난 전혀 상상이 안 가는데. 넌 되니?"

"전혀 안 돼. 네가 독일 남자를 호리는 건 상상이 안 가. 넌 늘 너무 순수했으니까. 하지만 나라면 그런 일에 꽤 능숙할걸. 안타깝게도 내 독일어는 영어식 억양이 티가 나. 단번에 내 정체를 알아챌 거야. 하지만 스파이 활동 같진 않아. 그 남자가 나에게 십자말풀이를 얼마나 잘하는지도 물었거든."

"별 희한한 걸 다 묻네." 패멀라가 말했다.

트릭시는 더 가까이 몸을 숙이더니 패멀라의 귓가에 속삭였다.

"내 생각엔 뭔가 암호를 해독하는 일과 관련이 있는 것 같아."

머지않아 그녀의 추측이 옳았음이 드러났다. 두 사람은 기차를 타고 유스턴 역에서 런던에서 북쪽으로 한 시간 거리에 있는 블레츨리 분기역分岐驛으로 갔다. 그들이 도착했을 때는 어둑어둑해져 있었다. 기차역과 시내 모두 호감이 가는 인상은 아니었다. 그 지역의 벽돌 공장에서 날아온 먼지가 공기 중에 자욱하게 깔려 있었다. 기차역에 그들을 마중 나온 사람은 없었다. 두 사람은 여행 가방을 직접 들고 선로를 따라 길게 이어진 길을 걸어 위쪽에 가시철사가 칭칭 감겨 있는 철책에 닿았다.

"이크." 이번에는 트릭시마저 놀랐다. "마음을 끄는 분위기는 전혀 아니지 않니?"

"우리가 이 일을 꼭 해야 하는 건 아니야." 패멀라가 말했다.

두 사람은 상대방이 먼저 여기서 내빼자고 말하길 기다리듯 서로의 눈을 응시했다.

"우린 적어도 그들이 우리가 뭘 하길 바라는지 듣고 나서 '감사하지만 랜드걸land girl 전시에 농업에 종사하는 젊은 여성이 돼서 돼지를 키우는 게 낫겠어요.'라고 하면 돼."

이렇게 생각하니 두 사람 모두 기분이 나아졌다.

"자, 어서. 현실에 맞서 보자고." 트릭시가 팔꿈치로 친구를 쿡 찌르며 말했다. 그들은 걸어서 목적지의 정문에 당도했다. 콘크리트 초소에서 보초를 서는 공군 초병이 클립보드에 그들의 이름을 적었다. 두 사람은 본관으로 향했고, 그곳에서 그들은 트래비스 중령에게 보고되었다. 누구도 자신들의 가방을 들어 주겠다고 하지 않은 것이 익숙했던 세계와 전혀 다른 세계에 지금 있다는 것을 패멀라에게 말해 주었다. 칙칙한 막사들이 길게 줄지어 서 있는 진입로를 지나자 본 건물이 시야에 들어왔다. 빅토리아풍이 지나칠 정도로 대유행하던 시기에 벼락부자가 된 가문이 지은 저택이었다. 화려한 벽돌과 박공, 동양적인 기둥, 한쪽에 툭 튀어나오게 지은 온실을 비롯해 여러 양식이 마구잡이로 뒤섞여 있었다. 이것을 본 하층 계급 사람들은 종종 깊은 인상을 받았지만 대저택에서 자란 두 여인에게 그것은 역효과를 낳았다.

"흉측하기도 하지!" 트릭시가 웃으며 소리쳤다. "고딕풍 공중화장실 같지 않아?"

"그래도 경관은 예쁘네." 패멀라가 말했다. "저기 봐. 호수도 있고. 잡목림에 들판까지. 말들이 있어서 그걸 탈 수 있을지 궁금해."

"자기야, 이건 하우스 파티가 아니야." 트릭시가 말했다. "일하러 온 거라고. 가자. 어서 우리가 이곳에서 하게 될 일이 무엇인지 알아내자."

그들은 본관으로 들어갔고, 자신들에게 친숙한, 인상적인 인테리어-화려하게 조각된 천장, 패널 벽, 스테인드글라스 창문과 두꺼운 카펫-의 실내에 들어와 있었다. 옆문에서 나타난, 종이 꾸러미를 든 젊은 여자는 두 사람을 보고도 놀란 기색이 없었다. "오, 최근에 사교계에 나온 아가씨들인가 보군요." 그녀가 트릭시의 밍크 옷깃에 경멸하는 시선을 던지며 말했다. "트래비스 중령은 위층에 계세요. 오른쪽 두 번째 문."

"따뜻하게 환대하는 분위기는 아닌데." 트릭시가 속삭였다. 그들은 여행 가방을 그대로 둔 채, 떡갈나무를 조각해 만든 꽤 웅장한 계단을 올랐다.

"우리가 끔찍한 실수를 저지르는 것 같아?" 패머가 속삭였다.

"이제 와 되돌리기엔 좀 늦었잖아." 트릭시가 패머의 손을 꼭 쥐더니 앞장서 걸어가서는 광택이 도는 떡갈나무 문을 두드렸다. 부지휘관인 트래비스 중령이 딱 봐도 회의적인 눈빛으로 그들을 보았다.

"젊은 숙녀분들, 이건 무모한 놀이가 아닙니다. 사실, 지독히 힘든 일이죠. 하지만 여러분이 보람 있는 일이라고 생각하면 좋겠군요. 적군을 저지하는 각자의 임무를 맡게 될 테니까. 전장에 나간 남자들이 하는 일만큼 중요한 일이죠. 우리가 여기서 강조하는 최우선은 철저한 비밀 유지입니다. 당신들은 공무상 비밀 엄수법에 서명하게 될 겁니다. 그 후엔 당신들의 부서 이외의 누구와도 자신의 업무를 이야기할 수 없습니다. 서로 말해서도 안 되고. 부모와 남자 친구에게도 누설해서는 안 됩니다. 알겠습니까?"

두 사람은 끄덕였고, 이내 패멀라가 용기를 내 물었다. "정확히 우리가 하게 될 일이 뭔가요? 지금까지 어떠한 언질도 듣지 못해서요."

그가 한 손을 들었다. "우선 중요한 것부터, 레이디." 그가 종이 두 장과 만년필 두 개를 꺼냈다. "공무상 비밀 엄수법. 이걸 읽고 여기에 서명해 주시죠." 그가 손가락으로 종이를 톡톡 두드렸다.

"그렇다면 여기에서 무슨 일을 하는지 발설하지 않겠다고 약속해야만 우리가 여기에서 무슨 일을 할지 알 수 있단 말이에요?" 트릭시가 물었다.

트래비스 중령이 웃음을 터뜨렸다. "패기가 있군요. 맘에 듭니다. 하지만 유감스럽게도 당신들은 저 문을 통해 들어온 순간, 국가 안보의 위험이 됐습니다. 그리고 장담하건대, 이곳에서의 당신들 일은 다른 일들보다 아주 흥미롭고 보람될 겁니다."

트릭시가 패멀라를 보고 어깨를 으쓱하더니 말했다. "못 할 것도 없잖아? 우리가 잃을 게 뭐 있겠어?" 그녀는 펜을 들고 서명했다. 패멀라가 따라 했다. 그녀는 나중에 혼자가 되었을 때에야 자신이 해독된 독일어 메시지를 번역하는 막사 3호에 배정되었음을 알게 되었다. 패멀라는 트릭시가 무슨 일을 하는지 알지 못했다. 그들은 오직 같은 막사의 요원들하고만 정보를 공유할 수 있었다. 하지만 그녀는 트릭시가 더 흥미롭고 뭔가 있어 보이는 업무를 배당받지 못해 화가 났음을 알아챘다. "색인실에서 서류 철하고 타자나 치고. 이보다 더 지루한 일이 어디 있겠어?" 트릭시가 말했다. "누구는 서류나 차례대로 모으는 동안 막사의 남자들은 이상한 기계를 가지고 일하면서 재미란 재미는 다 보고. 이렇게 지루하고 시시한 일을 하게 될 줄 알았다면 절대 안 왔을 거라고. 넌 어때? 네 일도 시시해?"

"전혀, 난 매일 히틀러와 수다를 떨어야 해." 패멀라는 그렇게 말하며 친구의 면전에 대고 폭소를 터뜨렸다. "농담이야. 언제든 유머 감각을 잃지 않는 게 좋잖아. 그리고 맞아. 내 일도 시시하기 짝이 없어. 어쨌든 우린 남자가 아니니까, 안 그래?"

패멀라는 트릭시에게 그 외에 다른 말은 전혀 하지 않았다. 그녀는 자신이 하는 일의 중요성을 매우 잘 알았다. 번역하지 못하거나 오역이라도 하면 수백 명의 목숨이 희생될 수도 있음을 뼈저리게 의식하고 있었다. 자신에게는 주로 중요도 순위가 가장 낮은 암호 해독문이 주어졌고, 순위가 높은 해독문은 남자들에게 보내진다는 것을 깨달았지만 그녀는 가끔 숨은 보석을 찾아내는 만족감을 누렸다.

처음에는 그 일이 도전적이고 흥미로웠지만 1년이 지나자 그녀는 지치고 넌덜머리가 났다. 모든 게 비현실적이고 불편했으며, 전장에서 끊이지 않고 들려오는 나쁜 소식에 패멀라처럼 쾌활한 사람조차 마모되기 시작했다. 겨울에 얼어붙고 여름에 쪄 죽는, 끔찍할 만큼 시시한 막사는 조명이라고는 천장에 달린 약한 전압의 알전구가 전부여서 늘 어두침침했다. 그리고 긴 교대 근무가 끝나면 숙소로 돌아가야 했다. 집 뒤쪽에 철도가 나 있는 음울한 하숙집 방으로. 그녀가 구한 낡은 자전거를 타고 숙소가 있는 시내로 돌아갈 때면 어느새 생각은 봄날의 팔리로 흘러갔다. 이 5월의 첫 주에 블루벨의 융단이 깔린 숲과 들판의 새끼 양들. 이른 아침에 자매들과 말을 타고 달리던 시간. 그리고 자매들이 몹시 그리웠다. 사실 그녀는 마고를 제외하면 다른 자매들과 그렇게 친하지 않았다. 오랫동안 보지 못한 마고가 사무치게 그리웠다. 자매는 모두 무척이나 달랐다. 자신보다 다섯 살 위인 리비는 천성적으로 점잔을 떠는 성격에 스스로 어른이라는 생각이 강해, 늘 다른 자매들에게 몸가짐을 바르게 하라고 잔소리를 늘어놓았다.

패멀라는 막내인 피비에 대해서는 아는 게 거의 없어 아쉽다는 생각이 들었다. 피비는 똑똑한 아이고 승마에 뛰어난 자질이 있는 것 같았지만 시간 대부분을 가족들과 떨어져 놀이방에서 보냈다. 그리고 어른이 되어 패멀라가 가진 모든 것을 갖기 위해 사회에 나가길 갈망하는, 자신보다 두 살 어린 짜증 나는 디도가 있었다. 금지된 장난을 벌이는 마고 언니가 자신을 공모자로 생각한 것과는 달리 디도는 자신을 경쟁 상대로 여겼고, 두 사람은 결코 동질감을 나눈 적이 없었다.

패멀라는 해독된 암호문이 담긴 바구니가 앞에 놓이자 일로 돌아갔다. 이른 아침에 타전된 메시지들이 들어오기 시작했고, 그것은 희

소식이었다. 그것은 막사 6호의 똑똑한 요원들이 에니그마를 제대로 이해했다는 뜻이었고, 그 결과의 출력물들은 완벽한 독일어거나 적어도 모호하게나마 이해할 만한 독일어였다. 그녀는 첫 번째 카드를 집었다. 타이프엑스Typex 영국에서 사용된 암호 해독 장비가 출력한 메시지는 다섯 개로 나뉜 긴 문자열이었다. X는 마침표, Y는 쉼표이며, 고유 명사 앞에는 J가 붙었다. 그녀는 첫 번째 문구를 살폈다. WUBY YNULL SEQNU LLNUL LX. 이것은 매일 타전되는 문구였다. '일기 예보'를 뜻하는 Wetterbericht. 즉 6구역의 오늘 아침 기상 예보였다. 그리고 'null'은 별일이 없다는 뜻이었다. 그녀는 빠르게 번역한 것을 발송 바구니에 넣었다.

다음 문구 또한 통상적인 내용이었다. ABSTI MMSPR UCHYY RESTX OHNEX SINN. 그날의 암호가 작동하는 것을 확인하기 위해 독일 사령부에서 보내는 테스트 메시지였다. "고맙다, 함부르크, 매우 잘 작동하고 있다." 그녀는 미소 띤 얼굴로 그렇게 말하고 번역한 메시지를 바구니에 넣었다. 다음 메시지는 심하게 손상되어 있었다. 글자의 반이 빠지고 없었다. 이런 식으로 불완전하게 전달되는 메시지가 많아 독일어로 된 군사 용어에 대한 해박한 지식뿐 아니라 십자말풀이에 쓰는 기술도 필요했다. 패멀라는 메시지의 핵심 내용이 로멜이 이끄는 사막 병력인 제21 기갑사단이라는 것을 가까스로 추측했다. 하지만 다음 글자인 —FF-I——G는 갈피를 잡을 수 없었다. 두 단어, 아니 세 단어인가? 두 단어 이상으로 이루어진 말이라면, 첫 번째 단어는 '위'를 뜻하는 'auf'일 터였다. 그녀는 어두침침한 조명 아래에서 글자들이 춤을 추듯 어른댈 때까지 눈에 더 힘을 주고 응시했다. 등화관제용 커튼을 젖히고 싶었지만, 오직 관리인만이

정해진 시간에 커튼을 열 수 있었다. 눈이 시큰거렸다. 휴식. 그녀는 생각했다. 휴식이 필요해.

그때 다시 머리가 기민해졌고, 그녀의 얼굴에 희망찬 미소가 떠올랐다. 그녀는 글자들을 채워 넣었다. '원기 회복'을 뜻하는 Auffrischung. 제21 기갑사단은 휴식을 취하며 재정비할 필요가 있다는 뜻이었다!

그녀는 벌떡 일어나 당직실까지 거의 단숨에 달려갔다. 나이가 꽤 들어 보이는 윌슨 당직사관이 얼굴을 찌푸리며 고개를 들었다. 그는 야간 근무조에 여자가 있는 것을 탐탁지 않게 여겨 그녀의 존재를 가능한 한 무시했다.

"뭔가 흥미로운 정보 같아요." 그녀가 말했다. 그녀는 번역을 달아 놓은 타이프엑스 종이를 남자 앞에 내려놓았다. 그는 한동안 미간을 좁힌 채 메시지를 응시하더니 마침내 고개를 들었다. "다소 지나치게 상상력을 발휘한 것 같지 않소, 레이디 패멀라?" 유독 그만이 항상 경칭을 붙여 그녀를 불렀다. 다른 이들에게 그녀는 그냥 P였다.

"하지만 제이십일 기갑사단이 철수할지 모른다는 뜻일 수도 있어요. 중요한 정보가 아닐까요?"

책상에 앉아 있던 남자 둘이 무슨 일인지 보려고 몸을 구부렸다.

"그럴 수도 있겠는데요, 윌슨." 한 남자가 말했다. "Auffrischung. 좋은 단어죠." 그가 패멀라에게 격려가 담긴 미소를 지어 보였다.

"그럼 뜻이 통하는 다른 뭔가가 나오는지 봅시다, 윌슨." 다른 남자가 말했다. "그녀의 독일어가 우리보다 낫다는 건 누구나 알죠."

"이 메시지를 육군본부에 전달하는 게 좋겠습니다. 만일에 대비해서요." 맨 처음 입을 열었던 남자가 말했다. "잘했어요, P."

패멀라는 자리로 돌아와서야 활짝 웃을 수 있었다. 그녀가 수신 바구니를 막 비웠을 때, 막사 저 끝에서 오전 근무조의 도착을 알리는 목소리들이 들렸다. 패멀라는 못에 걸어 둔 외투를 들었다.

"바깥 날씨가 아주 좋군요." 젊은 남자 중 하나가 그녀에게 걸어오며 말했다. 키가 크고 호리호리한 그는 두툼한 안경을 통해 세상을 유심히 관찰했다. 그의 이름은 로드니였다. 블레츨리 파크에서 일해 보지 않겠냐는 꾐에 빠진, 옥스퍼드나 케임브리지 대학을 나온 학구적인 청년의 전형이었다. "그걸 만끽할 시간이 있다니 운이 좋군요. 오늘 오후에 라운더스영국에서 특히 학생들이 하는 야구 비슷한 경기가 있는 모양입니다. 혹시 라운더스를 좋아하면요. 난 아쉽게도 완전 젬병이지만. 그리고 오늘 밤에 컨트리 댄스를 추는 행사가 있는데, 당신은 그 시간에 일하겠군요." 그는 말을 멈추고 긴장한 손으로 흐트러진 머리를 쓸어 넘겼다. "야간 근무가 없는 날에 혹시 나랑 같이 영화 보러 가지 않을래요?"

"고맙지만, 로드니." 그녀가 말했다. "사실, 야간 근무가 없는 날에는 밀린 잠을 자는 게 낫겠어요."

"눈 주위에 약간 그늘이 진 것 같군요."

그는 무슨 말인지 알겠다는 뜻을 비치지 않으며 맞장구쳤다. "얼마 안 있으면 이 야간 근무가 아예 종일 근무로 바뀌지 않겠어요? 여전히 명분이 좋죠. 그들 말처럼."

"그들 말처럼." 그녀가 그 말을 따라 했다. "우리에게 무슨 진전이 있는지 확인할 수 있다면 좋겠어요. 그러니까, 국가에요. 안 좋은 소식만 들려오는 것 같지 않아요? 게다가 런던의 가엾은 이들은 매일 밤 폭격에 시달리고요. 얼마나 오래 견딜 수 있을까요?"

"그래야만 하는 한 계속." 로드니가 말했다. "간단하죠."

패멀라는 돌아서 가는 남자의 뒷모습을 감탄의 눈빛으로 보았다. 그는 이 순간 영국의 기개를 대변했다. 히틀러 타도에 얼마가 걸리든 계속하겠다는 비쩍 마르고 불편한 책벌레. 그녀는 찾아온 자전거를 타고 시내로 가면서 우울감과 부족한 신념에 부끄러움을 느꼈다.

엔트위슬 부인의 하숙집 그녀의 방은 역과 가까웠고, 어느 기차가 플랫폼에 들어서며 기적을 울렸다. 부모님이 내가 지금 지내는 곳을 보시기라도 하면. 패멀라는 씁쓸한 미소를 지으며 생각했다. 그러나 부모님은 자신이 어디에서 일하는지, 무슨 일을 하는지 전혀 알지 못했다. 공무상 비밀 유지법에 따라 누구에게도 자신의 일을 누설하는 것이 허용되지 않았다. 아버지를 설득해 집을 떠나도 좋다고 허락을 받기까지도 녹록하지 않았지만 그녀는 스물한 살이 되었고 사회에 나왔기에 아버지는 반대할 수가 없었다. 그리고 그녀가 "저도 제 몫의 일을 하고 싶어요, 아빠. 본보기가 되는 건 우리에게 달렸다고 하셨잖아요. 본보기가 될 만한 일을 하겠어요."라고 했을 때 아버지는 마지못해 승낙했다.

그녀는 자전거에서 내려 보도 위에서 그것을 끌었다. 허기지고 피곤해 속이 메슥댔지만 오늘 아침 식사에 뭐가 나올지 생각하니 한숨부터 나왔다. 물이 반인, 덩어리진 포리지귀리죽? 아니면 지난주 일요일에 먹었던 양 목덜미 고기의 기름에 튀긴 빵? 운이 좋으면 마가린이나 묽은 마멀레이드를 얇게 바른 토스트일지도 몰랐다. 어느새 그녀의 생각은 팔리 저택의 사이드보드 뒤에 펼쳐진 다양한 음식들로 흘러갔다. 콩팥 요리, 베이컨, 케저리쌀, 생선, 달걀로 만든 음식, 스크램블드 에그. 언제나 집에 갈 수 있을까? 하지만 만약 집에 간다면, 과연 다시 이곳으로 돌아올 의지를 다질 수 있을까?

기차역 밖에는 신문 가판대가 있었다. 한 신문의 머리기사 제목에 '영웅이 귀환하다'라고 쓰여 있었다. 패멀라는 두툼한 신문의 첫 페이지를 대강 훑었다. 전쟁의 발발로 종이가 부족했고, 활자는 더 작고 조밀해지고 사진은 작아졌다. 하지만 거기, 「데일리 익스프레스」 1면 중간쯤에서 영국 공군 제복을 입은 남자의 흐릿한 사진이 눈에 띄었고, 그 의기양양한 미소를 알아봤다. 그녀는 주머니를 뒤져 찾은 2펜스로 그 신문을 샀다. '최고의 조종사 제러미 프레스콧 공군 대위가 온갖 역경을 딛고 독일 포로수용소에서 탈출하다. 탈출에 성공한 유일한 생존자.' 더 읽어 내려가기 전에 패멀라는 다리에 힘이 풀리면서 그대로 풀썩 주저앉았다.

순식간에 그녀의 주위에 몰려든 사람들이 그녀를 일으켜 세웠다.

"조심해요, 아가씨. 내가 잡아 줄게요." 누군가 말했다.

"저기 벤치로 데려가요, 버트. 그리고 누가 역 카페에 가서 차 한 잔 사다 주세요. 얼굴이 백지장처럼 하야네요."

사람들의 친절함에 패멀라의 마음 깊은 곳에서 흐느낌이 터져 나왔다. 그 흐느낌에 그간 응어리졌던 모든 긴장, 길었던 밤들, 고된 근무, 우울한 소식들이 휩쓸리듯 빠져나갔다. 뒤이어 뺨을 타고 눈물이 하염없이 흘렀다.

패멀라는 사람들이 자신을 부축해 조심히 의자에 앉히는 걸 느꼈다. 그녀는 여전히 자신이 신문을 꼭 움켜쥐고 있음을 깨달았다.

"무슨 일이에요, 아가씨. 혹시 나쁜 소식?" 신문 가판대의 여주인이 물었다.

패멀라는 여전히 흐느끼며 몸을 떨고 있었다. "아니요, 좋은 소식이에요." 그녀가 마침내 가까스로 숨을 내쉬며 말했다. "살아 있어요. 그가 무사해요. 돌아올 거래요."

그날 오후 그녀는 트래비스 중령이 찾는다는 전갈을 받았다. 그녀의 심장이 뛰었다. 무슨 잘못이라도 저지른 것일까? 누군가가 기차역에서 있던 사건을 보고했을까? 그녀는 자제력을 완전히 잃어버렸던 순간이 무척이나 부끄럽고 당혹스러웠다. 자신이 실망스러운 행동을 했다는 말을 들으면 아빠는 당황스러워하실 터였다. 이제 그녀는 걱정이 되었다. 말해서는 안 되는 뭔가를 말했을까? 너무 많은 이야기를 떠벌리고 다니는 바람에 안보에 해가 되는 사람들에 관한 소문을 들은 적이 있었다. 그들은 갑자기 사라져 다시 나타나지 않았다. 그들이 어디로 사라졌는지에 관한 성마른 농담들이 오갔으나 누구도 맘 놓고 웃지는 못했다. 농담이 사실일 수도 있었다.

하지만 일상적인 문제로 부지휘관의 호출을 받는 일은 없었다. 그녀는 자전거에 올라타 본관을 향해 페달을 밟았다.

서류 작업을 하던 트래비스 중령이 그녀가 들어오자 고개를 들었다. 그는 책상 옆 의자를 가리켰다. 그녀는 의자 가장자리에 걸터앉았다.

"오늘 아침에 약간의 문제가 있었다고 하던데요, 레이디 패멀라?" 그가 말했다. 의례적인 경칭을 붙이는 게 우려스럽게 느껴졌다.

"문제요?"

"기차역 앞 거리에서 쓰러졌다고 들었습니다. 식사를 잘 못 합니까? 여기 음식이 늘 입에 맞지는 않겠지요."

"식사는 잘하고 있어요."

"그럼 야근 때문에? 몸이 축나는 일이긴 하죠."

"하지만 모두 돌아가면서 야간 근무를 맡아야 하는 상황이에요. 좋아서 하는 일은 아니지만요. 야근할 때에는 잠을 충분히 자긴 어려운 것 같지만 모두가 마찬가지겠죠."

"몸 상태는 괜찮습니까?" 그가 다 안다는 눈빛으로 물었다. 그는 다음 말을 잇기 전에 잠시 기다렸다. "이곳 젊은 남자 중에 특별히 마음이 가는 사람이 있습니까?"

그때 그녀는 정말 웃음을 터뜨렸다. "그게 궁금하신 거라면 임신은 아니에요."

"당신은 실신할 타입 같진 않아 보입니다." 그가 책상 너머 패멀라에게 가까이 상체를 숙였다. "그래서 무슨 일입니까?"

"죄송해요. 바보가 된 기분이네요. 그리고 중령님 말씀이 맞아요. 그런 버릇이 있진 않아요."

그가 패멀라의 파일을 휙휙 넘겨 봤다. "휴가를 다녀온 지 얼마나 됐습니까?"

"크리스마스 때 며칠간 집에 다녀왔어요."

"그럼 꽤 오래됐군요."

"그렇지만 막사 삼 호에는 인원이 부족해요. 아무래도 휴가를 가기에는……,"

"레이디 패멀라. 난 우리 요원들이 최상의 일을 해내길 바랍니다. 쓰러질 때까지 일을 시킬 순 없죠. 일주일간 휴가를 다녀와요."

"그렇지만 제 자리를 대신 맡아 줄 사람이 없어요. 인원이 충분하지 않아서……,"

"지금 교대 근무 일정이 언제 끝납니까?"

"이번 주말에요."

"그럼, 이번 교대 근무를 마치고 집에 가도록 해요."

"오, 하지만, 중령님……,"

"이건 명령입니다, 레이디 패멀라. 집에 다녀와요. 즐겁게 지내다 원기를 회복해 돌아오는 겁니다."

"네. 감사합니다."

그녀는 본부의 계단을 내려온 뒤에야 이번 휴가가 뭘 의미하는지 완전히 깨달았다. 집에 가게 되는 것이고, 제러미는 무사히 영국으로 돌아왔다. 그는 이미 네더코트에 와 있을지 몰랐다. 갑자기 세상 모든 게 제자리를 찾은 느낌이었다.

2

팔리 플레이스
켄트주 세븐오크스 근처
1941년 5월

그것을 처음 발견한 이는 사냥터 관리인이 데리고 있는 소년이었다. 소년은 덫을 확인하러 새벽부터 밖에 나와 있었다(전시 배급제로 이러한 대저택에서조차 토끼 고기가 식탁에 오를 수밖에 없었다). 덫을 확인하는 일은 소년이 기꺼이 떠맡은 허드렛일이었다. 그는 시골의 자연이 선사하는 자유와 고독에서 큰 기쁨을 맛보았다. 자연의 광대함과 푸르름, 머리 위 연한 푸른빛이 도는 유리 같은 드넓은 둥근 하늘에 여전히 경외심을 느꼈다. 스테프니의 공동주택과 골목길의 하늘은 좁고 칙칙한 반면, 팔리는 여전히 실재라기엔 너무 비현실적으로 보였다.

이 특별한 아침, 소년은 빈손으로 돌아가고 있었다. 사냥터 관리인은 마을의 사내 녀석들이 이따금 덫에 잡히는 토끼나 자고새를 훔쳐 가는 게 아닌지 의심하며 도둑을 잡을 덫을 놓아야겠다고 말했다.

사내 녀석들을 잡을 함정을 놓는다는 생각에 매일 덫을 확인하는 일과가 한층 더 흥미로워졌다. 소년은 덩치 큰 동네 사내애 중 하나가 덫에 걸려 있는 것을 보면 어떤 기분일지 상상했다. 몸집이 왜소하고 타지인이라는 이유로 재미 삼아 소년을 괴롭히고 못살게 구는 녀석들이었다. 그는 오두막집을 향해 걸음을 빨리했다. 포리지와 달걀, 마분지 같은 맛이 나는 분말 달걀이 아닌 진짜 달걀을 먹을 생각에 배 속이 요란하게 꼬르륵댔다. 오늘은 따뜻하고 완벽한 초여름 날이 될 터였다. 실안개가 목초지 위에 깔려 있고, 뻐꾸기 한 마리가 이른 아침 다른 새들의 지저귐이 들리지 않을 만큼 크게 울어 댔다.

아이는 숲에서 나와 대저택을 둘러싼 정원으로 들어서며 여전히 사슴이 조금 무서웠기 때문에 조심스럽게 사슴 무리를 바라봤다. 매끄러운 푸르른 풀밭에는 녹음이 우거진 떡갈나무와 밤나무, 너도밤나무가 드문드문 서 있었다. 나무들 위로 동화 속에 나오는 성처럼 우뚝 솟은 대저택이 얼핏 보였다. 아이가 오두막집으로 이어지는 오솔길로 막 들어서려는데, 풀밭에 놓인 뭔가가 눈에 들어왔다. 갈색이었고, 그 옆에는 뭔가 길고 가벼워 보이는 것이 조금씩 펄럭이고 있었다. 마치 상처 입은 커다란 새 같았다. 아이는 그게 무엇인지 상상하기 어려웠지만 시골에는 뜻밖의 위험이 도사리고 있음을 의식하며 조심스럽게 다가갔다. 가까이 다가가자 그곳에 누워 있는 게 사람임을 알 수 있었다. 아니, 얼마 전까지만 해도 살아 있는 사람이었을 터였다. 그는 군복을 입고 있었고, 얼굴은 숙인 채였다. 팔다리는 불가능한 각도로 꺾여 있었다. 등에 멘 꾸러미에서 줄들이 나와 있고, 줄은 희끄무레한 기다란 천 조각처럼 생긴 것에 연결되어 있었다. 그것이 땅바닥에서 생기 없이 흐물거리며 미풍에 애절하게 펄럭이고 있었기 때문에 아이는 그게 낙하산 혹은 낙하산의 잔해라는 것을 깨닫는 데 시간이 걸렸다. 사내아이는 그제야 그 남자가 말 그대로 하늘에서 뚝 떨어졌다는 것을 이해했다.

아이는 잠시 뭘 어떻게 해야 할지 생각하며 그대로 서 있었다. 시체가 심각하게 훼손된 상태에다 근처 풀들이 피에 물들어 있어서 속이 메슥거렸다. 어떻게 해야 할지 마음을 정하지 못하고 있는데, 풀밭을 울리는 말발굽 소리와 함께 고삐의 쇠붙이가 댕그랑대는 소리가 들렸다. 고개를 들자 제법 살집이 있는 하얀 조랑말을 타고 질주해 오는 소녀가 보였다. 승마용 벨벳 모자와 재킷, 꼭 끼는 바지까지 잘 차려입은 소녀가 가까이 다가왔을 때, 그 소녀가 대저택의 막내딸인 레이디 피비라는 것을 알아봤다. 자신이 막지 않으면 곧장 시체가 있는 곳에 당도하리란 생각에 기겁한 아이는 양팔을 허공으로 휘저으며 앞으로 달려 나갔다.

"멈춰요!" 그가 외쳤다.

조랑말이 미끄러지듯 멈추더니 히힝하고 울어 대며 이리저리 초조한 듯 날뛰었지만 소녀는 자리를 잘 지켰다.

"대체 무슨 짓이야?" 소녀가 따지듯 물었다. "정신 나갔어? 너 때문에 떨어질 뻔했어. 스노볼이 널 깔아뭉갤 수도 있었다고."

"저쪽으로 가면 안 돼요, 미스." 소년이 말했다. "사고가 일어났어요. 보고 싶지 않을걸요."

"무슨 사고?"

소년이 뒤를 힐끗 보았다. "어떤 남자가 하늘에서 떨어졌어요. 완전히 박살 났어요. 끔찍하다고요."

"하늘에서 떨어졌다고?" 소녀는 남자아이 너머에 있는 것을 보려고 했다. "천사처럼?"

"군인이에요." 소년이 말했다. "낙하산이 펴지지 않았나 봐요."

"저런, 끔찍해라. 내가 좀 봐야겠어." 그녀는 조랑말이 앞으로 가도록 채근했지만 조랑말은 콧김을 내뿜으며 초조하게 제자리에서 껑충껑충 뛰기만 할 뿐이었다.

소년은 다시 소녀와 시신 사이를 가로막았다. "보지 마요, 미스. 저런 걸 보고 싶지는 않을 거예요."

"당연히 볼 거야. 난 비위가 약하지 않거든. 돼지 도살하는 걸 본 적도 있어. 정말 끔찍했어. 그 비명은 정말. 그때 다시는 베이컨을 먹지 않겠다고 결심했어. 하지만 베이컨을 좋아하게 돼서 그 결심이 오래가진 않았어."

소녀가 앞으로 가도록 조랑말을 쿡쿡 찌르자 소년은 옆으로 물러났다. 말은 몇 걸음 신경질적으로 내딛더니 더 가까이 다가가고 싶지 않게 하는 뭔가를 감지하고 멈춰 섰다. 피비는 안장에서 몸을 세우고 주의 깊게 관찰했다.

"이크." 그녀가 말했다. "누군가에게 알려야 해."

"군인들에게 말해야 해요. 저 남자도 군인인데, 그르치 않아요?"

"그렇지 않아요." 그녀가 고쳐 말했다. "정말 어법이 엉망이네."

"이렇게 말해도 될지 모르지만 내 어법은 신경 쓰지 마요."

"안 돼. 그리고 '미스miss'가 아니야. 난 레이디 피비 서턴이고, 넌 나를 '아가씨my lady'라고 불러야 해."

"죄송해요." 그가 입 밖으로 나오려는 '미스'라는 호칭을 삼키며 말했다.

"아빠한테 알려야 해." 피비가 단호하게 말했다. "어쨌든 지금 군대가 쓰고 있다고 하더라도 아빠 땅이니까. 여긴 여전히 팔리 땅이라고. 서둘러. 나랑 가는 게 좋을 거야."

"저 큰 집에요, 미스? 아니, 아가씨?"

"물론. 아빠는 항상 일찍 일어나셔. 다른 가족들은 여전히 자고 있을 테지만."

소년이 조랑말 옆에서 걷기 시작했다.

"사냥터 관리인 집에서 지내는 애로구나, 그렇지?" 그녀가 물었다.

"맞아요. 앨피가 나에 이름이에요Alfie's me name. 지난겨울에 스모크Smoke에서 내려왔어요."

"스모크? 무슨 스모크?"

소년이 싱긋 웃었다. "울 런던 토박이들은 런던을 그렇게 불러요."

소녀가 날카로운 눈으로 남자아이를 내려다봤다. "여기 사유지에서 널 통 본 적이 없는데."

"온종일 마을에 있는 학교에 가 있으니까요."

"학교는 어때?"

"괜찮아요. 나이에 비해 작은 편이라 마을 애들이 날 괴롭히는 데다 내 편도 아무도 없지만요."

"그건 별론데."

소년은 오만한 작은 얼굴, 그 얼굴에 스스로 매우 만족한 듯한 매우 야무진 얼굴을 올려다보았다. "혹시 모른다면, 사람들은 착하지 않아요." 소년이 말했다. "전쟁 중이잖아요. 놈들은 매일 밤 런던을 날아다니면서 폭탄을 떨어뜨리고, 여자들, 아이들, 노인들…… 누가 죽든 신경 쓰지 않아요. 한번은 폭탄이 터지고 나서 한 아기를 봤어요. 길가에 누워 있었는데, 겉으로는 멀쩡해 보였어요. 그래서 아이를 안아 올렸는데, 돌처럼 차갑게 죽어 있었어요. 그러고 나서 얼마 후에 한 여자가 비명을 지르며 거리로 뛰쳐나왔어요. 폭발에 옷이 다 벗겨졌는데, 그 여자가 뭐라고 소리쳤는지 알아요? '내 아들. 돌무더기 아래 묻혀 있어요. 누가 내 아들을 구해 줘요.' 이렇게 소리를 질렀어요."

피비의 표정이 부드러워졌다. "스모크를 떠나 여기로 온 건 잘했어." 그녀가 말했다. "몇 살이니?"

"열하나요, 거의 열두 살."

"난 얼마 전에 열두 살이 됐지." 그녀가 자랑스럽게 말했다. "열세 살에 학교에 가게 될 거라 기대했는데. 하지만 이제 그럴 일은 없을 거야. 전쟁이 계속되는 한. 언니들은 학교에 다녔어. 운도 좋아."

"그럼 아직 학교에 다녀 본 적이 없어요?"

"응. 나한텐 늘 가정교사가 있었어. 혼자 공부하는 건 무척 지루해. 언니들은 그렇지 않았어. 언니들은 같이 지냈고, 왈가닥들에다 가정교사한테 장난을 쳤어. 하지만 난 늦둥이야. 디도가 그러는데, 난 실수로 태어났대."

"디도가 누구예요?"

"다이애나 언니. 열아홉이야. 작년에 나갈 예정이었어서 전쟁이라면 치를 떨어."

"뭘 나가요?"

피비가 다소 인위적이고 거만한 웃음을 터뜨렸다. "넌 아는 게 없구나? 우리 같은 여자들은 정해진 시기에 궁정에서 여왕을 알현해. 그렇게 사교계에 나가서 무도회를 다니며 남편감을 찾아야 해. 하지만 디도는 그러질 못하고 여기에서 꼼짝도 못 하는 신세야. 지루해 죽으려고 하면서. 다른 언니들은 모두 사교계에 나갔어."

"그래서 결혼했어요?"

"리비는 했어. 하지만 리비는 늘 착한 아이였다고 디도가 말했어. 언닌 따분하기 짝이 없는 에드먼드 캐링턴과 결혼해서 이미 후계heir를 낳았어."

"공기air요?" 앨피가 그렇게 물어 피비는 다시 웃음을 터뜨렸다.

"그거 말고. 언젠가 아버지의 작위를 물려받는 데 필요한 아들을 낳았단 뜻이야. 우리 부모님은 아들을 낳지 못해서, 결국 아버지가 돌아가시면 팔리는 먼 사촌한테 상속될 거야. 디도가 우리 모두 눈 내리는 한데로 쫓겨나게 될 거라고 했어. 하지만 난 디도가 장난친 거라고 생각해. 요즘에 그런 일이 일어나겠니? 게다가 전시인데."

피비는 앨피가 그 이야기를 소화하는 동안 말을 멈췄다가 입을 열었다. "하지만 언니들은 시키는 대로 하지 않아서 아빠가 화가 많이 났어. 마고는 파리에서 패션을 배우려고 프랑스에 갔다가 잘생긴 프랑스 남자를 만났어. 기회가 있었는데도 빠져나오지 않고 있다가 지금은 파리에서 오도 가도 못하는 신세야. 언니한테 무슨 일이 일어났는지 우린 전혀 몰라. 그리고 패머는, 음, 정말 착하고 무척 똑똑해. 대학에 가고 싶어 했는데 아빠가 여자를 교육하는 건 시간 낭비라고 하셨어. 결혼하고 싶어 한 남자가 있었지만 공군에 입대했다가 전투 중에 격추돼서 지금은 독일의 포로수용소에 있어. 그러니까, 모든 게 슬프지 않니? 이 끔찍한 전쟁이 모두의 삶을 망쳐 놓고 있어."

앨피가 고개를 끄덕였다. "우리 아빠는 북아프리카에서 복무 중이에요." 그가 말했다. "소식은 거의 듣지 못해요. 소식이 와도 검열관이 거의 다 검게 지워 놓은 종이 쪼가리 한 장이 전부예요. 지난번에 편지가 왔을 땐 엄마가 울었어요."

앨피는 조랑말 속도에 맞춰 빨리 걸으며 동시에 말까지 하느라 점점 숨이 가빠졌다. 두 사람은 대정원의 부드러운 풀밭을 가로질러 나무들이 늘어선 숲을 지나 잘 가꾼 정원의 가장자리에 당도했다. 장미 덤불과 다년초가 완벽하게 줄지어 선 화단은 여전했으나 꽃들은 제멋대로 웃자라 있었고, 장미는 가지치기가 되어 있지 않았다. 한쪽에는 잔디를 뒤엎어 만든 텃밭이 있었다. 그리고 화단 너머 마차를 대던 앞뜰에는 위장한 군용 차량이 줄줄이 세워져 있었다.

앨피는 대저택에 이렇게 가까이 온 적이 거의 없었다. 그는 지금 감탄의 눈으로 정원을 응시했다. 예전에 버킹엄궁전을 구경한 적이 있었는데, 이 저택이 딱 그만큼 웅장하고 인상적이었다. 저택은 단단한 회색 돌로 지어진 3층 건물로, 지붕 양 끝은 탑으로 장식되어 있었다. 돌출한 양쪽 부속 건물과 중앙 현관이 알파벳 E 자 같았다. 중앙 현관의 기둥들이 역사 속 전쟁 영웅들을 새긴 페디먼트서양 건축물에서 정면 상부에 있는 박공 부분를 받치고 있었다. 하지만 대저택에서 풍기는 장엄한 인상을 웃고 담배를 피우며 대리석 계단에서 어슬렁대는 한 무리의 군인들이 망치고 있었다. 그보다 더 많은 군인들이 크기도 모양도 다른 가지각색의 군용 차량 주변에 서 있었다. 저택 반대편에서 오전 열병식 훈련을 받는 사병들의 군화 소리와 함께 훈련 교관들의 구령 소리가 울려 퍼졌다.

장교 두 사람이 그들을 향해 걸어왔다. "안녕하십니까, 레이디, 말 타러 가십니까?" 그들 중 하나가 싹싹하게 물었다.

"벌써 타고 오는 길이에요, 고마워요." 피비가 새침하게 대답했다. "조랑말을 마구간에 데려다 놓으려는 참이에요."

그녀는 군인들을 지나치자마자 앨피를 내려다봤다. "아빠한테 내가 혼자 말 타러 나갔단 말 하지 마. 불같이 화내실 거야. 마부 없이 나가면 안 되거든. 하지만 어이없지 않니? 난 말을 완벽하게 잘 타거든. 마부는 나이가 들어서 전속력으로 달리는 걸 좋아하지 않아."

앨피가 고개를 끄덕였다. 대저택에 다다른 순간, 앨피는 속이 꽉 막히는 기분이 들었다. 그는 이곳에 도착한 날을 너무도 생생하게 기억했다. 스모크에서 기차를 타고 처음 이곳에 왔을 때, 그는 작고 불쌍해 보이는 아이의 표본이었다. 깡마른 데다 나이에 비해 왜소했고, 한 치수 큰 헐렁한 짧은 바지 아래 딱지로 뒤덮인 앙상한 무릎이 드러났다. 줄줄 흐르는 콧물을 손등으로 닦은 탓에 뺨을 가로지른 콧물 자국이 남아 있었다. 피난 온 아이들을 맡아 줄 보호자들이 아이들을 다 데려가고 그 혼자 남은 것은 놀랄 일이 아니었다. 결국 지역 치안판사이자 걸가이드Girl Guide 1910년 영국에서 창설된 소녀단 대장이면서 피난 온 아이들의 숙소 관리자인 미스 헴프 해치트가 앨피를 모리스 자동차에 태워 팔리로 데려갔다.

"이 아이를 맡으셔야 할 거예요, 레이디 웨스터햄." 그녀가 걸가이드 단원들에게 차려 자세를 취하게 하는 목소리로 말했다. "달리 마땅한 사람이 없어요. 다른 이들의 집보다 여기가 더 넓잖아요."

그녀는 소년을 거기 그대로 세워 둔 채 떠나 버렸다. 소년은 무기들이 놓여 있는 현관홀과, 혐오스러운 표정으로 눈을 부릅뜨고 그를 내려다보는 조상들의 초상화를 경외감이 어린 시선으로 바라봤다.

"빌어먹게 뻔뻔하고 무례하군." 웨스터햄 경은 레이디 웨스터햄이 이 말을 전하러 왔을 때 버럭 화를 냈다. "빌어먹을 그 여자가 뭔데 우리에게 이래라저래라지? 우리더러 그 녀석을 어디다 두라는 거요? 우린 이미 집의 삼분의 이를 군인들에게 뺏겼소. 우리 가족은 부속 건물 한쪽에 내몰렸고. 그것도 불편하기 짝이 없는 이런 데로 말이오. 그 여자는 내가 런던 빈민가 아이를 내 침실에 간이침대라도 놓고 지내게 할 거라 생각하는 거요? 아니면 우리 딸애들과 이층 침대라도 같이 쓰라고?"

"소리 지르지 마요, 로디." 30년간 남편의 욱하는 성질에 길이 든 레이디 웨스터햄이 침착하게 대꾸했다. "그럴 때마다 눈이 이상하게 튀어나온다고요. 전쟁 중이잖아요. 우리도 어느 정도는 힘을 보태야 해요. 사람들에게는 우리가 필요 이상으로 많은 걸 가지고 있는 것처럼 보일 거예요."

"그래서 우리 집에 빈민가 아이가 제멋대로 돌아다니게 놔두란 말이오? 은접시를 들고 튀어도 놀랍지 않을 거요. 안 돼, 에스메. 절대 안 된다고. 런던내기 꼬마가 방해가 될지도 모르는데 내가 어떻게 서재에서 진토닉을 느긋하게 즐길 수 있겠소? 헴프 뭐라는 그 여자한테 못 한다고 말해요. 이 얘긴 이것으로 끝냅시다."

"그 가여운 어린것은 지낼 곳을 찾아야 해요, 로디." 레이디 웨스터햄이 부드럽게 말했다. "폭탄이 떨어지는 길거리로 돌려보낼 순 없잖아요. 저 아이의 부모는 죽었을지도 몰라요. 자신이 알던 모든 것에서 떨어져 나온다면 그 마음이 어떻겠어요?"

"소작농들 집은 어떻소?"

"이미 아이들을 맡아 데리고 있어요."

"그럼 밖에서 지내는 고용인들은? 어디 남는 오두막 없소?"

"어린애를 빈 오두막에서 지내게 할 수는 없어요." 생각에 잠긴 얼굴로 그녀가 말을 멈추었다. "생각났어요. 로빈스 부부의 아들이 징집돼서 빈방이 하나 있을 거예요. 로빈스가 정이 많은 사람이라고는 할 순 없죠. 그건 인정해요. 하지만 로빈스 부인은 훌륭한 요리사예요. 저 가여운 아이는 살을 좀 찌울 필요도 있고요."

앨피는 현관에 홀로 선 채로 바들바들 떨며 그들의 대화를 줄곧 엿듣고 있었다. 두 사람은 앨피의 가장 큰 두려움이 매 순간 유령을 만나거나 무언가를 망가뜨릴까 봐 무서운 이런 집에서 지내야 한다는 것임을 알지 못했다. 요리 솜씨가 좋은 아줌마가 있는 오두막이 훨씬 좋은 생각 같았다.

"얘. 내가 내리는 동안 이 고삐를 잡고 있어." 피비의 말이 그를 현재로 되돌려 놓았다. 앨피는 피비가 지시를 내리는 데 익숙하다는 것을 깨달았다. 그는 말에 손을 대 본 적이 없었지만 시키는 대로 했다. 조랑말이 얌전히 서 있는 사이, 피비가 등자에서 두 발을 차듯이 빼내고는 훌쩍 뛰어내렸다. 그리고 그녀는 앨피가 따라오도록 조랑말을 데리고 앞장서서 마구간으로 향했다. 그들이 막 모퉁이를 도는데, 마부가 벌게진 얼굴로 그들을 향해 달려오며 양팔을 흔들었다.

"저 없이 스노볼을 혼자 데리고 나가면 안 됩니다, 아가씨. 나리께서 뭐라고 하셨는지 아시잖아요."

"말도 안 되는 소리예요, 잭슨. 내가 얼마나 잘 타는지 알잖아요." 피비가 반항적인 태도로 머리를 치켜들었다. 그러자 조랑말이 피비의 행동을 따라 하는 것처럼 머리를 치켜들어 앨피의 손아귀에서 고삐가 홱 당겨졌다.

"승마 솜씨가 뛰어나시다는 거야 알고 있죠, 아가씨." 그가 말했다. "아버님은 이곳에 어슬렁대는 저 군인들을 더 걱정하고 계신 것 같아요. 더 이상 우리 땅에서조차 안전하지 않답니다."

피비는 뺨이 살짝 붉게 물들었지만 아랑곳하지 않고 말했다. “인제 그만 스노볼을 데려가요. 난 아빠에게 중요한 할 말이 있어요.”

마부가 조랑말을 데려가자 앨피는 이미 대저택을 향해 성큼성큼 걷고 있는 피비의 뒤를 따랐다. 그녀가 현관 계단을 오를 때 앨피는 따라잡기 위해 뜀박질을 해야 했다. 잠시 그는 피비 혼자 저택 안으로 들어가게 하고, 자신은 내빼고 싶은 마음이 들었다. 아침 식사가 기다릴 사냥꾼 관리인의 오두막으로 이대로 몰래 돌아갈 수도 있었다. 하지만 마지막 순간에 피비가 문을 열고 돌아보았다. “따라와, 앨피. 빨리 좀 오라고.” 그녀가 짜증 섞인 목소리로 말했다.

현관홀은 기억하던 대로 위압적이었다. 대리석 타일이 깔린 바닥을 딛는 그들의 발소리가 저 높이 그림이 그려진 둥근 천장까지 울려 퍼졌다. 한 무리의 장교들이 중앙 계단을 내려오고 있었다.

“저들한테 말하면 되겠네요.” 앨피가 피비에게 속삭였다.

“내가 말했잖아, 여긴 우리 아빠 땅이라고. 아빠가 먼저 아셔야 해.” 피비가 말했다. 그녀가 장교들을 지나치자 그들은 그녀에게 고개를 끄덕여 인사했다. 두 사람은 로비를 가로지른 다음 왼쪽으로 방향을 틀었다. 건물을 따라 난 긴 복도가 합판으로 막혔고, ‘가족 거주 구역: 출입 금지’라는 표지판이 붙은 새로운 문이 생겼다. 피비가 문을 열었고, 앨피는 자신이 그 복도에 있다는 것을 알았다. 복도 벽은 떡갈나무 패널 장식이 줄지어 있었다. 높은 천장에는 금박을 입힌 튜더 장미들이 조각되어 있었고, 천장을 따라 사냥 장면을 표현한 태피스트리와 사냥의 기념물인 짐승의 머리들이 벽에 걸려 있었다. 앨피는 그것이 꽤 두려웠지만 피비는 전혀 신경 쓰이지 않는 듯 성큼성큼 계속 걸었다.

현관홀 끝에서 두 사람은 중앙 현관만큼 크진 않지만 한쪽에 계단이 있는 또 다른 현관으로 갔다. 피비가 주위를 둘러봤다. "꼭 일어나 계셨으면 좋겠네. 틀림없이 일어나셨을 거야."

그녀의 말소리에 집사가 나타났다. "벌써 말을 타고 나갔다 오셨습니까, 아씨? 화창한 아침……,"

"아버지 봤어요, 솜스?" 피비가 그의 말을 잘랐다. "아버지를 만나야 해요. 중요한 일이에요."

"몇 분 전에 계단에서 내려오시는 걸 봤는데 어디로 가셨는지는 모르겠군요, 아씨. 찾아봐 드릴까요?"

"괜찮아요. 우리가 찾을게요. 어서 와, 앨피." 피비가 가족 초상화가 줄지어 걸린 중앙 홀로 다시 발걸음을 옮기며 말했다. "아빠?" 그녀가 외쳤다. "아빠? 어디 계세요?"

웨스터햄 경은 아침 식탁에 앉아 수북한 케저리를 막 공략하려는 참이었다. 훈제 청어라도 있어 다행이군. 그는 생각했다. 그나마 아직 먹을 만한 몇 가지 중 하나야. 북해에서의 조업이 위험천만한 일이 된 이래 동네 생선 가게에서 자주 보지 못하는 것이었다. 하지만 이따금 청어를 구하면 생선 장수는 항상 팔리에 전갈을 보냈고, 두어 마리씩 따로 빼 두었다. "나리가 훈제 청어를 얼마나 좋아하는지 내가 알지." 생선 장수의 아내가 말했다. 예전 좋았던 시절이라면 아침 식사 때마다 반으로 가른 훈제 청어가 상에 올랐을 터였다. 이제 모틀록 부인은 전통적인 훈제 해덕대구와 비슷한 생선 요리 대신 케저리에 그것들을 최대한 활용해야 했다.

막 한입 가득 케저리를 넣을 때 그는 누군가가 외치는 소리를 들었다. 그가 설마 막내딸의 목소리라고는 생각하지 못했을 때 피비가 불쑥 방 안으로 들어왔다.

"볼썽사나운 소란을 피운 게 너였니?" 웨스터햄 경이 포크를 휘두르며 피비를 노려봤다. "네 가정교사가 너에게 품행의 기본을 가르치지 않더냐?"

"아니요, 아빠. 숙녀는 결코 목소리를 높이는 법이 없다고 늘 일러줘요. 하지만 긴급한 일이에요. 당장 아빠를 찾아야만 했다고요. 우리가 시체를 발견했어요. 아니, 앨피가 처음 발견했고, 내가 말을 타고 그걸 넘어갈 뻔한 걸 이 아이가 막았어요."

"뭐라고? 그게 무슨 소리냐?" 웨스터햄 경은 포크를 내려놓고 저 남자아이가 누구인지, 그리고 어째서 아침 식사를 하는 방에 낯선 아이가 있는지 생각하려 애쓰며 앨피를 쏘아봤다.

"시체라고요, 아빠. 멀리 떨어진 들판에요. 하늘에서 떨어졌어요. 꽤 끔찍하지만 아빠가 가 보셔야 해요."

"그 사람의 낙하산이 펴지지 않았어요." 앨피가 덧붙였다. 하지만 웨스터햄 경이 고개를 돌려 자신을 노려보자 앨피는 이내 괜히 입을 연 듯해 후회가 밀려왔다. 숱 많은 눈썹 아래로 노려보는 웨스터햄 경의 눈빛에 간담이 서늘해졌다. 앨피는 불안하게 침을 삼키고는 문을 힐끗 보고 지금이라도 줄행랑을 치는 게 어떨지 머리를 굴렸다.

"넌 내 땅에서 뭘 하고 있었던 게냐? 밀렵이겠지. 뭐 놀랄 일도 아니다만." 웨스터햄 경이 말했다.

"아니에요. 저는 사냥터 관리인과 함께 지내고 있는데, 기억나세요?" 앨피가 말했다.

"아, 그렇군. 그래, 너로구나."

"그래서 관리인이 이른 아침마다 덫을 확인하라고 심부름 보내요." 앨피가 말했다. "그러다가 거기에 있는 걸 봤어요. 뭔지 몰라서 보려고 다가갔는데 엉망이 된 사람이었어요. 완전히 엉망진창 상태요. 그리고 따님이 그 남자를 향해 말을 타고 전속력으로 달려오길래 제가 멈추게 했고 아가씨가 먼저 나리께 말해야 한다고 했어요."

"좋아, 좋아." 웨스터햄 경이 냅킨을 내려놓고 일어났다. "음, 네가 날 그곳으로 안내해 줄 테지?" 그가 짜증 섞인 눈으로 노려보는데, 잉글리시 세터 두 마리가 주인이 외출하려는 낌새를 알아채고 문 쪽으로 달려갔다. "저 빌어먹을 개들이 나가지 못하게 해라. 저 녀석들이 시체 냄새를 맡아서는 안 되니까." 그가 개들을 내려다봤다. 그는 기를 쓰고 흔드는 솜털 같은 꼬리와 자신에게 고정된 눈을 보았고, 목소리가 자식들에게는 한 번도 낸 적 없는 방식으로 부드러워졌다. "미안하다, 세인트존. 미안, 우리 미시. 이번엔 데려갈 수가 없구나. 하지만 나중에 기회가 있을 게다." 그가 빠르게 개의 머리를 토닥였다. "자, 앉아!" 그가 명령했다. 두 마리 개가 걱정스러운 표정으로 앉았다. 그들 작은 무리가 긴 복도 끝에 닿았을 때, 피비가 돌아보니 개들은 여전히 한 줄기 햇빛 속에 앉아 있었다.

3

팔리 저택의 부엌

1941년 5월

"대체 뭣 때문에 저리 야단법석이래요, 솜스 씨?" 집사가 녹색 모직 천을 씌운 문으로 들어오자 모틀록 부인이 식탁에서 고개를 들며 물었다. 그녀는 밀가루 반죽 속에 팔꿈치까지 팔을 넣은 채였다. "엘시가 리비 양에게 뜨거운 물을 가져가던 중에 고함을 들었대요."

"레이디 피비가 뭔가에 크게 흥분한 것처럼 보이더군." 솜스 씨가 조용하고 침착한 말투로 대답했다. "자세한 얘기는 듣지 못했지만 뭔가 시체와 관련된 거라는데."

"시체요? 아이고, 맙소사. 그래서요?" 모틀록 부인이 손을 털자 그녀 주위로 밀가루가 뿌옇게 피어올랐다. "가엾은 레이디 피비. 설마 아가씨가 시체를 발견한 건 아니겠죠. 그런 충격은 레이디 피비같이 어리고 여린 소녀의 마음을 뒤흔들 수도 있다고요."

솜스 씨가 미소를 지었다. "내가 보기에 레이디 피비는 우리만큼이나 냉정한 것 같구려, 모틀록 부인. 하지만 당신 말처럼 이곳 팔리에서 시체가 발견되다니 참으로 우려스럽군."

"어디서 찾았대요, 솜스 씨? 우리가 아는 사람이에요?" 모틀록 부인은 이제 본격적으로 관심을 보이며 반죽 그릇을 치우고 물었다.

"내가 직접 들은 게 아니오. 아가씨가 시체를 찾았다는 것밖에 몰라요. 승마복을 입은 채 집에 들어왔으니까 영지에서 찾았나 보다 하고 짐작할 수밖에 없지."

"그들 군인이요." 부엌 하녀인 루비가 개수대에서 말했다. "다들 섹스에 굶주렸다는데요."

모틀록 부인이 놀라 헉하는 소리를 냈다.

"루비, 그런 말은 어디서 들은 게냐?" 솜스 씨가 따지듯 물었다. "이런 집 하인의 입에서 나올 말은 아니로구나."

"엘시가 하는 말을 들었어요." 루비가 말했다. "제니에게 말하고 있었죠. 그리고 엘시는 만화책에서 봤고요. 할리우드에서는 늘 섹스 얘기만 한다는데요. 어쨌든 엘시 말이 군인은 전부 다 섹스에 굶주렸대요. 군인 중 몇몇은 엘시가 문에 달린 노커를 닦고 있는데 술집에 같이 가서 한잔하자고 했고요."

"엘시가 그 녀석들 코를 납작하게 해 줬길 바란다." 모틀록 부인이 말했다. "그 애한테 한마디해야겠어요, 솜스 씨. 아무리 전쟁 중이라도 규범을 안일하게 생각하면 안 되잖아요."

"그 아이에게 분명히 말해 둬야 할 거요, 모틀록 부인. 집사나 감독하는 하인이 없으면 일어나는 일이지. 젊은이들은 못된 생각에 빠지니까."

"어떤 시체라고들 하던가요?" 모틀록 부인이 물었다.

"틀림없이 그들이 마을 여자애를 꾀어 관계를 가졌고, 그 충격으로 그 애가 죽었겠죠." 루비가 계속 지껄였다.

"이제 그만해, 루비." 솜스 씨가 단호하게 말했다. "그런 얘기라면 다시는 듣고 싶지 않다."

"그래도 다행히 루비는 감자를 씻고 껍질을 벗기느라 눈코 뜰 새 없이 바쁘니까 군인을 마주칠 일은 없겠네요." 모틀록 부인이 루비를 향해 오랫동안 경고의 눈빛을 보내며 말했다. "그리고 그 애가 서두르지 않으면 점심이 늦어질 게다. 나리가 또 채소만 든 파이인 걸 아시면 뭐라고 말씀하실지 모르겠지만 이번 달에는 고기 배급권을 다 쓰고 없구나."

"농장이 있고 이 가축이 있는데 이곳 가족이 고기를 먹을 수 없다니 불공평한 것 같네요."

"저 가축, 루비. 정말이지 네 어법은 한심하구나!" 솜스 씨가 한숨을 쉬었다.

"불평을 하는 건 아니야." 모틀록 부인이 말했다. "우리가 대다수보다 형편이 좋다는 건 알아. 가축을 키우는 이들이 도시에 사는 이들과 나눠야 하는 거야 당연하지. 그래도 일주일에 일인당 고기 백 그램을 배급받아 먹음직스러운 음식을 만들어 내는 게 얼마나 어려운지."

"공장에서 많은 돈을 벌 수 있는데 이런 부엌에 틀어박혀 설거지나 하다니 불공평한 것 같아요." 루비가 혼잣말처럼 중얼거렸다.

"그래, 어느 공장에서 널 데려가겠니?" 모틀록 부인이 따져 물었다. "공장에서 일하려면 영리하고 손도 빠릿빠릿해야 해. 넌 손으로 하는 건 다 젬병이잖아. 하루도 못 붙어 있을 게다. 아서라, 얘야. 마님이 널 여기에서 일하게 해 준 것만으로 감지덕지해야지. 안 그랬음 넌 차가운 빗속에서 감자 캐는 데 동원됐을걸."

"그랬으면 좋겠어요. 적어도 거긴 말할 상대나 있죠." 루비가 말했다. "남자 하인들이 다 가 버리고 나니까 하나도 재미없어요. 남은 이들이라고는 엘시와 제니, 마님의 하녀, 유모뿐이라고요."

"우리도 딱히 재미있지는 않다, 루비." 솜스 씨가 말했다. "내 나이 그리고 위치를 생각할 때 식탁에서 시중을 들며 하인들의 일을 하는 게 달갑지는 않아. 그래도 가족들이 내게 의지하고 있다는 걸 아니까 기꺼이 하는 거다. 무엇보다 나리 가족의 기대를 저버릴 수 없으니까. 우리는 이 저택이 평소와 다를 바 없이 잘 돌아가는 것처럼 보이도록 애써야 한다. 알겠니?"

"네, 솜스 씨." 루비가 유순한 어조로 대답했다.

"레이디 피비에게 브랜디를 넣은 따뜻한 코코아를 올려 보내는 게 좋지 않을까요?" 모틀록 부인이 물었다. "브랜디가 충격을 받았을 때 좋다고 하잖아요, 안 그래요?"

"젊은이들을 잘 아는데, 레이디 피비는 시체를 발견해 충격을 받았기보다는 스릴을 느꼈을 거요, 모틀록 부인. 그러니 아침을 잔뜩 먹을 거요." 솜스 씨가 문 쪽으로 걸어가며 미소 지었다.

피비가 막 그녀의 방에서 나오자 복도 저 끝의 문이 열리며 게슴츠레한 얼굴이 쑥 나왔다. "새벽녘부터 복도를 이리저리 뛰어다니며 사람들을 깨운 게 너였어?" 레이디 다이애나 서턴이 성마른 목소리로 물었다. 그녀는 파란 실크 잠옷을 입고 있었고, 금발의 단발머리는 헝클어져 있었다.

"몇 시간 전에 이미 날이 밝았어, 디도." 피비가 말했다. "난 벌써 말까지 타고 왔다고. 언니는 내가 뭘 발견했는지 절대 못 맞힐걸!"

"빨리 말해. 궁금해 죽겠네." 레이디 다이애나는 복도로 나와 심드렁하고 교양 있어 보이길 바라며 문틀에 기댔다. "버섯이라도 봤어? 아니면 여우?"

"시체야, 디도." 피비가 말했다.

"시체? 사람의 시체? 죽었어?"

"시체들은 보통 그래. 게다가 이건 정말 완전히 죽었다고. 비행기에서 떨어졌거든."

"그걸 어떻게 알아?"

"펴지지 않은 낙하산 일부를 걸치고 있었어."

"맙소사." 순간 디도는 교양 있는 언행을 잊어버렸다. "아빠에게 말씀드렸어?"

"응. 그래서 의논하러 부대 사람들에게 가셨어."

"잠깐." 레이디 다이애나가 말했다. "옷 입고 올 테니까 치우기 전에 나 좀 데려가 보여 줘."

"아빠가 탐탁지 않게 여기실 텐데." 피비가 말했다. "아빠가 군인들과 함께 있을 땐 안 돼."

"찬물 좀 끼얹지 마, 핍스." 다이애나가 말했다. "이 주변에서 일어날 성싶은 것 중에 가장 흥미로운 걸 최대한 이용해야 하잖아. 넌 어떤지 모르겠지만 난 심심해 죽을 것 같아. 정말이지 불공평해. 지금쯤 난 사교계에 진출했어야 해. 어쩌면 나도 마고처럼 아주 매력적인 프랑스 백작이랑 약혼했을지도 몰라. 그런데 현실은 주변에 재미없는 군인들과 나이 많은 농부밖에 없고, 아빠는 내가 런던에 가는 것조차 허락하지 않으셔. 농장 일꾼들 머리엔 한 가지 생각밖에 없다며 랜드걸이 되는 것도 안 된다고 하셔. 내가 정말 침을 흘리는 게 그 한 가지라는 걸 아빠는 모르는 걸까?"

"그게 뭔데?" 피비가 물었다. "남자 친구?"

"얘야, 섹스 말이야. 지금은 이해 못 해도 언젠가는 너도 알게 될 거야." 그녀의 눈빛에 피비는 기가 죽었다. "난 이런 어리석은 전쟁이 정말 싫어. 그러니까 네가 보여 주든 말든 그 시체를 꼭 봐야겠어." 그녀가 몸을 돌려 자신의 침실로 들어가며 어찌나 문을 세게 닫았는지, 벽에 걸린 그림들이 못에서 위태롭게 흔들렸다.

4

팔리 들판
1941년 5월

“어떻소?” 웨스터햄 경은 옆에 서 있는 지휘관을 올려다봤다. “당신네 부대 소속이오?” 그는 로열 웨스트 켄트 연대가 자신의 집을 차지하고 있는 것이 탐탁지 않았지만 지휘관인 프리처드 대령만큼은 용인해 주었다. 그는 신사였고 바람직한 부류의 남자로, 자신이 이끄는 부대가 가능한 한 분란을 일으키지 않도록 줄곧 애써 왔다.

시체를 내려다보는 프리처드 대령의 얼굴은 다소 파랗게 질려 있었다. 그는 단정하게 다듬은 작은 콧수염을 기른, 키가 작고 말쑥한 남자였다. 군복을 입고 있지 않으면 군인이라고는 생각하지 못할 인상이었다. 회사원이나 은행가처럼 보일 터였다. 그는 피에 물든 풀밭에서 군화를 신은 발을 떼었다. “우리 사병들은 비행기에서 뛰어내리지 않습니다.” 그가 말했다. “분명히 말씀드리건대 우리는 보병대입니다.”

“하지만 당신네 군복을 입고 있지 않소?”

"말씀드리기 어렵군요. 조금 비슷해 보이기는 합니다만," 대령이 인상을 찌푸렸다. "말씀드렸듯이 제 부하가 비행기에서의 점프를 명 받았다면 제게 보고가 되었을 겁니다. 또 한 명이라도 소재가 확인되지 않았다면 그것도 보고를 받았을 테죠."

"그래서 이제 어떻게 되는 거요?" 웨스터햄 경이 힐문했다. "내 땅에 이자를 이대로 두어서 내 사슴들을 겁먹게 할 순 없소. 누가 이자를 수습해야 하오. 지역 경찰을 불러다 가장 가까운 시체 보관소에 싣고 가게 하는 게 좋지 않겠소?"

"적절한 방식은 아닌 듯합니다." 프리처드 대령이 말했다. "어쨌든 군복을 입고 있으니까요. 군에서 처리해야 할 사안입니다. 누군가는 저 남자가 누구인지, 아니 누구였는지 알 겁니다. 누군가 어젯밤에 실패로 끝나고 만 낙하산 강하를 지시했나 봅니다. 왜 하필 여기인지는 말씀드릴 수 없습니다만."

"바람 때문에 경로를 벗어났는지도 모르겠군."

"어젯밤에는 미풍도 거의 불지 않았습니다." 프리처드 대령이 말했다. "게다가 낙하산의 모양으로 판단해 보건대 그는 그리 오래 떠 있지 않았습니다. 저 가엾은 친구의 인식표를 살펴볼 수는 있겠지요. 그러면 적어도 그가 누구였고, 어디에서 왔는지는 알게 될 겁니다." 그는 그 생각에 극도의 혐오감을 느끼며 몸서리쳤다.

두 사람은 몸을 굽혀 그들 사이에 있는 시신을 뒤집었다. 뼈라는 뼈는 다 부서진 듯 뼛조각이 담긴 자루를 움직이는 것 같았고, 이번에는 웨스터햄 경조차 몸서리를 쳤다. 시체의 앞면은 피로 범벅이 되어 있었고, 얼굴을 알아볼 수 없었다. 대령은 고개를 돌리고 군복의 맨 위 단추를 풀어 인식표를 잡아당겼다. 그게 녹색이었는지 붉은색이었는지 말하기도 어려웠고, 인식표를 이은 줄은 이제 끈적끈적하게 말라 가고 있었다. 파리들이 이미 시체를 찾아냈고, 떼로 몰려들어 윙윙대는 소리가 고요한 풀밭을 뒤덮었다. 프리처드 대령은 주머니에서 칼을 꺼내 인식표를 연결한 끈을 잘랐다.

"지금 당장은 아무것도 읽지 못하겠군요. 피를 씻어 내야겠습니다." 그가 풀 먹인 새하얀 손수건을 주머니에서 꺼내 조심스럽게 인식표를 감쌌다.

"저길 보시오. 이자는 당신네 소속이었소." 웨스터햄 경이 어깨의 계급장을 가리키며 말했다. 피와 더께 사이로 '로열 웨스트 켄트'라고 쓰인 글자들을 간신히 알아볼 수 있었다.

"맙소사." 프리처드 대령이 응시했다. "이자는 뭘 하려던 생각이었을까요? 무모한 놀이, 아니면 그저 장난? 공군에 친구라도 있어서 일조점호 때 내려앉아 우리 모두를 놀라게 할 생각이었을까요? 그의 운명이 다른 이들에게는 이런 어리석은 짓을 하지 못하게 하는 본보기가 되길 바라죠."

다이애나는 잰걸음으로 계단을 내려와 밖으로 나왔다. 그녀는 자신이 지나갈 때 군인들에게서 쏟아지는 은밀한 시선을 익히 알고 있었고, 그래서 남몰래 웃음 지었다. 빨간 리넨 바지에 어깨가 드러나는 홀터 상의는 그 시간대에 입기에 꽤 추운 옷차림이었지만 매우 패셔너블했다. 그리고 굽이 높은, 끈으로 묶는 샌들을 신었다. 첫 번째 잔디밭을 가로지를 즈음 샌들은 이슬로 젖었고, 그녀는 카디건을 입지 않은 게 약간 후회되었다. 그러나 시체를 들것에 싣고 있던 한 무리의 군인들에게 다가가며 그런 생각들은 이내 증발했다. 시체는 이미 천으로 덮여 있었다. 근처에는 구급차가 서 있었다. 다이애나가 자신들을 향해 다가오자 그들이 고개를 들었고, 그녀는 그들의 얼굴에서 놀라움과 감탄을 보았다.

"이 근처에 오면 안 됩니다, 미스." 그들 중 하나가 다가와 그녀를 가로막으며 말했다. "유감스럽게도 끔찍한 사고가 있었거든요."

"저분은 '미스'가 아니네. 경의 따님이지." 하사관 계급장을 단 나이 든 남자가 바로잡았다. "'레이디'라고 해야지."

"실례를 범했군요, 레이디." 젊은 남자가 말했다.

"걱정 마요. 난 정말 그런 바보 같은 규칙 따위엔 신경 쓰지 않으니까요. 내 이름은 다이애나예요. 그리고 시체를 보러 왔어요."

"보지 않는 게 좋을 겁니다, 레이디 다이애나. 제 말을 믿으시죠." 나이 든 남자가 말했다. "아주 엉망이랍니다. 가엾은 친구."

"스파이라고 생각해요?" 다이애나가 물었다. "독일 스파이들이 낙하산을 타고 침입한다고 하던데, 그런 말 못 들었어요?"

그 말에 군인들이 킥킥거렸다.

"그랬다면 우리 부대 군복을 구한 거겠죠." 나이 든 군인이 말했다. "아니요, 제 추측으론 일종의 훈련을 하다가 잘못된 것 같군요, 불쌍한 자식." 이내 그는 자신이 누구와 대화하고 있는지 상기하고 얼굴을 찡그렸다. "제 말을 용서하십시오, 레이디."

"상부에서 낙하산 시제품을 그 남자에게 시험해 본 건지도 모르죠." 또 다른 군인이 동의했다. "그들은 우리에게 말하지 않는 게 많잖아요. 우리를 실험용 기니피그처럼 이용한다니까요."

그의 동료들이 동의한다는 듯 고개를 주억거렸다.

"반지를 끼고 있던데, 얼간이 같은 놈." 젊은 남자가 질색하며 말했다.

"그럼 결혼했다는 건가?"

"되게 어리석은 거지." 젊은 남자가 말을 이었다.

"어째서요?" 다이애나가 물었다. "결혼해서 어리석다고요?"

"아니요, 레이디. 어리석다고 한 것은 하강 중에 반지가 걸리기라도 하면 손가락이 떨어져 나갈 수 있기 때문이죠."

다이애나는 그들이 아무렇지도 않게 그런 말들을 하는 것을 보고 진저리를 쳤다. 그러나 그때 그들은 이미 프랑스에서 싸웠고, 덩케르크에서 탈출했다. 자신들 옆에서 폭탄에 날아간 전우들을 보았다. 낙하산 점프의 실패는 그들에게 아무것도 아니었다. 들것이 실린 앰뷸런스가 떠났다. 남자들은 저택으로 발길을 옮겼다. 다이애나는 그들과 보조를 맞추며 걸었다.

"여기 얼마나 오래 머물 것 같아요? 아세요?"

"제가 아는 한 전쟁 내내요." 나이 든 남자가 말했다.

"저는 아니에요, 스미티. 저는 뭔가 전투를 경험해 보고 싶어요. 내일 당장 북아프리카로 출발해 로멜 부대와 맞서고 싶다니까요." 처음에 그녀에게 말을 걸었던 젊은 군인이 말했다.

"자네야 이제 막 입대했으니까, 톰. 우리와 덩케르크에 있었다면 그런 생각은 안 할걸. 내 인생에서 고향에 돌아온 걸 이토록 감사해 본 적이 없지. 작은 배들을 몰고 온 이들이 엄청난 일을 해냈어. 난 누군가의 요트를 타고 고향으로 돌아왔네. 그 상류층 인사가 우리 스무 명 정도를 요트에 욱여넣었지. 끔찍한 정원 초과였어. 난 요트가 뒤집힐 거라 생각했지만 그런 일은 일어나지 않았네. 그렇게 그는 우리를 해변에 내려 주고서 방향을 틀어 돌아갔어. 그런 일을 하려면 배짱이 필요하지."

다이애나가 고개를 끄덕였다. "그래서 여기 있는 동안 종일 뭘 하나요?" 그녀가 물었다.

"훈련과 연습이죠. 침공에 대비해."

"독일군이 침공할 거라 생각해요?"

"그야 시간문제일 뿐이죠." 그들 중 하나가 답했다. "터무니없이 막강한 전쟁 기계를 보유하고 있으니까요. 하지만 우리도 그에 맞서 준비할 겁니다. 놈들은 한바탕 치르지 않고는 우리를 통과하지 못할 겁니다."

"여러분 모두 대단히 용감한 것 같네요." 다이애나는 자신의 말에 쑥스러워하는 표정을 짓는 그들을 즐거운 듯 주시했다.

"마을에서 열리는 무도회에 한번 오셔야죠, 레이디." 대담한 남자가 말했다. "꽤 재미있거든요."

"갈 수도 있겠죠." 다이애나가 말했다. 하지만 '아버지께서 허락하시면요.'라는 말은 덧붙이지 않았다.

그녀는 집에 당도하자 다소 아쉬운 마음을 느끼며 주둔 구역으로 향하는 남자들을 지켜봤다.

집에 돌아온 피비는 옷을 갈아입기 위해 방으로 갔다. 전쟁 중이라 아무리 규범이 느슨해졌다고 해도 다이닝룸에서 승마 바지는 용납되지 않았다. 그녀는 혼자 있게 되자 그제야 다소 속이 메스껍다는 걸 알아차렸지만 아직 아침을 먹지 않은 탓으로 돌렸다.

"말 타고 왔니, 피비?" 가정교사인 검블 양이 방으로 들어왔다. 그녀는 키가 크고 말랐으며 몸가짐이 발랐다. 얼굴은 지금 다소 여위었지만 전에는 분명 보기 좋았을 터였다. 사실 그녀는 좋은 가문 출신이어서 결혼을 잘했을 수도 있었지만 전쟁이 남편을 찾을 기회를 빼앗았다.

그녀는 디도가 스위스에 있는 예비 신부 학교에 가게 되었을 때, 피비의 가정교사로 고용되었다. 두 사람은 서로 잘 맞았다. 피비는 총명한 소녀여서 가르치는 기쁨이 따랐다. 하지만 검블 양은 가정교사를 그만두고 전시 근로에 지원해야 하는 게 아닌지 줄곧 양심의 가책을 느끼고 있었다. 그녀는 머리가 좋았다. 틀림없이 여러 방면에서 도움이 될 수 있을 터였다.

피비가 시선을 들었다. "오, 안녕하세요, 검비. 방에 들어오는 소리를 못 들었어요. 내가 오늘 뭘 발견했는지 짐작도 못 할걸요. 오늘 아침에 말을 타다가 저 멀리 들판에서 시체를 발견했어요."

"시체? 세상에. 아버지께 말씀드렸어?"

"네. 그래서 아빠와 부대 사람이 살펴보러 갔어요. 낙하산이 펴지지 않은 남자의 시체요. 비행기에서 떨어진 게 분명해요. 끔찍하게도 온몸이 다 부서졌어요."

"끔찍했겠구나." 검비가 말했다.

"네, 그랬어요. 조금요." 피비가 말했다. "하지만 선생님은 저를 자랑스러워하셨을 거예요. 누구에게도 동요하는 모습을 보이지 않았거든요. 가장 끔찍했던 건 내가 말을 타고 그 시체를 뛰어넘을 뻔했다는 거예요. 상상이 가세요? 다행히 사냥터 관리인 오두막에서 지내는, 런던에서 온 남자애가 달려와서 내 앞을 막아섰어요. 사실 아주 용감했죠."

"칭찬할 만하구나." 검비가 원피스의 단추를 채워 주려고 피비의 뒤로 갔다. 피비가 유모를 두기에는 이제 나이가 너무 많다고 주장한 터라 그녀의 가정교사가 이런 일들을 맡아 했다. 검비는 스스로 필요 없다고 주장해도 열두 살짜리 소녀에게는 어느 정도의 돌봄이 필요하다는 것을 알아챌 만큼은 똑똑했다. 아이의 어머니 레이디 에스메는 무척 좋은 사람이었지만 어머니로서 아이들을 돌보는 일에는 무심했고, 대체로 무엇이든 딸들이 스스로 하도록 내버려 두는 편이었다. 검블 양은 그들 모두가 놀랄 만큼 잘 자랐다는 것에 놀랄 뿐이었다. 그녀는 피비에게 미소를 지어 보였다.

"내가 너라면 공부 시작하기 전에 내려가서 아침을 든든하게 먹겠어. 충격을 받았을 때는 음식이 최고야. 음식 그리고 뜨겁고 달콤한 차. 기적 같은 효과가 있지."

피비는 땋았던 머리를 풀고 머리를 빗기 시작했다. "그 남자가 누구였을지 궁금해요. 불쌍도 해라."

"야간 훈련을 하다가 뭔가 잘못됐겠지." 검블 양이 말했다. "특공대 훈련 같은 거 말이야."

"끔찍한 일이 너무 많이 일어나고 있는 것 같지 않아요?" 피비가 담황색 머리카락이 단단하게 엉킨 곳을 빗으로 세게 잡아당기며 말했다.

"앨피는 거리에 누워 있는 죽은 아기와, 폭발로 옷이 벗겨진 여자도 봤대요."

"가엾은 앨피. 전쟁의 고통스러운 광경에서 벗어나게 하려고 여기로 보내졌는데, 이제 전쟁이 그 애를 따라왔구나."

그녀는 피비에게서 솔빗을 받아 들었다. "리본을 줘 봐. 이상한 나라의 앨리스 같은 모습으로 내려갈 순 없잖아."

피비가 순순히 몸을 돌려 가정교사가 머리를 다시 묶도록 했다. "검비." 그녀가 말했다. "전쟁이 얼마나 오래 계속될 것 같아요? 오랫동안?"

"그랬으면 좋겠다." 검블 양이 대답했다.

피비는 충격을 받고 몸을 돌렸다. "전쟁이 계속되길 바란다고요?"

"그래. 빨리 끝나면 독일이 이길 거라는 뜻이니까."

"이긴다고요? 영국에 쳐들어온다는 말인가요?"

"유감스럽지만 그렇단다."

"그럴 수도 있다고 생각해요?"

"정말이지 그럴 수도 있을 것 같아, 피비. 물론 우리도 최선을 다할 테지만. 처칠 씨는 우리 영국이 해변에서, 그리고 뒤뜰에서도 적과 맞서 싸울 거라고 말했지. 하지만 막상 그런 일이 닥치면 얼마나 많은 사람이 실제로 싸울지 의문이야."

"아빠라면 싸울 거예요." 피비가 말했다.

"맞아, 나도 그러시리라 생각해." 검블 양이 맞장구쳤다. "그런데 싸우지 않으려는 사람도 많아. 우리 모두 이미 전쟁에 질릴 대로 질렸고, 만약 전쟁이 훨씬 오래 지속된다면…… 음, 우리의 생활을 정상으로 되돌려 줄 사람이 있다면 누구든 환영할 거야."

그녀가 피비의 머리를 리본으로 묶었다. "어서 가. 아버지가 먹을 만한 음식을 다 드시기 전에 내려가렴."

5

팔리 저택의 모닝룸
1941년 5월

피비는 사실 전쟁 전에 식사를 하던, 떡갈나무 패널로 된 휑뎅그렁한 방보다 이 다이닝룸이 좋았다. 전에 이곳은 연파랑 페인트칠에 걸레받이가 금박으로 장식된 음악실이었고, 길쭉한 프랑스식 창문으로는 호수가 내다보였다. 창문으로 햇살이 쏟아져 들어왔다. 피비는 추위를 느꼈던 터라 따뜻하고 마음이 편해지는 걸 느꼈다. 그녀는 부질없이 스크램블드에그를 찾다가, 신이 나서 날뛰는 잉글리시 세터 두 마리 뒤를 이어 아버지가 들어왔을 때 접시에 케저리를 담았다.

"내 것도 남겨 놓았길 바란다." 그가 성큼성큼 사이드보드로 걸어오며 말했다. "요 녀석들, 저리 가서 날 좀 조용히 있게 해 주겠니? 알다시피 베이컨은 구경도 못 할 테니까. 전쟁 중이란다."

"아침 식사를 하신 줄 알았어요." 피비가 케저리를 한 숟가락 가득 떠먹었다. 아쉽게도 거의 식었지만 훈제 청어 살이 들어 있어 맛은 괜찮았다.

"아침을 먹다가 중단되었지. 너도 기억할지 모르겠다만." 웨스터햄 경이 보온용 냄비의 은제 뚜껑을 열었다. "아, 좋아. 아직 많이 남아 있군. 아직 아무도 안 일어났니?"

"디도는 일어났어요. 저더러 시체가 있는 곳을 알려 달래요."

"그 젊은 처자는 조심하지 않으면 난처한 일을 겪게 될 거야." 그는 레이디 에스메가 편지를 들고 들어오자 고개를 들었다. "들었소, 에스메? 당신의 바보 같은 딸이 우리 들판에 떨어진 남자의 시체를 보고 싶어 했다는군." 그가 식탁의 상석에 앉았다. 개들이 기대에 찬 눈빛으로 그의 옆에 앉았다.

레이디 에스메의 얼굴에 희미하게 놀란 빛이 스쳤다. "모닝티를 마실 때 그런 말을 들은 것 같네요." 그녀가 말했다. "음, 궁금해할 수도 있죠. 그 나이 때 나도 그랬던 것 같아요. 누구의 시체던가요?"

"빌어먹을 군대 놈이지. 하지만 대령도 자기 부대 소속인지 모르더군. 내 생각으로는 뭔가 수상한 냄새가 나."

"엄마, 내가 시체를 찾았어요." 피비가 말했다.

이제 레이디 웨스터햄은 토스트 한 조각을 들고 남편 옆에 앉아 있었다. "그랬니, 얘야? 흥분되는 일이었겠구나."

피비는 엄마를 힐끗 보았다. 검비는 자신이 시체에 충격을 받았다는 것을 알 만큼은 통찰력이 있었지만 지금 차분하게 봉투를 개봉하고 있는 엄마는 그렇지 않았다. "오, 클레미 처칠에게서 온 편지예요." 그녀가 처음으로 열정적인 모습을 보이며 말했다. "다음 달 차트웰에서 열리는 가든파티에 관한 소식을 기다리던 참이었거든요."

"가든파티?" 웨스터햄 경이 큰소리를 냈다. "클레미 처칠은 전시 중이란 걸 모르나?"

"당연히 알죠. 하지만 윈스턴이 고향인 차트웰을 그리워하니 기운을 북돋아 줄 필요가 있잖아요. 그래서 남편이 그토록 그리워하는 집에서 작은 가든파티를 준비하는 거죠." 그녀가 말했다. "편지 좀 읽게 가만있어 보세요, 로디."

그녀의 눈이 편지를 훑었다. "가엾기도 하지." 그녀가 말했다.

"수상의 아내로 사는 게 가엾게 여겨질 줄 생각도 못 했구려." 웨스터햄 경이 음식을 씹으며 웅얼거렸다.

"윈스턴은 지독한 과로에 잠을 거의 자지 못하고, 그래서 툭하면 신경질을 부린대요."

웨스터햄 경이 코웃음을 쳤다. "윈스턴과 알고 지낸 이래 그는 항상 신경질적이었소. 뭐든 자기가 원하는 대로 되지 않으면 바로 폭발하지. 전쟁에서 지는데 누군들 상냥하겠소."

레이디 에스메는 여전히 읽고 있었다. "그분이 차트웰을 얼마나 사랑하는지 알잖아요. 우리 집에서 지내라고 초대하고 싶지만……."

"에스메, 우린 정어리처럼 꽉 끼어서 지내고 있소." 웨스터햄 경이 말했다. "영국의 수상을 초대해 하녀들 숙소에 잠자리를 마련해 줄 수야 없지 않소." 그는 그 생각에 빙긋 웃었다.

"바보 같은 말씀 마세요." 레이디 웨스터햄이 편지에서 눈을 떼지 않고 차분하게 말했다. "오, 이런." 그녀가 편지를 읽으며 외쳤다. "얼마나 상심이 클까."

웨스터햄 경이 눈썹을 치켜세웠다.

"어쨌든 다음 달에 수상이 전사한 용감한 젊은이들을 추모하는 행사에 참석하러 비긴 힐 비행장에 온다고 전에 말했잖아요. 클레미는 차트웰 가든파티 때 내가 도와줬으면 했지만 윈스턴이 기별을 보내

단호하게 반대 의사를 밝혔대요. 전시 중에 파티는 없다면서요. 요즘 같은 경제 시기에 우리가 모범을 보여야지, 주말에 집을 개방해서는 안 된다고. 딱 그 사람답지 않아요?"

"형편없는 미국식 말투군. '주말'이라는 단어 하며." 웨스터햄 경이 말했다. 그는 수년 동안 처칠을 알아 왔지만 그의 미국인 어머니만큼은 여전히 너그럽게 봐주지 못했다.

"제발 끼어들지 말고 조용히 해요, 로디." 레이디 웨스터햄이 식탁 건너편에 앉은 그를 향해 얼굴을 찌푸렸다. "오, 이거 참 멋진 생각이네요. 들어 봐요, 로디. 행사 후에 잔디밭에서 차를 마시러 이리로 와도 되는지 궁금하대요. 옛 이웃과 함께하는 시간이 윈스턴에게 기분 좋은 깜짝 선물이 될 거라고 하네요."

"수상이 여기에 차를? 그들에게 뭘 먹일지 계획이라도 있소? 민들레? 두 사람은 자기들 배급 카드를 가져올 생각인가?" 웨스터햄 경이 따지듯 물었다.

"까다롭게 굴지 마요, 로디. 당신도 처칠 부부를 보고 싶잖아요. 그리고 우리에겐 텃밭이 있고요. 그때쯤이면 딸기가 익을 테고, 샌드위치에 넣을 오이와 채소도 있을 거예요. 어떻게든 잘 해낼 수 있어요. 그러니 답장에 멋진 생각이라고 써서 보낼게요, 그래도 되죠?"

웨스터햄 경이 대꾸하기 전에 문이 열리며 서턴가 자매의 맏이인 올리비아가 들어왔다. 겨우 스물여섯 살이지만 벌써 아줌마처럼 보이기 시작했다. 그녀는 하얀 둥근 옷깃이 달리고 앞에는 핀턱 주름을 넣어 풍만한 가슴을 강조한 감청색 원피스를 입고 있었다. 그리고 둥근 얼굴에 어울리지 않게 목덜미에서 감아올린 머리를 하고 있었다.

"찰리가 기침을 좀 해요." 그녀가 말했다. "병에 걸린 게 아니면 좋겠어요. 아버지, 편지는 아직인가요? 테디에게서 소식이 있나요?"

"고지서 몇 장, 네 엄마에게 온 처칠 부인의 편지 말고는 없다." 웨스터햄 경이 말했다. "네 남편은 너무 즐겁게 지내느라 편지 쓸 생각도 못 하나 보구나."

"그런 말씀 마세요, 아버지. 임무를 수행하는 것뿐이에요. 파견된 곳에 갈 수밖에 없었어요."

"그리고 바하마가 고생하는 파견지는 결코 아니지." 웨스터햄 경은 희미하게 웃고 있는 아내를 봤다.

"그에게 얼마나 잘된 일이니. 해변이 무척 아름답다던데."

그때 디도가 들어오자 모두 고개를 들었다. 맨살이 드러난 어깨와 팔에는 오소소 소름이 돋아 있었지만 얼굴은 밖에 있다 오느라 발갛게 상기되어 있었다. "어머나, 온 일가가 여기 있네요. 뭐 하세요, 엄마? 결혼한 여자의 몇 안 되는 사치 중 하나가 침대에서 아침을 먹는 거라고 하신 줄 알았는데요."

"얘야, 난 신선한 갈색 달걀과 솔저얇게 자른 토스트를 고대하곤 했단다. 마가린을 바른 토스트를 먹는 데 굳이 침대에 머물 필요는 없지."

"시체를 찾으러 나갔다고 들었다, 디도." 아버지가 말했다. 그는 디도를 비난의 눈으로 보았다. "그런 차림으로 밖에 나갔다 온 건 아니겠지? 뇌 검사를 받아 봐야겠구나. 밖에 시간이 철철 남아도는 빌어먹을 군인들이 어슬렁대고 있는데 말이다. 그러다 큰일 날 게다."

"군인들은 제게 아주 친절했어요, 아빠. 게다가 너무 늦게 나가는 바람에 시체는 보지도 못했고요." 디도가 마지막 남은 케저리를 접시에 덜며 말했다. "오, 맛있겠다. 스터빈스 부인은 역시 대단해. 우리를 위해 훈제 청어를 또 구했네요."

“우리가 훈제 청어에 이리도 기뻐하는 날이 오리라고는 꿈에도 생각 못 했지.” 웨스터햄 경이 말했다. “아예 없는 것보다 맛이라도 보는 게 낫긴 하지만 반으로 가른 청어 두 쪽을 혼자 먹던 때가 참으로 그립군.” 그는 몸을 돌려 딸을 향해 손가락 하나를 흔들며 경고의 손짓을 했다. “하지만 앞으로는, 다이애나, 저택 경내를 혼자서 돌아다녀선 안 된다. 특히 그런 옷차림으로는 더더욱. 꼭 잠옷을 입은 것처럼 보이는구나.”

“최신 유행의 옷이에요, 아빠. 적어도 「보그」가 나오던 때에는 그랬죠. 시골 깊숙한 곳에 갇혀 지내는 마당에 유행을 따르려는 게 무슨 의미가 있나 모르겠지만요.” 그녀는 피비의 접시 옆에 자신의 접시를 내려놓고 손을 뻗어 잉글리시 세터의 머리를 쓰다듬고는 냅킨을 들었다. “런던에서 일자리를 구하게 허락해 주시면 앞으로 다시는 성가시게 하지 않을게요, 아빠. 그리고 제게는 시간이 별로 남아 있지 않아요, 그렇죠?” 그녀가 씁쓸한 투로 말했다. “심심해 죽겠어요. 아시잖아요. 전쟁 중이에요. 흥미진진한 일 지천이라고요. 저도 거기에 끼고 싶어요.”

“전에 다 끝난 얘기다, 디도.” 웨스터햄 경이 말했다. “런던에 혼자 가서 일하기엔 넌 너무 어려. 자작농에서 가축 치는 걸 거들든가 마을 학교에서 애들 가르치는 걸 돕는 건 상관 안 한다만, 거기까지다. 이 문제에 관해서는 더 왈가왈부하지 않으마. 다시는 그 말을 입 밖에 내지 마라.”

디도가 한숨을 쉬더니 식탁 맨 끝에 앉았다. 무겁고 신중한 발걸음 소리에 모두 고개를 들었고, 솜스가 은쟁반을 들고 들어왔다.

“마님께 온 편지가 있습니다.” 그가 말했다. “인편으로 왔습니다.”

레이디 에스메는 놀란 표정으로 편지를 받았다. "세상에. 놀랄 일이 많은 오전이네요. 요즘 같은 때 누가 내게 편지를 쓴 걸까요?" 가족들이 기다리는 가운데 그녀가 봉투를 들어 뒷면에 찍힌 문장을 확인하고는 미소 지었다.

"오, 레이디 프레스콧이에요. 원하는 게 뭘까? 난 우리가 그들에 비해 어처구니없을 만큼 단조롭고 구식이라고 생각했는데."

"설탕 한 컵을 빌리고 싶나 보지." 웨스터햄 경이 코웃음을 치며 대꾸했다. "지금은 누구나 어려운 때요. 프레스콧가마저도."

"오, 프레스콧가는 그렇지도 않은 것 같아요." 리비가 말했다. "찰리를 유모차에 태워 나갈 때마다 그 집 앞에 서는 배달용 트럭을 본 것 같아요."

"뭐라고 쓰여 있어요, 엄마?" 디도가 물었다.

레이디 에스메가 고개를 들더니 기뻐하는 미소를 띠고 소리 내어 편지를 읽기 시작했다.

레이디 웨스터햄께

우리 집의 희소식을 마을의 소문을 통해 듣기 전에 먼저 알리고 싶었어요. 우리 아들이 온갖 역경을 딛고 무사히 집에 도착했답니다. 총상으로 인한 감염에서 회복 중이라 당연히 몸은 축났지만 완전히 회복될 거라 기대하고 있어요.

우린 그 애가 회복되면 귀댁의 참석을 바라며 조촐한 디너파티를 열길 고대하고 있답니다.

그럼, 안녕히

매들린 프레스콧

그녀는 편지를 접고 활짝 웃으며 가족을 둘러봤다. "멋지지 않아요? 당장 패멀라에게 편지를 써야겠어요. 그 애가 설레할 거예요."

"우리 중 누구도 아닌 왜 패머예요?" 디도가 따지듯 물었다. "가장 아끼는 딸이라서?"

"디도, 패머가 제러미를 얼마나 좋아하는지 알잖아. 사실, 이 어리석은 전쟁만 일어나지 않았다면 지금쯤 결혼 발표가 있었을 거란 생각이 드는구나." 그녀가 수수께끼 같은 미소를 지었다.

"엄마, 엄마는 딸들을 시집보내고 싶어 아주 안달이 나신 거 아니에요? 제러미 프레스콧은 전혀 충실한 남자처럼 보이지 않던데요."

"젊은 남자들 대부분이 한때 젊은 혈기로 방탕한 생활을 하기도 하지만 때가 되면 정착하기 마련이란다." 레이디 에스메가 말했다. "아무튼 중요한 건 제러미가 이제 집에 왔으니 모든 게 잘될 거라는 거야." 그녀가 일어났다. "당장 패머에게 편지를 써야겠다."

디도는 엄마가 나가는 모습을 지켜봤다. "난 대체 어디서 남편감을 구해야 할지 모르겠어." 그녀가 말했다. "이곳 시골에 처박혀 있으니 돼지 치는 농부밖에 더 있겠어."

디도의 말에 피비가 낄낄거렸다. "고약한 냄새가 나겠네." 그녀가 말했다. "하지만 언닌 좋은 베이컨을 얻을 거야."

"비꼬는 말이었어, 핍스." 디도가 말했다. "모두에게 난 언니들처럼 사교계에 데뷔할 수 없다는 걸 상기시키고 싶었을 뿐이야."

"내가 이 망할 전쟁을 지시한 게 아니다." 웨스터햄 경이 말했다. "그리고 넌 아직 젊어. 전쟁이 끝나면 파티와 무도회에 갈 기회가 많을 게다."

"독일 포크댄스를 출 줄 안다면요." 피비가 말했다.

웨스터햄 경의 얼굴이 붉어졌다. "재미없구나, 피비. 전혀 우습지 않아. 독일이 승리하는 일은 없을 테고, 이제 이런 얘기는 끝이다."

그는 냅킨을 내던지고 성큼성큼 방에서 나갔다.

오전 늦게 대령의 부관 하틀리 대위가 자신의 지휘관을 찾았다.

"인식표를 확인했습니다만 웨스트 켄트 연대에 일치하는 병사는 없습니다. 그리고 아내의 출산으로 이틀 휴가 중인 존스와 맹장염으로 입원 중인 패터슨을 제외하면 아침 점호에 결원은 없었습니다."

"그래서 이제 우리가 어떻게 해야 한다고 생각하나?" 프리처드 대령이 군모를 비스듬하게 밀어 머리를 긁었다. "이 골치 아픈 자가 누구인지, 어째서 우리 군복을 입고 있는지 알아내야겠지."

"그자가 스파이라는 가능성도 배제할 수 없습니다. 웨스트 켄트의 군복을 입고 있다는 사실이 그자가 이 지역을 배회할 좋은 구실이지 않았겠습니까?"

프리처드 대령은 이 사이로 공기를 빨아들였다. "그런 얘기를 들었지만 모두 루머였네."

"오, 주위에 제오열이 많이 있다고 확신합니다."

"그렇게 생각하나?" 프리처드 대령이 눈을 부라렸다. "영국인이 의도적으로 훈족세계대전 중 독일인을 경멸적으로 가리키던 말을 위해 일하길 원한다고?"

"유감스럽게도 그렇습니다. 누군가 그들과 접선할 필요가 있다면, 달이 없는 캄캄한 밤에 낙하산 강하보다 더 좋은 게 뭐겠습니까?"

프리처드 대령은 그를 지나 멀리 잔디밭을 응시했다. 그는 이곳이

블레이크가 푸르고 즐거운 땅이라고 노래한 영국이라는 사실을 믿기 어려웠고, 자신들은 집에서도 더는 안전하지 않았다. 폭탄이 무차별적으로 쏟아지고 있었다. 어쩌면 자신들 주변에 스파이들이 활동하고 있는지도 몰랐다.

"인식표를 육군 정보부로 보내게. 그들이 와서 시체를 수습해 갈 걸세. 이제 우리 손을 떠난 일이네." 그가 그렇게 말하고 고개를 드는데, 사병 하나가 잰걸음으로 그들에게 다가왔다. 그가 멈춰 서더니 차려 자세를 취하고 경례했다.

"실례하겠습니다, 대령님." 그가 말했다. "저는 오늘 시체를 수습하러 온 대원입니다. 수습할 때 뭔가 이상하다는 생각이 들었습니다. 그리고 얼마 후에 그게 뭔지 깨달았습니다. 그자의 군모가 옷깃에 끼워져 있었는데, 모표가 엉터리였습니다."

2부
벤

6

웜우드 스크럽스 교도소
런던 서부, 액턴
1941년 5월

벤 크레스웰의 등 뒤에서 웜우드 스크럽스 교도소 문이 철커덕 굳게 닫혔다. 지난 3개월 동안 이 특별한 문을 드나들었는데도 교도소에 들어서면 여전히 이상한 공포의 전율을 느꼈고, 발각되지 않고 빠져나온 것처럼 다시 무사히 밖으로 나온 뒤에야 우스꽝스러운 안도감이 들었다.

"모범수라 일찍 풀어 줬나?" 근무 중인 경찰이 히죽 웃으며 물었다. 이제 그 농담도 한물간 지 오래였지만 경찰관은 질리지도 않는 모양이었다.

"저요? 전혀요. 담을 넘어 탈출했죠. 모르셨습니까?" 벤이 웃음기 없는 얼굴로 대답했다. "근무 태만 아닙니까?"

"여기서 꺼져!" 경찰이 낄낄거리며 벤을 팔꿈치로 쿡 찔렀다.

영국의 정보국 MI5가 보안상의 이유로 웜우드 스크럽스로 이전한 사실은 엄격히 비밀에 부쳐져야 했지만 교도소 관계자 모두가 부속 건물 하나를 차지하고 새로 온 이들이 무슨 일을 하는지 잘 알고 있는 듯했다. 버스 안내원마저 정류장을 알릴 때 "MI파이브 가실 분 갈아타세요."라고 외치는 것으로 알려졌다. 비밀 유지는 무슨 얼어 죽을. 벤은 버스 정류장을 향해 길을 건너며 생각했다. 첩보부의 본부로서 교도소는 형편없는 선택인 게 드러났다. 그들에게 배정된 감방은 춥고 눅눅했다. 실제로 어떤 감방 문들은 떼어진 터라 옆방에서 무슨 일이 일어나고 있는지 쉽게 들렸다. 게다가 크롬웰가에 있었던 예전 본부에 가는 것보다 교통이 불편했다.

최근 방첩 활동을 담당하는 B 부서의 일부가 옥스퍼드셔주의 블레넘궁으로 이전했는데, 풍문에 의하면 대저택인데도 내부 시설이 교도소보다 훨씬 열악했다. 그런데도 벤은 그곳에 배정되어 실제로 전쟁과 관련된 활동에 도움이 되는 일을 했으면 했다. 1년 전 MI5에 채용된 이후로 스파이를 잡는 활동은 런던과 교외 지역에서 소문과 정보를 추적하는 일에 한정되어 있었다. 그런 소문은 기껏 캐 봐야 늘 시간 낭비에 가까웠다. 대개는 허위 신고였고 해묵은 원한을 풀기 위해 퍼뜨린 소문도 있었다. 참견하기 좋아하는 한 노파가 등화관제용 커튼 사이로 밖을 엿보다가 자신의 집 뒤뜰을 몰래 지나가는 수상한 남자를 목격했다. 분명 잠입한 나치처럼 보였다. 그는 남편이 없는 틈을 타 옆집 여자의 집으로 몰래 들어가던 여자의 정부인 것으로 밝혀졌다. 또 어떤 여자는 이웃이 비밀스러운 독일 동조자들이라고 의심했다. 항상 전축으로 모차르트의 음악을 튼다는 이유에서였다. 벤이 모차르트는 사실 오스트리아인이라고 알려 주자 그 여자는 짜증스럽게 콧방귀를 뀌었다. 그게 그거죠. 그녀는 그렇게 말했다.

히틀러가 오스트리아 사람 아니에요? 게다가 맨날 요리에 마늘을 넣는다고요. 일 킬로 밖에서도 냄새를 맡을 수 있다니까. 그게 의심스럽지 않다면 뭐가 의심스러워요?

벤은 몸을 돌려 교도소 정문 양옆의, 붉은색과 흰색 벽돌로 된 화려한 탑을 봤다. 교도소조차 인상 깊게 보이게 하는 빅토리아 시대 건축이라니! 그는 이스트 액턴 지하철역까지 듀 케인가를 따라 걸었다. 런던 중심가까지 버스보다 지하철이 빠르길 바랐지만 누구도 모를 일이었다. 밤사이 철로 위로 폭탄 하나가 떨어지면 모든 게 멈출 터였다. 그는 왼쪽 무릎에 철심을 박은 터라 약간 절뚝거리며 걸었다. 그래도 꽤 빠르게 걸을 수 있었다. 단지 럭비나 크리켓을 할 때 공을 던질 수 없을 뿐이었다. 그가 지하철역을 향해 막 길을 건너려는데, 옆구리에 신문을 낀 남자가 담배 가게에서 나오더니 벤을 빤히 쳐다보고는 이내 얼굴을 찌푸렸다. "거기 젊은이, 자네는 왜 군복을 안 입고 있나?" 그가 벤을 향해 힐난하듯 손가락질하며 물었다. "자네 뭣이냐, 가증스러운 양심적 병역 거부잔가?"

벤은 전쟁이 시작된 이후로 비슷한 비난을 수차례 맞닥뜨렸다. "비행기 추락 사고로," 그가 입을 열었다. "다리 하나가 박살이 나서 어디에도 쓸모가 없죠."

남자의 얼굴이 붉어졌다. "미안하네. 공군이었는지 몰랐군. 우리의 용감한 청년에게 그런 말을 내뱉다니. 신의 가호가 있길."

벤은 이제 더 이상 다른 이의 오해를 정정하려고 하지 않았다. 사람들이 그냥 공군으로 생각하게 내버려 두었다. 팔리에서 그 어리석은 비행기 사고를 겪지 않았다면 공군에 입대했을지도 몰랐다. 그래서 만약 공군이 되었다면? 머릿속에서 그런 생각이 맴돌았다. 독일군에 격추돼 지금쯤 제러미처럼 포로수용소에서 고생하고 있을까? 그게 전쟁을 이기는 데 무슨 보탬이 되겠는가? 적어도 그는 지금 하는 일로 조금이나마 도움이 되고 있었다. 아니, 위에서 몰두할 수 있는 건을 준다면 그렇게 될 터였다.

벤은 한숨을 내쉬었다. 문제는 금방이라도 독일군이 쳐들어올지 모른다고 두려워하며 온 나라가 전전긍긍한다는 것이었다. 그는 표를 산 다음 플랫폼을 향해 계단을 어렵사리 올랐다. 도시에서 멀리 떨어진 이곳에는 지하 선로가 사실 지상에 있었다. 꽤 오랫동안 열차가 오지 않은 듯 플랫폼은 사람들로 붐볐다. 그는 사람들을 비집고 들어가 열차가 곧 도착하기를, 승객들로 미어터지지 않길 바라며 안전선 가까이에서 기다렸다. 서둘러 런던 중심부에 도착해야 했다. 이번에는 뭔가 중요한 임무가 주어질 것 같았다.

"실세가 널 보자는데." 그가 점심을 먹고 돌아오자 감방 사무실 동료 가이 하코트가 즐거운 투로 말했었다.

"실세?" 벤이 물었다.

"직함 많은 래디슨 말이야. 그럼 그렇지. 책상에서 치즈 샌드위치를 먹는 대신 점심을 먹으러 나갈 배짱을 부리니까 무척 화가 난 거라고." 그는 컨트리하우스 파티에서 버티 우스터영국 소설에 등장하는 한량 귀족와 함께 유유자적 크로케 경기를 즐기고 있을 법한 나른한 분위기를 풍기는 멋진 청년이었다. 상당히 재미있지만 우수한 두뇌의 소유자는 아니었다. 벤은 그가 뛰어난 스파이가 될 거라고 생각했다. 누구도 절대 그를 의심하지 않을 테니까. 두 사람은 함께 옥스퍼드에 다녔다. 하코트는 공부와는 담을 쌓은 듯 보였지만, 어쨌든 졸업 시험을 가까스로 통과했다. 그들은 학창 시절, 친구로 어울려 지낸 적이 없었다. 우선은 벤이 하코트의 무리에 끼기에 그의 집안은 엄청난 부자인 데다가 상당히 지체 높은 귀족 가문이었다. 그래서 전쟁 초기에 하코트가 벤을 찾아내 MI5로 밝혀진 곳에서 일하도록 주선해 주었을 때 벤은 내심 놀랐다. 두 사람은 당국에서 임시 숙소로 정한, 크롬웰가의 을씨년스러운 프라이빗 호텔예약 손님만 받는 호텔에서 함께 지냈고, 죽이 꽤 잘 맞는 편이었다.

"점심이라고 부를 수도 없었어." 벤이 말했다. "요즘 리솔파이 껍질에 고기 등을 다져 넣어 튀긴 요리을 말고기로 만드는 거 알아? 다른 것들은 너무 섬뜩해서 난 사흘 연속 콜리플라워 치즈만 먹어야 했어."

"거기에선 절대 안 먹지." 하코트가 말했다. "난 모퉁이에 있는 퀸스헤드로 가. 맥주에도 영양가가 있잖아, 안 그래? 전쟁 동안 난 그걸로 버틸 계획이야. 하다 하다 말고기라고? 그 자식들은 말을 타고 사냥개들과 사냥해 본 적이 없는 게 분명해. 두고 봐, 다음엔 개와 고양이겠지. 네 래브라도도 단속 잘하는 게 좋을걸."

"래디슨이 왜 보자고 하는지 말했어?" 벤이 물었다.

"이 친구야, 우린 첩보 조직일 텐데, 안 그래?" 하코트가 씩 웃으며 물었다. "그가 여기 와서 다른 요원에게 무슨 볼일이 있는지 내게 말할 가능성은 없어. 뭔가 수수께끼 같은 분위기를 풍겨야 하니까."

"나한테 화난 것 같았어?"

"왜, 위신 떨어지는 일이라도 한 거야?" 하코트는 이제 활짝 웃고 있었다.

"내가 아는 한 없는데. 옆집 유대인들이 나치 스파이 같다며 잡아가두길 원하는 남자의 요구를 퉁명스럽게 자르긴 했지."

"빨리 가서 그가 뭘 원하는지 알아내는 게 낫지 않겠어? 그리고 네가 만약 돌아오지 않으면 네 의자 가져도 돼? 그게 내 거보다는 덜 흔들리거든."

"아주 재밌군." 벤이 실제 느끼는 감정보다 더 쾌활하게 들리도록 말했다. 그는 자신이 무슨 일을 저질렀는지 전혀 감이 오지 않았지만 모를 일이었다. 이러한 부서들은 인맥으로 돌아갔고, 그에게는 연줄이 없었다.

벤이 노크하고 사무실에 들어서자 래디슨 씨가 그를 수상쩍은 눈으로 보았다.

"점심을 먹으러 나갔다 왔다고?" 그가 물었다.

"점심시간에는 외출이 허용되는 것으로 알고 있습니다. 그리고 구내식당에 간 것뿐입니다. 말고기 리솔을 먹으러요."

래디슨은 알겠다는 듯 고개를 끄덕였다. "본부에서 전갈이 왔네. 돌핀 스퀘어의 이 주소로 가서 지시를 받게."

"돌핀 스퀘어요?" 그는 돌핀 스퀘어에 있다는 사무실에 관한 풍문을 들은 적이 있었다. 물론 MI5가 그곳에 사무실을 운영하고 있다거나 그게 누구의 사무실인지 아무도 알아서는 안 되었지만 벤은 캡틴 킹 또는 K 씨로 알려진, 베일에 싸인 인물의 사무실이라고 확신했다. 여러 부서의 일반적인 계급 체계 밖에 있는 누군가였다. 벤은 두려움이 뒤섞인 흥분을 느꼈다. 이 사람이 나에게 원하는 게 뭘까? 다리 한쪽이 말을 듣지 않아서인지는 몰라도 아직 자신의 임무 중에 크로스컨트리 단거리 경기가 요구된 적은 없었다. 난도가 낮은 임무들이 지루하긴 해도 그는 그것을 완벽하게 수행했다. 맡은 일에 줄곧 열정적이고 적극적인 모습을 보였다. 그러니 어쩌면 이번엔 정말로 좋은 소식-진급이나 마침내 맡게 된 흥미진진한 임무-일지 몰랐다.

7

런던
1941년 5월

스피커에서 열차의 도착을 알리며 안전선 뒤로 물러나 열차와 승강장 사이에 발이 빠지지 않도록 조심하라는 안내 방송이 흘러나오자 벤은 이런저런 상념에서 벗어났다. 열차 문이 열리자 군중이 몰려드는 바람에 벤은 인파에 떠밀리듯 탑승했다. 문이 닫히는 순간 그는 간신히 기둥을 잡았고, 열차는 덜컹대며 출발했다. 뭐라도 붙잡을 게 있어 다행이란 생각이 들었다. 균형을 잡기 힘든 데다가 사고로 다친 한쪽 다리는 곤란한 순간에 툭하면 말썽을 부렸다. 하지만 그는 노팅힐 게이트 역에 무사히 도착해 빅토리아행 순환선으로 갈아탔다. 여정은 놀랄 만큼 매끄러웠고, 강을 향해 벨그레이브 거리를 따라 걸으며 그는 안도의 한숨을 쉬었다. 그날은 5월치고는 더운, 여름에 어울리는 화창한 날이었다. 잠시나마 사무실에서 탈출한 런던 사람들은 작은 풀밭만 눈에 띄면 어디든 주저앉아 햇살을 만끽하고 있었다. 그 앞에 직사각형 형태의 거대한 고급 아파트 단지인 돌핀 스퀘어가 보였다. 벤은 전에 이 아파트들을 본 적이 없었다. 런던에 임시 숙소가 필요한 부자들이 이 아파트를 얼마나 많이 점거하고 있을지 궁금했다. 형편이 되는 이라면 대공습 지역에서 멀리 떨어진 곳에서 지낼 것이라는 생각이 들었다.

현대식 대형 건물 네 채가 중앙의 사각형 안뜰을 둘러싸고 있었다. 그가 받은 주소는 후드 하우스 308호였다. 그는 정문에 달린 초인종들을 살피다가 308호에 미스 코플스톤이라고 쓰인 것을 보고 깜짝 놀랐다. 잘못된 주소를 받은 걸까? 신경질적인 독신녀를 상대해 보라고 보낸 누군가의 장난일까? 할스테드라면 지루한 오후에 활기를 불어넣으려고 그런 장난을 칠지 몰랐다. 하지만 이번 지시는 래디슨이 내린 것이었다. 래디슨은 유머 감각이라고는 전혀 없는 공무원의 전형이었다. 벤은 불안감을 느끼며 초인종을 눌렀다.

"무엇을 도와 드릴까요?" 귀족적인 목소리가 말했다. 벤은 당장 뒤돌아 가고 싶은 유혹을 느꼈지만 입을 열었다. "제가 제대로 된 주소로 찾아왔는지 모르겠군요. 제 이름은 크레스웰입니다. 제가 듣기로는……,"

"들어오세요, 크레스웰 씨." 유능하게 들리는 목소리가 말했다. "승강기를 타세요. 오 층에서 내려 오른쪽으로 도세요."

적어도 자신을 기다렸다는 뜻이었다. 승강기가 서서히 올라가자 두려움이 뒤섞인 흥분감이 그를 감쌌다. 그는 5층에서 내렸다. 복도에는 카펫이 깔려 있고 광택제 냄새가 났다. 공기 중에는 희미하게 파이프 담배 냄새가 풍겼다. 그는 그 아파트를 찾았고, 문패에도 미스 코플스톤이라고 쓰여 있었다. 문을 두드리기 전 심호흡을 했다. 매력적인 젊은 여인이 문을 열었다. 고급스러운 정장과 귀족적인 분위기로 보건대 전시가 아닌 다른 상황이었다면 사교계에 진출해, 지루하긴 해도 나무랄 데 없는 젊은 귀족 청년과 결혼했을 법한 여인이었다. 그녀 같은 젊은 여자들에게 전쟁은 한담 그리고 디너 테이블에서 주교를 어느 자리에 앉힐지 아는 것을 포함해 온갖 종류의 일에 능하다는 것을 증명하기 위한, 크나큰 탈출의 기회를 부여했다.

"크레스웰 씨? 나이트 씨께서 기다리고 계세요. 들어오세요." 그녀가 또박또박한 상류층 어조로 말했다. "오셨다고 전하죠."

벤은 기다리며 저음의 목소리를 들었다. 곧이어 크고 밝은 방으로 안내되었다. 창밖으로는 국회의사당을 끼고 흐르는 템스강과, 저공 폭격을 막기 위해 건물 위에 달아 놓은, 깐닥거리는 방공 풍선이 내려다보였다. 남자는 창을 등지고 윤이 나는 오크 책상 앞에 앉아 있었다. 호리호리한 체격에 몸이 탄탄한 그는 한눈에도 야외 활동을 좋아하는 부류였다. 그리고 처음에 그가 손에 로프를 감고 있었다고 생각했는데, 놀랍게도 그것이 풀리며 작은 뱀이란 게 드러났다.

"아, 크레스웰. 와 줘서 고맙네." 그가 뱀을 주머니에 도로 집어넣고 벤에게 손을 내밀었다. "난 맥스웰 나이트네. 앉게."

벤이 덮개를 씌운 가죽 의자를 가까이 끌어당겼다.

"케임브리지 출신?" 나이트가 물었다.

"옥스퍼드입니다."

"아쉽군. 내 생각엔 케임브리지가 창의적인 생각을 할 줄 아는 청년을 배출하거든."

"이제 와 되돌릴 수 없으니 안타깝군요." 벤이 말했다. "게다가 하트퍼드 칼리지에서는 제게 장학금을 제안했습니다. 케임브리지는 아니었고요."

"그럼, 장학생?"

"네, 그렇습니다."

"그럼 그 전엔?"

"톤브리지. 역시 장학금을 받았습니다."

"그런데도 자네는 상류층과 친하게 지낸 것 같더군. 웨스터햄 백작을 알고."

벤은 그 말에 매우 놀랐다. "웨스터햄 경이요?"

"그래. 내 듣기론 그와 꽤 가깝다지. 맞나?"

"가깝다고는 할 수 없을 것 같습니다. 감히 친분이 있다고 말씀드릴 정도는 아닙니다. 하지만 그분이 저를 잘 아시긴 합니다. 제 아버지는 팔리 영지의 옆 마을인 엘름슬리 올세인츠 교회의 교구 목사이십니다. 어린 시절, 웨스터햄 경의 딸들과 함께 놀며 자랐습니다."

"웨스터햄 경의 딸들과 함께 놀았다." 맥스 나이트가 얼핏 미소를 내비치며 벤의 말을 따라 했다.

벤의 얼굴은 아무 감정도 드러내지 않았다. "이런 이야기를 하시는 게 무슨 일 때문인지 물어봐도 되겠습니까? 제 배경이 이곳에서 맡게 될 임무의 특성과 관련이 있습니까?

"물론이지, 지금으로서는. 젊은 친구, 자네도 알다시피 우린 통찰력이 필요하네. 내부자의."

벤이 인상을 찡그리며 고개를 들었다. "무엇에 대한 통찰입니까?"

맥스 나이트의 새파란 눈이 벤의 시선을 붙잡았다. "그끄제 밤에 한 남자가 비행기에서 웨스터햄 경의 들판으로 떨어졌다더군. 낙하산이 펴지지 않았네. 상상할 수 있다시피 온몸이 박살 났지. 누구인지 알아보기 어려울 정도로 얼굴도 크게 훼손되었고. 하지만 로열 웨스트 켄트 연대의 군복을 입고 있었네."

"그 부대는 팔리 저택의 대부분을 점거하고 있지 않습니까?" 벤이 얼굴을 찡그렸다. "하지만 보병 연대입니다. 그 낙하산이 어디에서 온 걸까요?"

"그게 아닐세. 지휘관 말이 자기 병사들은 비행기에서 뛰어내리지 않는 데다 전 병력의 소재가 확실하더더군. 그자의 인식표는 덩케르크에서 전사한 병사의 것이고. 게다가 모표는 지난 대전 당시 연대가 썼던 것으로 밝혀졌네."

"그렇다면 스파이일 가능성이 있습니까?" 벤은 맥박이 빨라지는 것을 느꼈다.

"그럴 가능성이 충분하지. 그리고 우리 쪽 똑똑한 젊은 여자 하나가 그의 군복을 자세히 살펴봤는데 양말도 이상하다더군. 자네도 충분히 짐작하겠지만 부러워할 업무는 아니지."

"양말이요? 이상하다고요?"

"그렇다더군. 그녀는 뜨개질을 좀 하는데, 양말의 뒤꿈치 부분이 영국 육군 규정 양말처럼 접히지 않았다더군. 더 자세한 조사 끝에 양말에서 사십이라는 숫자를 발견했네."

"사십이요?"

"미터법 치수지."

"아, 그렇군요." 벤은 이제 고개를 끄덕였다. "그럼 그 양말은 유럽 대륙에서 온 것이군요."

"옥스퍼드 졸업생을 차출하게 돼서 기쁘네. 이해가 아주 빠르군." 맥스 나이트의 말에 벤이 얼굴을 붉혔다.

"그러니까 그자가 웨스터햄 경의 들판에서 무얼 하고 있었는지가 내가 묻고 싶은 말이네." 맥스 나이트가 말을 이었다. "거기 떨어진 게 계획된 걸까? 아니면 우연한 사고였을까?"

"그날 밤, 바람이 강했습니까? 바람에 경로를 이탈했을 수도 있고, 낙하산 불량으로 표류하다가 그렇게 된 것일지도 모릅니다."

"우린 그걸 확인했네. 풍속은 겨우 이 노트에 불과했지. 그리고 낙하산이 제대로 작동하지 않으면 표류하지 않네. 그대로 떨어지지."

"착륙 장소가 웨스터햄 경의 들판이었던 건 순전히 우연일 뿐인지도 모릅니다." 벤이 말했다. "런던이나 비긴 힐 공군 기지에서 가까운 곳에 하강하라는 지시를 받은 거겠죠."

"그렇다면 어째서 공군 군복이 아니라 웨스트 켄트 연대의 군복을 입었지?" 그가 한숨처럼 들리는 심호흡을 했다. "우리가 봉착한 까다로운 상황을 알 수 있겠나, 크레스웰? 착륙이 계획적이었다면, 그가 독일 스파이라고 추정해야 한다면 그는 웨스트 켄트 연대의 군복이 의심을 불러일으키지 않는 지역의 근처 누군가와 접선하기 위해 파견된 걸세."

"그 남자의 주머니는요?" 벤이 물었다. "주머니에서 도움이 될 만한 게 전혀 나오지 않았습니까?"

"가슴 주머니에서 발견한 스냅사진을 제외하면 주머니에는 아무것도 없었네."

"스냅사진이요?" 벤이 호기심과 두려움을 동시에 느끼며 물었다.

"풍경을 찍은 거네. 물론 피로 범벅이었지만 부검실에서 깨끗이 닦았지. 그건 그렇고, 우린 이 정보를 육군 정보부에서 어렵게 알아내야 했네. 그들은 정보 공유에 지나치게 예민하니까. 요즘에야 다 그렇긴 하지만." 그가 서랍을 열어 얇은 파일을 꺼내 벤을 향해 펼쳤다. 벤은 그것을 보려고 자리에서 일어났다. 그것은 애초에 선명하게 찍힌 사진이 아니었다. 여름휴가 때 관광객이 찍었을 법한 작은 사진으로, 그마저 피투성이였던 것을 닦아 내는 통에 더욱 흐릿해진 상태였다. 벤이 사진에서 알 수 있는 것은 울타리로 들판이 나뉜 전형적인 영국의 시골 풍경이라는 것과, 뒤로는 우듬지로 빼곡한 가파른 언덕이 있다는 것이었다. 숲 한가운데에 스코틀랜드 소나무 위로 교회의 사각 탑처럼 생긴 건축물이 솟아 있는 것으로 보아 마을이 있는 듯했다. 벤은 사진을 응시했다. "본 적이 없는 곳입니다. 제가 아는 켄트주의 모습과 다릅니다." 그가 말했다. "더 황량하고 가파른 지대 같습니다. 바람도 많이 불고요. 이것들은 스코틀랜드 소나무 아닙니까? 사각 탑이 있는 저 교회로 보건대, 웨스트 컨트리영국 잉글랜드의 남서부 지역 쪽으로 보입니다. 아마도 콘월?"

맥스 나이트가 고개를 끄덕였다. "그럴 수도. 그럼 그게 왜 주머니에 있었을까? 그곳에 가야 했을까? 그렇다면 어째서 켄트주 한복판에 그를 떨어뜨렸지? 모종의 목적을 위한 접선 장소를 누군가에게 알리기 위해 그걸 건네주기로 되어 있던 걸까?"

"아니면 이 마을의 이름이 어떤 식으로든 의미가 있는 걸까요?" 벤이 의견을 제시했다.

나이트가 다시 한숨을 쉬었다. "그것도 가능하지. 사진에 숫자들이 적힌 게 보일 걸세. 씻겨서 거의 지워지긴 했어도 인화지에 펜 자국이 남았지." 그가 벤을 올려다봤다. "사진을 들어서 봐도 되네."

벤이 사진을 조심스럽게 가져다가 빛에 비추자 '1461'이라는 숫자가 보였다. "1461. 그해에 일어난 특별한 전투라도 있었습니까?"

나이트가 그를 지그시 보았다. "그걸 자네가 알아내야지. 이 일을 자네에게 맡기겠네. 자네에 관한 보고에 따르면 자넨 빠르고 예리하고, 빈둥거리며 앉아 있는 걸 싫어한다더군. 보통 이런 일은 상급자에게 맡기지만 자네에게는 이 부서의 누구에게도 없는 게 있지. 자네가 그 마을 사람 중 하나라는 것."

8

런던, 돌핀 스퀘어
1941년 5월

벤은 자리에서 불안한 듯 자세를 바꾸었다. "실례지만 제게 맡기시려는 일이 뭡니까? 사진이 어디에서 찍혔는지 알아내는 겁니까?"

"그건 천천히 해도 되네. 당장은 며칠 집에 다녀왔으면 하네."

"하지만 저, 이거야말로 서둘러야 하는 거 아닙니까? 긴급한 임무가 아니라면 독일군이 켄트주의 시골에 누군가를 낙하시키지 않았을 테니까요."

"전령은 죽었네, 크레스웰. 그리고 그와 함께 그가 가져온 메시지도 그렇게 됐겠지. 놈들은 우리가 낙하산을 찾을 걸로 추정하고 재정비해서 이번엔 다른 방식으로 다시 시도해야 할 걸세. 우리가 알아내야 하는 건, 그 메시지를 누구에게 전하려고 했느냐는 걸세. 그게 자네 임무네. 집으로 가게. 임무를 티 내지 말고 탐문을 하게."

"어떤 탐문입니까?"

맥스웰 나이트는 벤이 다소 우둔한 질문을 했다는 듯 그를 보았다.

"분명 그 일대는 지금도 시체에 대한 소식으로 시끌시끌하겠지. 그자가 독일 첩자였을 거라고 떠들어 대는 이들이 분명 있을 테고. 그들의 반응을 주시하게."

"말씀하시는 게 정확히 뭡니까?" 벤이 조심스레 물었다.

"우리는 그 남자가 우연히 그 들판에 강하한 게 아니라고 추정해야 하네. 그가 독일 스파이라면, 그래서 우리가 추정한 게 사실이라면 왜 웨스터햄 경의 사유지일까?"

"런던에서 꽤 가깝고 강하하기에 편한, 트인 곳이어서 그랬겠죠."

"그럼 어째서 주머니에 돈 한 푼 없지? 놈은 멀리 갈 순 없었네. 종이 한 장 소지하고 있지 않았으니 근처 누군가에게 메시지를 전달할 계획이었을 걸세. 아니면 근처의 안가로 가든가. 그리고 무선 연락이나 본부와 연락을 취할 어떤 방법의 흔적도 없었네. 내 추측은 그가 그 사진을 넘겨줄 계획이었다는 걸세. 그렇다면 문제는 누구에게?"

벤이 불편한 웃음을 지었다. "웨스터햄 경이나 그 이웃 중 하나가 독일 놈들을 위해 일한다는 말씀은 아니시겠죠?"

맥스 나이트는 그를 오래 주시했다. "분명 자네도 특정 귀족들 사이에 친독 정서가 있다는 걸 알고 있겠지. 윈저 공작이 아주 적절한 사례지. 은신처에 있는 히틀러를 방문하고 싶어서 안달이 났다더군. 아니면 다른 무슨 이유로 그가 영국에서 쫓겨나 바하마 총독이 되었다고 생각하나? 미국이 그를 계속 감시할 수 있고, 이곳에서 권력을 쥔 꼭두각시 왕으로 그를 앉혀 둘 어떤 구상도 막기 위해서일세."

"맙소사." 벤이 말했다. "하지만 독일과 내통하거나 동조하는 마음이 있다고 해서 영국인이 적극적으로 독일을 돕는다는 뜻이 확실한 건 아니지 않습니까? 윈저 공작이라고 해도 히틀러의 특사가 접근해

오면 옳은 일을 할 겁니다. 절대 그의 형제를 폐위하는 데 동의하지 않을……,"

"그가 옳은 일을 할 거라고?" 맥스 나이트가 벤의 눈을 응시했다. "그가 그러길 바라지만 이미 나약과 우유부단을 입증하지 않았나? 그는 한 여자에 대한 의무를 저버렸네. 도덕성이 의심스러운 여자 때문에. 우리의 현재 왕은 형이 가진 매력은 없을지 몰라도, 적어도 기개가 있지. 우리를 끝까지 도와줄 사람이 있다면 그분뿐일세."

"그렇다면 저더러 팔리에 가서 친독파를 색출하라는 겁니까?"

"집으로 가서 눈과 귀를 계속 열어 두게. 그게 전부네. 웨스터햄 경과 주변 이웃들. 이를테면 십 킬로 반경을 그려 보게. 그 안에 누가 포함되지?"

"두세 마을을 포함해서요?"

"아마. 마을 사람들 모두가 곧 자네에게 그 지역에 새로 왔거나 이상한 행동을 하거나 휴일에 독일이나 스위스, 오스트리아에 간 적이 있다거나 심지어 베토벤을 좋아하는 사람에 대해 떠들어 댈 걸세. 아니, 내가 관심이 있는 건 대어일세, 젊은이. 실제로 해를 끼칠 수 있는 인물. 요즘 정확히 누가 팔리 저택에 살고 있지?"

벤이 웃었다. "우선 로열 웨스트 켄트 연대 전체요."

맥스 나이트도 미소를 지었다. "육군 정보부를 통해 그들을 조사 중일세. 지금까지는 전혀 단서가 나오지 않았네. 문제의 남자가 하늘에서 떨어졌을 때 웨스트 켄트 연대 전체가 침상에서 자고 있었지. 그리고 지휘관의 말에 따르면, 전쟁 전에 그들 모두는 놀랄 만큼 단순하고 지루한 생활을 했던 것으로 보이더군. 세상의 소금. 나라의 근간. 푸주한, 제빵사 그리고 촛대 장인 등 온갖 직업의 사람들. 내가

뜻한 건 그 웨스터햄 경 가족일세."

"현재 그곳에 있는 가족 말입니까?" 벤은 생각에 잠긴 채 말을 멈췄다. "음, 경과 레이디 웨스터햄. 장녀인 올리비아와 아래로 다이애나와 피비. 올리비아는 결혼했지만 남편이 해외에 파견병으로 가 있는 동안 아기와 함께 팔리에 돌아왔습니다."

"웨스터햄 경에게 또 다른 자식은 없나?"

"딸이 두 명 더 있습니다. 마고는 파리에 있습니다. 제가 마지막으로 들은 소식은 그렇습니다. 프랑스인 남자 친구를 떠나지 못해 전쟁 통에 파리에 갇혔다고요."

"파리에서 뭘 하던 중이었지? 예비 신부 학교?"

"오, 아닙니다. 그녀는 이미 사교계에 진출했습니다. 패션 디자인을 공부하고 싶어 해서 지지 아르망드의 도제가 되었습니다. 꽤 잘한다는 말들이 돌더군요."

맥스 나이트가 메모지에 뭔가를 끄적였다. "그리고 다른 딸은?"

"패멀라. 런던에서 전시 근로 중입니다. 비서 업무 같은 것으로 생각됩니다."

벤은 맥스 나이트가 자신을 오래도록 주시하는 것을 의식했다. 남자의 눈빛은 거의 생각을 꿰뚫어 보는 듯 강렬했고, 벤은 뺨이 달아오르는 것을 느꼈다. 하지만 이내 맥스 나이트는 시선을 돌렸다.

"모든 게 흠잡을 데 없게 들리는군, 안 그런가? 전형적인 영국인 가족과 하인들이라. 대륙에서 온 새 하녀나 스위스 집사는 없는 것 같은데?"

벤이 활짝 웃었다. "하인을 최소한도로 줄였다고 아버지께서 말씀하시더군요. 남자 하인들은 전쟁터에 나갔고요. 그리고 가족은 한쪽 부속 건물에서만 지내게 되어 당연히 하인이 많이 필요하지 않고요. 요리사와 솜스 집사는 아주 오랫동안 그 집에서 일했습니다."

"그럼 이웃들은?"

"이웃이라 함은 그 지역 농부들 말고 상류층 이웃을 말씀하시는 거겠죠."

맥스 나이트가 보일 듯 말 듯 한 미소를 지었다. "상류층 이웃에 관심이 더 많다고 하지."

"가장 가까운 이웃은 제 아버지십니다." 벤이 말했다. "아버지의 교회는 팔리 영지와 접해 있습니다. 그리고 장담하건대, 아버지는 역사와 새 말고 다른 것에는 전혀 관심이 없습니다."

"새?"

"열성적인 탐조가시죠. 전형적인 시골 목사입니다. 재미라고는 전혀 없는. 물론 마음은 따뜻하신 분이죠. 어머니는 제가 아기 때 돌아가셨습니다. 1920년에 스페인 독감에 걸리셨죠. 그래서 그 이후로 아버지는 혼자 사셨고요."

"그리고 다른 이웃은?" 맥스 나이트는 벤의 아버지를 애초에 중요하지 않은 인물로 제쳐 놓은 게 분명했다.

"그랜지농장 건물들이 딸린 농가에 사는 헌틀리 대령 부부가 있습니다. 삼십 년대 중반에 인도에서 귀국했습니다. 대령은 더없이 보수적인 사람입니다. 이웃 중에는 초로의 독신녀인 해밀턴 양이 있고요. 그리고 프레스콧가도 이웃입니다. 윌리엄 경과 부인이요. 근처에 그들의 사유지가 있습니다. 네더코트. 아마 아실 것 같은데, 도시에서 알아주는 명사죠."

"그리고 아들이 있지."

벤이 고개를 끄덕였다. "제러미. 그와 저는 옥스퍼드 동문입니다. 제러미는 공군입니다. 프랑스 상공에서 격추돼서 현재는 독일 포로 수용소에 있습니다."

"운이 나빴군." 맥스 나이트가 말했다. 그의 표정에는 벤이 읽을 수 없는 무언가가 담겨 있었다. 자신만 아는 농담을 음미하는 듯했다. 벤은 나이트의 갑작스러운 물음에 얼굴을 붉혔다. "자네는 공군에 입대하고 싶지 않았나, 그 무렵에?"

"저도 공군이 되고 싶었습니다. 하지만 안타깝게도 전쟁 전에 비행기 사고를 당해서 왼쪽 다리를 심하게 다쳤습니다. 비행기에 쉽게 오르고 내릴 정도로 다리가 굽혀지지 않습니다."

"거참 안됐군." 맥스 나이트가 동정을 담아 고개를 끄덕이며 말했다. "그래도 적어도 자넨 여기서 도움이 되는 일을 하고 있지 않나, 안 그런가? 똑같이 중요한 일을."

"그렇게 말씀하신다면요." 벤의 얼굴은 공허했다.

"지금까지는 그렇게 중요하지 않은 일이었나?" 맥스 나이트가 살짝 웃음을 띤 표정으로 물었다.

벤은 그 정보가 어떻게 그의 파일에 들어 있고, 자신에 관해 그들이 또 무슨 말을 했을지 궁금했다. 그는 고개를 들었다. "제가 할 일이 그게 전부입니까?"

"당분간은 그렇네. 잠시 자네를 빌려야겠다는 메모를 마이크 래디슨에게 보내겠네. 지금부터는 내게만 보고하게. 무슨 말인지 알겠나? 그리고 여기에서 말한 내용 중 그 무엇도 문밖을 넘어서는 안 된다는 걸 상기시킬 필요는 없겠지."

"물론입니다."

"그리고 가장 중요한 건 켄트에 내려갔을 때 이웃들이 왜 자네가 거기에 있는지, 자네가 뭘 하는지 눈치채게 해선 안 된다는 점이네."

"눈치채지는 못할 겁니다. 다리 하나가 불구라서 모 부처에서 사무직에 묶여 있는 것으로 생각하니까요."

"그럼 계속 그렇게 생각하게 해야겠지? 일이 너무 과중해서 휴식을 권고받았다고 넌지시 흘려도 좋겠군."

"몸도 성치 않은데 정신까지 쇠약해진 모습을 보여야 한다고요?" 벤의 목소리가 갑자기 날카로워졌다.

맥스 나이트가 씩 웃었다. "그게 우리의 목적에 부합한다면. 내가 뽑은 이들이 어떻게 위장했는지 알면 놀라겠군."

그때 돌핀 스퀘어에 사는 스파이 대장, 캡틴 킹 혹은 미스터 K에 관한 소문이 벤의 머릿속에 떠올랐고, 비록 국내 전선이긴 하지만 자신이 막 스파이로 뽑혔다는 사실에 전율 같은 흥분이 온몸을 타고 흘렀다.

벤은 자리에서 일어났다. 맥스 나이트가 손을 내밀었다. "만나서 반가웠네, 크레스웰. 자네가 이 일에 적임자란 생각이 드는군."

두 사람은 악수했다. 벤은 나이트의 주머니에 있는 뱀을 떠올렸다. "저, 그 뱀 말입니다. 애완동물 같은 건가요? 아니면 행운의 부적?"

"난 자연을 사랑하는 사람이네, 크레스웰. 동물 애호가지. 마을 꼬마들이 이 불쌍한 녀석을 죽이려는 걸 보고 내가 구해 줬지. 녀석은 내 사무실에서 사는 걸 꽤 좋아하는 것처럼 보이네."

"주머니에서 도망갈지 모른다는 걱정은 하신 적 없습니까?"

"도망가면 녀석에게 행운을 빌어 줘야지. 하지만 난 녀석이 어떤 게 자기한테 더 유리한지 알고 있는 것 같네. 자네도 그러리라 생각하네."

벤은 주저했다. "죄송하지만 제가 어떻게 연락하죠?"

"여기로 오거나 연락 가능한 주소로 전보를 치게. 명백한 이유가 있어 전화기는 절대 사용하지 않으니까."

벤이 문으로 걸어가는데 맥스 나이트가 뒤에서 말했다. "그 비행기 사고 말일세. 조종사가 제러미 프레스콧 아니었나? 그는 상처 하나 없이 무사했지. 거기에 악감정이 없길 바라네."

벤이 몸을 돌렸다. "저는 독일 포로수용소에 있느니 여기 있는 게 좋습니다. 그리고 비행기에서 탈출한 그가 수용소에 억류될 줄 누가 알았겠습니까." 그가 말을 멈췄다. "그건 사고였습니다. 그야말로 단순한 사고. 악감정은 없습니다. 우린 항상 절친한 친구였죠."

그는 다시 발걸음을 옮겼다. 승강기가 내려갈 때 그는 맥스웰 나이트가 면접을 시작하기 전에 자신의 친구와 이웃에 대한 온갖 정보를 알고 있었다는 것을 깨달았다. 뒷조사를 당하고 시험대에 올랐던 사람은 자신이었다.

웜우드 스크럽스 교도소로 돌아온 벤이 자리에 막 앉는데 하코트가 쑥 들어왔다. "돌아왔군. 냉정하게 '다시는 얼씬도 하지 말라'는 말을 듣고 그 자리에서 바로 해고된 건 아니군."

"그런 것 같아." 벤이 대답했다.

"젠장. 그럼 네 의자를 물려받을 수 없는 거야? 내 건 흔들릴 뿐 아니라 아주 짜증 나는 방식으로 삐거덕 소리를 내기 시작했다고."

"그렇게 원한다면 다음 주엔 써도 돼. 나더러 휴가를 내라더군."

"휴가? 뭣 때문에?"

"내가 몸을 혹사하며 일한대." 벤이 얼굴을 찌푸리며 말했다. 그 말을 입 밖으로 내기가 쉽지 않았다.

"세상에. 난 누가 쓰러지기 일보 직전인 것 같다는 낌새를 알아채지 못했는데." 하코트가 말했다. 그가 다가오더니 벤의 책상에 걸터앉아 그를 유심히 내려다봤다. "정말 안됐군, 친구."

"미치기 직전이거나 그런 건 아니야." 벤이 대꾸했다. 그는 자신에게 아무런 문제가 없다는 것을 말하고 싶었다. "내가 몇 주 쉬는 게 좋겠다고 그 돌팔이가 느낀 것뿐이야."

"내 담당 의사도 같은 말을 해 주면 좋겠군." 하코트가 말했다. "딸기와 크림 티에 마을 크리켓 경기가 얼마나 그리운지 몰라."

"집에 돌아가도 크리켓 팀을 채울 남자들이 남아 있을 것 같지 않은데." 벤이 말했다.

"아마 없겠지."

"그동안 묻지 않았었는데," 벤은 공격이 최고의 방어라고 생각하며 입을 열었다. "넌 어째서 입대하지 않았어?"

"우리끼리 비밀인데, 평발이라서. 몹시 당황스러운 이유지. 보통 사람들한테는 심장이 좋지 않아서라고 말해. 나 스스로는 더할 나위 없이 건강하다고 느끼는데, 동네 의사는 입대를 못 하게 막더군. 솔직히 난 열대지방 같은 이국적인 데서 싸우고 싶어. 그래서 길에서 마주치는 어중이떠중이들한테 날 설명할 필요 없게."

"알아. 꽤 열받는 일이지, 안 그래?" 벤이 맞장구쳤다.

"적어도 넌 바지를 걷어 올려 다리를 보여 줄 수 있잖아." 하코트가 말했다. "심장이 안 좋다고 말하면 딱 봐도 사람들은 안 믿는 눈치야. 평발을 이유로 대도 틀림없이 탐탁지 않게 여기겠지."

어색한 침묵이 흘렀다. "그래서 잠시 집에 가 있으려고?" 하코트가 말했다.

"얼마간."

"아름답겠군. 늦봄의 켄트라. 사과꽃. 블루벨. 이 행운아 같으니. 내가 가도 돼? 내 가족은 요크셔에 있어. 주말을 보내긴 너무 멀지."

벤은 내심 놀랐다. "물론. 언제든 환영이지. 사실 아버지는 꽤 괜찮은 요리사를 두고 있어. 식탁에 말고기가 오르는 일은 없지. 그건 장담해."

"그럼 오늘 쉬는 거야?" 하코트가 다시 그를 내려다봤다. "책상을 정리할 생각이야?"

"학교에서 학기가 끝나는 게 아니야. 그래도 기밀 사항과 관련된 건 남겨 두지 말아야지. 치울 건 연필 몇 자루 같은 것뿐이야."

"나도 들은 것에 불과한데, 우리가 곧 블레넘 궁전으로 이동해서 B 부서에 합류할지도 모른다더군. 그럴 경우……,"

"그러면 새 의자를 갖게 되겠네." 벤이 말했다.

하코트가 느긋하게 일어나더니 발걸음을 옮기다가 몸을 돌렸다. "그럼 돌핀 스퀘어와는 아무런 관련도 없는 거야?"

벤이 몸을 돌려 놀란 표정으로 그를 보았다. "돌핀 스퀘어?"

"응, 오늘 외출한 거 말이야."

"그건 부자들이 런던에서 임시 숙소로 쓰는, 크기만 한 흉물스러운 아파트 아니야?"

"맞아. 그런데 또 들리는 말에 의하면," 하코트가 어깨를 으쓱했다. "아니야, 별거 아니야. 내가 잘못 알고 있는지도 모르지."

"어째서 내가 돌핀 스퀘어에 갔을지도 모른다고 생각하는 거야?"

"그게 말이지, 음, 지나가다 우연히, 알잖아, 여기 망할 칸막이벽을 통해 얼마나 옆방 소리가 잘 들리는지. 그래서 래디슨이 하는 말을 듣게 됐어. '돌핀 스퀘어에서 보고 싶다고요? 지금이요?' 그러더니 복도로 나와서는 널 찾기 시작하더군. 그래서 당연히 머리를 굴려 둘에 둘을 더한 거지."

"그래서 다섯이 됐군, 아쉽게도." 벤이 말했다. "그래서 돌핀 스퀘어에서는 무슨 일이 진행 중인 거야? 돌핀 스퀘어는 모종의 특별 작전을 위한 위장이야?"

"내가 어찌 알겠어?" 하코트가 말했다. "나야 너처럼 하찮은 잡역부에 불과한데. 그런데 말이지," 그가 문가로 걸어가더니 문을 닫았다. "들리는 바에 의하면, 여러 이름으로 불리는 누군가가 부서 밖에서 활동하고 있다더군. 게다가 다른 누구도 아닌, 짐작건대 처칠과 왕에게만 보고한다고 하고."

"이크." 벤이 말했다. "그 남자가 우리 편 사람이라고?"

"그러길 바랄 뿐이지. 아니라면 우리 쪽에 엄청난 해를 가할 것 같으니까."

"그러니 지루하긴 해도 사람 좋고 믿을 만한 래디슨 밑에 있어서 다행 아니겠어?" 벤이 말했다. 그는 책상에서 연필 몇 자루와 줄 쳐진 공책과 함께 이제 딱딱해진 로운트리스 프루트 껌, 지하철 노선표를 가방에 털어 넣었다. "몇 주 후에 보길 바라. 몸조심하고."

"너도, 친구. 쾌유를 빌어." 그리고 하코트가 자신의 손을 잡고 흔들어 벤은 내심 놀랐다.

9

블레츨리 파크
1941년 5월

“휴가를 간다고?” 트릭시가 따지듯 물었다. “언제?”

패멀라는 두 사람이 쓰는 방에서 트릭시와 마주쳤다. 트릭시는 오후 4시에 시작하는 야간 근무를 하러 가기 전, 마무리 화장을 하던 중이었다. 다른 여자들은 실용적인 스타일의 투피스 정장이나 면 원피스를 입고 출근했지만 트릭시는 늘 고급 오찬에 참석하는 사람처럼 옷을 갖춰 입었다. 오늘 입은 옷은 차를 마시는 모임에서 입는 꽃무늬 실크 원피스였다.

“현재 교대 근무 일정이 마무리되면.” 패멀라가 말했다.

“하지만 불공평하잖아.” 트릭시가 짜증스럽게 고개를 흔들자 곱슬곱슬한 머리카락이 흔들렸다. 그녀는 옅은 금발에 끄트머리가 부드럽게 말린 패멀라의 단발과 달리, 진한 갈색 머리를 셜리 템플곱슬머리가 인상적이었던 미국의 아역 배우처럼 뽀글뽀글하게 파마했다. “난 지난주에 휴가를 신청했다가 거절당했어. 크리스마스 때 일주일을 통으로 쉬었다고 다시 휴가를 가려면 최소 칠월까지는 기다려야 된대."

"분명 네가 나보다는 더 가치 있는 일을 하는 거야." 패멀라가 말했다.

"이렇게 갑자기 가는 이유라도 있는 거야?" 트릭시가 물었다. "나쁜 소식으로 인한 특별 휴가는 아니길."

"뭐, 어떻게 보면." 패멀라가 말했다. "내 친구가 독일 포로수용소에서 탈출해 잉글랜드 집으로 돌아왔다는 소식을 막 들었어. 한동안 걔의 소식을 듣지 못했는데. 살았는지 죽었는지도 몰랐어. 그걸 알았을 때, 난 너무 놀라서 역 밖에서 실신했어. 내 인생에서 그렇게 바보 같은 짓은 한 적이 없었는데. 뭐, 아침을 거르고 교회의 이른 아침 성찬식에 참석했을 때 한두 번 쓰러진 적이 있긴 하지. 십 대 때 종교에 독실했던 시기가 있었거든."

"저런." 트릭시가 말했다. "난 그런 적이 전혀 없었는데. 아무튼 실신이라니, 이해가 된다. 야간 근무는 정말 끔찍해. 제대로 잠을 자지 못하잖아. 그리고 늘 어두침침한 불빛 아래에서 뭔가를 읽는다는 게 머리 아프지 않겠어?" 그녀는 패멀라에게 다가와 한쪽 팔로 그녀의 어깨를 감쌌다. "하지만 영리한데. 실신해서 윗사람들에게 네가 신경쇠약이고 쉴 필요가 있다고 생각하게 했고, 네가 정확히 원하는 걸 얻어 냈잖아. 네 남자를 보러 당장 집에 가는 거."

"걔가 사실, 내 남자인진 모르겠어." 패멀라가 얼굴을 물들이며 대답했다. "우린 함께 자랐어. 몇 번 함께 무도회도 가고 그랬지만 진지한 관계였던 적은 없어. 공군에 입대하기 전에 자기 여자가 되어 달라고 부탁한 적도 없고. 편지도 거의 쓰지 않았는걸. 그리고 그 애 인생에서 내가 유일한 여자도 아닐 거야. 대단한 미남에 부자거든."

"자기야, 내가 아무래도 켄트의 시골구석까지 친히 널 보러 가야겠는데." 트릭시가 짓궂게 씩 웃으며 말했다. "대단한 미남에 부자라. 누가 넘어가지 않을 수 있겠어?"

"신경 꺼." 패멀라가 웃음을 터뜨리며 말했다. "이 사람은 내 거야. 적어도 걔가 내 것이길 바라. 며칠 후면 우린 만날 거야." 그녀는 양손으로 얼굴을 감쌌다. "맙소사, 너무 설레. 어서 보고 싶어."

"혹시 모를 충격에 마음을 단단히 먹는 게 좋을 거야." 트릭시가 조용히 말했다. "내 말은, 추락하거나 비행기에서 탈출하다가 크게 다쳤을지도 모르잖아. 그래서 외모에 문제가 생겼다든지."

패멀라는 거기까지 생각해 본 적 없었다. 그녀는 잠자코 있다가 단호하게 말했다. "포로수용소에서 탈출해 프랑스를 가로질러 집까지 무사히 올 정도로 강한 남자야. 그건 걔가 용감하다는 거야."

"아니면 어리석거나." 트릭시가 말했다. "내가 꽤 괜찮은 수용소에 있다면 난 눌러앉아 전쟁이 끝나길 기다리며 카드 게임이나 할 거야. 다시 전쟁터로 보내지느니."

"네가 전투기 조종사라면 달리 생각할걸." 패멀라가 말했다. "그들에게 전쟁은 거대한 게임이야. 공중에서 벌이는 체스처럼. 제러미는 그걸 좋아했지."

"제러미? 지금 우리가 제러미 프레스콧 얘길 하는 거였어?"

"응. 그 애를 알아?"

트릭시의 눈이 빛났다. "우리 때 사교계에 처음 나온 여자들 사이에서 화제의 주인공이었잖아. 최고의 신랑감으로 말이야. 네가 그 남자를 낚아챘다면 운이 엄청 좋은 거라고."

"전적으로 그럴 생각이야." 패멀라가 말했다. 그녀는 몸을 숙여 침대 밑에서 여행 가방을 꺼내 열고는 짐을 쌀 준비를 했다.

블레츨리에서 출발한 기차는 도착하는 데 영원의 시간이 걸릴 것 같았다. 기차는 화물열차와 군용열차가 먼저 지나가도록 여러 번 철도 측선으로 들어가 선로를 바꿔야 했다. 기차가 런던에 입성하자 최근에 입은 폭격으로 인한 피해가 역력해 보였다. 검게 그을린 건물들의 외관, 벽 한 면이 사라져 분홍 장미 무늬 이불이 덮인 온전한 놋쇠 침대와 구석에 놓인 자기 세면대가 드러난 집. 다음 거리는 줄줄이 늘어선 건물들이 다 무너졌는데, 피시 앤드 칩스 가게 하나가 파괴의 한가운데에 멀쩡히 서 있었고, 문에는 '아직 영업 중'이라고 쓰인 안내문이 압정으로 붙여져 있었다. 패멀라는 이 이미지들을 몰아내려고 눈을 감았다. 근무를 마치고 곧장 출발한 탓에 극도로 피곤했지만 규칙적인 기차의 흔들림에도 쉽게 잠들지 못했다. 그 전날 밤, 막사에서 우연히 대화를 엿들은 이후로 그녀는 과민해진 상태였다.

그녀가 일하는 기다란 막사는 복도 양옆으로 작은 방들이 있었다. 근무 중에 그녀는 화장실에 가고 싶어졌다. 막사 맨 끝에 있는 여자 화장실에 가려면 길게 이어진 복도를 걸어야 했다. 끝에 있는 문에 손을 뻗은 순간, 손전등을 놓고 온 게 기억났다. 등화관제 상황에서 손전등 없이는 화장실을 찾지 못할 터였다. 그래서 다시 돌아가려는데 나직하게 말을 주고받는 두 남자의 목소리가 들렸다.

"그래서 넌 그녀가 휴가를 가기 전에 그녀에게 말할 생각이야?"

"물론 아니지. 네가 알고 싶다면, 난 여전히 그 휴가는 실수라고 생각해. 난 휴가를 주지 말라고 상사를 설득할 생각이야."

"하지만 그녀는 정말 일을 잘해. 너도 나만큼이나 잘 알잖아. 그 일에 적임자라고."

"그럴까? 그녀는 그들 중 하나야."

"그녀는 자기 위치에서 쓸모가 있다는 걸 증명했어."

"그녀의 충성심이 어디에 있는지에 따라 다르지. 우리인지 저들인지. 난 우리가 위험을 무릅쓸 이유는 없는 것 같아."

이윽고 그들 중 하나가 문을 닫았다. 패멀라는 두 사람의 대화가 자신이 들어서는 안 되는 내용이며, 그들이 자신에 대해 말하고 있다고 확신했다.

그렇다면 그들이 의미한 게 뭐였을까? 그녀는 자문했다. 내 충성심을 의심할 만한 이유라도 있는 걸까? 그리고 내가 누구에게 충성한다고 생각하는 거지? 분명 내가 독일 스파이라고 의심하진 않겠지? 그녀는 유스턴 역으로 들어오는 기차를 초조하게 기다렸다.

유스턴에서 런던을 가로질러 자신을 데려온 지하철에서 그녀가 내렸을 때 채링크로스 역은 평소와 다름없이 아수라장이었다. 다양한 부대의 군인들이 새로 배치받은 곳으로 가는 중이거나, 아프리카나 극동 지역에 보내지기 전에 휴가를 얻어 집으로 돌아가는 중이었다. 엄마들이 불안한 눈빛으로 바리케이드 너머를 지켜보는 동안 목에 인식표를 건 아이들은 언제라도 대피할 수 있게 한데 모여 기다렸다. 가까운 플랫폼에서 기차가 막 출발하려는 참이었다. 거의 모든 창문마다 군인들이 애인이나 어머니에게 작별 인사를 하기 위해 얼굴을 내밀고 있었다. 한 여자가 까치발을 하고 애인에게 입을 맞췄다. "몸조심해, 조." 그녀가 말했다.

"내 걱정은 마. 난 괜찮을 거야." 그가 대답했다. "목숨이 아홉 개 달린 고양이처럼."

패멀라는 연민과 동경이 뒤섞인 눈빛으로 그들을 보았다. 얼마나 많은 청년이 저런 말을 하고 돌아오지 못했을까? 하지만 그녀는 이 세상에 다른 사람은 존재하지 않는 것처럼 서로의 눈을 응시하는 저들의 모습을 부러운 듯 바라봤다. 그녀가 탈 기차는 이미 플랫폼에 대기 중이었다. 패멀라는 기차를 기다리는 인파를 헤치고 간신히 기차에 탑승했다. 그녀는 복도가 있는 객차를 택했고, 일요일의 짧은 여행이라도 떠난다는 듯 이미 수다를 떨고 담배를 피우며 복도를 차지한, 잡낭을 든 군인들을 비집고 지나갔다.

그들 중 몇몇이 그녀가 지나갈 때 악의 없는 추파를 던지며 말을 걸었다. "여기 앉아요, 아가씨." 한 남자가 잡낭을 두드리며 말했다. "가는 동안 재미를 책임지죠. 우드바인담배 상표명 좋아해요?"

그녀는 남자들의 허세에 찬 행동 그리고 지금 그들에게 필요한 어여쁜 여자의 미소를 이해하고 그들의 말을 부드럽게 무시했다. 빈 좌석이 있는 객실을 발견했을 때, 그녀는 반가운 마음에 바로 자리에 앉았다. 객실에는 이미 엄마와 엄마의 무릎에서 엄지를 쪽쪽 빨고 있는 아기와 제복을 입은 젊은 해군 여자 부대원 그리고 더 이상 여성 전용 객실을 제공하지 않는다고 거세게 불평을 늘어놓고 있는 땅딸막한 중년 부인 두 명이 앉아 있었다. "수치스럽게도 저런 남자들을 비집고 지나가야 한다니." 더 통통한 여자가 말했다. "저들 중 하나가 '어머니, 긴장 풀어요. 그쪽은 전혀 날 흥분시키지 않으니까요.'라고 말하는 거 있죠."

"기가 차네요. 세상이 미쳐 가요."

그들은 동의를 구하는 듯 패멀라를 봤다. "저들이 아가씨에게는 말을 걸지 않았겠죠, 혹 걸었어요?"

"감당이 안 될 만한 말은 아니었어요." 패멀라가 미소 지었다.

기적이 울렸다. 기차가 앞으로 나아가며 역에서 출발하자 달리는 발소리와 문이 쾅 닫히는 소리가 들렸다. 기차에 막 오른 이들이 복도를 따라 빠르게 움직이기 시작했다. 기차가 템스강에 가로놓인 철교를 지날 때 패멀라는 몸을 돌려 창밖을 응시했다. 폐허 사이로 의연하게 서 있는 세인트폴 대성당의 돔과 함께 런던시의 전경이 시야에 들어왔다. 기차가 사우스뱅크의 워털루 역에 정차했을 때, 패멀라는 누군가가 객실로 다가와 문에 기대는 것을 보았다. 트위드 재킷을 입은 젊은 남자. 검은 머리칼이 옷깃에서 말려 있는 모습으로 보아 분명 낯익은 구석이 있었다. 그녀가 객실 문의 손잡이를 비틀어 문을 열자 남자는 성급히 비켜서며 몸을 돌렸다.

"벤? 세상에. 너구나." 그녀가 환한 표정을 지으며 말했다. "뒤통수를 보니 너인 것 같았어."

"패멀라?" 그가 못 믿겠다는 듯 그녀를 보았다. "여기서 뭐 해?"

"너랑 같은 이유일 것 같은데. 며칠 집에 가 있으려고. 들어와. 여기 한 자리 더 있어."

"그래? 난 여성 전용인 줄 알았는데. 다른 분들이 괜찮다면."

"당연히 괜찮지." 패멀라가 건너편 자리를 두드렸고, 벤이 가방을 선반에 올렸다.

"동시에 집에 가고 있다니 대단한 우연인데." 패멀라가 여전히 그에게 미소를 지으며 말했다. "널 보니까 정말 반갑다. 오랜만이야."

"지난 크리스마스 때 교회에서 스치듯 널 보긴 했어." 그가 말했다. "아주 좋아 보이네."

"너도. 지나칠 정도로 일을 많이 시키진 않나 보네?"

"지루한 일들만 잔뜩 맡기지. 아주 반복적이지만 필요한 일이겠지." 그가 자조적인 미소를 띠며 대답했다.

"정부 부처에서 일하는 거지?"

"부처에 소속된 곳에서. 조사 업무. 쓸데없는 정보만 잔뜩 찾아내고 있어. 너도 이런 비슷한 일을 하고 있지 않아?"

"비슷해. 사무직. 지루하기 짝이 없는 서류 철하기, 뭐 그런 일들. 그래도 누군가는 해야 하니까."

"런던에 있는 거야?" 그가 물었다.

"아니, 우리 부서는 공습을 피해 버크셔로 옮겼어. 기록물들을 폭탄에서 안전하게 지켜야 하니까. 너는?"

"런던에 있는데, 다음에는 어디로 보내질지 모르지. 요즘엔 다 시골로 보내는 것 같아."

정적이 흘렀다. 두 사람은 미소를 교환했다.

벤이 목을 가다듬었다. "제러미에 관한 소식은?"

패멀라의 얼굴이 환해졌다. "소식 못 들었어? 최근에 신문을 읽지 않았나 보네."

"전혀 읽지 않아. 늘 나쁜 소식만 가득하니까."

그녀는 통로를 가로질러 그에게 몸을 기울였다. "집에 와 있어, 벤. 수용소에서 탈출해 프랑스를 가로질러 돌아왔어. 대단하지 않아?"

"놀라워." 벤이 말했다. "음, 수용소에서 탈출해 유럽 대륙의 절반을 지나오는 동안 잡히지 않는 사람이 있다면, 제러미일 거야."

"맞아." 그녀가 한숨을 쉬었다. "신문에서 그 소식을 읽었을 때 믿기지 않아서 집에 전화했더니 정말로 네더코트에 돌아와 전쟁의 시련에서 회복 중이라는 거야. 제러미를 보러 꼭 같이 가야 해."

"정말 내가 따라가길 바라는 거야?"

"물론이지. 제러미는 나만큼이나 너도 보고 싶을 거야. 그리고 만약 걔가…… 알잖아…… 다쳤다거나 뭐…… 그러니까, 그때 네가 내 옆에 있는 게 좋을 것 같아."

"좋아." 그가 말했다. "같이 갈게."

"아버지께 인사드리자마자 바로 우리 집으로 와야 해. 우리 가족 모두 너를 보고 싶어 할 게 분명해."

"가족들은 어때?"

"크리스마스 이후로는 집에 가지 못했지만 엄마의 편지에 따르면, 아빠는 팔리의 부속 건물이 정말 좁기라도 한 것처럼 그런 비좁은 환경에서 생활해야 한다는 사실에 끊임없이 짜증스러워하셔." 그녀가 웃었다. "나이가 너무 많아서 나라를 위해 의무를 다하지 못하는 것에도 화가 나시고. 아빠는 국방 시민군 소속이신데, 명령하길 좋아하셔서 그들이 아빠를 골칫거리로 여길 거야. 엄마는 다른 모든 것에 무심한 채 늘 좋을 대로 생활하시고. 리비는 찰스를 돌보는 방이 필요하다며 꼭대기 층을 다 차지하고 있어. 모성애가 강한 엄마가 되더니 사람이 따분해졌어."

"마고에게서 소식은?"

패멀라의 표정이 어두워졌다. "감감무소식이야. 너무 걱정돼. 프랑스 백작과 어딘가 숨어 있길 바라지만 요즘 프랑스에서 안 좋은 얘기들이 들리기도 해서."

“동생 둘은 여전히 집에 있어? 아니, 디도는 일자리를 찾았어?”

“정말 일자리를 찾고 싶어 하지만 아빠가 집을 떠나기에 열아홉은 너무 어리다고 하셔. 틀림없이 디도는 불만으로 가득 차 있겠지. 디도 성격 알잖아. 집에 가만히 앉아서 피아노 연습을 하고 있을 부류는 아니야. 이해가 가기도 해. 언니들이나 나처럼 사교계에 진출할 시기를 놓쳤으니 디도로서는 억울할 거야. 무도회도 없고. 결혼 상대를 만날 기회도 없고. 마지막으로 봤을 때 그 애는 가출해서 공장에서 일할 작정이라고 했어.”

“공장보다는 덜 극적인 일자리를 분명 구할 수 있을 거야.” 벤이 말했다. “네가 일하는 곳에 디도를 데려갈 만한 누구 없어? 사무직 쪽에선 늘 여자들을 더 필요로 하는 것 같던데, 안 그런가? 숙소는 너랑 같이 쓰면 되고.”

“안타깝게도 난 이미 친구랑 방을 쓰고 있어.” 그녀가 말했다. “너희 부서는 어때? 디도가 할 만할 일을 찾아 줄 수 있어? 일을 구하면 기차 편으로 매일 런던으로 출퇴근할 수는 있을 거야. 아빠도 그 정도는 반대 안 하실 거야.”

“우린 교대 근무를 해서, 그게 문제야. 한밤중에 런던행 기차를 타지는 못할 테고, 너희 아버지는 딸이 등화관제 때 돌아다니길 바라지 않으실 거야. 그건 나도 힘들어. 그냥 가장 가까운 지하철역으로 가는 수밖에 없어.”

패멀라가 얼굴을 찌푸렸다. “알지. 나도 교대 근무를 하니까. 끔찍하지 않아? 내 몸은 절대 야간 근무에 익숙해지지 않더라고. 그리고 잠을 못 자면 몸도 너무 안 좋고.”

“전적으로 동감이야.” 벤이 말했다. “사실 바로 그런 이유로 휴가를 얻어서 운이 좋았어. 내가 너무 무리하고 있다더군."

그때 창가에 앉아 있던 나이 지긋한 여자 중 한 명이 코웃음을 쳤다. "무리하고 있다고." 그녀가 몸을 돌려 벤을 쏘아보며 말했다. "내 손자처럼 사막에 파병돼 보지그래요. 로멜에 맞서 싸우면서. 그게 우리 손자가 하는 일이라오. 런던 사무실에서 편하게 앉아 있는 게 아니라."

"그쯤 해, 테시." 다른 여자가 팔을 뻗어 친구의 손에 자신의 손을 얹었다. 그녀가 건너편에 앉은 벤과 패멀라를 봤다. "충격을 받은 상태라. 이 친구 아들이 영장을 받았거든요, 서른아홉 살에. 외동아들인데."

"유감스러운 일이군요." 벤이 말했다. "하지만……,"

"크레스웰 씨는 매우 심각한 비행기 사고에서 살아남았어요." 패멀라가 화가 난 어조로 말했다. "네 다리를 보여 드려, 벤."

처음 입을 열었던 여자의 얼굴이 새빨개졌다. "오, 미안해요. 내가 경솔하게 입을 놀렸네. 보다시피, 속이 많이 상해서. 이 전쟁이 우리 모두를 늘 예민하게 한다니까."

객실에는 어색한 침묵이 흘렀다.

"내가 일하는 곳의 남자들도 같은 일을 겪어." 패멀라가 벤에게 나직이 말했다. "참 억울하겠어. 모두가 총을 들어야만 하는 건 아닌데. 전장 밖의 제대로 된 지원 없이는 전쟁에서 이길 수 없는데 말이야."

"가끔은 뛰쳐나가서 군복을 사고 싶은 유혹을 느껴." 그가 말했다. "군복은 분명 많은 것들을 쉽게 해 줄 거야."

"네 인식표를 보자고 했을 때 네가 아무것도 차고 있지 않은 걸 확인하기 전까지는."

인식표. 벤의 머릿속에 생각이 스쳤다. 그 낙하산 사내는 헌병이 불러 세워 인식표 번호를 묻자마자 발각되었을 터였다. 따라서 그는 멀리 이동할 계획이 아니었던 게 분명했다. 맥스 나이트의 생각이 옳았다. 그의 접선지는 아주 가까운 이웃이어야 했다.

두 사람은 세븐오크스에서 기차를 갈아타고 힐든버러까지 한 정거장만 가면 되는 완행열차를 기다렸다.

"요즘엔 역에서 한참 걸어야 하네." 벤이 말했다. "기차들이 팔리 간이역엔 서지도 않다니, 해도 해도 너무한다."

패멀라가 웃었다. "전시에 기차가 단지 우리를 위해 정차해 주길 바랄 수는 없잖아, 벤. 이 순간만큼은 귀족이라는 게 아무런 의미가 없고, 정말 그럴 만해. 갑자기 우리 모두 평등해진 거야."

"누가 마중 나오기로 했어?" 벤이 대기하고 있는 차가 있는지 주위를 둘러봤다.

패멀라가 고개를 저었다. "집에 간다고 말하지 않았어. 놀라게 해 줄 생각이었거든. 요즘 같은 땐 누구에게나 뜻밖의 좋은 소식이 필요하잖아, 안 그래?"

"나도 아버지께 집에 간다고 말하지 않았어. 가방을 들고 몇 킬로나 갈 수 있겠어? 괜찮다면 가방 들어 줄게."

"네 가방도 있잖아." 그녀가 말했다. "그리고 그 정도 체력은 돼. 내가 일하는 곳에서는 움직일 때 자전거를 많이 타. 날씨 좋네, 안 그래? 시골길 산책이 의사가 딱 내게 권한 건데."

"다시 맑은 공기를 마시니까 정말 좋다." 벤이 말했다. 두 사람은 좁은 길을 따라 걷기 시작했다. "런던의 공기는 일 년 내내 폭탄 때문에 연기와 먼지가 자욱한데."

"난 다행히도 시골에 있어. 주변에는 들판과 나무가 있고."

"정확히 네가 있는 곳이 어디야?" 그가 물었다.

"런던에서 북쪽으로 한 시간쯤 떨어진 곳. 우리는 큰 저택에 있어. 물론 팔리만큼 아름답진 않지만."

"우리 직원 일부도 블레넘궁으로 보내질 예정이야."

"세상에나. 사람들 대부분이 한 계단씩 신분 상승한 거 아냐?"

벤이 웃었다. "들리는 바에 따르면 그다지 편하진 않은가 봐. 조악한 합판으로 칸막이를 해서 비좁은 방을 만들었대. 난방도 안 되고 꼭대기 층에는 박쥐도 살고."

"매력적으로 들리는데." 패멀라가 벤을 올려다보았고, 그의 눈이 잠시 그녀의 시선을 붙잡았다. 패멀라는 순간 그의 눈이 참 멋지다고 생각했다. 바닷속을 들여다보는 것처럼 초록빛을 띤 짙은 파란색 눈. 전에는 알아차리지 못했다는 게 이상했다. "널 다시 보니까 정말 반가워." 그녀는 마침내 그렇게 말했다. "넌 변한 적이 없어. 난 널 바위처럼 변함없는 상냥한 벤으로 느껴. 늘 날 위해 그 자리에 있는."

"그게 나야. 착하기도 한 벤." 그는 그렇게 말했다가 자신의 냉소를 후회했다. "그렇지만 맞아. 네가 날 필요할 땐 늘 거기에 있지."

패멀라가 손을 뻗어 살며시 그의 손을 잡았다. 두 사람은 말없이 나란히 걸었다. 종달새들이 목초지에서 날아올라 머리 위에서 지저귀었고, 사과꽃 향기가 공기 중에 달콤하게 감돌았다.

"오늘 오후에 제러미 보러 같이 갈 거지?" 그녀의 갑작스러운 질문이 마법 같던 순간의 분위기를 깨뜨렸다.

"간다고 했잖아. 우리 같이 아버지 집에 들러 뭐라도 마시는 게 어때? 그런 다음, 내가 팔리까지 가방을 들어다 줄게."

"좋은 생각이야." 그녀가 다시 그에게 눈부신 미소를 지어 보였다.

10

켄트주 엘름슬리, 올세인츠 교회 목사관

1941년 5월

목사관은 교회 경내 한쪽에 붉은 벽돌로 지은 빅토리아 시대풍의 큰 건축물이었다. 두 사람은 비바람에 상한 묘비들을 지났다. 벤은 현관문을 열고 안으로 들어갔다. 문은 잠겨 있는 법이 없었다.

"세상에, 이게 누구야, 벤 씨!" 핀치 부인이 문 닫히는 소리에 부엌에서 나오더니 놀라서 양손을 내던지듯 들어 올렸다. 이내 놀란 표정은 더욱 믿기 어렵다는 표정으로 바뀌었다. "게다가 레이디 패멀라까지. 얼굴 보니 반갑네요, 아가씨."

"잘 지내셨죠, 핀치 부인?" 패멀라가 물었다.

"불평할 게 뭐 있겠어요, 아가씨. 짐작하신 대로 잘 지내고 있어요. 매일 밤 폭격에 시달리는 런던의 가엾은 이들에 비하면 훨씬 낫죠. 그리고 먹을거리를 구하는 게 그렇게 어렵지도 않고요. 뒤에 가면 작아도 실속 있는 텃밭이 있고, 쥐나 여우가 먼저 낚아채지만 않으면 두 마리 암탉이 달걀을 낳아 주고. 거기에다가 여기 이웃들 모두가 목사님을 좋아해서 문 앞에 고기나 생선 토막을 두고 갈 때도 많답니다. 그런 게 불법이거나 암시장에서 구했다 해도 나야 놀라지 않지만, 물론 목사님께는 말씀 못 드리죠. 모르시는 게 목사님의 기분을 상하지 않게 할 테니까요."

그녀는 쿡쿡 웃음을 터뜨렸다. "마침 오늘 이렇게 오다니 운도 좋네. 어제도 비둘기 한 쌍을 받아서 막 비둘기 파이를 만든 참이거든요. 이제 막 목사님의 식사dinner를 차리려던 참인데, 같이 먹고 가는 게 어때요, 아가씨?"

목사가 수년간 그녀에게 노동자 계층은 한낮의 식사로 '디너'를 먹지만 상류층은 '런천luncheon'을 먹는다고 가르치려고 애썼는데도 그녀는 여전히 그것을 '디너'라고 했다.

"사실 집에 가야 해요. 가족들이 저를 보려고 기다릴 거예요." 패멀라가 말했다.

벤은 생각할 겨를도 없이 그녀의 손을 감쌌다. "먹고 가." 그가 말했다. "그간 먹었던 음식이 구내식당의 기름 범벅 같은 것이었다면 장담하건대, 핀치 부인의 비둘기 파이는 하늘에서 내려 준 양식처럼 느껴질 거야."

패멀라는 붙잡힌 손을 빼는 대신 미소를 지었다. "그렇게까지 말하는데 어떻게 거절할 수 있겠어? 고맙습니다, 핀치 부인." 그녀는 핀치 부인과 그 이전에 있던 가정부들이 오랜 세월 윤을 낸, 낡은 오크 나무 가구를 둘러봤다. 이내 그녀의 시선은 창밖의 풍경으로 옮겨가 들판 너머 나무들 위로 솟아오른, 어렴풋이 보이는 팔리 저택에 머물렀다. 여기가 내가 안전하다고 느끼는 곳이야. 그녀는 생각했다.

핀치 부인이 막 상을 차리고 있을 때, 크레스웰 목사가 교회에서 나와 오솔길을 따라 집 안으로 들어왔다. 그의 지친 얼굴에 미소가 번졌다. "아니, 이렇게 반갑고 놀라울 데가. 네가 올 거라고는 생각도 못 했구나."

"막판에 휴가가 결정됐어요." 벤이 아버지에게 다가가 손을 잡으며 말했다. "며칠 휴가를 주는 게 좋겠다고 누군가가 결정을 내려서 이렇게 집에 오게 됐어요."

"그리고 패멀라도." 목사가 몸을 돌려 패멀라에게 미소를 짓다가 이내 그녀를 유심히 살폈다. "조금 창백해 보이는구나."

"야간 근무 때문에요. 낮에는 잠을 잘 수가 없더라고요."

"당연히 그렇겠지. 그래도 여기에서 며칠 지내면 아주 건강해질 게다. 좋은 음식에 시골 공기. 며칠간은 전쟁을 제쳐 둘 수 있을 거야. 이곳은 늘 예전 그대로니까."

"집에 주둔하는 군인들만 빼면요." 패멀라가 그에게 상기시켰다.

"그러고 보니 아가씨네 들판에서 발견된 그 시체요." 핀치 부인이 식탁 위 삼발이 위에 파이를 올려놓으며 말했다.

"시체요? 들판에?" 패멀라가 물었다.

"낙하산이 펴지지 않은 그 낙하산 사내요." 핀치 부인이 무척 신이 난 듯 말했다. "아주 끔찍했다던데요."

"정말 안됐네요. 누구였는데요?"

핀치 부인이 몸을 가까이 숙였다. "군복을 입기는 했는데 내 생각엔 독일 스파이 같아요. 요즘엔 곳곳에 있대요. 믿기 어렵겠지만 수녀로 변장한 자들까지 있고요."

"핀치 부인, 내가 소문에 대해 뭐라고 말했지요?" 크레스웰 목사가 말했다. "포스터에 쓰인 '부주의한 말이 생명을 앗아 간다'는 말을 명심해요. 훈련하다가 잘못된 희생자일 뿐, 그 이상의 무언가가 있다고 믿을 이유는 없어요. 난 그들이 그를 데려갈 때 항의했죠. 난 제대로 된 장례를 치러 주고 싶었답니다."

파이 껍질을 자르려고 몸을 숙이며 그는 확실하게 그 문제를 일축했다. 진한 허브 향이 풍기자 그는 만족스럽게 고개를 끄덕였다. "자, 이런 게 바로 제대로 된 식사지. 영 레이디young lady, 접시를 이리 다오. 오랜만에 음식다운 음식을 먹겠구나."

그들은 배불리 먹었다. 얇은 껍질이 허브 향 그레이비소스를 잔뜩 끼얹은 어린 새의 육즙이 풍부한 부위를 감쌌고, 화이트소스를 끼얹은 꽃양배추가 곁들여졌다. 그리고 스튜드 애플과 커스터드가 뒤를 이었다.

"이제 집에 가야겠어." 패멀라가 일어섰다. "하지만 제러미를 어서 보고 싶어. 내가 네더코트에 먼저 들러도 가족들은 별로 개의치 않을 것 같아. 언제 도착할지 정확하게 말하지 않았거든. 그리고 벤, 나랑 같이 가겠다고 했잖아." 그녀가 애원하듯 그를 보았다.

"내가 같이 가길 바란다면." 그도 냅킨을 식탁 위에 놓으며 일어섰다. "아버지, 패머를 네더코트까지 데려다주고 와도 괜찮을까요?"

"아들아, 내 허락을 구할 필요는 없단다. 이제 너도 성인이니까. 패멀라가 연인을 보러 가는데, 너와 함께 가고 싶어 한다면 당연히 그래야지."

벤은 '연인'이라는 말에 명치를 얻어맞은 느낌을 받았다. 물론 그 말이 사실임을 알았다. 오래전부터 줄곧 사실이었다. 하지만 그는 늘 희망을 품어 왔었다. 특히 제러미가 실종되었다는 소식을 듣고서는 더더욱. 그런데 이제 자신이 할 일은 패멀라를 자신의 경쟁 상대에게 데려다주는 것이었다. 그는 그녀가 알아차렸는지, 자신이 어떤 감정을 품고 있는지 어렴풋이라도 아는지 궁금했다.

두 사람은 마을로 나섰다. 하나로 이어진 길에 활기라고는 거의 찾아보기 어려웠다. 종이 딸랑 울리며 우체국을 겸하는 마컴 잡화점에서 한 여자가 팔에 바구니를 걸친 채 나왔다. 그녀는 정중하게 고개를 숙이며 그들에게 인사했다. "레이디 패멀라, 미스터 벤. 연중 제일 좋은 날씨 아니에요?" 그러더니 갑작스러운 그들의 귀환이 전혀 별게 아니라는 듯 자기 갈 길을 갔다. 세븐오크스를 넘어선 런던과 다른 지역은 그녀에게 관심 밖의 일이었다. 학교에서는 구구단을 외우는 아이들의 목소리가 들렸다. 거름을 잔뜩 실은 농장 수레가 그들 쪽으로 다가왔다. 그들은 목사관을 나선 이후 말이 없었다. 이제 패멀라가 그에게 고개를 돌렸다.

"여긴 변한 게 없는 것 같지? 늘 예전과 똑같아."

"젊은 남자들이 없다는 것만 빼면." 그가 말했다.

그녀가 고개를 끄덕였다.

두 사람이 마을을 벗어나자 도로가 좁아지더니 다채로운 꽃들이 피어나고 있는 양쪽 둑 사이로 좁은 길이 이어졌다. 그들이 프레스콧 저택으로 향하는 진입로 입구의 인상적인 연철 문 앞에 당도했을 때, 패멀라는 갑자기 얼어붙듯 멈춰 섰다.

"초대받지 않았는데 가도 괜찮을까? 우리가 온다는 걸 미리 전화해서 알렸어야 했나?"

"우리가 언제 제러미의 집에 갈 때 초대를 기다렸어?" 벤은 웃을 수밖에 없었다.

"그렇지만 지금은 상황이 다르잖아." 패멀라가 걱정스러운 듯 눈살을 찌푸리며 말했다. "제러미는 포로수용소에서 집으로 돌아왔어. 어쩌면 우리를…… 보고 싶지 않을 수도 있어."

벤이 심호흡했다. "비행기를 타고 떠난 그날부터 널 다시 만나길 꿈꿨을 거라 믿어." 그가 말했다.

패멀라는 그에게 잠깐 초조한 미소를 지었다.

"그럼 제러미가 손님을 만날 기분이 아니라고 하면 그때 그냥 돌아가자."

"벤, 네가 있어서 무척 기뻐." 그녀가 말했다. "안 그랬으면 이대로 단념하고 겁에 질린 토끼처럼 달아났을 거야."

"넌 한 번도 겁먹은 토끼 같았던 적이 없었어, 패머. 우리 중 누구보다 강한 사람이었지. 자, 어서. 가서 제러미를 놀래 주자."

그들은 문을 지나 자갈이 덮인 넓은 진입로를 걸어 올라갔다. 흰색 테두리가 있는 붉은 벽돌로 지은 우아한 조지 왕조 양식의 저택이 완벽한 대칭을 이루며 그들 앞에 서 있었다. 진입로 양쪽에는 잘 가꾼 정원이 조성되어 있었다.

화단에는 튤립이 가득 피어 있었고, 격자 구조물 아래로는 등나무가 흐드러지게 늘어져 있었다. 잔디밭은 완벽하게 손질되어 있었다. 전쟁과 상관없이 정원사들이 여전히 이곳에서 일하는 게 분명했다.

집에 당도했을 때, 완벽한 풍경에 어울리지 않게 현관 계단 옆에 낡은 자전거가 세워져 있었다. 벤이 그것에 대해 한마디하려는데 현관문이 열리며 레이디 다이애나 서턴이 나왔다.

"물론 그럴게요. 정말 고마워요. 잘 있어요." 그녀는 계단을 내려오며 집 안쪽의 보이지 않는 사람에게 손을 흔들며 외쳤다.

이내 그녀는 패멀라와 벤을 보았다. "안녕, 거기 두 사람. 이게 웬 일이야!"

"여기서 뭐 해, 디도?" 패멀라가 딱 부러지는 어조로 물었다.

"흠, 그야말로 반갑다는 인사네." 디도가 말했다. "'이토록 오랜만에 널 다시 봐서 반갑구나, 사랑하는 동생아.' 이렇게 말해야 하는 거 아니야?"

"음, 물론 널 봐서 반가워." 패멀라의 목소리는 여전히 당황한 것처럼 들렸다. "단지……,"

"언니가 굳이 알아야겠다면, 난 가족을 대표해 제러미의 기운을 북돋아 주려고 방문했었어." 그녀가 자전거에 올랐다. "누군가는 해야 했거든."

이내 그녀는 한마디 말도 없이 자전거 페달을 밟았고, 자전거 바퀴가 드르륵 소리를 내며 자갈길을 굴렀다.

3부

마고

11

파리

1941년 5월

그녀는 두려움에도 냄새가 있다는 것을 전에는 알지 못했다. 개는 두려움의 냄새를 맡는다는 말을 줄곧 들어 왔지만 인간도 그렇다는 말은 들어 본 적이 없었다. 하지만 이제 캄캄한 방 안의 의자에 앉아 있는 그녀는 그것-뚜렷하게 느껴지는 단 냄새-을 느낄 수 있었다. 그 두려움이 자신의 땀구멍에서 나온 것인지, 아니면 너무도 많은 사람이 공포와 절망을 느꼈던 벽들에서 배어나는 건물의 일부인지 알지 못했다. 그녀는 차를 타고 이곳에 올 때까지 눈가리개를 한 채였지만 자신이 어디에 있는지 들을 필요는 없었다. 그녀는 게슈타포 본부에 있었고, 그들은 그녀의 기를 꺾어 놓으려고 어둠 속에 그녀를 홀로 남겨 두었다.

레이디 마고 서턴은 등받이가 있는 나무 의자에 앉아 미동도 하지 않은 채 칠흑 같은 어둠을 응시했다. 그녀는 자신이 얼마나 오래 이곳에 앉아 있었는지, 밖은 이제 밝은지 알지 못했다. 방에는 창문이 없는 게 분명했다. 등화관제용 커튼이 있다고 해도 가늘게 새어 들어오는 빛은 늘 있었기 때문이다. 그들은 한밤중에 들이닥쳤었다. 두 남자는 영어로 "우리와 가셔야겠소."라는 말밖에 하지 않았다.

그녀가 받은 가정교육이 튀어나왔다. "무슨 말이죠? 내가 왜 당신들과 가야 하죠? 그럴 일은 없어요. 한밤중인 데다가 나는 자고 있었어요."

둘 중 한 명이 말했다. "지금 우리와 가야겠소, 프로일라인Fräulein 미혼 여성을 칭하는 독일어. 일 분간 옷 입을 시간을 주겠소." 그가 그녀의 레이스 가운을 못마땅하게 쳐다봤다.

'프로일라인'이라는 말이 그들에게 그렇게 행동하게 했다. 그들은 군복을 입고 있지 않았지만 독일인이었다. 그것은 한 가지를 의미하는 것이었다. 게슈타포. 그리고 누구도 게슈타포에게 맞서지 못했다. 그래도 그녀는 자신이 두려워하고 있다는 사실을 그들에게 보여 주지 않을 작정이었다. 영국의 귀족이라는 그녀의 배경이 그 순간 비장의 카드였다. 독일인은 귀족 계급의 특권을 종식했던 터라 영국 귀족에게 존경심이 있었다.

"대단히 변칙적인 방식이군요." 그녀가 기분 나쁘다는 듯 빅토리아 여왕의 말투를 모방해 말했다. "누구의 권한으로 여기에 온 거죠? 대체 무엇 때문에 날 찾는 거예요?"

"우리는 지시를 따를 뿐이오, 프로일라인." 그가 말했다. "곧 누가 이야기를 나누고 싶어 하는지 알게 될 거요."

"난 '프로일라인'이 아니에요." 그녀가 말했다. "난 웨스터햄 경의 딸, 레이디 마거릿 서턴이에요."

"우리는 당신이 누군지 아주 잘 알고 있소." 남자의 얼굴은 무표정했다. "일 분을 주겠소, 레이디 마거릿. 싫다면 잠옷 바람으로 데려가겠소."

그녀는 바쁘게 머리를 굴리며 도망치듯 침실로 돌아갔다. 무엇을 가지고 가는 게 좋을까? 가스통이 줬던 권총? 아니, 그녀로서는 결백함과 억울함을 전달하는 게 최고의 선택이었다. 그리고 어쨌든, 난 결백해. 그녀가 되뇌었다. 난 아는 게 없으니까 그들에게 아무것도 말할 수 없어.

이렇게 마음을 다독인 그녀는 아르망드 하우스에서 만든 의상인 검은 정장을 움켜쥐었다. 그러고는 흰 블라우스를 입고 진주 목걸이를 걸었다. 그녀는 자신이 두려워한다는 것을 저 개자식들에게 보이지 않을 생각이었다. 그때 그 생각이 머리를 스쳤다. 가스통이 아파트로 돌아왔는데 내가 없다면? 내가 어디에 있는지 어떻게 하면 그가 알 수 있을까?

"레이디 마거릿?" 문밖에서 그녀를 부르는 소리가 들렸다.

"머리를 빗고 있어요." 그녀가 답했다. "칫솔을 챙겨야 하나요? 아니면 바로 집으로 돌아오나요?"

"당신에게 달렸소." 그 목소리가 말했다.

립스틱을 바르고 있을 때, 화장대에 놓인 마담 아르망드의 명함이 보였다. 그녀는 립스틱을 들어 명함 뒷면에 '그녀에게 전화해.'라고 쓴 뒤, 그것을 있던 자리에 놓았다. 가스통은 이해가 빨랐고, 아르망드는 파리의 모든 사람을 알았다. 그녀라면 사라진 영국 여자를 찾는 방법을 알 터였다. 그때까지 살아 있다면. 마고는 생각했다.

그들이 그녀를 데려다 놓은 그 어두운 방은 춥고 눅눅했다. 그녀는 급한 요의를 느꼈지만 참을 작정이었다. 어떤 왕실 사람들은 외국을 여행할 때 온종일 화장실에 가지 않도록 신체를 단련했다는 소문이 돌았다. 그녀는 멀리서 고함을 들은 듯했다. 울부짖는 소리였나? 그 소리가 건물 밖에서 나는 것인지, 내부에서 나는 것인지 구분할 수 없었다. 발소리-군화를 신은 묵직한 발걸음-가 가깝게 들려오자 온몸이 뻣뻣해졌다. 발걸음 소리가 매우 가까워졌다가 지나갔고, 그녀는 그 소리가 멀어지며 희미해지자 안도의 작은 숨을 내쉬었다. 그녀는 다른 것들로 생각을 돌렸다. 여름날의 팔리. 잔디밭의 테니스. 딸기랑 크림. 벌게진 얼굴에 챙이 넓은 우스꽝스러운 하얀 모자를 쓰고 있는 아빠. 딸들이 무슨 일을 벌이든 간에 늘 태연하고 침착해 보이는 엄마. "팔리." 그녀가 속삭였다. "집에 가고 싶어."

문이 열리고 한 줄기 빛이 들어왔을 때, 그녀는 화들짝 놀랐다. 한 남자가 들어왔다. 독일군 장교복을 입은 키가 큰 남자. 그가 딸각하고 스위치를 켜자 마고는 갑작스러운 불빛에 눈을 깜박였다. 처음으로 그녀는 가로세로가 3미터, 2미터쯤 되는 특색 없는 방을 보았다. 구석에는 거기에 있다는 걸 알았더라면 그녀가 사용할 수도 있었을 양동이가 있었다. 장교가 의자를 끌어와 그녀와 마주 보고 앉았다.

"레이디 마고, 당신을 데려온 거칠고 예의 없는 방식에 사과드립니다. 심문을 위해 누군가를 데려오라는 내 명령이 유감스럽게도 잘못 해석될 때가 있습니다. 커피를 좀 드릴까요?"

커피는 요즘 파리에서 좀처럼 보기 힘들었다. 그녀는 냉담하고 도전적인 태도를 유지해야 할지 어떨지 생각할 겨를도 없이 "네, 좋을 것 같군요."라는 자신의 말을 들었다. 어쩌면 이 상황을 확대해석한 건지도 몰라. 그녀는 생각했다. 내가 왜 이곳에 남아 있는지 묻고 싶은 것뿐일지도 몰라. 크림과 설탕을 곁들여 커피가 나왔다. 지금껏 이토록 맛있는 커피를 맛본 적이 없는 듯했다. "고마워요." 그녀가 말했다. "무척 친절하군요."

장교가 고개를 끄덕였다. "내 이름은 딩크슬라거입니다. 바론 폰 딩크슬라거딩크슬라거 남작. 그러니 우린 사회적으로 동등한 위치에 있는 셈이죠. 우린 단지 몇 가지 질문을 할 것이고, 그런 다음에는 집으로 돌아갈 수 있습니다." 아주 약간의 독일식 억양이 느껴질 뿐, 그의 영어는 훌륭했다. 게다가 여자들에게 인기 있는 미남 배우의 골상에 독일군 장교의 오만함이 풍기는 대단한 미남이었다. "당신은 웨스터햄 경의 딸 레이디 마고 서턴 맞습니까?"

"맞아요."

"왜 아직 파리에 남아 있는지 말씀해 주시겠습니까? 왜 돌아갈 수 있었던 점령 전에 고국으로 돌아가지 않았습니까?"

"난 마담 아르망드 밑에서 패션 디자인을 공부하던 중이었어요." 그녀가 말했다. "내가 순진했던 것 같네요. 하지만 그때는 파리에서의 생활이 평소와 다를 바 없으리라 생각했어요."

"그렇긴 합니다." 그가 말했다.

"전혀요. 누구도 충분히 먹지 못하고 있어요. 이런 커피는 몇 달간 본 적도 없죠."

"그건 당신네 영국 폭격기를 탓하십시오. 그리고 레지스탕스. 그들이 보급선을 파괴한 거라면 파리 사람들이 충분히 못 먹는 게 우리 탓은 아닙니다."

그가 다리를 꼬았다. 그는 흠 하나 없이 잘 닦은, 목이 긴 검은 군화를 신고 있었다. "그럼 패션 디자인이 머물기로 한 유일한 이유였군요."

"아니요." 그녀는 거짓말을 할 이유가 없다고 생각해 사실대로 말했다. "프랑스 남자와 사랑에 빠졌죠."

"바렌 백작. 같은 작위죠." 그가 말했다.

그녀가 고개를 끄덕였다. "맞아요."

"바렌 백작은 지금 어디 있습니까?"

"모르겠어요. 몇 달째 못 봤어요."

"마지막으로 그를 본 게 언제였죠?"

"크리스마스 직후요. 파리를 떠나야만 했다고 했어요."

"이유를 말했습니까?"

"프랑스 남부에 관리해야 하는 건물들이 있다고 알고 있어요. 또 대저택에 계시는 할머니가 쇠약해지셔서 도와 드릴 일이 있는지 확인하고 싶어 했고요."

"할머니라." 그의 입가에 미소가 스쳤다. "당신은 아주 순진한 사람이거나 대단히 뛰어난 거짓말쟁이겠군요, 레이디 마거릿. 그 남자의 할머니는 오 년 전에 죽었습니다."

"그렇다면 내가 아주 순진한 거네요." 그녀가 대답했다. "유모는 우리가 거짓말을 하면 비누로 입을 씻어 줬죠. 그 비누의 위협에 갇혀 있답니다."

"당신 애인이 레지스탕스 활동을 하고 있을지 모른다는 생각이 든 적 없습니까?"

"네, 들었어요." 그녀가 도전적인 어조로 말했다. "하지만 가스통은 내게 아무 말도 하지 않았어요. 그러는 편이 낫다고 말했어요. 그럼 내가 심문을 당한다 해도 아무것도 모른다고 있는 그대로 말할 수 있을 테니까요."

"그럼, 크리스마스 이후로 그를 본 적 없습니까?"

"그래요."

"그때 이후로 그가 파리에 여러 차례 다녀갔다는 걸 알면 놀랄 겁니까?"

마고는 얼굴에 감정을 드러내지 않기 위해 애썼다. "그럼요, 그랬다면 놀라겠죠. 아마 그는 내가 위험에 놓이길 바라지 않았을 거예요. 무척 사려 깊은 남자니까요."

"아니면 그가 새로운 사랑을 찾은 거라면?" 능글맞은 웃음이 딩크슬라거의 입술을 스쳤다.

"그럴 수도 있겠죠. 무척 매력적인 남자기도 하니까."

"그럼, 그가 새로운 사랑을 찾는다면?"

"그럼 패션 디자인 일에 열중하고 그이 없이 사는 법을 배우면서 내 삶을 살아야겠죠."

이제 그는 빙긋 웃었다. "영국인에게 감탄을 보냅니다, 레이디 마거릿. 프랑스 여자라면 애인을 잃고 가슴을 쥐어뜯으며 슬퍼할 텐데 말입니다."

"그렇다면 내가 프랑스인이 아닌 걸 기뻐해야겠군요. 훨씬 수월하게 대처할 수 있으니."

그는 여전히 미소 짓고 있었다. "마음에 드는군요, 레이디 마거릿. 당신의 기개가 마음에 듭니다. 나도 귀족 가문 출신입니다. 우리는 서로 잘 통하겠군요."

"그럼 내가 당신에게 해 줄 말이 전혀 없다고 했을 때, 내가 진실을 말하고 있다는 걸 이해하겠군요. 나는 파리에서 단순한 삶을 살고 있어요. 공방에 가서 마담 아르망드가 지시한 것을 하죠. 다시 구 번가에 있는 내 작은 아파트로 돌아와 간단하게 저녁을 먹고 잠자리에 들어요."

"기회만 있다면 당장이라도 영국의 집으로 돌아가고 싶겠군요."

그녀는 주저했다. 물론 집에 가고 싶지, 이 바보 멍청이야. 그녀는 소리를 지르고 싶었다. 하지만 대신 이렇게 말했다. "현재로서는 영국에서의 생활이 파리의 생활보다 더 좋을 것 같다는 생각이 안 드네요. 끊임없는 폭격에 목전에 다가온 침략 위협을 고려하면."

그가 꼬았던 다리를 풀고 나무 의자를 젖히며 그녀를 보았다. "가스통 드 바렌에게서 몇 달간 소식을 듣지 못했다, 정말입니까?"

"그래요."

"그럼 지금 우리가 그를 감금하고 있다는 걸 알면 놀랄 겁니까?"

그 말은 정말 그녀의 평정심을 크게 흔들었다. 그는 그녀가 입을 열기 전, 그녀의 눈빛을 스치고 지나간 불안한 기색을 놓치지 않았다. "네, 놀랍군요."

"그리고 불안하고요?"

"물론 불안하죠." 그녀의 목소리에 돌연 날이 섰다. "헤어Herr 남자 이름에 붙이는 독일어 경칭 바론, 난 가스통 드 바렌을 사랑해요. 그가 여전히 날 사랑하든 안 하든."

"그리고 그의 레지스탕스 활동을 찬성하고요?"

"말했다시피, 난 지금껏 그가 레지스탕스와 관련이 있는 줄 몰랐어요. 하지만 그 사람은 프랑스인이에요. 자기 나라에서 침략자들을 몰아내고 싶은 그 사람의 바람을 이해할 수 있어요. 만약 독일군이 영국을 침공하면 우리 가족도 똑같이 행동하길 기대할 거예요."

갑작스러운 달가닥 소리와 함께 그가 의자를 바로 하더니 그녀 가까이 몸을 숙였다. "가스통 드 바렌이 고집이 아주 세다는 게 증명되는 중입니다, 레이디 마거릿. 당신은 그가 살 가치가 없다는 걸 이해할 겁니다." 그가 손가락을 튕기자 그 소리가 사방이 막힌 좁은 방에서 놀랄 정도로 크게 울렸다. "그가 알고 있는 사실을 우리에게 말하지 않는다면."

"나더러 그에게 말하라고 설득하란 말인가요? 웃기는군요, 남작. 내가 그에게 그 정도로 큰 영향력을 미치리라 생각한다니 우쭐한 기분이 들지만 장담하건대, 그럴 일은 없어요."

"내가 지금 손가락을 튀기면 당신은 여기보다 훨씬 덜 쾌적한 아랫방으로 끌려가, 거기서 당신 삶의 아주 사소한 것까지 말하게 될 거라는 걸 알아야 합니다, 레이디."

또다시 그녀는 온 힘을 다해 침착을 유지하려 애썼다. "그런 것들에 대한 얘기는 들었지만, 바론 폰 딩크슬라거, 정말 장담하건대, 당신이 조금이라도 관심을 가질 만한 이야깃거리가 내겐 없어요."

"날 믿어요, 레이디 마거릿, 그런 방으로 끌려가면 뭔가 할 말이 있길 바라게 될 겁니다. 우리에게 말할 거리를 지어낼 겁니다. 거기서 살아서 나오려고 당신 애인, 어머니, 뭐든 배신할 겁니다."

마고는 차갑게 그를 응시했다. "날 죽일 생각이면, 부탁인데, 지금 당장 끝내요. 연발 권총을 차고 있군요. 지금 당장 날 쏘라고요."

"당신을 쏘고 싶은 마음은 없습니다. 당신은 죽는 것보다 살아 있을 때 내게 훨씬 더 쓸모가 있으니까. 그렇지만 놀랍군요. 애인을 살리기 위해 싸워 볼 생각도 하지 않고 그를 죽음으로 내몰겠다는 겁니까? 정말이지 영국인들은 대단히 차갑군요."

"분명히 말하지만 난 차갑지 않아요. 나도 가스통이 죽는 걸 원하지 않아요. 하지만 내가 무슨 말을 한다고 해도 당신의 마음을 바꾸지 못할 거란 생각이 드는군요." 그때 갑자기 분명해졌다. "이제 알겠네요. 당신은 내가 중요한 정보를 말할 거라고는 생각하지 않아요. 난 미끼 아닌가요? 나를 이용해 그 사람이 뭔가를 털어놓도록 할 작정이군요."

"그건 당신이 그에게 얼마나 소중한 존재인지, 그리고 그가 조국보다 당신을 우선시하는지에 달린 듯하군요. 우리야 두고 보는 수밖에 없지 않겠습니까?" 그가 말을 끊더니 놀란 표정으로 고개를 들었다. 문밖에서 고성이 들렸는데, 그중 하나는 여자였다. 덩크슬라거가 일어난 순간 문이 벌컥 열리더니 지지 아르망드가 거침없이 들어왔다. 그녀는 어깨에 검은 모피를 아무렇게나 걸쳤고, 얼굴은 완벽하게 화장한 상태였다. 마고가 그녀를 개인적으로 몰랐다 해도, 그녀가 누구인지 못 알아볼 리는 없을 터였다.

"이게 다 무슨 일이오?" 독일인 장교가 프랑스어로 따져 물었다. "누가 당신을 여기 들여보냈소?"

"가엾은 내 프티트petite 아이." 그녀는 그를 완전히 무시하고 마고에게 다가가 양쪽 뺨에 입을 맞추며 말했다. "저자들이 대체 무슨 생각으로 널 이런 곳에 데려왔다니? 이렇게 순진한 아이에게 겁을 주다니, 당신은 부끄러운 줄 알아야 해요, 남작. 정말이지 날 위해 노예처럼 옷을 만들며 완벽하게 떳떳한 삶을 사는 어린 영국 귀족을. 당신이 파리에서 유일하게 날 모르는 사람일 경우에 대비해서 말하자면 난 마담 아르망드예요. 확실히 말해 두건대, 당신네 독일군 고위 장교들은 날 잘 알고, 내가 리츠 호텔에서 살도록 해 줬어요."

"마담 아르망드." 그가 말했다. "나도 당신이 누구인지 잘 아오. 이 결백한 젊은 숙녀분은 레지스탕스 지도자의 애인이오. 우리가 그자를 포로로 잡고 있는데, 협조를 거부하고 있소. 이 젊은 숙녀분이 그자가 분별력을 갖게 해 줄 거라 기대하고 있소."

"난 그녀가 어떻게 생각하는지 알아요." 아르망드가 보호하듯 마고의 어깨에 팔을 두르며 말했다. "그가 말을 해도 어쨌든 그를 죽일 거 아닌가요? 그리고 그가 말을 하고 당신이 죽이지 않는다 해도 레지스탕스 동료들이 당신 때문에 그를 죽이겠죠."

"일종의 합의를 할 수도 있겠군요, 마담. 보시다시피, 이 젊은 숙녀분이 어쩌면 생포한 레지스탕스보다 우리에게 더 가치가 있을지도 모르겠소."

"어떤 점에서요?"

그가 마고를 돌아보았다. "그녀는 영국 최상류층에서 사오. 당신네 가족은 처칠가와 알고 지내지 않습니까? 그리고 웨스트민스터 공도? 또 많은 상원 의원들과도요."

"네, 우리 가족과 친분이 있어요. 하지만 그게 무슨 뜻인지……."

"제의를 하나 할까 합니다. 우리의 작은 부탁을 들어주면 바렌 백작을 풀어 주죠."

그녀가 의심스러운 눈으로 남자를 응시했다. "무슨 부탁이요? 그리고 그 사람이 풀려나리라는 걸 어떻게 보장하죠? 그가 이미 죽지 않았다는 건?"

"아무런 보장은 없습니다." 그가 말을 끊더니 의미 없다는 듯 양손을 펼치고 덧붙였다. "하지만 그를 구할 기회가 생기는 거죠. 그가 고통스럽게 죽을 것이고 당신도 그 뒤를 따를 수 있다고 백 퍼센트 확실하게 아는 것보다야 낫겠지요."

"그녀에게 그런 식으로 말하지 마요." 마담 아르망드가 말했다.

"지금 당장 그녀를 데려가겠어요. 내 보호하에 나와 함께 리츠 호텔에 머물 것이고, 난 그녀를 대한 방식을 항의하러 당신의 최고위 상사에게 곧장 갈 거예요."

딩크슬라거가 어깨를 으쓱했다. "마담은 실용주의자군. 우리가 들은 바에 의하면. 그렇다면 여자를 데려가시오. 당신에게 그녀를 맡기겠소. 하지만 그녀를 이해시키시오. 우리를 위해 작은 호의를 베푼다면 영국의 집으로 보내 주겠다고 개인적으로 약속하겠소." 그가 마고를 돌아보았다. "당장은 가도 좋지만 금명간에 다시 이야기를 나눌 겁니다. 내 제안을 생각해 보십시오. 하지만 너무 오래는 말고. 바렌을 무기한으로 살려 둘 수는 없으니까. 당신을 계속 풀어 줄 수도 없고. 파리를 떠나려는 어리석은 시도 같은 건 생각도 하지 말길 바랍니다. 당신을 감시할 거니까. 그리고 당신을 위해 중재하려고 나선 마담에게 고마워해야 할 겁니다."

너무 오래 앉아 있어 몸이 뻣뻣해진 마고가 자리에서 일어나 고용주인 마담이 이끄는 대로 방을 나섰다. 그녀가 문에 당도했을 때, 마담 아르망드는 고개를 돌려 독일 장교를 보았고, 두 사람은 미소를 교환했다.

12

켄트주 엘름슬리, 네더코트
1941년 5월

제러미는 온실에 놓인 긴 의자에 앉아 있었다. 등에 베개 여러 개를 받치고, 무릎 위에 셔닐사로 짠 하얀 무릎 덮개를 덮고 있었다. 집 뒤쪽에 자리한 온실은 둥근 유리 지붕으로 덮여 있고, 하얀 고리버들 가구와 열대 식물이 있는 모닝룸과 이어져 있었다. 곳곳에 난초가 피어 있고, 달콤한 재스민 향기가 공기 중에 감돌았다. 창문으로 잔디밭과, 그 너머 테니스 코트가 보였다. 흰 구름이 하늘을 가로지르며 깔끔하게 손질된 잔디 위로 그림자를 드리웠다. 아치형 정자는 일찍 핀 장미들로 덮여 있었고, 장미 덩굴은 텃밭을 가린 담벼락을 타고 자라고 있었다. 제러미는 발소리에 몸을 돌렸다. 두 사람이 자신을 향해 오자 그의 얼굴이 환해졌다.

"세상에나. 내가 가장 좋아하는 두 사람이네. 이토록 기쁠 수가."

"아주 좋아 보여, 제러미." 패멀라가 말했다. 사실 그는 창백한 데다 몹시 야위어 보였다. 목 부분을 풀어 헤친, 흰색 셔츠인지 파자마

재킷인지 모를 상의를 입고 있었다. 움푹 팬 뺨과 온통 하얀 옷, 피부색에 대조되는 짙은 곱슬머리 때문에 마치 낭만주의 시인, 이를테면 죽음을 앞둔 바이런 경처럼 보였다. 패멀라가 타일이 깔린 바닥을 가로질러 그에게 다가갔다.

"네가 돌아왔다는 소식을 들었을 때 믿을 수가 없었어. 마치 기적 같아."

"나에 관한 극적인 말들은 하지 마, 패머." 그가 말했다. "이리 와서 키스나 해 줘."

그녀가 제러미에게 몸을 숙여 그의 이마에 입을 맞추는 동안 벤은 뒤에 물러서 있었다. "난 이것보다는 덜 순수한 걸 기대했는데." 제러미가 웃음을 터뜨리며 말했다. "하지만 벤이 지켜보는 데서는 안 되겠지. 잘 지냈어, 친구? 반갑다."

그가 손을 내밀자 벤이 그의 손을 잡고 흔들었다. 친구의 손을 꼭 쥐는 제러미의 눈이 순수하게 따뜻한 반가움으로 빛났다.

"집에 돌아온 걸 환영해, 친구." 벤이 말했다. "그리고 나도 패머의 말에 동의할 수밖에 없겠는걸. 네가 돌아오다니 기적이야."

"사실 꽤 기적적이긴 했어, 생각해 보면 말이지." 제러미가 말했다. "온갖 역경을 이겨 낸 건 분명하지."

"우리에게 자세히 말해 봐." 패머가 말했다. "내가 아는 사실이라곤 신문에서 읽은 게 전부야."

"사실, 더 말해 줄 게 많지 않아." 제러미가 다소 당황한 표정을 지었다. "우린 그 빌어먹을 포로수용소에서 탈출할 계획을 세웠어. 그런데 누군가 우리를 밀고한 게 틀림없어. 놈들이 땅굴 끝의 숲에서 우리를 기다리고 있었거든. 총을 난사해 우리 모두를 쓰러뜨렸지."

"저런!" 패멀라와 벤이 눈짓을 주고받았다. "너도 총에 맞았어?"

"난 운이 좋았어. 총알이 어깨를 관통했으니까. 난 강에 몸을 던져 죽은 듯 누워 있었어. 물살에 몸을 맡겨 흘러가는 대로 있다가 강기슭의 골풀 아래 숨었지. 놈들이 웃으며 떠나는 소릴 들었어. 그런 다음 헤엄을 쳤고, 가능한 한 오래 표류했어. 떠가는 나무를 발견하고 한동안 거기에 몸을 의탁했지. 그러다가 지류가 배가 계류된 강과 합류했어. 그리고 야밤에 간신히 낮은 바지선에 몸을 실었어. 상류로 거슬러 올라가는 바지선 여러 척 중 하나에. 그런데 내가 얼마나 운이 좋았는지 믿겨? 그 바지선은 채소를 나르는 배였지 뭐야. 난 양배추 속에 몸을 숨겼지. 기막힌 생각이었는지는 몰라도 어깨의 상처가 감염됐어. 대부분의 시간 동안 의식이 없었던 것 같아."

"가엾기도 해라." 패멀라가 그의 어깨를 부드럽게 만졌다.

"사실, 썩 재미있지는 않았어. 그렇게 며칠을 상류로 거슬러 가는데, 프랑스어로 말하는 목소리가 들리더라고. 프랑스나 벨기에에 당도했다고 판단했지. 어디든 독일보다야 낫잖아. 그래서 한밤중에 배에서 빠져나와 서쪽으로 길을 잡았어. 몇 번이나 구사일생으로 살아났는데, 마지막까지 운이 좋았지. 우연히 레지스탕스 친구와 마주쳤거든. 그가 전갈을 보냈고, 그들이 날 데리고 프랑스를 가로질러 대기하고 있던 배에 태웠지."

제러미의 시선이 패멀라의 얼굴에서 벤의 얼굴로 옮겨 갔다.

"대단한 모험이었군." 벤이 말했다.

"다시는 하고 싶지 않은 모험이지." 제러미가 말했다. "그렇지만 두려움은 엄청난 동기부여가 돼. 잡혔으면 총살당했을 거야."

"그래서 이제 어떻게 할 거야? 전투기 조종사로 복귀하는 거야?"

벤이 물었다.

"다시 비행하기에 적합하다는 판정을 받을 때까지는 사무직에 배당될 거야." 제러미가 말했다. "총알에 오른팔 근육이 손상됐고, 뼈와 가죽밖에 안 남은 상태니까. 우선 건강을 회복해야지. 하지만 여기서 지내면 금세 그렇게 될 거야. 너희도 상상할 수 있겠지만 어머니가 날 망치는 중이고, 트레드웰 부인의 요리 솜씨는 끝내주지. 오, 세상에. 흑빵에 묽은 수프를 먹을 때 이런 음식들을 얼마나 그리워했는지."

그는 두 사람을 지나 창밖을 응시했다. "복귀하고 싶어 안달이 났다고 할 수는 없겠지. 시간이 좀 걸릴 거야. 녀석들이 계속 생각나. 나와 함께 수용소를 탈출한 녀석들. 빗발치는 탄환에 모두 쓰러지고 말았던. 그리고 그들이 어떻게 지내는지 궁금해할 그들의 가족들. 그들이 죽었는지는 모르고 있어."

그는 밝게 미소를 지으려 애쓰며 고개를 돌렸다. "하지만 난 여기 있어. 내가 꿈꾸던 바로 그곳에. 그리고 내 눈앞에 네가 있다니, 패머. 맙소사, 기억하는 것보다 훨씬 아름답군. 더 성숙해진 느낌이고."

"내가 두 살 위잖아." 패머가 말했다. "그리고 난 스물한 살이니까 이제 공식적으로 성인이야."

벤은 지그시 서로를 바라보는 두 사람을 보며 어색한 듯 자세를 바꿨다. "난 그만 가 보는 게 좋겠어. 두 사람이 편한 시간을 보낼 수 있게." 그가 말했다.

"그럴래, 친구?" 제러미가 말했다. "키스하고 싶어 죽겠거든, 보다시피."

"아무렴." 벤이 목소리를 가볍게 하려고 애쓰며 대꾸했다. "곧 다시 보러 올게."

"그래. 그럼 정말 좋겠다. 그동안 뭐 하고 지냈는지도 꼭 듣고 싶고. 정상으로 돌아가고 싶어 죽겠어. 지난해는 악몽을 꾸는 것 같았고, 이제 난 깨어났어."

"난 긴장감이라고는 하나도 없는 생활을 했어, 아쉽게도." 벤이 말했다. "네가 집에 돌아와 기뻐."

"벤, 굳이 갈 건……." 패멀라가 그의 뒤에서 말했지만 그는 이미 방 저편 어둠 속으로 향하는 중이었다. 그는 그대로 방을 나왔다.

제러미는 패머를 보았고, 긴 의자 위에서 천천히 몸을 움직여 자리를 만들었다. "이리 와, 이 매력 덩어리 아가씨." 그가 말했다.

"어느 쪽이 다친 어깨야?" 패멀라가 그의 옆에 앉으며 물었다. "혹시라도 아프게 하고 싶지는 않아."

"모두 치료했고, 잘 낫고 있어. 고마워." 그가 말했다. "이리 와." 그가 슬쩍 그녀의 목에 팔을 두르고 끌어당겼다. "세상에, 이 순간을 줄곧 꿈꿔 왔는데." 그가 말했다. 그의 키스는 강하고 격렬했다. 그의 입술이 그녀의 입술을 너무 맹렬하게 짓눌러서 그녀는 아파서 소리를 지를 뻔했다. 그의 혀가 그녀의 입속으로 밀고 들어왔고, 그의 손이 블라우스 단추를 더듬댔다. 그의 집요한 손길에 단추 하나가 떨어져 나가 타일이 깔린 바닥에 떨어져 튀어 올랐다. 그의 손이 블라우스 안쪽으로 거칠게 들어오더니 브래지어 안쪽으로 손가락들이 파고들어 그녀의 가슴을 감쌌다. 그녀는 유두를 찾아 따뜻한 살을 더듬는 그의 손가락들을 느끼고 그에게서 얼굴을 젖혔다.

"제러미, 여기선 안 돼! 누가 우릴 볼 수도 있어." 그녀가 초조한 듯 웃었다. "나도 너만큼이나 계속하고 싶지만……."

그는 여전히 갈망에 찬 눈빛으로 그녀를 보고 있었다. "누가 본다고 해도 아버지 밑에서 일하는 사람들뿐이고, 그들은 입단속을 할 만큼 충분히 급여를 받아."

그녀가 고쳐 앉았다. "미안해. 이건 너무 빨라, 제러미. 널 다시 보게 되어 너무 기쁘지만 전에도 이 정도까지 가진 않았잖아, 안 그래? 그리고 너무 오래됐기도 하고……."

"젠장, 패머." 그가 말했다. "난 인간일 뿐이야. 그 끔찍한 곳에 있는 동안 내가 얼마나 많이 이걸 꿈꿨는지 알아?"

"미안해. 하지만 놀랐을 뿐이야."

"자제하는 법을 배워야겠지? 다시 올바른 청년처럼 행동하고." 그가 그녀에게 짓궂은 미소를 지어 보였다. "내가 이런 의자에서 벗어나게 되는 순간 널 휙 채 갈 거야. 같이 도망가는 거야."

"함께 달아나자고? 그레트나 그린잉글랜드와 접한 스코틀랜드 마을. 과거 잉글랜드에서 혼인을 할 수 없던 커플들이 찾아가서 결혼식을 올린 곳으로 유명으로?" 패멀라가 흥분해야 할지 두려워해야 할지 감을 잡지 못한 채 물었다.

제러미는 재밌다는 표정을 지었다. "나의 사랑스러운 여인, 넌 정말 여전히 연애 쪽으로는 순수하구나? 누가 전시에 결혼할 생각을 할 수 있겠어? 널 런던의 은밀한 호텔로 데려가고 싶단 말이지. 너랑 자고 싶다고."

"오." 패멀라는 두 뺨이 달아오르는 것을 느꼈다.

"네가 방금 말한 대로 넌 이제 어른이잖아." 그의 두 눈이 그녀의 눈을 희롱하고 있었다. "아니면 내가 모르는 다른 누가 있는 거야? 그렇다면 이해할게. 나야 오랫동안 떠나 있었고, 넌 내가 살아 있는지 죽었는지조차 몰랐을 테니까."

"아무도 없어, 제러미." 그녀가 말했다. "너뿐이야. 지금까지 줄곧 너밖에 없었어."

그가 기쁜 표정을 지었다. "음, 좋아, 그럼."

그녀는 깊게 숨을 들이마시고 물었다. "내 동생이 널 보러 오는 것 같던데."

"맞아. 재밌는 꼬마 아니야? 꽤 재밌어."

패멀라는 안도했다.

벤이 현관 밖으로 나왔을 때 롤스로이스 한 대가 멈춰 섰다. 운전석 문이 열렸고, 윌리엄 프레스콧 경이 운전 중에 주름이 생겼을지 몰라 양복 재킷을 털며 차에서 내렸다. 그는 항상 더없이 깔끔한 모습이었다. 완벽하게 차려입은 옷차림과 딱 보기 좋을 정도로 하얗게 센 은발 그리고 새빌 거리Savile Row 고급 양복점이 많은 런던 거리의 양복점에서 맞춘 정장. 전쟁이 발발하기 전에 그가 의회에 입후보할 것을 고려하고 있다는 소문이 돌았었다. 정말로 단순한 소문이 아니었다면, 전쟁으로 그러한 포부는 중단될 수밖에 없었다. 그가 차를 돌아가 조수석 문을 열었다.

전쟁 전이었다면 하인이 달려 나와 차 문을 열었을 것이라고 벤이 상념에 빠져 있는 사이, 레이디 프레스콧이 나타났다. 그녀도 항상 우아했지만, 뭐랄까, 전원풍의 분위기를 풍겼다. 윌리엄 경의 이미지가 도시, 대형 금융 기관, 은행업 같은 분위기를 뚜렷하게 풍겼다면, 그의 아내는 화초 전시회, 교회 바자회, 자선 행사에 내놓을 훌륭한 장미를 가꾸는 이미지가 더 강했다. 벤을 먼저 알아본 사람은 그녀였다. 그녀의 얼굴에 아름다운 미소가 떠올랐다. "벤, 널 보니 참으로 반갑구나. 네가 내려온 줄 몰랐는데. 그럼, 제러미 소식을 들었겠구나. 정말 잘됐지 않니? 다시는 아들을 보지 못할 거라고 생각한 때도 있었지. 그러다가 전보를 받았단다. 기적처럼."

윌리엄 경이 손을 내밀었다. "반갑군, 크레스웰. 그간 잘 지냈나? 여전히 바쁜가?"

"꽤 바쁜 편입니다. 어떻게 지내십니까?"

"할 일이 산더미지." 그가 말했다. "양키들과 협상을 하려고 애쓰는 중일세. 이번엔 전쟁에서 빠지고 싶어 하는 눈치지만 우리는 재정적인 도움이 필요해. 처칠이 미국을 설득할 유일한 사람이지. 그들에게서 돈을 받지 못하면 우린 침몰할 게다."

"미국인이 우리에게 돈을 줄 거란 말씀입니까?"

윌리엄 경은 귀에 거슬리는 짧은 웃음소리를 냈다. "빌려준단 말이지. 그들에게 꽤 유리한 이자율로. 하지만 우린 절실하게 도움이 필요해. 우리가 이 빌어먹을 전쟁에서 이긴다면 갚아야 할 돈과 온갖 군수품이."

레이디 프레스콧은 미국의 무기 대여 건에 별 관심이 없었다. "제러미를 봤니? 정말이지 극도로 여위었지. 그 몇 주 동안 적지를 뚫고 어떻게 살아남았는지 상상조차 할 수 없단다. 며칠 동안 못 먹은 적도 있다더구나. 게다가 심하게 감염된 상처하며. 네 눈에는 어때 보이던?"

"회복 중인 게 확실해 보이던데요." 벤은 그가 패멀라에게 던지던 뜨거운 시선을 떠올리며 말했다. 그는 두 사람이 함께 있는 순간이 들통나도록 패멀라가 왔다는 사실을 말하지 말까 생각했다가 이내 목을 가다듬고 입을 열었다. “패멀라가 지금 함께 있어요.”

“패멀라? 이렇게 기쁜 소식이 다 있나.” 레이디 프레스콧이 환하게 웃었다. “패멀라의 모친이 전화해서 이 소식을 알릴 거라고 예상했는데, 이렇게 바로 내려왔구나. 패멀라는 잘 지내고 있다니? 정말로 보고 싶었는데.”

“잘 지내고 있습니다.” 벤이 말했다. “조금 피곤해 보이지만 우린 모두 야간 근무와 화재 감시로 너무 많은 시간 일하죠.”

“자기의 본분을 다하는 것. 그게 중요한 거지.” 윌리엄 경이 진심이 담긴 목소리로 말했다.

“여기 오래 머물 거니, 벤?” 레이디 프레스콧이 물었다.

“확실치 않아요. 일주일 정도?”

“돌아가기 전에 꼭 식사에 초대해야겠구나. 디너파티를 안 연 지도 꽤 오래되었어. 웨스터햄 경 가족과도 약속했단다. 물론 네 아버지도 초대하고.”

“매우 친절하시군요.” 벤이 진지한 표정으로 고개를 끄덕였다. “저는 이만 돌아가겠습니다.”

“만나서 반가웠다.” 윌리엄 경이 다시 한번 말하더니 아내의 팔을 잡고 집으로 들어갔다.

벤은 끓어오르는 화를 누르며 목사관을 향해 발걸음을 재촉했다. 애초에 절대로 따라가서는 안 되는 것이었다. 제러미와 패멀라는 한눈에도 자신이 자리를 비켜 주길 바랐다. 당장 자신을 보내고 싶어 어쩔 줄 몰라 했다. 게다가 자신은 두 사람이 서로를 보는 시선을 거기에 서서 지켜보고 있기까지 했다. 벤은 떠오르는 기억을 떨쳐 버리려고 눈을 깜빡였다.

넌 바보야. 그가 혼잣말했다. 네가 그녀를 원했다면 그가 실종되어 사망한 것으로 여겨졌을 때 적극적으로 행동해야 했어. 곁에서 위로해 주고 안심시켰다면 네게 의지했을지도 모르고, 그럼 어쩌면…….

그는 거기에서 생각을 멈췄다. 자신이 제러미를 결코 배신하지 못하리라는 것을 알았기 때문이다. 패멀라가 연정의 대상일지 몰라도 제러미는 자신의 친구였다. 그리고 이제 그는 두 사람이 결혼해 영원히 행복하게 살리라고 생각했다. 그는 패멀라를 향한 마음을 완전히 지워 버리고 자신의 삶을 살겠다고 결심했다.

13

엘름슬리, 올세인츠 목사관

1941년 5월

크레스웰 목사는 서재에 앉아 검은 새 한 마리가 고리버들 울타리에 앉아 지저귀고 있는 창밖을 멍하니 바라보고 있었다. 벤이 예의 바르게 노크하고 서재에 들어서자 그는 깊은 사색에서 깨어났다.

"방해해서 죄송해요, 아버지." 벤이 말했다.

"뭐라고, 아들아? 아, 아니다, 전혀. 주일 설교의 주제를 생각하는 중이었다." 그가 한숨을 내쉬었다. "요즘에는 참으로 어렵구나. 더는 지옥의 불에 관해 설교할 수가 없단다. 모두가 지옥에 대해 너무도 잘 알고 있으니 말이다. 그래서 격려하고 희망을 줘야 하지. 하지만 어떻게 신자들에게 신이 우리 편이라고 말할 수 있겠니? 독일인들도 그렇게 말하는 상황에서. 난 사자 굴의 다니엘을 생각 중이었단다. 모든 역경에도 불구하고 신을 믿는 것. 네 생각은 어떠냐?"

벤이 끄덕였다. 그는 옥스퍼드에 진학한 이후로 아버지가 생각하는 신을 믿기가 점점 더 어려워졌다. 물론 그런 생각을 아버지에게 언급한 적은 없었지만 비행기 사고와 그 이후 전쟁이 일어난 뒤로는 신이 과연 존재하는지 의구심을 품기 시작했다.

"이 지역의 육지 측량부 지도영국 정부의 후원하에 육지 측량부라는 기관에서 제작한 대단히 상세한 지도를 아직 갖고 계세요?"

"어딘가 있을 게다. 저 책상 두 번째 서랍을 찾아봐라." 그는 벤이 서랍을 여는 모습을 지켜봤다. 서랍에는 서류가 빼곡하게 들어차 있었다. "여기 있는 동안 오솔길 걷기라도 할 계획이냐?"

"그럴까 봐요." 벤이 테이블 위에 뒤엉킨 서류를 쏟았다. "정말요, 아버지, 정리 좀 해야겠어요. 집에 있는 동안 제가 해 드릴까요?"

"고맙다. 그래 주면 고맙겠구나." 크레스웰 목사가 말했다. "그걸 신경 쓸 여유가 없을 것 같아서 말이다. 물론 핀치 부인이 기꺼이 서재에 손을 대겠지만 카펫에 청소기를 돌리는 것 이외엔 엄격하게 출입을 금지했다. 핀치 부인이 하는 대로 그냥 내버려 두면 서재의 모든 게 알파벳 순서대로 깔끔하게 정리될 테고, 그러면 나는 뭐 하나 찾지 못하게 되겠지."

벤이 미소 지었다. 안수례 준비를 위한 팸플릿, 작년 교회 축제 팸플릿, 도일리 카트 오페라단의 길버트와 설리번 프로그램, 잡다한 편지들을 한쪽으로 치운 후에야 프랑스 지도, 스위스 지도가 드러났고, 그리고 벤은 원하던 지도를 찾아냈다. "아, 드디어. 여기 있네요." 그가 말했다. "나중에 이것들을 정리하겠지만 괜찮으시면 지금은 이 지도를 빌려야겠어요."

"이 지역을 걸어 볼 생각이라면 먼저 나한테 확인해라. 달라진 곳도 있을 테니까. 새로 이사 온 사람들이 브로드벤트 농장 너머 오래된 홉 건조소를 매입했단다. 런던에서 온 예술가연하는 치들이야. 두 말할 필요도 없이 교회 근처에는 오지 않더구나." 그가 미소 지었다. "한데 그자들이 자기네 땅을 지나는 오솔길을 막으려고 한다더구나. 사람들이 그렇게 하면 안 된다고 말했다는데. 그 길은 마을에서 힐든 버러로 가는 오래된 공공 통행로지. 하지만 그 사실이 그들의 결정에 큰 영향을 줄 것 같지 않구나. 게다가 전시에는 누구도 소송 같은 것에 신경 쓰지 않으니까."

"제 걱정은 마세요, 아버지." 벤이 말했다. "걸을 만한 길이야 얼마든지 있으니까요. 그래서 새로 이사 온 사람들은 만나 보셨어요?"

"만났다고야 할 수 없지. 가끔 동네 선술집에는 들르나 보더라. 두 사람은 런던에서 왔다더구나. 그중 하나는 유명한 화가라던데. 싱클레어 박사가 그들과 셰리주를 마신 적이 있는데, 그림이 섬뜩했다고 하더구나. 온통 붉은색과 검은색이라나. 그들 중 하나는 덴마크인이다. 이름은 한센. 하지만 유명한 화가는 그가 아니야. 러시아 이름 같았는데. 스트라빈스키? 뭐 그런 이름이었다."

아버지가 말하는 동안 벤은 탁자 위에 지도를 펼쳤다. 그는 자를 가져와 반경 10킬로미터에 해당하는 원을 그렸다. 톤브리지 쪽으로는 넓은 평지가 펼쳐져 있었다. 착륙할 만한 들판은 많았다. 그래서 낙하산 사내가 정말 웨스터햄 경의 들판을 택했다면, 현실적으로 그의 접선 장소는 걸어서 갈 수 있는 거리에 있어야 했다. 그것은 팔리 영지, 마을의 작은 집들, 녹지의 큰 저택들을 뜻했다. 즉 아버지의 목사관, 싱클레어 박사의 집, 미스 해밀턴의 집, 헌틀리 대령의 집. 하이크로프트와 브로드벤트 농장도 반경 내에 있었다. 그리고 프레스콧 사유지가 마을에서 1킬로미터 떨어진 곳에 있었다. 그게 전부였다.

벤은 한숨을 쉬었다. 홉 건조소를 매입한 이들을 빼고 최근에 이사 온 사람들이 없다면 그는 평생에 걸쳐 이 마을 사람들을 알고 지냈다. 그리고 대령과 네더코트와 팔리. 그들 모두 뼛속까지 영국인이었다. 그들 중 독일군을 돕고 싶어 할 사람은 아무도 없었다. 그는 그들이 오판했다고 결론지었다. 하늘에서 떨어진 남자는 연락책에게 메시지를 전하려던 스파이가 아니었다. 우연한 사고가 틀림없었다. 실수로 비행기에서 엉뚱한 곳으로 떨어진 남자.

하지만 그는 영향력 있는 고위 간부에게서 조사해 보라는 임무를 받은 터였다. 따라서 임무를 수행해야 하고, 그것도 잘 해내야 했다. 그는 다시 지도를 접었다. "괜찮으시면 이 지도는 당분간 제가 갖고 있을게요."

크레스웰 목사가 고개를 들고 끄덕였다. "뭐라고? 오, 아니다. 아무렴, 네가 가지고 있어라." 그가 아들을 보았다. "그래, 집에는 왜 온 게냐?"

"왜냐고요? 제가 와서 반갑지 않으세요?"

"물론 반갑지. 하지만 네 다리가 일하는 데 지장이 있는지 궁금했을 뿐이다. 게다가 정말 그렇다면……."

"그들이 절 내쫓았는지 물으시는 거예요? 사무직에서? 그것도 전시에?" 벤의 목소리가 날카로워졌다. "정말이지, 아버지. 누가 그렇게 생각한다 해도 저는 불쌍한 불구자가 아니에요. 완벽하게 잘 걸을 수 있다고요. 패멀라와 전 여행 가방을 들고 역에서 걸어왔어요. 망할 무릎이 굽혀지지 않는 것뿐이에요. 그러니 마을 크리켓 경기를 하게 된다면 저를 위킷키퍼로 세우진 말아 주세요."

아버지는 충격받은 표정으로 발끈한 아들을 보았다. "미안하구나, 벤저민. 정말 널 기분 나쁘게 할 마음은 없었단다. 예고도 없이 집에 와서 궁금했고, 요즘엔 휴가를 받는 이들이 없다고 들었을 뿐이다."

벤은 진작 드렸어야 할 말에 대한 싫은 감정을 얼굴에 드러내며 심호흡을 했다. "사실은 제가 너무 무리하고 있는 것 같다며 며칠 쉬는 게 좋겠다는 권고를 받았어요. 야간 근무가 계속되면 몸이 축난다는 거 아시잖아요. 그리고 비번일 땐 화재 감시 임무도 있고요."

"아직 런던 중심부에서 지내는 게냐? 폭격을 많이 봤니?"

"꽤 많이요."

"정부 부처 중 한 곳에 소속된 것 아니었니?"

"맞아요."

"흥미로운 일이냐?"

벤은 이제 미소 지었다. "아버지, 전쟁 중이잖아요. 제가 세상에서 가장 따분한 일을 하고 있어도 그 일에 관해 말씀드릴 순 없어요."

"이해한다." 아버지가 말했다. "아무튼, 네가 집에 와서 기쁘다, 아들아. 여기에서 지내는 시간을 최대한 활용하려무나. 핀치 부인의 요리를 즐기고. 맑은 공기도 마시고."

"그러려고요. 감사해요."

그가 막 방에서 나가려고 하는데 아버지가 말했다. "그런데 레이디 패멀라는 집에 무슨 일이니?"

"저랑 같은 이유인 것 같아요." 그가 말했다. "긴 야간 근무를 하느라 너무 무리해서요."

"여자들에게도 야간 근무를 하게 한다고?"

"모두가 일해야 하죠, 밤낮없이." 벤이 말했다.

"하지만 분명 그들은 한밤에 서류 정리를 끝낼 필요는 없겠지? 그녀가 어디서 일한다고 했지?"

"말씀드린 적 없는데요. 하지만 정부 부서예요. 런던에서 다른 지역으로 옮겼대요."

"총명한 여자지, 레이디 패멀라는. 최고 수준의 지능에." 크레스웰 목사가 말했다. "옥스퍼드에서도 잘 해냈을 게다. 난 패멀라의 아버지를 설득하려고 했지만 그는 들으려고 하지 않았지. 그의 마음속에는 기회가 닿는 대로 딸을 결혼시키면 딸에 대한 모든 의무에서 놓여난다는 생각뿐이니까. 전적으로 중세적 사고에 갇혀 있어."

그 말이 벤에게 또 다른 조사 영역을 상기시켰다. "그 말씀을 하니까 생각이 났는데요, 아버지. 아버지는 역사광이잖아요. 1461년. 그 해에 무슨 일이 있었죠? 무슨 중요한 일이 있었나요?"

크레스웰 목사가 벤을 지나 창밖의 거름을 가득 실은 수레를 끌고 있는 짐수레 말을 응시했다. "1461년이라고 했니? 장미전쟁이 있던 해 아니냐?"

"장미전쟁이요?" 벤은 톤브리지 학교에서 배운 역사 수업을 떠올리려고 애썼다.

시험에 통과할 때까지 끝없이 이어지는 전투와 사건 연도를 머릿속에 담아 두었다가 시험 후에는 미련 없이 잊어버리던 과목이었다. "랭커스터 가문 대 요크 가문의 전쟁이었고, 결국엔 요크 가문이 이겼죠?"

"헨리 육세는 정신 이상 증세로 에드워드 사세에 의해 폐위되었지, 내 기억이 정확하다면. 맞아. 두 번의 유혈 전투가 있었다. 하나는 웨일스 국경에서 일어난 모티머 크로스 전투. 다른 하나는 요크셔 북부의 토턴 전투. 역대 가장 피비린내 나는 전투 중 하나였다. 수많은 사람이 죽고, 결국 에드워드가 승리를 거뒀지."

벤은 이 사실을 토대로 한 단계 더 나아갔다. "그럼 가파른 비탈이 있는 지형에서 싸운 전투가 둘 중 어느 쪽인지 아세요?"

"모르겠구나." 크레스웰 목사의 목소리는 놀란 듯했다. "네가 전투, 그것도 옛 전투에 관심이 있는 줄은 몰랐는데."

"근무지에서 받은 질문이에요." 그가 말했다. "참고 문헌 부서에서 수없이 이상한 질문들을 받거든요."

"글쎄다, 웨일스 변경에 언덕이 꽤 많지 않으냐? 그리고 요크셔도? 데일스와 무어스에도 많지만 두 곳 모두 보다 완만한 편이지. 그곳에 올랐던 내 학창 시절의 기억이 정확하다면."

"고마워요." 벤이 아버지에게 미소를 지었다. "큰 도움이 됐어요. 지식의 원천 같은 아버지가 계셔서 좋네요."

"오, 그런 말 마라." 목사가 당황스러운 표정으로 헛기침을 했다. "너도 알다시피 난 늘 역사를 좋아했지. 그리고 책 읽는 것도. 라디오에는 별 취미가 없는 데다 겨울 저녁은 대단히 길고 외롭게 느껴지지 않니. 그래서 사람들이 책을 읽지."

벤은 연민을 담아 아버지를 보았다. 어머니가 돌아가신 후 혼자가 되신 아버지는 아들의 성공을 원한다면 응당 그래야 한다며 아들을 기꺼이 기숙학교에 보냈다.

"혹시 영국 전체의 육지 측량부 지도 갖고 계세요?" 벤이 물었다.

"아쉽지만 없구나. 세븐오크스나 톤브리지 도서관에는 있을 게다." 그가 벤을 관심 있게 보았다. "네가 운동에 열심이어서 기쁘구나. 근육을 단련해라. 그거면 된다."

"사실, 이 전투들을 더 생각 중이었어요. 모티머 크로스 전투와 토턴 전투요."

"역사 속 전투가 현대전 한가운데에서 관심의 대상이 되다니 놀랍지만," 크레스웰 목사가 말했다. "그럴 이유가 있겠지. 무언가 공을 들이고 정신을 쏟을 게 있다는 건 좋은 거니까. 그럼 나는 이제 다시 설교 준비로 돌아가는 게 좋겠다."

그는 다시 펼쳐진 성경책으로 돌아갔다.

벤은 지도를 갖고 거실로 갔다. 지도를 낮은 탁자 위에 펼치고 다시 살폈다. 그런 다음 상의 주머니에 넣고 다니는 수첩을 펼치고 만년필을 꺼냈다. 홉 건조소 사람들? 그는 수첩에 썼다. 마을에 새로 이사 온 사람들 확인. 그리고 모티머 크로스와 토턴 지도. 역사 속 두 전투가 현대 전쟁과 어떤 연관성이 있다 해도 그는 상상하기 힘들었다. 어쩌면 1461년에 뭔가 다른 일이 있었는지도 몰랐다. 장미전쟁에서 대단히 중요한 전환점이 된 더 작은 전투가. 그는 도서관이나 톤브리지에 있는 모교에 가서 이 주제와 관련한 책이 있는지 확인할 필요를 느꼈다. 그는 자신이 조사라는 측면을 꽤 고대하고 있음을 깨달았다. 퍼즐을 푸는 것처럼.

14

켄트주, 팔리 저택
1941년 5월

롤스로이스가 자갈이 깔린 진입로 위에서 요란한 소리를 내며 팔리 저택에 접근했다. 패멀라는 집까지 차를 태워 주겠다는 윌리엄 경의 제안을 기쁜 마음으로 받아들였다. 그녀는 자신이 시골 생활에 따르는 장거리 도보를 하기에는 운동 부족 상태임을 깨달았다. 또 제러미의 부모님이 돌아와 자신들의 시간이 방해받았을 때 다행이란 생각이 들었다는 것을 인정해야 했다. 제러미의 갑작스러운 격렬한 열정에 그녀는 상당히 놀랐다. 내내 수용소에 갇혀 있었으니 그의 열정을 이해 못 하는 것은 아니었지만 그의 뜨거운 구애는 감당하기 벅찰 정도였다. 그녀는 완전히 순진하지만은 않았다. 사교계 데뷔 무도회에서 남자들의 접근을 물리쳤었다. 택시에서도 그런 성적인 접근을 몇 차례 물리쳐야 했던 적이 있었다. 하지만 그녀는 항상 제러미를 기다리는 자신의 마음을 의식하고 있었고, 그를 위해서 순결을 지켰다. 이제 자신을 침대로 데려가고 싶다는 그의 솔직한 고백이 그녀를 뒤흔들었다. 물론 그녀는 제러미와 사랑을 나누길 원했다. 하지만 언제나 그녀의 환상 속에는 순백의 긴 드레스와 길게 늘어뜨린 베일 그리고 자신을 안고 "마침내 우리만 남았네, 내 사랑."이라고 속삭일 이탈리아의 아름다운 빌라에서의 신혼여행을 꿈꾸었다.

"여기까지는 어떻게 왔지?" 차가 네더코트의 진입로를 벗어나 시골길로 들어서자 윌리엄 경이 물었다.

"벤과 걸어왔어요." 그녀가 말했다. "믿기세요? 런던에서 같은 기차를 타고 왔어요. 그야말로 우연이었어요."

"좋은 녀석이지, 크레스웰은." 윌리엄 경이 말했다. "그 녀석에게 다소 안타까운 마음이 드는 건 어쩌지 못하겠구나. 사무직에 갇혀 온갖 재미를 놓치다니."

"정말로 그게 재미있다고 생각하세요?" 패멀라가 물었다. "실제로 전쟁터에서 싸우고 있는 이들에게요?"

"적어도 그들은 자기가 가치 있는 뭔가를 하고 있음을 알지. 나라를 수호하는 일. 그보다 더 가치 있는 일이 있을까? 자신에게 능력이 있음을 증명할 기회. 그리고 내 아들이 그 아이에게서 그런 기회를 빼앗았지. 늘 그렇듯 허세를 부리느라. 위험을 감수하면서 말이야. 난 그 애의 천성이 유감이구나. 최근의 이 무모한 행동이 정신을 차리게 했길 바라 보자꾸나."

그들은 팔리 저택의 부지를 에워싼 높은 벽돌담에 당도했다. 그들은 사자들이 부조된 두 석조 기둥 사이의 입구로 들어갔다. 패멀라는 창밖으로 익숙한 주변을 내다보았다. 밤나무에는 흰 양초 같은 꽃들이 만발해 있었다. 하지만 화단은 꽃들이 제멋대로 자라도록 내버려 둔 상태였다. 한눈에도 잔디밭은 네더코트와 비교해 손질이 되어 있지 않았다. 그녀는 어서 집을 보고 싶은 마음에 자리에서 몸을 숙였다. 하지만 차가 저택에 다가갔을 때, 그들 쪽으로 달려오는 군용 트럭 행렬과 마주쳤다. 트럭 호송대 때문에 팔리는 가려져 보이지 않았고, 순간 저택이 온전히 서턴가의 소유가 아님을 깨달았다.

"이 녀석들이 저택을 심하게 망치지 않길 바라자꾸나." 첫 번째 트럭 행렬이 지나가자 윌리엄 경이 말했다.

"아빠가 불평을 하시지 않았으니 아직은 괜찮은 것 같아요."

"조상들의 초상화를 표적으로 사용하고 태피스트리에 소변을 본다는," 윌리엄 경이 말했다. "끔찍한 이야기들이 들리더구나. 악의적인 반달리즘 말이다."

"세상에, 그런 일은 없으면 좋겠네요." 패머가 말했다. "아빠는 팔리의 뭐라도 훼손하는 사람이 있다면 누구든 맨손으로 죽일 거예요. 하지만 다행히 웨스트 켄트 연대가 온다는 소식을 들었을 때 좋은 것들은 치워 놨어요."

앞마당에는 늘어선 군용차들로 가득했고, 윌리엄 경은 그것들을 둘러 가야 했다. "유감스럽게도 현관 가까이에 차를 대기 어렵겠구나." 그가 말했다.

"오, 아니에요, 그냥 여기에 내려 주세요. 걸어갈 수 있어요." 그녀가 말했다.

윌리엄 경은 호수 옆에 차를 세웠다. "그럼, 그래도 괜찮을까?"

"당연하죠. 태워 주셔서 감사해요. 진심으로 감사드려요. 앞으로 돌아다니려면 제 낡은 자전거를 찾아야 할 것 같아요. 자동차에 넣을 휘발유는 없을 테니까요."

"오직 나 같은 사람들이나 구할 수 있지." 윌리엄 경은 득의양양한 미소를 지었다.

차에서 내린 그가 빙 돌아 패멀라의 차 문을 열어 주었다. "네가 돌아와 기쁘다." 그가 말했다. "제러미의 회복 속도를 높여 줄 사람이 있다면 그건 너란다. 너도 알다시피 그 애는 수용소에 있는 내내 네 사진을 가지고 다녔지. 탈출하다가 강 어딘가에서 그 사진을 잃어버려 너무 속상했다는구나."

패멀라는 무슨 말을 해야 할지 몰라서 고개만 끄덕였다.

"우리끼리 얘기인데," 그가 나직하게 말했다. "그 애 엄마는 그 애가 다시 비행할 수 없길 바란단다. 물론 그 애는 당연히 간절히 돌아가고 싶겠지만, 제러미를 알잖니. 그 지긋지긋한 비행기에 타는 순간, 녀석은 메서슈미트와 융커스 폭격기를 쫓아 독일 한복판까지 날아갈 테지."

패멀라는 미소를 지을 수밖에 없었다. "그럴 것 같아요. 제러미는 그걸 사랑하잖아요."

"모험적인 삶을 즐기지. 늘 그래 왔듯이." 그가 패멀라의 손을 잡았다. "집에 있는 동안 자주 우리 집에 들르렴, 그럴 거지?"

"물론이죠. 태워 주셔서 다시 한번 감사드려요."

그가 패멀라의 손을 놓았다. 그녀는 서둘러 현관 계단을 올라 집으로 들어갔다.

예전에는 모닝룸이었지만 지금은 응접실이 된 곳에서 말소리가 들렸다. 그곳은 집 앞쪽을 향해 있어 호수와 차도가 잘 보였다. 그녀가 들어가자 온 가족이 오후의 티타임을 보내고 있었다. 가족들은 반원형으로 앉아 있었고, 낮은 테이블에는 은식기가 놓인 차 쟁반과 작은 샌드위치와 비스킷이 각각 담긴 접시, 과일 케이크 한 덩이 그리고 둥근 은제 뚜껑으로 덮은 음식이 차려져 있었다. 유모가 문가에서 초조하게 서성이는 동안 리비가 무릎 위에서 아이를 어르고 있었다. 개 두 마리가 웨스터햄 경의 발 앞에 벌렁 드러누워 있었다. 언제나 주위를 경계하는 미시가 패멀라의 발소리를 듣고 귀를 쫑긋 세우더니 꼬리를 흔들며 일어섰다.

"패머가 왔어요!" 피비가 그녀를 제일 먼저 발견하고는 패멀라의 마음을 녹이는 미소를 지었다.

"왔구나, 내 딸, 집에 온 걸 환영한다." 웨스터햄 경도 딸을 보고 양손을 내밀며 미소 지었다.

패멀라가 다가가 그의 뺨에 입을 맞췄다. "안녕, 아빠." 그녀는 모여 있는 가족들을 둘러봤다. "안녕, 핍스. 엄마. 리비. 너랑은 이미 인사했지, 디도."

"무척이나 따뜻하게 인사해 줬지, 내 기억이 맞는다면." 디도가 말했다. 그녀는 또 바지를 입고 있었는데, 이번에는 감청색 바지였다. 하얀 면 블라우스의 허리에는 매듭 장식이 있어 다소 세련된 랜드걸처럼 보였다.

"미안해. 제러미의 집에서 널 봐서 놀라서 그랬던 것뿐이야. 네가 제러미를 알고 지내는 줄도 몰랐으니까."

"난 자선을 베푸는 마음으로 곤경에 처한 이웃을 방문했던 거야." 다이애나가 억지웃음을 지으며 말했다.

"아주 고마워하더라. 네가 좋은 아이라고 말하던데." 패멀라가 상냥하게 말했다.

그녀는 낮은 테이블에 다가가 차를 한 잔 따랐다.

“패머, 있잖아, 거기 크럼핏버터와 함께 뜨겁게 먹는 동글납작한 빵이 있어.” 피비가 말했다. “모틀록 부인은 정말이지 천사야.”

패멀라는 동생에게 미소를 보냈다. 피비는 마지막으로 본 이후로 꽤 성장해 있었다. 어린아이와 성숙한 여인 사이의 어색한 단계에 있는 게 분명했지만, 패멀라는 그 아이가 아름다운 여자로 성장할 것임을 직감했다. 그리고 그녀의 얼굴은 생기 가득한 열정으로 빛나고 있었다. 패멀라는 이제 딱 하나 남은 크럼핏이 놓인 접시로 시선을 옮겼다.

“마가린을 넣어서 완전히 똑같지는 않단다.” 레이디 에스메가 말했다. “하지만 설탕이 배급 품목이 되기 전에 다행히 모틀록 부인이 충분히 만든 잼이 식료품 저장실에 있어. 아껴 먹으면 내년까지는 먹을 테고, 그때쯤에는 전쟁이 끝나길 바라자꾸나.”

“검비는 전쟁이 빨리 끝나지 않길 바란대요.” 피비가 끼어들었다.

“뭐라고?” 웨스터햄 경이 안락의자에서 허리를 세우고 앉았다. “설마 나치 당원 가정교사를 고용한 건 아니겠지, 에스메.”

“나치요?” 레이디 웨스터햄이 어리둥절한 표정을 지었다. “오, 아니에요, 여보. 아니라고 확신해요. 첼트넘 출신이에요.”

“아니요, 아빠.” 피비가 말했다. “전쟁이 빨리 끝나면 독일이 이기는 전쟁이 될 거란 뜻에서 한 말이었어요. 독일군을 이겨 유럽에서 몰아내려면 시간이 걸릴 거라고요.”

“정말 맞는 말이야.” 패멀라가 말했다. “이 크럼핏은 기막히게 맛있네요, 안 그래요? 제가 지내는 숙소에서 마주해야 하는, 문에 괴는 쐐기 같은 빵과 마가린을 보셔야 하는데. 집주인 아주머니는 정말 형편없는 요리사죠."

"사실 우리 요리사가 꽤 잘 해내고 있는 편이지, 생각해 보면." 웨스터햄 경이 비스킷을 먹으며 말했다. "물론 오랫동안 제대로 된 소고기 구이는 구경도 못 했지만. 하지만 전쟁 전의 음식을 기대할 수는 없는 노릇이니까. 그래, 어떻게 지냈니, 패멀라? 일은 어떠냐?"

"잘 지내고 있어요, 아빠. 일은 피곤해요. 긴 시간 일하죠. 야간에. 하지만 적어도 뭔가를 하고 있다고 느껴요. 그리고 쉬는 날에는 꽤 즐겁게 시간을 보내요. 스포츠나 콘서트, 여러 클럽도 있고."

"그래서 정확히 무슨 일을 하는데, 패머?" 다이애나가 물었다. "거기에 날 좀 취직시켜 줄 수 없어?"

"그냥 비서 업무야. 서류 정리 같은 일. 그리고 안 될 거야. 아빠가 집에서 그렇게 멀리 떨어진 하숙집에서 네가 생활하는 걸 분명 원하지 않으실 테니까."

"그렇고말고." 웨스터햄 경이 말했다. "내가 분명히 말했잖니, 디도. 집을 떠날 나이가 아니라고."

"열여덟 살에 입대하는 남자들은 많잖아요." 다이애나가 말했다. "그리고 지난 대전에서 전사한 열여덟 살도 많고."

"그게 바로 내가 하고 싶은 말이다." 웨스터햄 경이 디도를 향해 손가락 하나를 흔들며 말했다. "넌 내가 어린 딸을 위험 속으로 내몰고 싶어 한다고 생각하는 게냐? 난 널 보호하고 싶다. 내 가족을 보호하고 싶다."

"넌 아직 우리 귀여운 찰스에게 인사도 안 했어." 리비가 짜증이 묻어난 목소리로 말했다. "이제 혼자서 일어설 수도 있고, 며칠 전에는 정말 '빠빠'라고 말도 했어. 엄마도 들으셨죠?"

"분명 무슨 소리를 내긴 했지." 레이디 에스메가 말했다. 패멀라는 어머니가 전쟁 전 티 드레스로 입었을, 파스텔 색조에 행커치프 헴 라인손수건의 중심을 잡고 들어 올린 것처럼 치마 밑단이 지그재그 모양을 이루는 라인을 한 시폰 원피스를 여전히 입은 모습에 미소를 지었다. "자기가 무슨 말을 하고 있는지 아느냐는 또 다른 문제지."

"알고 있던 게 분명해요. 아기도 테디가 너무나 보고 싶은 거죠. 나도 마찬가지고요. 몇 주째 소식을 듣지 못했어요. 무사하길 바라요."

"형부는 윈저 공과 바하마에 있지 않아?" 패멀라가 물었다.

"응, 하지만 독일 잠수함들이 있잖아. 그리고 알다시피 음모하며, 스파이에, 암살자들."

"얘기가 나왔으니 말인데, 얼마 전에 여기에서도 흥분할 만한 일이 있었지." 웨스터햄 경이 말했다. "어떤 바보 같은 녀석이 우리 들판에 떨어졌단다."

"떨어졌다고요?" 패멀라가 물었다.

"낙하산이 펴지지 않았다. 비행기에서 떨어졌겠지."

"저런." 패멀라가 말했다. "정말 끔찍하네요."

"그리고 언니는 상상도 못 할 거야." 피비가 자랑스럽게 말했다. "내가 그 남자를 발견했다는 사실을 말이야. 아니 더 정확히 말하면 사냥터 관리인 집에서 지내는 피난 온 남자애랑 내가 발견했지. 그 남자는 뼈가 다 부서지고 피투성이였어. 꽤 역겹게도."

"정말 끔찍했겠다, 핍스." 패멀라는 아버지에게 시선을 돌렸다. "그 남자가 누군지 알아내셨어요?"

"아니, 하지만 그 남자에게 뭔가 수상쩍은 구석이 있는 건 확실해. 웨스트 켄트 소속일 것으로 생각했는데, 대령은 아니라더군. 그러니

대체 누구인지 궁금할 수밖에. 빌어먹을 독일 스파이라고 해도 놀랍지 않아. 하지만 누가 굳이 뭔가를 캐내려고 여기까지 오겠나 싶군."

"아이들 앞에서 욕하지 마세요, 로디." 레이디 에스메가 말했다.

"얘들은 더 이상 아이들이 아니고, '빌어먹을' 같은 말을 듣는 게 이 얘들한테 일어날 가장 나쁜 일이라면, 이 얘들은 빌어먹게 운이 좋다고 생각해야지."

피비가 피식 웃음을 터뜨렸다. 패멀라는 리비와 미소를 교환했다. 하지만 그녀는 남몰래 이미 독일 스파이에 대해 생각하고 있었다. 막사에서의 대화로 독일인들이 영국에 암호화된 메시지를 보내고 있음을 알았다. 아마도 영국의 지역사회에 심어 놓은 동조자나 스파이에게 보내는 메시지일 터였다. 하지만 폭격할 가치가 있는 시내나 공장 등과 멀리 떨어진 켄트 북부의 이러한 전원 지역에서 어떤 스파이가 활동할 가치를 찾는지 믿기 어려워 보였다.

피비는 패멀라를 관심 있게 지켜봤다. 피비의 머리가 빠르게 돌아가며 마음이 흥분으로 가득 찼다. 그녀는 자리에서 몸을 들썩였다. 티타임이 어서 빨리 끝나길 빌었다.

웨스터햄 경이 알아챘다. "얘야, 무슨 일이냐?" 그가 따지듯 물었다. "바지에 개미라도 들어갔니?"

"아니요, 아빠. 하지만 전 다 먹었고, 해야 할 일들이 있어서요."

"케이크를 더 먹고 싶지 않다고? 너답지 않구나." 웨스터햄 경이 말했다.

"크럼핏을 배불리 먹었어요." 피비의 말에 다이애나가 숨죽여 웃었다. "그래서 먼저 실례해도 될까요?"

"안 될 이유 없지." 웨스터햄 경이 말했다. "네가 계획한 일이 불법이라든가 비도덕적이고 빌어먹을 정도로 어리석은 일이 아닌 한 말이다."

"오, 아니에요, 아빠." 피비가 천진하게 말했다. "밖에 나가서 맑은 공기를 쐬려고요. 날씨가 너무 좋잖아요, 안 그래요? 괜찮다면 개들도 데리고 갈게요."

"좋은 생각이구나. 하지만 개들이 군인들을 성가시게 하지 않도록 해라." 웨스터햄 경이 말했다. "지난주에 군인들이 행진하는데 녀석들이 이리저리 뛰어다녀서 훈련을 망쳤다는 불평을 들었단다."

"어떤 훈련에도 가까이 가지 않을게요." 피비가 말했다.

"하지만 혼자 말을 타서는 안 된다, 알겠나!" 그가 피비를 향해 손가락을 흔들었다.

"안 탈게요, 아빠." 그녀가 문을 열었다. "어서, 얘들아. 가자. 산책이다."

두 녀석에게 재촉은 필요 없었고, 녀석들은 길고 부드러운 꼬리를 휘날리며 그녀의 뒤를 쫓았다.

피비는 정문에 있는 군인들의 신경을 거슬리게 하지 않으려고 새롭게 식당으로 쓰는 방의 유리문으로 개들을 데리고 나갔다. 개들은 호숫가에서 막 뒤뚱뒤뚱 걸어 나온 오리 한 쌍을 향해 짖어 대며 피비에 앞서 달려 나갔다. 오리들이 날개를 크게 퍼덕이며 날아올랐고, 개들은 혀를 늘어뜨리고 피비가 오기를 기다렸다. 피비와 개들은 호수를 둘러 잔디밭을 가로지른 뒤 첫 번째 나무숲으로 들어갔다. 그 너머가 시체가 누워 있던 들판이었다. 피비는 풀밭에서 여전히 핏자국을 볼 수 있을지 궁금해하며 초조하게 힐끗거렸다. 밤에 한동안 비가 내려서 피가 말끔히 씻겼을 것이었다.

숲의 반대편에 다다라 그녀는 숲을 구불구불 관통하는 승마 길에 들어섰다. 나무들 사이로 다마사슴이 얼핏 보였다. 개들이 다시 귀를 쫑긋 세우고 기대감에 찬 눈으로 그녀를 보고 있었다.

"안 돼." 그녀가 단호하게 말했다. "너희 주인은 너희가 사슴을 쫓길 원하지 않을 거야."

숲 너머로는 사유지를 빙 둘러싼 벽이 솟아 있었고, 그 벽을 등지고 작은 벽돌집이 자리 잡고 있었다. 피비가 문을 두드리자 꽃무늬 앞치마를 입은 여자가 문을 열었다. 그녀는 레이디 피비를 보자 깜짝 놀란 표정을 지었다.

"안녕하세요, 로빈스 부인." 피비가 밝게 말했다.

"아니, 아가씨. 놀라라. 안됐지만 로빈스 씨는 지금 집에 없어요."

"로빈스 씨를 보러 온 게 아니에요. 남자아이, 앨피를 보러 왔어요. 집에 있나요?"

"있어요, 아가씨. 학교에서 막 돌아와서 사실 방금 차를 준 참이랍니다. 안으로 들어오시겠다면……." 그녀가 문을 더 활짝 열었다.

"앉아." 피비가 개들에게 엄하게 손짓하며 말했다. "여기 가만히 있어."

그녀는 오두막집에 발을 들였다. 부엌은 작은 현관에서 떨어져 있었다. 사유지를 둘러싼 벽을 마주한 부엌은 꽤 어두웠지만 구식 화덕 위에는 구리 솥들이 반질반질 빛나고 있었고, 갓 구운 빵 냄새가 풍겼다.

식탁 한가운데에 빵이 보였다. 앨피는 식탁에 앉아서 잼을 듬뿍 바른 빵 한 조각을 막 입에 넣으려는 참이었다. 그는 피비를 보자 빵을 내려놓았지만 미소 짓는 그의 얼굴에 잼 자국이 길게 남았다. 그는 손가락으로 잼을 닦았다.

"안녕, 앨피." 피비가 말했다.

"안녕." 그는 불편해 보였다.

"널 보러 왔어." 피비가 말했다. "하고 싶은 말이 있어서."

"아가씨도 차 한 잔 드릴까요?" 로빈스 부인이 물었다. "그리고 빵은요? 오븐에서 갓 구운 거예요."

크럼핏 두 개와 샌드위치 여러 조각, 쿠키 하나를 먹었는데도 피비는 거절할 수 없었다. "친절하시네요, 고마워요." 피비는 그렇게 말하고 앨피 옆에 있는 의자를 당겼다.

로빈스 부인이 빵 덩어리를 들고 자신의 배 쪽을 향해 빵을 잘랐다. 피비는 그녀의 풍만한 몸이 잘리는 상상을 했지만, 그녀는 고르게 자른 빵을 접시에 놓고 피비에게 건넸다. 그러고는 버터 접시를 건넸다. 피비는 그것을 맛보고 외쳤다. "이건 버터네요."

"음, 물론 그렇고말고요." 로빈스 부인이 웃었다. "로빈스 씨는 마가린 같은 건 참지 못해서 하이크로프트에 사는 농부의 아내와 작은 거래를 했죠. 아무한테도 말하지 않으실 거죠?"

"물론 안 하죠." 피비가 빵에 버터를 바른 뒤 딸기 잼을 발랐다.

"이렇게 좋은 음식을 먹다니 아주 운이 좋네." 그녀가 앨피에게 말했다.

"알아요. 끝내주죠?" 그가 맞장구쳤다. "뭣 땜에 날 찾는 거예요?"

"조금 이따가 말할게." 그녀가 고개를 들며 말했을 때, 로빈스 부인이 피비 옆에 커다란 도자기 찻잔을 내려놓았다. 그녀는 이미 우유와 설탕을 넣었고, 차는 엄청나게 진해 보였다.

“그럼 하던 얘기를 계속하시게 전 이만 가도 되죠?” 로빈스 부인이 말했다. “필요한 게 있으며 그냥 소리치세요. 뒤편에 가서 콩에 지지대를 세우고 있을 테니까요.”

앨피가 기대에 찬 눈빛으로 피비를 봤다.

“방금 흥미로운 걸 알았어.” 그녀는 로빈스 부인이 여전히 듣고 있을 경우를 대비해 속삭임보다 조금 더 큰 소리로 말했다.

“우리가 찾은 시체에 관해서요?”

“그래. 아빠 말씀이 그 남자 군복에 문제가 있대. 스파이일 수도 있다고 생각하셔.”

“마을에서 사람들이 바로 그 얘기를 하고 있어요.” 앨피가 그렇게 말했다. 그는 그 정보를 처음 듣고 기뻤다. “학교에서도 모두 그 얘길 해요. 덩치 큰 남자애들도 내가 그 남자를 발견한 걸 부러워하죠.”

“그 스파이가 뭘 하고 있었는지 마을에서 도는 소문 같은 거 있어? 짐작건대, 이 근처 누군가와 접선하라고 보내진 것 같지 않아?”

앨피가 고개를 흔들었다. “사람들이 그러는데, 독일 놈이 사방에 낙하산을 타고 내려오고 있대요.”

“글쎄, 난 그가 누군가를 만날 예정이었다고 생각해.” 피비가 말했다. “그러니까 이제 우리에게 달린 것 같아. 그 남자가 여기에서 뭘 하려고 했는지 우리가 알아내야 해.”

“맙소사!” 앨피가 말했다. “아가씨하고 내가요? 스파이일지도 모를 자들을 찾아내자고요?”

“못 할 거 없잖아? 누구도 아이 둘을 의심하지는 않을 테니까, 안 그래? 학교는 몇 시에 끝나니?”

"네 시요." 그가 말했다.

"그럼 내일 만나서 용의자 목록을 만들자." 그녀가 말했다.

"난 그 큰 집에 안 가요."

"물론이야. 나도 내가 뭘 하는지 가족들이 염탐하는 건 싫을 것 같거든. 마을에서 만나. 마을 광장 전쟁 기념비 옆에서." 그녀가 앨피를 향해 활짝 웃었다. "재밌겠다. 우린 정말 뭔가 도움이 되는 일을 할 거야."

두 사람은 개가 짖기 시작하자 동시에 고개를 들었다. 그때 집으로 다가오는 오토바이의 털털대는 소리가 들렸다.

"누가 온 거지?" 피비가 말했다. 그녀는 창가로 가 개가 뛰어오르며 반은 반기고 반은 경계하는 와중에 오토바이에서 내려 로빈스 부인에게 다가가는 군복 차림의 젊은 남자를 보았다. 피비는 밖으로 나가 개들을 나무라며 불렀다. 그 남자는 로빈스 부인에게 뭔가를 건네고 오토바이를 타고 떠났다. 피비는 손에 든 종이쪽을 내려다보며 오래도록 서 있는 로빈스 부인을 한참 동안 기다렸다. 결국 피비는 더는 참을 수가 없었다.

"무슨 문제라도 있어요, 로빈스 부인?" 그녀가 물었다.

여자가 침통한 표정으로 고개를 들었다. "우리 조지 말이에요. 전보에 조지가 탄 함선이 어뢰 공격을 받았고, 조지는 실종됐는데 죽은 것으로 추정된대요." 그녀는 얼이 빠져 주위를 둘러보았다. "남편을 찾아야 해. 그이가 알아야 해."

"내가 가서 찾아올게요, 로빈스 부인." 앨피가 말했다. "걱정 마세요." 그리고 그는 피비를 사냥터 관리인의 아내 곁에 세워 둔 채 달려갔다.

그녀가 피비에게 몸을 돌렸다. "이 소식에 그가 의연해도 놀랍지 않을 거예요. 그 아이를 아꼈어요. 그이는 그랬어요. 태양이 그 아이의 머리에서 빛난다고 생각했죠. 우리 조지에게는 아까울 게 없었어요. 그리고 그이는 조지의 자원입대를 원하지 않았어요. 그 애는 그럴 의무가 없었어요. 그 애는 예비 자원이었다고요. 하지만 어리석은 아들은 본분을 다하고 싶어 했죠. 해군에 입대해 조금이라도 세상을 보고 싶다면서." 그녀는 어느새 울부짖고 있었다. 굵은 눈물 줄기가 뺨을 타고 흘러내렸다. "게다가 그 애는 겨우 열여덟이에요." 그때 그녀는 자신이 레이디 피비에게 말하고 있다는 사실을 깨달은 듯했다. "미안해요, 아가씨. 내가 이러면 안 되는데……."

"그래도 돼요." 피비가 말했다.

하지만 여자는 고개를 저었다. "제가 이렇게 소란을 떨어서 되겠어요? 오늘 나쁜 소식을 들은 다른 엄마들과 다를 게 없군요. 우린 막 그걸 받아들이는 법을 배웠어요. 그 아이 없이 지내는 법을 배워야죠."

그러고는 바로, 손에 입을 대고 집 안으로 뛰어갔다. 피비는 어떻게 해야 할지 갈피를 잡지 못한 채 그 자리에 서 있었다. 안으로 들어가서 로빈스 부인을 위로해 줘야 할까? 아니면 그냥 혼자 있게 둬야 할까? 그녀가 마음을 정하기 전에 로빈스 씨가 붉게 상기된 얼굴로 땀을 흘리며 달려왔고, 그 뒤를 앨피가 따랐다.

"아내는 어디 있나요?" 그가 물었다.

피비가 멍하니 문을 가리켰다. 로빈스 씨가 머뭇머뭇 집 안으로 들어갔다. 앨피가 피비를 보며 쭈뼛댔다.

"난 집에 가는 게 좋겠어." 그녀가 말했다. "난 지금 방해가 될 뿐이야."

앨피가 고개를 끄덕였다.

"그럼 내일?" 피비가 물었다.

앨피가 다시 고개를 끄덕였다.

피비는 집으로 다시 걸어왔다. 그녀는 가족들이 여전히 이야기를 나누는 소리를 들었지만 조용히 계단을 올라 자신의 방으로 갔다. 그녀가 방에 들어서자 검블 양이 고개를 들었다.

"무슨 일 있니, 피비?" 그녀가 물었다.

"사냥터 관리인의 아들 조지 로빈스요. 실종됐는데, 죽은 것으로 추정된대요." 그녀는 몸을 돌렸다. "이 진저리나는 전쟁이 싫어요. 싫다고요. 끔찍해. 사람들이 죽어 가고, 이제 난 학교도 못 가고, 좋은 일들이 다시는 일어나지 못할 거예요." 그녀는 침대 위에 놓여 있던 토끼 인형을 집어 벽에 내던졌다. 그러고는 흐느끼며 침대 위에 몸을 던졌다.

검블 양이 다가가 피비 옆에 앉더니 그녀의 어깨에 머뭇머뭇 손을 얹었다. "괜찮아. 울고 싶은 만큼 실컷 울어."

"아빠는 우리가 강해져야 하고, 본보기를 보여야 한대요." 피비가 눈물을 참으려고 애쓰다가 딸꾹질을 했다.

"나랑 있을 땐 얼마든지 울어도 괜찮아." 검블 양이 말했다. "우리끼리의 작은 비밀. 여기. 코를 시원하게 풀어."

그녀가 피비에게 손수건을 건넸다. 피비는 간신히 엷은 미소를 지었다.

"그거 알아요, 검비?" 그녀가 말했다. "난 가끔 독일군이 이 바보 같은 전쟁에서 이기게 내버려 두면 좋겠다는 생각이 들어요. 영국에 쳐들어와 차라리 전쟁이 끝나 버리면 좋겠어요. 그래 봤자 대단히 나쁠 것도 없잖아요? 전쟁 전에 패멀라는 독일에 갔었어요. 거기에서 스키도 타고 즐겁게 지냈다고요. 그리고 우리 왕에겐 독일 조상이 있지 않아요?"

검블 양이 냉랭한 얼굴로 피비를 응시했다.

"피비 서턴, 다시는 내가 그런 말을 듣지 않게 해 다오." 그녀는 피비가 한 번도 들어 본 적 없는 어조로 말했다. "독일군이 영국에 들어오면, 우리가 알던 생활은 끝나는 거야. 오, 너 같은 부류의 사람들은 아마 괜찮을지도 모르지. 네 아버지가 나치 깃발에 경례하며 '하일 히틀러'라고 말하는 법을 배우는 한. 하지만 우리 같은 나머지 사람들은 그렇지 못해. 나도 그렇고. 내 어머닌 유대인이니까. 반유대 정서가 싫었기 때문에 어머니 가족은 지난 전쟁 전에 독일에서 도망쳤어. 그리고 그 이후로 상황은 더 나빠졌지. 처음엔 그게 유대인의 사업을 망하게 하더니 모든 유대인에게 노란색 별을 달게 했고, 학교나 대학에 가는 걸 금하고 길거리에서 유대인을 보면 두들겨 패게 했어. 그래서 내 믿음은, 히틀러는 유대인 전부가 말살될 때까지 멈추지 않으리라는 거야."

피비는 누구도 자기가 울었다는 것을 알지 못하게 찬물을 얼굴에 끼얹고서 다시 아래층으로 내려갔다. 가족들은 여전히 거실에 있었다. 피비가 들어오자 웨스터햄 경이 고개를 들었다. "그래, 산책은 잘

했니? 개들은 얌전했고?" 그가 물었다.

아버지와 달리 패멀라는 피비의 달라진 안색을 알아차렸다. "무슨 일 있었어?" 그녀가 물었다. "얼굴이 꽤 창백해 보여."

"로빈스 부부요." 피비가 말했다. "방금 전보를 받았는데, 아들이 탄 군함이 어뢰 공격을 당했대요. 그래서 아들이 실종됐는데, 죽은 것 같대요."

"오, 그렇게 끔찍한 일이." 레이디 웨스터햄이 말했다. "하나뿐인 아들이고, 그들은 그 애를 그렇게 자랑스러워했는데."

"우리가 뭔가 해야 해요, 엄마." 피비가 말했다. "예배든 추도식이든 뭐든 해야 해요. 우리가 마음 쓰고 있다는 걸 알리려면요."

"지금은 실종된 상태라고만 전해진 거야." 레이디 웨스터햄이 말했다. "아직 희망이 있는지도 몰라."

"엄마, 배가 어뢰 공격을 받아서 망망대해 한가운데에서 실종됐다면, 다시 찾을 가능성은 크지 않아요. 그가 살아 있다 해도요." 디도가 잡지에서 고개를 들고 말했다.

"그래도 약간의 가능성은 있을 거야. 구명보트를 타고 표류하고 있을지도 모르잖니. 전에 해군들은 믿을 수 없을 만큼 오랜 시간 동안 살아남았어."

"그래도 우리가 뭔가를 해야 한다고 생각하지 않으세요?" 피비가 의견을 굽히지 않았다.

"뭐든 기다려 보자꾸나." 웨스터햄 경이 놀랄 만큼 자상하게 말했다. "가능한 한 희망의 끈을 놓지 말자고."

패멀라는 앉은 자리에서 창밖을 응시하며 금방이라도 자신을 집어삼킬 듯 집요하게 이어지는 걱정과 싸웠다. 누군가 그날, U보트 암호를 해독했어야 했다. 누군가가 수송대에 경고하고 그것을 보호할 전투기들을 보냈어야 했다. 지금껏 블레츨리 파크에서의 자신의 일은 실제 사건과 관련 없는 학구적인 퍼즐처럼 보였다. 하지만 지금 이 순간 막사에서 행해진 일의 중요성이 뼈저리게 다가왔다. 그녀는 벌떡 일어섰다.

"근무지로 복귀해야겠어요." 그녀가 말했다. "배가 가라앉고 우리가 아는 사람들이 죽어 가고 있는데, 차를 마시고 여유롭게 즐기며 여기 앉아 있을 순 없어요."

레이디 에스메가 일어나 패멀라의 어깨에 손을 얹었다. "얘야, 마음이 상했구나. 우리 모두 그렇단다. 조지 로빈스는 참 괜찮은 청년이었지. 하지만 사무실에서의 네 작은 일이 생명을 구하는 데 크게 영향을 줄 순 없지 않겠니? 네가 전선에 있는 것도 아닌데. 그러니까 앉아서 차를 한 잔 더 마시는 게 좋겠다."

당연히 패멀라는 아무 말도 할 수 없었다. 그녀는 자리에 앉아 어머니가 손에 쥐여 주는 찻잔을 받았다.

15

파리
1941년 5월

보자르가의 주민들은 5월 이른 아침, 닫힌 셔터 틈으로 34번지 앞에 선 크고 검은 메르세데스를 주시했다. 센강에서 피어난 안개가 거리에 자욱이 껴 있었다. 아침 바게트를 끼고 집으로 향하는 사람들은 만일의 경우를 대비해 줄곧 차 반대편에서 걷다 거리를 가로질렀다. 출근하거나 에콜 데 보자르미술 학교의 오전 수업에 가는 이들은 눈을 내리깔고 서둘러 지나쳤다. 시선을 돌려 봐야 득이 될 게 없었다. 그 차는 너무도 확실한 독일 차였고, 군복을 입은 운전자가 내린 순간 명백해졌다. 독일군들이 아파트를 향하지 않아 그들 모두 안도의 한숨을 내쉬었다. 대신 날씬한 젊은 여성이 차에서 내렸고, 그 뒤로 패션 디자이너인 마담 아르망드와 놀랄 정도로 닮은 누군가가 내렸다.

가스통 드 바렌은 두 사람이 처음 연인이 되었을 때, 마고를 위해 이 아파트를 구입했다. 그는 샹젤리제와 센강 사이에 자리 잡은 부촌 16구의 부아시에르가에 위치한 가족 소유 저택에서 살았지만, 당시 그는 여러 면에서 이상하리만큼 보수적이었다. 같이 살게 마고를 데려오는 것은 옳지 않을 터였다. 특히 대저택에 사는 그의 어머니가 가끔 예고도 없이 찾아올 경우에는. 당시 결혼은 논외였다. 마고는 개신교도였다. 그의 할머니는 영국인을 혐오했고, 배우자를 선택하는 문제에 관해서 그는 가족의 뜻을 거스를 마음이 없었다. 그래서 그는 파리 6구의 생제르맹 대로에서 가까운 보자르가의 작은 아파트에 마고의 거처를 마련했다. 아파트 창밖으로 몸을 내밀면 센강과 노트르담대성당이 보였다. 요즘 활기 넘치는 학생 무리가 거의 자취를 감추긴 했지만 아파트는 매우 쾌적했고, 그녀가 살기에 딱 적당했다.

히틀러가 침공했을 때, 독일군은 프랑스 시골의 대저택뿐 아니라 가족 소유의 저택까지 점거했다. 가스통은 곧바로 레지스탕스에 가담했고, 보헤미안과 학생 들이 주로 사는 구역에 아파트를 구했다. 그곳은 두 사람이 살기에 적합한 아파트였다. 그는 눈에 띌 위험 없이 드나들 수 있었다.

마고가 안으로 들어서자 현관 옆 관리실에서 관리인이 머리를 내밀었다.

"봉주르, 마드무아젤." 그녀가 인사했다. "날씨가 좋을 것 같지 않아요?"

"그랬으면 좋겠네요, 마담." 마고가 대답했다.

그녀는 엘리베이터의 금속 접이식 문을 당겨 열었고, 아르망드가 그녀의 뒤를 따랐다. "정말요, 마담. 저와 함께 올라가실 필요 없어요." 마고가 말했다. "옷가지와 화장품 몇 개만 가방에 넣으면 돼요. 몇 분밖에 걸리지 않을 거예요."

"난 네게서 눈을 떼지 않겠다고 그 몹시 불쾌한 독일인과 약속했어." 지지 아르망드가 말했다. "그리고 독일 장교와 약속을 어기는 건 좋지 않아. 그뿐 아니라," 그녀가 덧붙였다. "네가 절망에 빠져 창밖으로 몸을 던지지 않을지 확인해야 해."

"어떤 창문에서도 몸을 던지지 않겠다고 약속할게요."

"아니면 옥상을 가로질러 도망치려는 시도나." 아르망드는 마고를 엘리베이터 안으로 밀어 넣고 자신도 탔다. 엘리베이터 안은 두 사람이 간신히 들어갈 크기였고, 마고는 자극적일 만큼 강하게 풍기는 달콤한 그녀의 향수 냄새를 의식했다. 엘리베이터는 삐걱거리며 극도로 더디게 올라갔다. 마고는 빠르게 머리를 굴렸지만 뾰족한 수가 떠오르지 않았다. 마침내 3층에 도착했다. 그녀는 아르망드에 앞서 걸었고, 자물쇠에 열쇠를 넣고 돌렸다. 아파트가 썰렁하고 휑뎅그렁하게 느껴졌다. 방이 세 개인 아파트로, 거실과 침실은 꽤 컸지만 부엌은 작았고 작은 정사각형 욕실과 화장실이 현관 복도에 따로 떨어져 있었다. 마고는 복도에서 머뭇거렸다.

"떠나기 전에 커피를 좀 끓여도 될까요?" 그녀가 물었다. "밤새 거의 깨어 있었더니 머리가 깨질 듯이 아파요."

"얘야, 가방 속에 넣을 것들이나 챙기렴. 리츠에서 아침을 먹을 거야. 그 호텔 커피는 진짜야. 치커리로 만든 이런 끔찍한 커피 대용품이 아니라." 복도를 지나 거실로 들어가 소파에 앉은 아르망드는 편안하고 아름다워 보였다.

마고는 거실이 특히 정리되지 않은 것을 의식했고, 그저께 입었던 옷들은 바닥에 널브러져 있었다. 그녀는 당혹스러움을 느끼며 그것들을 주웠다.

"굳이 정리할 필요 없어." 아르망드가 성마른 어조로 말했다. 그녀가 마고를 올려다보았다. "아직도 제대로 깨닫지 못한 듯한데, 넌 지금 심각한 상황에 빠져 있어. 공식적으로 독일군에게 체포된 상태야. 언제라도 그자들이 널 다시 그 건물로 끌고 가 차마 입 밖에 낼 수 없는 일들이 자행된다는 지하실로 데려갈 수도 있어."

그녀의 표정이 부드러워졌다. "얘야, 넌 그자들에게 협조하는 법을 배워야 해. 날 봐. 난 여전히 리츠에 살잖아. 그들이 원하는 대로 하는 척해. 동조하는 척하는 거야. 그자들은 집에서 멀리 떨어진 타국에 있고, 아름다운 여인의 호의적인 귀를 대단히 고마워하지. 그자들이 너에게 영국에 돌아가서 뭔가를 해 주길 바라면, 관심 있는 듯 행동해. 생각해 보는 것처럼 보이라고."

"하지만 전 그럴 수 없어요." 마고가 말했다.

"애인의 목숨을 구하지 않겠다고?"

마고는 망설였다. "제가 어떻게 가스통을 우리나라에 우선시할 수 있겠어요. 게다가 그자들의 말을 어떻게 믿죠? 그자들이 시키는 그 어떤 비열한 짓을 내가 한다고 해도 나중에는 가스통을 쏠 테죠. 신뢰할 가치가 있다는 걸 그들 스스로 보여 주지 않았어요."

"내가 가스통을 중립국으로 보내 줄 힘 있는 장교들을 구워삶을 수 있을 거야."

"그가 이미 죽지 않았다면요." 마고가 씁쓸하게 말했다.

"물론이지." 아르망드가 장갑 낀 손을 흔들었다. "그래도 할 수 있는 건 해야 해. 그의 목숨을 구하고 싶지 않니? 그 남자가 벌써 시시해진 거야?"

"당연히 그의 목숨을 구하고 싶어요." 마고가 격앙된 목소리로 말했다. "하지만 내 나라보다 연인을 우선시할 순 없어요."

아르망드가 한숨을 내쉬었다. “참으로 고귀하고, 참으로 순진하구나. 실용주의자가 되는 법을 배워야 해, 살고 싶다면 말이지. 그게 늘 내게 큰 도움이 되었지.” 그녀가 진짜 실크 스타킹을 신은 다리를 바꿔 꼬며 성마르게 자세를 바꿨다. “자, 서둘러. 아유, 착하지.”

“부엌에 먹을거리가 있어요.” 마고가 말했다. “그것들은 어떻게 하는 게 좋을까요? 채소랑 치즈가 있는데, 상할 거예요. 요즘 같은 상황에서 음식을 버릴 순 없잖아요.”

“아래층의 저 끔찍한 노파한테 주려무나. 그럼 널 영원히 사랑하겠지.” 아르망드가 다시 손을 흔들었다.

마고는 부엌으로 들어가 얼마 없는 음식을 확인하고는 우울해졌다. 양배추 4분의 1쪽, 양파 두 개, 감자 한 개, 딱딱하게 굳은 네모난 치즈 한 개가 다였다. 파리의 배급량은 이제 최저 수준으로 떨어졌고, 사람들은 시장에 들어온 것이면 무엇이든 달려들어 구매했다. 그래도 아파트 관리인은 이 음식 재료들을 보면 기뻐할 것이고, 어쩌면 짧은 메시지를 전할 기회를 얻을지 몰랐다. 그녀는 그것들을 바구니에 넣은 다음 반쯤 남은 와인 한 병과 어제 사서 남은 빵도 넣었다. 유리병에 든 남은 우유는 가지고 갈 수 없어서 그녀는 병을 들어 다 마신 다음 병을 싱크대에서 헹궜다. 집에 음식이 없다면, 가스통이나 그의 친구 중 하나가 여기에 자신이 없다는 걸 알게 될 터였다. 마고는 자신이 어디로 가는지, 어디에서 자신을 찾을 수 있을지 그에게 전할 방법을 생각해 내려고 애썼다. 하지만 지금 이 순간 자신을 도와줄 만한 사람을 떠올릴 수 없었다. 가스통이 그자들 수중에 있다면 아무 소용이 없었다. 그것을 생각하지 않으려고 했지만 이제 눈물이 차올랐다. 그녀는 눈물을 참으려 황급히 눈을 깜박였다.

그녀는 침실로 갔다.

"제 트렁크가 다락방에 있어요." 그녀가 아르망드에게 외쳤다.

"넌 크루즈 여행을 가는 게 아니야." 아르망드가 말했다. "몇 가지만 챙기면 돼. 필요한 게 있으면 다시 와도 될 테고."

그래서 마고는 트렁크 대신 옷장 위에 올려놓은 작은 여행 가방을 꺼냈다. 그 가방은 아버지가 스물한 번째 생일 선물로 준 것이었다. 가방을 열자 여전히 훌륭한 영국산 가죽 냄새가 풍겼고, 그 냄새가 팔리의 마구실과 안장들을 상기시켰다. 그녀는 가방 안에 속옷 몇 벌과 캐시미어 카디건, 바지 한 벌, 갈아입을 스타킹들, 블라우스와 면 원피스를 던졌다. 신발은 실용적인 것을 신고 있었다. 하이힐을 챙길 필요는 없을 터였다. 그리고 세면도구를 넣을 공간을 충분히 남겨 두어야 했다.

화장대로 다가가자 립스틱으로 '그녀에게 전화해.'라고 적힌 아르망드의 명함이 보였다. 자신이 명함을 놓아둔 곳이 아니었으므로 그녀는 이미 아파트가 수색당했음을 깨달았다. 메시지가 그토록 단순했기에 참으로 다행이었다. 물론 그녀는 친구들이 자신의 고용주에게 전화해 주길 원했었다. 마고는 명함을 있던 자리에 놓아두었다.

"아직 준비 안 됐어?" 아르망드가 물었다.

"세면도구와 화장품을 챙겨야 해요."

"얘야. 내가 지내는 곳에 네가 쓸 갖가지 비누랑 목욕용 소금이 있을 거라고 생각 안 하니? 네 화장품이랑 칫솔, 세면용 수건이나 넣어라. 그거면 충분할 거야."

"우선 화장실부터 가야겠어요." 마고가 말했다. "한밤중에 침대에서 끌려 나온 이후로 화장실을 못 갔어요."

"좋아." 아르망드가 말했다. "하지만 서두르렴. 독일인 운전사는 우리가 너무 오래 지체하면 수상하다고 생각할 거야. 네 일거수일투족이 보고될 거라고."

마고는 욕실로 들어가 세면도구 가방에 서둘러 칫솔과 가루 치약, 가루 두통약, 깨끗한 수건, 배니싱 크림을 집어넣었다. 문득 이런 물건들을 챙기는 게 참으로 터무니없다는 생각이 들었다. 고문을 당하거나 죽을지도 모르는 상황에서 얼굴이 완벽해 보이길 바라다니. 이윽고 그녀는 볼일을 보았다. 볼일을 마치고 수도꼭지를 틀어 놓은 다음 비데를 기울여 그 밑의 타일 한 장을 잡아당겼다. 그들이 자신의 아파트에 두 종류의 무선 전신기 중 작은 것을 설치해 다행이었다. 전파 도달 거리는 8백 킬로미터였지만 서류 가방이나 비데 밑에 들어갈 정도로 작은 전신기였다.

그녀는 이제 뭘 해야 할지 궁리하며 전신기를 응시했다. 그것을 숨기기에 더 좋은 장소는 없었다. 사실 그자들이 아파트를 샅샅이 뒤진다면 전신기를 찾아낼 것이었다. 게다가 아르망드가 옆방에 있는데 그것을 사용할 방법도 없었다. 인내심을 가져야 했다. 순응하며 적극적으로 협조하는 모습을 보이면 잊고 온 물건을 가지고 오도록 여기에 다시 오게 허락해 줄지도 몰랐다. 그녀는 세면도구 가방에서 두통약을 꺼내 선반 위에 놓았다. 그리고 비데를 정확히 돌려놓고 수도꼭지를 잠갔다.

"몬 디유Mon Dieu 맙소사, 정말 많이 급했구나." 아르망드가 싱긋 웃으며 말했다.

"정말 그랬어요. 몇 시간 동안 의자에 앉아 심문하러 올 그자들을 기다릴 때 오줌보가 터지는 줄 알았어요." 그녀에게 어떤 생각이 떠올랐다. "빨리 샤워하는 건 안 되겠죠?" 샤워기의 물줄기 소리는 꽤 컸지만 전신기로 모스 부호를 보내는 소리를 감출 만큼 클지는 확신하지 못했다.

"자기야, 우린 리츠 호텔에 가자마자 호화로운 목욕을 할 수 있어요. 뜨거운 물을 펑펑 쓰면서. 끝내주지."

마고는 기쁘고 설렌 표정을 지으려고 애썼다. 그녀는 세면도구 가방을 여행용 가방에 넣고 그것을 닫았다.

"며칠간 지내기에 이 정도면 충분할 거예요." 마고가 말했다.

"며칠이면 될 거야." 아르망드가 말했다.

마고는 그게 그쯤이면 풀려날 것이라는 뜻인지, 감금되거나 죽게 된다는 뜻인지 묻고 싶지 않았다. 그녀는 반쯤 열린 문으로 향했다.

"다 됐어요." 마고가 말했다.

16

런던, 돌핀 스퀘어

맥스웰 나이트의 비서이자 오른팔인 여성 조앤 밀러가 문을 두드렸고, 심각하고 혼란스러운 표정으로 그의 내실에 들어왔다.

"방금 메시지를 받았어요. 웨스트민스터 공작에게서요."

"아, 그래? 뭘 원하던가?"

"방금 마담 아르망드의 연락을 받았대요."

"파리의 의상 디자이너? 아, 그렇겠지. 그 여자가 예전에 그의 정부였지 않았나? 벌써 오래전이지. 그리고 알다시피 여러 애인을 거친 후에 말이야. 그래서 대체 그 여자가 무슨 일로? 우리 영국군을 위해 새 군복이라도 디자인하고 싶다던가?"

"독일군이 우리 쪽 사람을 데리고 있다는 걸 알리려고 했답니다."

"젠장. 누구 말인가?"

"레이디 마거릿 서턴, 웨스터햄 경의 딸이요."

"빌어먹을." 맥스 나이트조차 그 말에 불편해 보였다. "타이밍이 흥미롭다고 해도 과언이 아니군. 혹 이게 우연이라고 생각하나?"

"저는 우연을 믿지 않아요." 밀러 양의 얼굴은 무표정했다.

"나도 그래."

"그 여자가 안다고 생각하나? 그러니까 내 말은 아르망드가?"

"도움을 주겠다고 제안했어요. 우리가 그 여자를 구하고 싶어 하면, 돕기 위해 자기가 할 수 있는 일을 하겠답니다."

"친절도 하시지." 맥스 나이트가 말했다. "그 여자에게 그게 무슨 이익이 되지?"

17

팔리

마침내 혼자가 된 패머는 침실에 서서 침대에 재킷을 던지고 안도의 한숨을 쉬었다. 가족들 없이 몇 달을 지내다가 일단 그들을 본 데다 제러미와의 자극적인 만남 후라 감당이 되지 않았다. 따뜻한 오후 햇살이 서쪽을 향해 난 창문으로 비쳐 들었고, 앞뜰 너머로는 청둥오리 한 쌍이 호수 위를 미끄러지듯 떠다녔다. 자갈 위를 지나는 군용 차량만이 팔리의 모든 게 예전 같지만은 않음을 상기시켰다. 그녀는 주위를 둘러보며 사랑스럽고 익숙한 물건들을 눈에 담았다. 하얀 책장에 꽂힌, 즐겨 읽은 책 『블랙 뷰티』와 『빨간 머리 앤』. 스위스에서 예비 신부 학교에 다닐 때 사 모은 워낭과 인형들. 폐하를 알현했을 때 찍은 자신의 사진이 담긴 액자. 방에서는 집다운 냄새-세대를 거친 가구 광택제 냄새와 난로에서 풍기는 희미한 냄새-도 났다.

집. 그녀는 생각했다. 막사 3호에서의 황량하고 외로웠던 밤에 꿈꿨던 바로 그것. 하지만 집에 와 있는데도 불안감을 떨쳐 버릴 수 없었다. 블레츨리에서 자신을 필요로 한다는 생각이 머릿속에서 계속 속삭였다. 자신의 교대 근무조에서 한 사람이 부족하다면, 어쩌면 정말로 중요한 정보를 놓칠지도 몰랐다. 잠수함 관련 메시지를 가로채 암호를 해독했다면 사냥터 관리인의 아들이 아직 살아 있을까? 해군 담당은 아니었지만 자신이 번역한 메시지 덕분에 누군가의 아들이 살았을지도 모를 일이었다. 그녀는 자신의 가치를 지나치리만큼 중요하게 평가하고 있다고 되뇌었지만 거대한 전쟁 기계가 원활하게 작동하려면 작은 톱니바퀴 하나하나가 필요하다는 것도 알았다.

그녀의 시선이 벽난로 위에 놓인, 작은 도자기 개 인형을 향했다. 그 개는 우스꽝스러울 정도로 긴 귀와 슬픈 표정으로 애원하듯 앞발을 들고 앉아 있었다. 제러미는 공군에 입대할 무렵 그 도자기 인형을 자신에게 선물했었다. 톤브리지의 골동품 가게에서 그 인형을 보고 자신이 웃음을 터뜨려서였다. 그는 웃는 법을 잊지 않으려거든 하루에 한 번씩 도자기 인형을 보라고 말했었다. 비행기가 격추당해 그가 전쟁 포로수용소에 있다는 소식이 전해졌을 때, 웃는 게 힘들었다. 그러나 지금, 그는 모든 역경을 이겨내고 여기서 1킬로미터쯤 떨어진 안전한 집에 있었고, 자신은 기뻐서 어쩔 줄 몰라야 마땅했다. 하지만 어째서 그렇지 않는 걸까?

"아니, 기뻐." 그녀가 큰 소리로 말했다. "지금 상황에 익숙해지기 위해 약간의 시간이 필요할 뿐이야."

침대에 주저앉은 그녀는 무의식적으로 블라우스 앞섶에 손을 댔고, 단추가 떨어진 자리가 만져졌다. 그리고 두려움과 흥분이 뒤섞인 감정이 다시 그녀를 스치고 지나갔다. 당연히 그는 자신과 사랑을 나누고 싶어 했다. 어쨌든 그는 오랫동안 여자를 가까이할 기회가 없었던 혈기 왕성한 남자였다. 수용소에 갇혀 있던 몇 달 동안 이런 순간을 꿈꿨던 게 분명했다. 그가 자제력을 잃고 흥분한 것은 놀랄 일이 아니었다. 예상할 수 있었던 정상적인 행동이야. 그녀는 혼잣말을 했다. 그가 떠나 있는 동안 두 사람 모두 청소년에서 성인이 되었고, 성인은 성관계를 당연하게 여겼다. 적어도 자신이 속한 세대의 성인은 그랬다. 듣기로 여러 이성과의 잠자리는 자신 같은 젊은 층에게 오락거리로 인정되어 있었다. 하지만 고상한 태도를 견지하는 부모님은 달랐다. 엄마는 성교육에 대해 아주 모호하게 생각하는 듯 보였고, 아버지는 누가 원치 않은 임신에 관해 언급만 해도 얼굴이 붉게 상기되면서 날씨 얘기를 꺼냈다. 하지만 부모님이 일반적인 기준은 아니었다. 룸메이트 트릭시는 분명 처녀가 아니었고, 남자와 뒹굴었던 많은 경험을 세세하게 말하는 데 거리낌이 없었다. 패멀라는 자신이 그것에 반대한다고는 생각하지 않았다. 사실 그녀는 자신이 두려운 만큼이나 흥분했었다는 사실에 매우 놀랐고, 이제 자신의 감정을 살필 시간을 가졌다. 하지만 동시에 불편한 감정도 느꼈다. 전시에 결혼할 생각이 없다는 제러미의 솔직한 생각을 듣고 충격을 받았을 뿐이었다. 자신이 많은 여자 중 하나였을 뿐인지, 자신이 늘 그를 사랑했던 것처럼 제러미가 정말 자신을 신경 썼는지 의문이 들었다.

목사관으로 가는 길에 벤은 멈춰 서서 뒤뜰을 둘러봤다. 뒷마당 잔디밭 한가운데에는 간이 방공 대피소가 있었고, 그 너머 콩 줄기를 받치는 막대기들은 풍성한 콩 수확을 약속하고 있는 듯 보였다. 벤은 뇌리에서 떠나지 않는 이미지를 지워 버리기라도 하듯 머리를 쓸어 넘겼다. 패머를 본 제러미의 환한 얼굴과, 마찬가지로 기쁨으로 빛나는 그녀의 얼굴을. 그녀가 기차에 탄 자신을 보고 기뻐한 것은 사실이지만 제러미를 바라볼 때처럼 반짝이지는 않았다. "빌어먹을 제러미." 그가 큰 소리로 중얼거렸다. 독일 포로수용소에서 탈출할 사람이 있다면 제러미일 거라 믿었다. 그리고 그는 제러미가 집에 오지 못하길 바란 것에 죄책감을 느꼈다. 어찌 되었든 제러미는 벤의 가장 가까운 친구였다. 그들은 유년기를 함께 보냈다. 그리고 패멀라가 그와 사랑에 빠진 게 그의 잘못은 아니었다.

벤은 잊어버리자고 자신에게 말했다. 전쟁이 한창이었고, 자신에게는 해야 할 일이 있었다. 그는 뒤뜰의 오솔길을 쿵쿵거리며 걸어가 헛간의 화분과 휴대용 의자들 사이에서 낡은 자전거를 찾아냈다. 밝은 햇살 속에서 자전거를 살피고 그는 한숨을 쉬었다. 교구민이 기증했을 때부터 새것과는 거리가 멀었지만 지금은 확연하게 더 낡아 보였다. 곳곳이 녹이 슬고 안장의 가죽이 갈라져 있었다. 그는 최대한 자전거를 깨끗이 닦고 기름칠을 한 다음 또다시 자전거를 배우듯 조금 휘청이며 교회와 목사관 사이의 앞마당을 조심스레 돌았다. 자전거는 여전히 작동했지만 무릎이 구부려지지 않아 자전거를 타는 게 예전만큼 쉽지 않다는 걸 깨달았다. 그는 맥스웰 나이트 같은 거물이 이웃을 조사하는 데 필요한 수단을 마련해 주지 않았다는 데 순간 짜증이 밀려왔다. 아마 나이트 같은 사람은 모두가 자동차를 소유하고 있다고 생각했으리라. 하지만 차를 갖고 있을 많은 사람이 요즘에는 차를 굴릴 휘발유를 구하지 못하리란 생각이 들었다.

그는 더 먼 탐험을 위해 자전거를 세워 두고, 걸어서 마을 주변을 돌았다. 뭘 찾아야 하는지 자신도 잘 알지 못했다. 그는 헌틀리 대령의 집을 지났다. 대령은 인도에서 복무를 마친 후, '심라인도의 도시명'라고 이름 붙인 집에 살았다. 벤은 집 앞의 깔끔하게 손질된 관목을 보며 감탄하느라 멈췄다가, 나무랄 데 없는 정원에서 장미를 가지치기하는 헌틀리 대령 부인을 보았다. 그가 다가오는 발소리에 그녀가 고개를 들더니 손을 흔들었다. "안녕, 벤. 집에 온 걸 환영한다. 여기에 오래 머물 거니? 남편이 크리켓 팀을 다시 모으고 싶어 하던데. 요즘엔 학생하고 고루한 영감밖에 없다고 투덜댄단다."

그녀는 정원용 앞치마에 손을 닦으며 다가왔다. 한 손에는 전지가위가 들려 있었다.

"아쉽게도 며칠 휴가를 받은 것뿐이에요." 그가 말했다. 잠시 마음 편히 쉬라는 권고를 받았다고 말할 생각은 없었다. 단 하루도 전장에 나가 싸운 적 없는 벤 크레스웰의 건강에 문제가 생겼다는 소문이 마을에 퍼지는 것을 원하지 않았다. 마을 사람들은 이미 군복을 입지 않은 그를 얕잡아 보았다.

헌틀리 부인이 끄덕이며 미소를 지었다. "런던에 있다가 집에 와서 좋겠구나." 그녀가 말했다. "폭격 때문에 거기는 끔찍하지?"

"익숙해져요." 그가 말했다.

"난 가끔 우리가 여기 우리만의 작은 세계에서 살고 있다는 느낌을 받는단다." 그녀가 말했다. "여기는 먹을 게 충분하고, 머리 위로 폭탄이 떨어지지도 않고. 창밖을 내다보면 여전히 이런 풍경이, 작은 낙원 같은 땅이 보이는 거야, 그렇지 않니?"

벤이 고개를 끄덕였다. "정원이 아름답네요." 그가 예의 바르게 말했다.

"며칠 전에 어떤 이가 와서는 여기에 양배추나 감자를 키우는 게 좋겠다고 잔소리를 하지 뭐니." 그녀가 말했다. "남편이 어떻게 대꾸했는지 짐작이 갈 거야. 독일인이 아닌 영국인의 좋은 점 중 하나가 우리 작은 땅에 뭘 하든 내 마음대로 할 수 있는 거라고 말했지. 우린 이미 필요한 만큼 작물을 키우는 텃밭이 있고, 아내가 꽃을 키우면서 위안을 얻었다면 아내에게서 그런 즐거움을 빼앗을 마음이 없다면서." 그녀는 그 기억을 떠올리며 미소 지었다.

벤은 주위를 둘러보았다. "이곳이 런던에서 불과 한 시간 거리에 있다는 게 믿기지 않아요." 그가 말했다. "예전과 변함없는 생활이 유지되는 고향에 돌아오니 충격적이네요."

그녀가 얼굴을 찌푸렸다. "여기라고 해서 완전히 벗어나 있지는 않아. 팔리에 머무는 그 군인들만 해도 그렇고. 대형 트럭들이 시도 때도 없이 우르릉 지나가고 술에 취해 술집에서 나온 군인들이 동네 남자들에게 시비를 걸고 말이야. 그리고 최근에는 우리 마을에도 흥분될 만한 사건이 있었단다. 팔리 영지에서 시체가 발견됐다는 소식 들었니?"

"핀치 부인에게 듣기는 했어요." 그가 말했다. "낙하산 사내 말이죠? 낙하산이 펴지지 않는 사고를 당한?"

그녀가 그에게 더 가까이 다가갔다. "내 생각엔 사고가 아니야. 군인들이 와서 육군 트럭에 시체를 싣고 갔어. 시체 안치소로 데려간 게 아니라. 이게 뭘 뜻하는지 알겠지? 뭔가 수상쩍은 데가 있어. 남편은 소문대로 독일 스파이일 수도 있다고 생각해. 아마 영국 공군에 장난을 치려고 보냈을 거야. 스핏파이어영국 전투기를 파괴하려고." 그녀가 말을 멈추고 누가 엿들을까 봐 불안하다는 듯 주위를 둘러보았다. "내 정신 좀 봐. 들어와서 차 한 잔 마실래? 나도 막 쉬려던 참이었거든."

“말씀만으로도 감사하지만 가야 해요.” 그가 말했다. “온종일 사무실에 틀어박혀 있느라 운동을 할 기회가 없었고, 마을에 달라진 게 있는지 보고 싶어요.”

“별로 없어.” 그녀가 말했다. “홉 건조소에 이사 온 이상한 남자들 얘기는 들었니? 그리고 백스터네는 용케 전쟁을 피해 간 것 같더구나. 요즘 아주 번창하는 것 같아. 그 집 마당에서 많은 일이 진행되고 있는데, 그게 뭔지는 아무도 몰라.”

“비밀스럽게 들리네요.” 벤이 말했다. “그럼, 뵈어서 반가웠습니다, 헌틀리 부인. 대령님께 안부 전해 주세요.”

벤이 발걸음을 옮기는데, 그녀가 뒤에서 외쳤다. “아, 그리고 싱클레어 박사가 독일인을 집에 들였어.”

“네?” 벤이 다시 돌아섰다.

“우리 생각엔 그 사람 말하는 게 꼭 독일 사람 같아.” 그녀가 말했다. “그 남자는 피난민이라고 말하지만, 모르는 거잖니, 안 그래? 그들이 폭격 전에 사람을 보내 폭격할 위치를 전달받을 수도 있지.”

“하지만 싱클레어 박사님은 절대 누굴 숨길 분이…….” 벤이 입을 열었다.

대령의 아내가 고개를 저었다. “인정이 너무 많잖아. 게다가 아내가 죽은 이후로 외롭기도 했고. 난 우리 중 얼마나 많은 이가 속아 넘어갔을지 궁금하구나. 우린 인정 많은 민족이니까.”

그녀는 집으로 향하다가 걸음을 멈추고 커다란 노란 장미를 싹둑 잘라 냈다. 노란 꽃잎들이 하늘하늘 풀밭에 내려앉았다. 벤은 방금 들은 말을 곱씹으며 마을 광장 주변을 계속 걸었다. 백스터네가 부업으로 돈을 벌고 있다고 해도 전혀 놀랄 일은 아니었다. 빌리 백스터는 아이였을 때조차 벤에게 전혀 신뢰할 만한 인상을 주지 않았다. 두 사람이 소년 성가대원이던 시절에 교회에서 지갑이 없어졌던 일이 떠올랐고, 아버지는 빌리 백스터가 지갑을 가져갔다고 의심했다. 그러나 지갑도, 진실도 찾지 못했다.

그는 최소한 헌틀리 대령 내외를 의심 목록에서 배제할 수 있었다. 사실 의심한 적도 없었다. 하지만 그들 부부 모두 분명 베일에 싸인 낙하산 사내에게 관심을 보였고, 그에 관해 이야기하고 싶어 했다. 그리고 대령은 인도의 습한 더위와 싸우며 수년간 나라를 위해 복무한 이력이 있었다. 벤은 낙원으로의 귀환 같은, 지금 그의 집을 올려다보았다. 한편 박사는 독일인 피난민을 집에 들였다. 현시점에서 그것은 알아볼 가치가 있었다.

해밀턴 양의 견고하고 부유한 빅토리아풍 저택을 지났다. 그녀의 아버지는 북부에서 제조업으로 돈을 번 뒤, 북부 도시의 매연과 공장 굴뚝을 피해 런던 인근의 상류층 마을로 가족들을 데려왔다. 나이가 지긋한 해밀턴 양은 그 가족의 유일한 생존자였다. 벤은 그 큰 집을 올려다보았다. 그녀가 어쩔 수 없이 런던에서 온 피난민들을 집에 묵게 하는지, 아니면 여전히 비슷한 연배의 엘렌이라는 하인과 둘이 사는지 궁금했다. 그는 연철 대문 앞에서 잠시 멈췄지만 지금 그녀를 방문할 만한 적당한 이유를 생각해 낼 수 없었다.

그는 전쟁 기념비 앞에 멈춰 서서 대전 중에 전사한 마을 청년들의 명단을 보았다. 작은 마을에서 열여섯 명이나 되었다. 삼 형제가 모두 전사한 집도 있었다. 이번엔 전사자 명단이 더 길어질까? 그는 한숨을 쉬고 발걸음을 옮겼다.

백스터네 새 방갈로가 작업장 옆에 서 있었다. 마당으로 통하는 높은 대문은 닫혀 있었고, 안에서 망치질 소리가 들렸다. 벤은 전시에 누가 집을 짓길 원하는지 의아해하다가 이내 도시에서는 폭탄 피해를 복구하는 일거리가 꽤 있으리란 생각이 들었다. 그렇다면 백스터네의 건축업이 번창하고 있다는 것은 그리 놀랄 일이 아니었다. 학교가 막 끝났고, 아이들이 밀고 밀리며 오래된 학교 건물의 문으로 쏟아져 나오고 있었다. 벤은 덩치가 큰 농장 소년 두 명이 작고 여윈 아이를 거칠게 밀치는 모습을 보고 다가갔다.

"그만해라." 그가 말했다. "네 힘은 독일군과 싸울 때를 대비해 아껴 둬."

가장 큰 소년이 비웃는 투로 입을 삐죽이며 말했다. "그런 말을 할 자격이 있나 모르겠네. 우리 형처럼 독일군과 싸우지도 않으면서."

"다리 한쪽을 다쳤다고 해서 내가 싸우지 못하는 건 아니야, 톰 해슬렛." 그가 말했다. "네가 모를까 봐 알려 주는데, 난 톤브리지에서 청소년 복싱 챔피언이었고, 여전히 한 주먹에 널 눕힐 수 있다는 걸 장담하지. 하지만 난 나보다 약한 사람과 싸우는 걸 좋게 생각하지 않고, 너도 그래서는 안 돼. 가라. 어서 집에 가거라."

녀석들은 눈을 초조하게 굴리더니 슬그머니 꽁무니를 뺐다. 벤이 체구가 작은 소년에게 싱긋 웃어 보였다. "이 근방에서 널 본 적이 없는데." 그가 말했다.

"앨피라고 해요. 런던에서 왔어요."

"아. 네가 남자의 시체를 발견한 아이로구나." 그가 말했다.

"맞아요."

"놀랐겠구나."

앨피가 고개를 저었다. "아뇨. 런던에선 더한 것도 봤어요."

"용감한 아이로구나. 좀 더 스스로 방어하는 게 좋겠다. 저 애들이 널 괴롭히게 내버려 두지 말고."

앨피가 한숨을 쉬었다. "재들은 패거리를 지어 괴롭혀요, 보셨죠? 게다가 나보다 크고요."

"너만 좋다면 내가 여기 있는 동안 복싱 기술을 몇 가지 가르쳐 줄 수 있는데."

"정말요?" 앨피가 기대에 찬 표정을 지었다.

"싸움을 찬성하지는 않아." 그가 윙크하며 말했다. "목사의 아들로서 말이지."

앨피가 씩 웃었다.

"그래서 네가 발견한 낙하산 남자에 관해서 학교에서는 뭐라고들 하니?" 함께 걷기 시작하며 그가 물었다.

"그가 누군지 아무도 모르지 않아요? 어떤 사람들은 독일 스파이라고 생각해요. 그 사람들은 독일 놈들이 곳곳에 낙하산병들을 내리고 있대요. 침략하기 쉽도록 그들이 전화선 같은 것들을 자를 수 있게요."

"여기 사람들은 독일군이 쳐들어올 거라 생각해?"

"오, 그럼요." 아이가 말했다. "팔리에서 그 귀족 나리는 이미 쇠스랑이랑 삽으로 싸우는 법을 가르치며 우리를 훈련시키고 있어요. 그런데, 탱크와 폭격기에 맞서기엔 별 도움이 안 될 것 같아요."

"그런 일이 일어나지 않길 바라야지." 벤이 말했다. "하지만 만일 그런 일이 생긴다면……." 그는 말을 끝맺지 못했다.

그는 앨피와 헤어져 마을을 거닐며 소년이 한 말을 떠올렸다. 그 남자가 침략에 앞서 시설을 파괴하려고 보내졌다는 말. 하지만 그는 아무런 도구도 몸에 지니지 않았다. 전화선을 끊을 만한 도구는 가지고 있지 않았다. 그렇다면 마을 사람 중 누군가가 그에게 도구를 마련해 준다는 뜻일 수도 있었다. 그리고 어쩌면 그를 집에 묵게 할 수도 있었다. 싱클레어 의사의 개인 진료소 앞에 발을 멈췄다가 고개를 저었다. 그는 평생에 걸쳐 그 의사를 알아 왔다. 그는 자기편 사람들을 저버리고 반역자에게 거처를 제공할 부류의 사람이 아니었다.

벤은 아버지와 삶은 달걀과 샐러드로 가볍게 저녁을 먹은 다음 이곳에 할 일이 있어 온 만큼 저녁 내내 의례적인 대화를 나누며 앉아 있을 수만은 없겠다고 결정했다. "아버지, 술집에 다녀올까 해요." 그가 말했다. "예전 친구들이 아직 여기 남아 있는지 확인도 할 겸 해서요."

"좋은 생각이구나." 크레스웰 목사가 고개를 끄덕였다.

"저랑 같이 가실래요?" 벤이 물었다.

목사의 얼굴에 재미있다는 표정이 어렸다. "나 말이냐? 오, 말해줘서 고맙긴 하다만 난 술집에 가는 부류는 아닌 것 같구나. 셰리주 작은 잔도 술 마시는 사람들 앞에서는 안 내려갈 게다. 하지만 너는 가거라. 가서 즐기려무나. 우리가 소소한 즐거움을 얼마나 더 누릴지는 신만이 아실 테니까."

벤은 끄덕이며 뭔가 긍정적인 말을 하려 했지만 생각나는 게 없었다. 요즈음에는 낙관할 만한 것이 많지 않았다. 자신들 모두 내년 이맘때쯤 독일산 라거를 마시고 있을까? 아니면 모두 굶주리거나 노예로 살거나 수용소에 갇혀 있을까? 그 생각만 해도 참을 수 없었다.

박쥐들이 분홍빛이 감도는 황혼 녘 하늘을 가르며 강하하고 떼까마귀가 밤을 보내기 위해 목사관 뒤편 큰 나무들에 앉아 깍깍 울어대고 있을 때, 벤은 마을 광장을 돌아 '스리벨즈Three Bells'라는 술집으로 향했다. 술집 문을 밀고 들어가자 대화를 주고받는 유쾌한 웅성거림이 들렸다. 맥주를 들고 바 주위에 서 있던 몇몇 남자가 벤이 들어오자 고개를 들었다.

"안녕하세요, 크레스웰 씨." 바텐더가 말했다. "집에 돌아온 걸 보니 반갑네요."

벤은 바로 걸어가 맥주 1파인트를 주문했다.

"그럼, 여기 오래 있을 거야?" 남자 중 한 명이 물었다. "아니면 나이 드신 아버지를 뵈러 잠깐 들른 거야?"

"며칠간 휴가를 받았어." 벤이 답했다. "런던에서 잠시 벗어나 쉴 수 있어 좋군."

"그럼 폭격을 많이 목격했겠구먼?"

"충분히 경험했지." 벤이 말했다. "그렇지만 익숙해져. 공습경보가 울려도 누구 하나 하던 일에서 고개를 들지 않을 정도니까."

"어떤 일을 하고 있는데?" 다른 남자가 물었다.

"정부 부처에서 일해." 그가 말했다.

"무슨 일?"

벤이 씩 웃었다. "알다시피, 일에 관해서는 논하는 게 금지라서."

"논하는 게 금지라." 그들 뒤에서 목소리가 들렸다. 벤이 돌아보자 자신들을 향해 다가오는 붉은 머리 여윈 남자가 보였다. 건축업자의 아들 빌리 백스터. 벤은 저도 모르게 주먹이 꽉 쥐어지는 게 느껴졌다. 빌리는 꼬마였을 때부터 벤을 괴롭히길 좋아했다. "쉬쉬하는 일이란 말이야, 벤?"

"일에 대해서는 논할 수 없다고 하더군." 나이 많은 남자 중 하나가 말했다.

벤은 붉은 머리에게 시선을 옮겼다. "너도 군복을 입지 않았는데, 빌리 백스터." 그가 말했다.

"아, 그야 나는 입대를 면제받는 일을 하니까, 안 그래?" 빌리가 말했다.

"영국을 위해 내닫이창을 만드느라?" 벤은 자신의 물음에 여기저기서 웃음이 터지자 기분이 좋았다.

빌리 백스터가 얼굴을 붉혔다. "다음 폭격 때 너희 집 지붕이 날아가기라도 하면 비가 들이닥치기 전에 누가 가서 수리해 줄 거라고 생각하냐?"

"요즘 꽤 일이 많은 것 같던데." 벤이 말했다. "너희 아버지가 지은 새 방갈로를 봤어. 꽤 좋아 보이더군."

"고된 일은 보상을 받는 법이지 않냐?" 빌리가 말했다.

벤은 맥주 1파인트를 주문하는 빌리 백스터를 지켜봤다. 가격만 맞으면 자기 할머니까지 팔아먹을 부류였다. 하지만 그가 독일인을 위해 일한다? 벤은 그에게 그런 기질이 있을 거라고는 생각하지 않았다. 벤이 주먹을 날려 코피가 나자 그가 울면서 집으로 달려갔던 때 증명되었던 것처럼 빌리는 내심 겁쟁이였다. 벤의 아버지는 그 일로 벤에게 폭력과 자제에 대해 설교를 늘어놓았지만 사실은 꽤 기쁜 표정이었다.

맥주를 반쯤 마셨을 때, 술집 문이 벌컥 열리며 한 무리의 군인이 시끄럽게 웃고 떠들며 들어왔다. 그들은 사람들을 밀치며 곧장 바로 향했고, 벤은 동네 사람들이 자리를 비켜 주는 것을 알아챘다. 공기 중에 긴장감이 감돌았다. 이내 군인 중 하나가 말했다. "뭘 드시겠습니까, 미스?" 벤은 레이디 다이애나가 그들과 함께 있는 것을 발견했다. 그녀는 빨간 바지를 입고 있었고, 랜드걸처럼 빨간 반다나로 머리를 묶고 있었다. 그리고 입술에는 새빨간 립스틱을 바르고 있었다.

"'미스'라고 부르면 안 돼. '레이디'라고 해야지. 백작님의 따님인데." 군인 중 하나가 친구를 나무랐다.

디도가 그 말을 듣고 웃었다. "오, 제발. 다이애나 아니면 디도라고 불러요. 난 답답한 관습은 질색이니까. 섄디맥주와 레모네이드를 섞은 음료 반 파인트 주세요, 로니."

술집을 둘러본 그녀가 벤을 발견하고는 활짝 미소를 지었다. "안녕, 벤." 그녀가 말했다. "이 근사한 남자들이 술집에 날 데려가 주겠다고 했어. 정말 친절하지 않아? 감금 생활에서 잠깐이나마 탈출할 수 있게." 그녀는 소리 내 웃으면서도 눈빛으로는 '여기에서 날 봤다고 누구에게도 말하면 안 돼.'라고 말하고 있었다.

바텐더는 불편해 보였다. "죄송하지만, 레이디, 여긴 일반석입니다. 옆에 있는 독실로 가시는 게 편하지 않으시겠습니까? 거기엔 안락의자도 있고, 여기만큼 소란스럽지 않을 겁니다."

"말도 안 돼요." 디도는 벤에게 도와 달라고 재빠르게 눈짓을 보내며 말했다. "난 줄곧 사람들과 떨어져서 추방당한 듯이 살고 있다고요. 조금이라도 사는 것처럼 살고 싶어요. 사람들 웃음소리도 듣고, 보통 사람들과 대화도 나누고 싶단 말이에요." 그녀는 자신에게 술 한잔하자고 제안한 군인을 돌아보았다. "일 파인트 주세요, 로니." 그녀가 말했다. 1파인트가 채워지는 동안 그녀가 벤에게 다가왔다.

"그래, 요즘엔 뭐 하고 지내, 디도?" 벤이 그녀에게 물었다. "아직 집에 있어?"

그녀는 과장되게 한숨을 쉬었다. "여전히 집에 틀어박혀 있어. 아빠는 내가 쓸모 있는 뭔가를 하는 걸 허락하지 않고. 나도 내 역할을 하고 싶어 죽겠는데. 혹시 런던에서 내 일자리를 구해 줄 수 있어? 벤이 일하는 곳에?"

"그럴 수 있을 것 같긴 한데, 네가 아직 미성년자라 네 아버지의 뜻을 거스르지는 못하겠다. 세븐오크스나 톤브리지에서 할 만한 일이 있을 거야."

"랜드걸이 돼서 돼지 치는 걸 도우라고? 대충 그런 거잖아. 난 뭔가 흥미로운 일을 하고 싶어. 다음에 처칠 씨를 보게 되면 부탁하려고. 아빠는 그분을 잘 아시니까. 처칠 씨가 날 고용하고 싶다고 말하면 아빠는 분명 거절하지 못하시겠지?"

"쓸 만한 기술이라도 있어?" 벤이 물었다. "타자와 속기를 할 줄 알아?"

"사실 못 해." 입술을 깨무는 디도의 모습에 벤은 그녀가 아직도 얼마나 어린지 깨달았다.

"대체로 그런 종류의 일을 맡기려고 여자들을 고용하거든." 그가 말했다. "사무직. 서기 같은 일."

"따분해, 따분해, 따분해. 차라리 구급차를 몰거나 무선 통신사 일을 배우거나 입대하는 게 낫겠다."

"여자들을 전장에 보내지는 않아. 내 짐작엔 군복을 입고 있어도 사무 업무를 보게 될 거야."

"불공평해." 그녀가 입술을 뿌루퉁히 내밀었다. "나도 여기 남자들

만큼 유능해. 그리고 그들만큼 용감하고."

"오, 안 됩니다, 미스." 군인 중 한 명이 말했다. "우리가 입대한 이유가 바로 당신 같은 숙녀들을 보호하기 위해서죠. 우리가 해외로 출항하면 우린 당신이 우리를 기다리며 집에서 무사하리란 믿음이 있어야죠."

"곧 해외로 나갈 예정입니까?" 벤이 물었다.

젊은 군인은 얼굴을 찡그렸다. "아무런 소식도 못 들었어요. 우리 부대는 덩케르크에 있었죠. 거기서 전우들을 잃었지만 머지않아 우리가 나갈 차례가 될 겁니다. 그간 켄트에서의 생활은 그리 나쁘지 않았죠. 특히 당신 같은 젊은 레이디들이 있을 땐." 그리고 그가 디도를 보며 히죽 웃었다.

벤이 술집에 더 머물러 봐야 소용없겠다고 막 결정을 내렸을 때, 싱클레어 박사가 중년 남자와 술집에 들어왔다. 이목구비와 재킷의 재단 방식에서 분명 이국적인 분위기가 풍겼다. 베일에 싸인 그 독일인이군. 벤은 그렇게 생각하며 인사를 하기 위해 다가갔다. 의사는 따뜻하게 벤에게 인사를 하고 동행인을 소개했다. "이쪽은 로젠베르크 선생이네. 요즘 내 진료를 돕고 있지. 정말 뛰어난 친구일세."

그 남자가 절도 있게 살짝 고개를 숙이고 손을 내밀었다. "안녕하시오?" 그가 영어로 또박또박 말했다.

"독일에서 오셨습니까?" 벤이 가벼운 어조로 물었다.

"오스트리아." 로젠베르크 박사가 말했다. "전쟁 전에는 비엔나 대학교 의과대학에 있었소."

"가장 저명한 교수 중 하나였지." 싱클레어 박사가 덧붙였다. "때마침 간신히 빠져나왔다네."

남자는 암울한 표정으로 벤을 보았다. "할아버지가 유대인인데도 난 안전할 거라 생각했소. 내 말은, 난 유대인처럼 보이지 않으니까, 그렇지 않소? 그리고 사회에서 존경받는 위치에 있었고. 이내 독일군들이 몰려와 난 대학에서 쫓겨났고, 노란 별을 달아야 한다고 들었소. 난 그걸로 충분했소. 모든 것을 남겨 둔 채 다음 열차를 타고 이탈리아에서 프랑스로, 그리고 여기로 왔소."

그는 의사가 건네는 맥주잔을 받기 위해 말을 멈췄다. "제때 빠져나올 수 있어 운이 좋았지. 내 친구와 친척은 그렇게 운이 좋지 않았다고 들었소. 그자들이 내 동료 교수들에게 길거리를 청소하게 하는 동안 사람들은 거기에 침을 뱉었다더군. 그리고 어떤 이들은 그냥 사라졌소. 누구도 그들이 어디로 갔는지 모르지만 수용소에 대한 소문이 있었고……." 그가 고개를 저었다. "때로는 내가 여기, 이 쾌적한 곳에서 진료를 볼 수 있다는 사실에 죄책감을 느끼오."

"올바른 결정을 내린 걸세, 친구." 싱클레어 의사가 말했다. "자네는 행동에 나섰어. 다른 이들은 그러지 못했고. 대다수가 이미 늦었을 때까지 이런 일이 일어나리라고는 생각하지 못했지."

벤은 로젠베르크 의사에 관해 생각하며 스리벨즈를 나섰다. 그가 말한 대로 금발에 옅은 녹색 눈의 그는 유대인처럼 보이지 않았다. 벤은 그가 지역사회에 침투하라고 보내진 첩자일지 모른다는 생각을 해 보았다. 싱클레어 박사는 외로움에 지쳐 누군가의 농간에 쉽게 넘어갈 수 있는 인정 많은 남자였다. 어쩌면 그 낙하산 남자는 의사 선생 집을 은신처로 삼을 생각이었는지도 몰랐다.

"네가? 우리를 태우고 다닌다고? 휘발유 배급제가 없다고 해도 그에 대한 대답은 '안 돼'야. 안 돼. 천 번 만 번 안 된다. 넌 독일인보다 영국 사람들에게 더 큰 위협이 될 게다. 우리 모두를 죽일 게다."

"안 그래요." 디도가 발갛게 물든 얼굴로 말했다. "분명 감탄할 만큼 운전을 잘할 거예요. 요즘엔 좋은 집안 출신의 여자 상당수가 구급차와 트럭을 운전한다고요. 여기 틀어박혀 따분하기 짝이 없는 하루를 보내는 저와는 달리 전쟁에서 자기 역할을 하면서요."

"어쨌든, 로디. 우리를 프레스콧 저택까지 차로 데려다주려면 자동차를 차고에서 빼내야 할 거예요." 레이디 에스메가 말했다. "자전거를 타고 갈 수는 없잖아요."

"난 딱히 가고 싶지 않소." 웨스터햄 경이 말했다. "그 프레스콧이란 작자에겐 뭔가가 있어. 난 그자를 믿지 않소. 그는 우리 쪽 사람이 아니야."

"어째서 그렇게 말씀하시는 거죠, 아빠?" 그때까지 조용히 앉아 토스트 한 조각과 마멀레이드를 먹고 있던 패머가 물었다.

"그야 아니니까. 아, 지금은 그가 좋은 집에서 고상한 척 거들먹거리며 살지 몰라도 그는 의심할 나위 없이 중산층 집안에서 컸어."

"음, 지금은 우리와 같아요." 패머가 말했다. "아빠처럼 작위도 있고요."

"작위는 물려받거나 돈으로 산단다." 웨스터햄 경이 무미건조하게 말했다. "그의 경우는 후자지. 어떻게 그 많은 돈을 벌었는지도 의문이고. 그자는, 뭐랄까, 너무 겉만 번지르르해."

"그냥 질투잖아요, 아빠." 디도가 살짝 웃으며 말했다. "그래서, 운전 가르쳐 주실 거예요? 제가 내일 프레스콧가까지 우리 가족을 태워 갈 수 있다니까요. 아무도 치지 않고 진입로 아래로 내려갈 수 있다고요. 해도 돼요?"

"절대, 무조건 안 된다." 웨스터햄 경이 호통쳤다.

"그럼 전 뭘 할 수 있는데요?"

"나이가 어느 정도 찰 때까지 집에서 어머니를 돕거라. 그게 네가 할 수 있는 일이다. 군인들을 위해 양말이나 모자를 뜨든지."

"뜨개질요? 농담이시겠죠. 내가 아들이고 열아홉이었다면, 입대한다고 했을 때 틀림없이 자랑스러워하셨을 거예요."

그의 얼굴에 고통의 경련이 스쳤다. "하지만 넌 아들이 아니잖냐. 아니냐? 내게는 딸밖에 없고, 그 딸들을 보호하는 게 내 일이다."

"아빠가 주의하지 않으시면, 난 도망쳐 집시랑 결혼할 거예요. 그럼 아빠는 후회하시겠죠." 디도가 벌떡 일어나더니 냅킨을 식탁에 던지듯 내려놓고는 골이 잔뜩 나서 방을 나갔다.

"너한테서 빨래집게를 살 날을 고대하마." 웨스터햄 경이 피식 웃으며 그녀 뒤에 대고 소리쳤다.

레이디 에스메가 남편을 보았다. "로디, 당신도 언젠가는 재를 놔줘야 할 거예요. 난 저 애가 어떤 기분일지 이해가 가요. 다들 전쟁에 도움이 되는 뭔가를 하고 있는데, 아무것도 하지 않으면서 집에만 앉아 있는 게 쉽지는 않을 거라고요."

"스물한 살이 되면, 젠장, 제멋대로 할 수 있소." 그가 말했다. "그때까지는 내 보살핌을 받아야 하고, 난 저 애에게 최선이라고 생각하는 걸 하는 거요. 저 아이가 어떤지 알잖소, 에스메. 내가 저 애를 런던에 가도록 허락하면 십 분 만에 사생아를 만들어 돌아올걸."

"정말, 로디. 당신은 가끔 너무 멀리 나간다니까요." 레이디 에스메의 얼굴이 분홍빛으로 변했다. "모두에게 프레스콧가에 입고 갈 만한 옷이 있는지 확인해야겠어요. 난 오랫동안 좋은 드레스를 꺼내지도 못했는데, 레이디 프레스콧은 늘 세련되게 입더군요." 그녀는 이제 식탁에서 일어나는 패멀라를 건너다보았다. "얘야, 이브닝드레스 가져왔니?"

"제 물건은 대부분 여기 있어요." 그녀가 말했다. "야간 근무를 하는데 이브닝드레스를 입을 기회는 별로 없거든요."

"그럼 이 소식을 리비에게 전해 주렴. 틀림없이 리비도 가고 싶어 할 거야."

패멀라가 방을 나서려는데 아버지가 하는 말이 들렸다. "이번 초대에 관해 곰곰이 생각했는데 말이오, 에스메, 생각할수록 가고 싶은 생각이 들지 않소. 프레스콧은 야단법석을 떨며 관대한 듯이 굴 테고, 싱글 몰트 스카치를 건네며 날 짜증 나게 할 거요."

"그래도 가야 해요." 레이디 에스메가 목소리를 낮춰 말했다. "당신 딸을 위해서."

패멀라는 다이닝룸 밖 복도에 멈춰 섰다.

"딸? 어느 딸 말이오?"

"당연히 패머죠. 제러미의 무사 귀환을 축하하기 위한 파티잖아요. 제러미와 패멀라, 아시죠?"

"아니, 몰랐소. 그 애가 패머에게 청혼이라도 한 거요?"

"아니요, 그렇지만 때가 되면 그럴 게 분명해요."

패머는 더는 기다리지 않고 계단을 올라갔다. 그녀는 방금 들은 말에 얼굴이 달아올랐다. 사람들은 모두 자신이 제러미와 결혼할 거라 짐작하는 듯했지만 정작 제러미는 그럴 생각이 없어 보였다. 그리고 이제 또 다른 의심이 슬금슬금 자리 잡았다. 동생 디도. 그 애는 분명히 제러미를 방문 중이었고, 어젯밤에…….

디도가 계단 꼭대기에서 기다리고 있었다. "정말 언니를 따라가서 같이 살면 안 돼? 여기서 이대로 더 머물다가는 미쳐 버릴걸. 언니가 일하는 곳에 내 일자리도 있을 거야. 이제는 무슨 일이든 잡겠어. 따분한 서류 정리 같은 일이라도."

"디도, 아빠의 뜻을 거스를 순 없어. 너도 알잖아. 게다가 난 완전히 형편없는 하숙집에서 다른 여자랑 방을 함께 써. 그리고 여기와 마찬가지로 런던에서 한참 떨어진 곳이고, 아무런 일도 일어나지 않는 시골 한가운데 틀어박혀 지내지. 거기에 가 봐야 여기처럼 지루할 거야."

"그래도 언니는 남자들과 일하잖아."

"그건 그래. 비록 설렘을 느낄 만한 남자는 없지만. 너무 나이가 많거나 여드름이 난 멀쑥한 남자들뿐이야. 분명히 말하건대, 재미라고 할 만한 게 전혀 없어." 그녀가 동생에게 몸을 돌렸다. "저기, 웨스트 켄트 연대 대령이 혹시 널 사무직에 고용할 수 있는지 아빠에게 확인해 달라고 부탁해 보는 게 어떻겠니? 그렇게 시작해서 경력을 쌓는 거지."

디도의 얼굴이 환해졌다. "맞아, 그렇게 시작하면 되겠어. 좋은 생각이야, 패머. 아주 못된 언니는 아니네."

디도가 가려고 할 때 패머가 낮은 목소리로 말했다. "어젯밤에 외출한 거 알아, 디도. 마룻장이 삐걱거리는 소리를 들었고, 네가 방으로 들어가는 걸 봤어. 어디 갔었어?" 디도가 제러미를 보러 다녀온 건 아닌지 걱정스러운 생각이 머릿속에 맴돌았다. 게다가 디도는 성관계에 대해서도 전혀 거리낌이 없어 보였다. 사실 그것에 적극적이었다. 패멀라가 거절했던 것을 디도가 제러미에게 주었을까?

디도가 씩 웃었다. "스리벨즈. 아는 군인들 몇이랑 같이."

패멀라는 자신이 내쉬는 안도의 한숨 소리를 들었다. "디도, 제발, 신중하게 행동해. 아빠가 아시면 화가 나서 길길이 뛰시겠다. 게다가 군인들이라고? 결코 현명한 행동이 아니었어."

"아주 재밌었다고. 나한테 정말 친절했어. 더할 나위 없이 잘 대해 줬다니까."

"글쎄, 네가 그들이 묵고 있는 집의 딸인 걸 고려하면 그랬겠지. 그리고 넌 레이디고."

"하지만 전혀 그렇지 않았어. 우린 얘기했고, 웃었어. 그냥 평민처럼 그러는 게 너무 좋더라. 그 무리의 일원처럼. 언니가 일하는 데는 어때? 그 사람들이 언니를 '레이디'니 뭐니 그딴 식으로 불러야 해?"

패멀라는 이제 웃었다. "당연히 안 그러지. 그리고 분명 그들은 내가 백작의 딸이란 이유로 다르게 대하지 않아."

"그게 바로 내가 원하는 거야. 내가 누군지 아무도 신경 쓰지 않는 곳에서 지내는 거."

패멀라는 망설이다 동생의 팔에 손을 얹었다. "장담하는데, 네 차례가 올 거야. 그리고 만약 이 전쟁이 더 오래 이어진다면, 그땐 우리가 우리의 본분을 다하도록 소집되는 게 아닐지 두려워."

"어머, 그렇게 되면 좋겠다." 디도가 말했다. "고마워, 패머. 그리고 아빠한테는 아무 말 안 할 거지?"

"안 할게. 하지만 마을 사람 중 누군가가 떠들고 다니지 않을 만큼 운이 좋아야 할 거야. 소문이란 게 어떤지 알잖아."

"언닌 정말 좋은 노처녀야." 디도가 되뇌었다.

"칭찬 고마워." 패머가 미소 지으며 방으로 들어갔다.

피비가 쿵쿵거리며 방으로 들어오자 가정교사가 읽고 있던 책에서 고개를 들었다.

"왜 그래, 피비, 무슨 일 있니?" 그녀가 물었다.

"모두 프레스콧가의 디너파티에 초대받았는데, 나만 못 가요."

"음, 나라면 너무 서운해하지 않을 거야." 검블 양이 피비의 잔뜩 찡그린 얼굴을 보고 미소 지으며 말했다. "나도 초대받지 못했어."

"그거야 당연히 그렇겠죠. 가정교사일 뿐이잖아요." 피비는 자신의 말을 듣고 검블 양의 얼굴에 순간 고통스러운 표정이 스치는 것을 보았다.

"잘 들어, 피비 서턴, 난 너와 다를 바 없는 환경에서 자랐어. 오, 우리 집은 이 집만큼 크지 않았고, 아버지에게는 작위가 없었지만 꽤 큰 집이었어. 아버지는 내가 옥스퍼드에 다니는 동안 돌아가셨고, 오빠가 모든 재산을 물려받았지. 그리고 오빠의 아내는 내가 내가 자란 집에서 더는 환영받지 못한다고 분명하게 말하더구나."

"어머나, 정말 못됐네요." 피비가 말했다.

검블 양이 끄덕였다. "그래서 어쩔 수 없었어. 돈도, 갈 곳도 없던 난 대학을 그만두고 다른 집 아이들을 가르치는 일자리를 구해야 했지. 그러면 지낼 곳이 마련되니까."

"결혼은 왜 안 하셨어요?" 피비가 물었다. "예전엔 분명 꽤 예쁘셨을 것 같은데."

“칭찬으로 한 말이라 생각할게.” 검블 양이 쓸쓸한 미소를 지었다. “애인이 있었어. 그런데 다른 많은 청년과 마찬가지로 대전의 참호 속에서 죽었단다. 모든 젊은 남자들이 전멸하듯 사라졌어, 피비. 내 또래의 여자들에게 결혼할 남자는 없었어.”

“어머나.” 피비가 다시 말했다. “이번에도 그렇게 될 거라 생각하세요? 이 전쟁이 끝날 무렵에는 내가 결혼할 만한 남자가 하나도 남지 않게 될까요?”

“널 위해서라도 그런 일은 없길 바라야지.” 검블 양이 말했다. “적어도 지난 전쟁이 끝났을 때 우린 자유롭긴 했어. 그리고 얼마나 혹독한 대가를 치렀든 우린 전쟁에서 이겼고.”

19

올세인츠 목사관

목사관으로 건너오는 길에 크레스웰 목사는 오전에 온 우편물을 열어 보고는 놀란 표정이 되었다. “허, 이런.” 그가 말했다. “내일 밤 프레스콧가에서 열리는 디너파티에 우리가 초대를 받았구나. 정말 뜻밖인데, 안 그러냐, 벤?”

“프레스콧가에서요?” 벤은 잠시 말을 멈췄다. “그저 예의상 초대한 거겠죠.”

“말도 안 돼.” 목사가 말했다. “그들이 제러미의 오랜 친구로 널 초대한 거야. 예의상 초대한 사람은 나고.”

“우린 갈 필요 없겠죠.” 벤이 말했다.

“안 간다고? 나로서는 요즘 같은 경기에 푸짐하고 공들인 음식이 기대되는구나. 프레스콧가의 식탁에 관해 들리는 이야기가 있지.”

벤은 가지 않을 적당한 이유가 떠오르길 바랐다. 웨스터햄 경의 가족도 당연히 초대받았을 테니 그는 제러미와 패멀라가 특별한 눈빛으로 서로를 응시하는 모습을 지켜봐야 할 것이었다. 익숙해져야 해.

그가 자신의 연약한 성정에 진절머리를 느끼며 속으로 중얼거렸다. 그는 이곳에 임무를 수행하러 왔고, 디너파티에 가면 한자리에 모인 마을의 주요 인물들을 살펴볼 수 있을 터였다. 그들을 관찰할 완벽한 기회였다.

"그럼 아버지가 푸짐한 식사를 할 기회를 빼앗아선 안 되겠네요." 벤이 일어났다. "레이디 프레스콧에게 참석한다는 회답을 쓸게요."

아침 식사 후 그는 자전거를 꺼냈다. 비를 예고하는, 차갑지만 상쾌하고 바람이 부는 날이었다. 그는 윈드브레이커를 찾으러 다시 안으로 들어갔다.

"자전거 좀 타고 올게요." 그가 아버지에게 말했다.

목사가 그를 날카로운 눈으로 보았다. "벤저민, 지나치게 신체를 단련할 필요는 없다. 네가 증명해 보일 건 아무것도 없어. 사고에서 놀랄 만큼 회복했으니."

벤은 치밀어 오르는 짜증을 억눌렀다. "자전거를 타고 마을을 돌아다니는 걸 신체 단련이라고까지는 하지 않아요. 그 오래된 홉 건조소까지 가서 거기 사는 화가들이 내게 작품을 보여 줄지 볼 생각이에요."

"행운을 빈다." 목사가 미소 지었다. "내가 들은 바로는 방문객을 환영하는 미덕이 있는 사람들은 아닌 듯하다만. 실은 그자들이 공공 오솔길을 지나는 사람은 누구든 쏘겠다고 위협했지. 그래서 그들과 대화하기 위해 지역 경찰을 대동하고 가서 공공 통행로에 관해 설명해야만 했다."

"그렇다면 흥미로운 만남이 될지도 모르겠네요." 벤은 그렇게 말하고 현관으로 향했다.

마을에서 1킬로미터쯤 떨어진 곳에 당도했을 때, 그는 자신의 허세에 찬 결정을 약간은 후회했다. 템스강 어귀에서 불어온 바람이 옆구리를 강타하고 길의 굽은 곳을 돌 때마다 그를 넘어뜨릴 듯 위협했다. 높은 산울타리 사이의 내리막길은 괜찮았지만 탁 트인 보리밭을 둘러 갈 때 맹렬한 바람이 그를 덮쳤다. 그런데도 그는 자전거에서 내려 걸을 생각이 없었다. 그는 처음에 브로드벤트 농장으로 갔다. 벤이 자전거를 타고 나타나자 개 두 마리가 각각 자전거 양옆으로 달려와 요란하게 짖어 댔다. 지긋한 나이의 브로드벤트 씨는 돼지우리를 청소하고 있었다.

"어, 벤 아닌가." 그가 손을 닦으며 그렇게 말하고 자전거를 향해 다가왔다. 그는 차나 한잔하라며 벤을 집으로 초대해, 농장 일손 부족으로 랜드걸이 젊은 남자들의 일을 맡아 하는 상황을 설명했다.

"몇몇은 근면해." 브로드벤트 씨가 말했다. "그리고 형편없는 이들도 있고. 일을 끝내는 것보다 머리와 화장에 더 신경 쓰지. 건초 더미 뒤로 담배를 피우러 가던 둘을 잡은 적이 있네. 건초 더미에서! 건초에 불이라도 붙으면 내 가축이 겨울에 먹을 식량이 사라질 테고, 그럼 우리 모두 굶어 죽을 거라고 그들에게 말했지." 그는 고개를 저었다. "뭐 하나 제대로 아는 게 없어. 도시 여자들 말이야."

벤은 추락한 낙하산 남자와 접선하려던 자가 여자일지도 모른다는 생각은 하지 못했었다.

"그중에 외국인도 있습니까?" 그가 물었다.

"오스트리아에서 온 트루디가 있네. 근면하고 뛰어난 일꾼 중 하나지. 고향 농장에 있었다더군. 구제 불능인 몇몇을 그 여자에게 맡겼더니 군기를 바짝 잡던데."

벤은 추락한 남자에 관한 이야기를 슬쩍 언급했지만 그는 모호하게 들었을 뿐이었고 관심도 없어 보였다. "전쟁 중에는 사고를 당하기 마련 아닌가?" 그는 그렇게 말하면서 벤에게 돼지고기 파이 한 조각을 건넸다.

농장을 나서는 길에 벤은 잠시 멈춰서 여자들 몇몇과 대화를 나누다가 다들 트루디를 탐탁지 않게 여긴다는 것을 알게 되었다. 그녀는 여자들에게 너무 고되게 일을 시켰고, 게다가 팔리에 주둔한 군인 하나와 데이트 중이었다. 그것도 잘생긴 군인과. 그녀는 밤이면 몰래 빠져나가 그를 만났다. 여자들은 그녀에 관해 고자질할 수 있어 즐거운 듯 보였다. 배가 빵빵해진 그는 다시 자전거에 올랐고, 트루디라는 오스트리아 여자가 그의 목록에 추가되었다. 트루디는 군인과 사귀고 있기까지 했다. 그는 무단 침입자에게 총을 겨눴다는 적대적인 집주인 둘에게 어떻게 접근하면 좋을지 궁리하며 악명 높은 홉 건조소를 향해 페달을 밟았다. 두 사람 모두 화가였고, 벤이 그들에 관해 아는 사실은 그 정도가 다였다. 자신의 옆방에 있던 가이 하코트에게 생각을 집중할 때인 듯싶었다. 가이는 현대미술과 디자인을 대단히 좋아했고, 자신의 취향을 벤에게 전수하려고 애쓰다가 실패했었다. 그러나 오늘은 가이에게서 얻어들은 미미한 지식이나마 도움이 될지 몰랐다.

홉 건조소는 여전히 줄지어 있는 키가 큰 홉들 사이에 자리 잡고 있었지만 이제 말뚝 울타리와 대문이 장미로 가득한 앞마당과 홉밭을 구분 짓고 있었다. 대문 너머로 장미 그늘이 곡선을 이루고 있었다. 벤은 문에 붙은 '출입을 금함: 잡상인 출입 금지'라는 표지판을 제외하면, 그것이 평온한 시골의 사랑스러운 풍경을 자아내고 있다는 것을 인정해야 했다.

벤은 조심스럽게 대문을 열고 현관까지 자전거를 타고 갔다. 현관에는 악마의 얼굴처럼 생긴 놋쇠 노커가 달려 있었다. 벤은 잠시 주저하다가 노커로 문을 두드렸다. 온통 검은색 옷을 입은, 땅딸막한 남자가 문을 열었다. 따뜻한 날씨인데도 어부들이 입는 검은색 저지 스웨터와 헐렁한 검은 바지를 입은 남자가. 퉁퉁한 얼굴에 지푸라기색 머리는 덥수룩했고, 입가 한쪽에는 검은색 담배가 매달려 있었다. 벤은 이국적인 담배 냄새를 맡았다.

"음, 원하는 게 뭐요? 우리가 종이나 금속을 기부하리라 생각한다면 다시 생각해 보는 게 좋을 거요." 그에게서 벤이 정확히 특정할 수 없는 외국식 억양이 살짝 느껴졌다.

"사실, 저는 목사의 아들인데……," 벤이 말하려는데, 그 남자가 벤의 말을 끊었다.

"그럼 우리를 교회에 데려가지 못할 거요. 우린 그런 허튼소리는 안 믿거든."

"개종시키려 여기에 온 것도 아닙니다. 여기에 화가들이 산다는 말을 들었습니다. 제가 현대미술 애호가라서 혹시라도……,"

"현대미술 애호가라고? 누구 작품을 좋아하시오?"

벤은 가이가 말했던 화가들을 떠올리려고 머리를 쥐어짰다. 아직 전시회가 열리던 때에 그는 벤을 전시회에 끌고 가곤 했었다. "음, 저는 칼 슈미트로틀루프의 열광적인 팬입니다. 물론 파울 클레도 대단히 좋아하고요. 독일인 화가를 흠모하는 게 이젠 허용되지 않을지도 모르지만요."

"그렇다면 들어오는 편이 좋겠소." 남자가 말했다. "세르주의 작품은 슈미트로틀루프에 비견되어 왔지." 그가 벤에 앞서 갔다. "아, 세르주. 이리 나와 봐. 어디 있든 간에. 마침내 교양 있는 손님이 찾아왔네." 그가 피리 같은 목소리로 외쳤다.

뒷방에서 또 다른 남자가 나왔다. 그는 마르고 키가 컸으며, 가무잡잡한 피부에 이목구비가 날카로웠다. 물감이 여기저기 튄 작업복 차림이었다.

"세르주, 이 청년이 슈미트로틀루프의 팬이라는군. 자네 작품이 그의 작품에 비견된다고 말했지."

"정말인가?" 그가 의심스러운 눈초리로 벤을 봤다. "독일 표현주의 화가의 팬이라고?"

"오, 정말입니다." 벤은 이런 대화가 너무 깊어지지 않기를 바라며 대답했다. 그는 방을 둘러봤다. 벽에는 섬뜩한 인상의 그림들-원색을 선명하게 덧칠한 비틀린 형상들-이 여럿 걸려 있었다. 벤은 가이가 정말로 그런 그림들을 좋아하는지 의심했었다. 벤이 물었다. "세르주 선생님 작품입니까?"

가무잡잡한 남자가 고개를 끄덕였다. "괜찮나?"

"강렬하군요."

남자는 다시 고개를 끄덕였다. "무척 친절하군."

벤의 시선이 가늘고 긴 보라색 여인에 머물렀다. 그는 분명 전에 저 그림을 본 적이 있었다. 가이가 저 그림이 그려진 엽서를 핀으로 꽂아 놓지 않았던가?

"화랑에서 전시를 많이 하셨습니까?" 벤이 물었다.

"조금." 세르주가 어깨를 으쓱했다.

"러시아에서 오셨습니까?" 벤이 물었다. 그의 말투에는 강한 억양이 여전히 남아 있었다.

"그렇소. 농기계로 농작물을 수확하는 건강한 여자 소작농 말고는 그 어떤 것도 그리는 게 허용되지 않던 시기에 여기로 왔소. 러시아에는 더 이상 예술이 존재하지 않거든."

"선생님도 더는 작품 활동을 할 수 없어서 여기로 오신 겁니까?" 벤이 다른 남자에게 물었다.

그가 미소 지었다. "난 덴마크에서 왔지, 젊은 친구. 보통은 무슨 일이든 허용되는 나라에서. 하지만 독일군이 막 쳐들어오려고 할 때 서둘러 빠져나왔네. 그때 떠날 수 있어 정말 다행이라고 생각하지. 난 뛰어난 나치는 못 됐을 테니까. 무엇보다 거수경례에 젬병이야. 그리고 명령을 받는 것에도 젬병이고." 그가 씩 웃었다. "여기 이사 온 이후로 자네는 우리가 처음 만난 꽤 괜찮은 교양인일세. 대다수가 교양이라고는 눈곱만큼도 없는 속물들이었지, 안 그런가, 세르주?"

세르주가 고개를 끄덕였다. "속물들." 그가 벤을 보더니 눈살을 찌푸렸다. "그래서 자네는 이런 곳에서 뭘 하며 있는 건가?"

"아버지가 이 지역 교구 목사이십니다. 저는 며칠 휴가를 받아 다니러 왔습니다."

"군인? 선원?"

"민간인입니다, 유감스럽게도. 비행기 사고를 당했거든요."

"변명할 필요 없네. 대학살의 현장에 속하지 않은 걸 다행으로 여기게. 마흔이 넘은 남자는 소집하지 않아서 우린 아주 다행으로 생각하고 있지, 안 그런가, 한시?"

땅딸막한 남자가 고개를 끄덕였다. "집에서 만든 파스닙 와인당근처럼 생긴 뿌리채소로 담근 술 한번 마셔 보겠나? 미리 경고하는데, 상당히 센

편이지."

벤이 고개를 끄덕이며 잔을 건네받았다. 술을 한 모금 마시자 벤은 목구멍이 타들어 가는 느낌에 헉하고 숨을 쉰 뒤 물었다. "그럼 런던에서 여기로 왔나요?"

두 사람 모두 고개를 끄덕였다. "우린 첼시예술가들이 많이 거주하는 지역에서 살았지, 당연히." 땅딸막한 한시가 말했다. "이내 세 집 건너에 폭탄이 떨어졌고, 마음을 놓을 수가 없어 여기로 피난을 온 걸세. 우린 이 건물의 묘한 매력에 끌렸지. 개성이 있다고 생각하지 않나?"

"그렇고말고요." 벤이 말했다. "아직도 탑에 말리려고 걸어 둔 홉이 생각나긴 하지만요. 선생님도 화가신가요?"

"조각가네." 한시가 말했다. "난 금속으로 작업하지. 아니 금속이 있었을 때 금속으로 작업했었지. 주로 거대한 실외 조각상을 만들었네. 이제는 물론 지스러기 금속까지 전부 폭탄이나 비행기를 만드는 데 쓰이지만. 그래서 어쩔 수 없이 점토로 바꿔 볼까 고민 중일세. 점토야 부족할 일이 없으니까."

벤은 그에게서 다른 남자에게로 시선을 옮겼다. 러시아에서 건너온 냉소적인 세르주. 벤은 그가 나치에 협력하는 모습을 그려 보았다. 그러나 붙임성 좋은 한시는? 하지만 그는 금속으로 작업했다. 그는 방문한 낙하산 독일군이 필요한 도구라면 어떤 것이든 갖고 있을 터였다.

30분 후 그들과 헤어질 때, 두 사람은 이 근방에 오게 되면 언제든 찾아오라며 매우 친근하게 말했다. 바람은 훨씬 거세져 있었고, 벤은 독한 파스닙 와인의 효과를 느끼며 조금은 불안정하게 길을 따라 자전거를 몰았다.

자전거를 타고 지친 몸으로 집에 도착한 그는 여전히 오리무중이란 생각이 들었다. 두 예술가는 압제에서 벗어나 영국으로 도망쳤고, 그저 평화를 원하고 조용히 작품을 만들 수 있길 희망하는 것처럼 보였다. 하지만 그들은 외진 곳을 택했고, 한시는 자신이 덴마크 사람이었다고 주장하는 첫 독일인은 아닐 터였다. 이 지역의 농부들은 자신이 평생 알고 지낸 확실한 현지인들이었다. 군인과 사권다는 트루디라는 오스트리아 출신의 여자를 제외하면 랜드걸은 의심할 여지가 없었다. 그러나 죽은 남자는 뭔가 그럴 만한 이유가 있어 웨스터햄 경의 들판에 내렸다. 벤은 디너파티에서 뭔가 단서를 얻길 희망했다.

20

네더코트에서 디너파티

벤은 어둠이 늦게 찾아오는 여름날의 저녁을 다행스러워하며 아버지와 프레스콧가의 저택 네더코트의 진입로를 걸어 올라갔다. 진입로가 곧게 나 있는 것도 다행이었다. 돌아갈 때 검은 천을 덮은 손전등만으로 밑을 살피며 걷기는 쉽지 않을 터였다. 어느 집 창문에서도 빛이 새어 나오면 안 되었으므로 집으로 돌아가는 길은 칠흑 같은 어둠 속에 잠겨 있을 것이었다. 벤은 그날 달이 뜨는 날인지 기억하려고 애썼다. 그는 몸을 돌려 아버지에게 물었다.

"하현달이라 아주 늦게까지 머물지 않는 이상 우리에게 별 도움이 안 될 게다. 우린 그럴 일 없겠지만." 크레스웰 목사가 말했다. "음식을 기대하는 건 인정한다만 이제 슬슬 오늘 저녁 행사가 걱정되는군. 그래도 우리와 서턴 가족만 있다면 아주 나쁠 건 없지 않겠니? 옛날처럼 말이다."

벤이 고개를 끄덕였다. 옛날처럼. 그는 생각했다. 그들은 아직 지스러기 금속으로 징발되지 않은 키가 큰 연철 대문을 밀어 열었고, 경사진 자갈길을 올라가는 그들의 발밑으로 으드득 자갈 밟는 소리가 났다. 그가 아름답게 유지되고 있는 저택의 경내에 감탄하고 있는데, 아버지가 입을 열었다. "잔디밭을 감자밭으로 바꿀 생각이 없나 보군. 여긴 죄 많은 장소처럼 보이는구나. 여전히 정원사를 두고 있나 보다."

"두고 있어요." 벤이 말했다. "일전에 패멀라와 여기 왔을 때 그들이 일하는 걸 봤어요."

"패멀라와 여길 왔다고?"

벤이 고개를 끄덕였다. "패멀라는 혼자 제러미를 보는 걸 걱정했어요. 장애가 있거나 뭐 그런 걸 두려워하는 것 같더라고요. 하지만 살이 많이 빠지고 약간 창백한 것 빼고는 예전 그대로예요."

"그 젊은 친구는 전생에 고양이였을 게다." 아버지가 말했다. "분명 아홉 목숨 대부분을 썼을 테지."

벤이 다시 고개를 끄덕였다.

"그리고 의심의 여지 없이 군에서 허락이 떨어지면 다시 전투기로 돌아가 운명을 시험하려 들겠지."

"의심의 여지가 없죠." 벤이 동의했다.

그들이 막 현관 앞에 다다랐을 때 그들 뒤에서 모터 엔진 소리가 들렸고, 웨스터햄 경의 오래된 롤스로이스가 진입로를 올라왔다. 운전기사가 아닌 웨스터햄 경이 운전석에서 내리더니 조수석 문을 열기 위해 차를 빙 돌았다. 그의 아내와 딸들이 차례차례 내려 구겨진 이브닝드레스를 매만졌다. 벤은 우아하게 내리는 패멀라를 지켜봤다. 그녀는 그리스풍의 옅은 파란색 드레스를 입고 있었는데, 엷은 금발과 영국인 특유의 하얀 안색에 완벽하게 어울리는 색조의 옷이었다.

"안녕하세요, 목사님. 널 만나서 정말 반갑구나, 벤." 레이디 에스메가 말했다. "아름다운 저녁이네요, 그렇죠? 마치 우릴 조롱이라도 하듯이 요즘 날씨가 더할 나위 없이 좋다고 생각하지 않으세요?"

벤의 아버지가 고개를 끄덕여 인사했다. "안녕하십니까, 레이디 웨스터햄. 네, 눈부시게 아름다운 날씨가 이어지고 있군요. 농작물에 꼭 필요한 날씨죠."

"차가 만석이라 유감이군요. 아니면 태워 드릴 수 있었을 텐데 말입니다." 웨스터햄 경이 말했다.

"아버지가 운전하는 속도라면 여기까지 걸어오는 게 더 빨랐겠어요." 옅은 분홍색 드레스를 입어 어리고 연약해 보이는 디도가 차에서 마지막으로 내리며 쏘아붙였다. 벤은 자매 중 누구도 전쟁이 시작된 이후로 새 드레스를 해 입지 못했으리란 생각이 들었다. 의류도 배급제였다. 다이애나는 패멀라가 사교계 시즌에 입었던 드레스를 물려받은 듯했다.

패멀라는 벤에게 활짝 웃어 보였다. 웨스터햄 경의 딸들은 부모를 따라 현관 계단을 올랐다. 하녀가 문을 연 후에 벤과 그의 아버지는 그들을 따라 들어갔고, 그들은 우아한 응접실로 안내되었다. 벤이 방 안에 이미 몇몇 사람이 있는 것을 알아챘을 때, 웨스터햄 경이 아내에게 중얼거렸다. "당신이 조촐한 디너파티라고 말했던 것 같은데. 이건 빌어먹게 큰 축하 파티잖소. 오지 말았어야 했는데."

레이디 웨스터햄은 윌리엄 경과 레이디 프레스콧이 다가와 인사하기 전에 남편이 달아나지 못하도록 그의 팔을 잡고 단호하게 끌고 갔다. 레이디 프레스콧은 금빛 라메금실과 은실을 섞어 짠 천 드레스를 입었고, 윌리엄 경은 티 하나 없이 깔끔한 연미복 차림이었다.

"이렇게 와 주셔서 얼마나 기쁜지요." 그녀가 레이디 에스메에게 두 손을 내밀었다.

"초대해 주셔서 고마워요." 레이디 에스메는 윌리엄 경이 자신의 손을 잡도록 허락했다. "식사에 초대받은 게 얼마나 오랜만인지 모르겠네요. 새장에서 탈출한 기분이에요."

"우리는 그저 제러미의 탈출과 생환을 축하해야 했어요. 아직도 저는 완전히 기적 같기만 해요." 레이디 프레스콧이 방 안에 있는 다른 손님들을 향해 팔을 뻗었다. "여기 계신 분들을 모두 아시는지 모르겠네요." 그녀가 말했다. "헌틀리 대령 내외는 아실 테고요. 해밀턴 양. 또 프리처드 대령도 잘 아실 테고요. 현재 두 분 저택에서 지내고 계시니까요."

"물론이죠." 그들과 언급된 손님들 사이에 정중한 끄덕임과 인사가 오갔다. "그런데 머스그로브 경 부부와는 안면이 있으신가요? 머스그로브 경은 아주 최근에 하이크로프트 홀을 물려받았답니다."

벤은 젊고 멋지게 차려입은 부부를 주시했다. 그는 하이크로프트 홀을 생각해 내려 애썼다.

"그래요?" 웨스터햄 경이 확인차 아내를 돌아봤다. "머스그로브 영주가 얼마 전에 죽었다는 소식을 우리가 들었소, 에스메?"

"그랬죠. 그곳에 다시 주인이 생겼다니 무척 반갑네요."

젊은 남자가 아내에게 힐끗 눈길을 주더니 미소를 짓고는 웨스터햄 경에게 손을 내밀었다. "처음 뵙겠습니다. 저는 프레더릭 머스그로브 그리고 제 아내 세실입니다. 저희가 캐나다에 살고 있어서 저희를 찾아내는 데 시간이 걸렸답니다. 정말이지 하이크로프트와 작위를 물려받게 된다는 변호사의 편지를 받고 꽤 큰 충격을 받았죠. 차남의 아들이니 뭔가를 물려받으리란 기대는 애초에 하지 않았으니까요. 그래서 캐나다로 갔던 것이고요. 하지만 대전으로 다른 상속인들이 사망해 제가 여기에 이렇게 있게 되었습니다." 그는 소년 같은 미소를 지었다. "저도 다른 모든 사람처럼 열심히 땀을 흘리며 생계를 꾸려 가고 있습니다."

"땀은 거의 안 흘리잖아, 프레디." 그의 아내가 말했다. 그녀는 싱긋 웃으며 사람들을 건너다봤다. "남편은 토론토에 있는 은행에서 일했어요."

"은행? 정말이오? 대단히 흥미롭군." 웨스터햄 경이 말하자 아내가 그의 옆구리를 쿡 찔렀다.

"그럼 마저 소개할게요." 레이디 프레스콧이 이어 말했다. "이분들은 우리의 이웃인 웨스터햄 경 부부 그리고 두 분의 따님들인 올리비아, 패멀라 그리고 다이애나고, 이분은 우리가 존경하는 크레스웰 목사님 그리고 목사님의 아들 벤이에요. 벤은 걸음마 시절부터 저희 아들과 친한 친구였지요. 그리고 아들 이야기가 나와서 말인데, 얘가 어디 갔을까?" 그녀는 고개를 들었고, 이내 얼굴에 환한 미소가 번졌다. "아, 저기 있네요. 그 자체로 기적의 남자."

한 차례 박수가 터져 나왔다. 턱시도의 검은색과 대비되어 더 창백하고 여위어 보이는 제러미가 문가에 서서 멋쩍어하는 미소를 미소를 짓자 그의 어머니가 빠르게 다가가 그의 팔을 잡고 손님들이 모여 있는 곳으로 끌고 왔다. "대단하지 않나요?" 레이디 프레스콧이 말했다. "아들이 돌아온 게 내게 어떤 의미인지 이루 다 말할 수 없답니다. 온갖 역경에도 불구하고 말이에요."

"어머니, 제발." 제러미가 쑥스러운 미소를 지었다.

"굉장히 용감했네, 젊은 친구." 헌틀리 대령이 말했다. "두둑한 배짱이 있어야 자네가 해낸 일을 할 수 있지. 훈족보다 더 강한 우리 영국인의 근성을 보여 줬어. 자네가 한 걸 독일인은 할 수 없을걸. 그자들은 명령에 복종하기 위해 기다리고 있었을 테니까."

"꼭 그렇진 않아요, 대령님." 제러미가 말했다. "정말 대단한 독일인 전투기 파일럿도 있습니다. 그들과의 전투는 특전이죠."

"전쟁 이야기는 그것으로 충분하고," 윌리엄 경이 끼어들었다. "좀 더 실제적인 문제에 관해 이야기해 보죠. 뭘 드시겠습니까? 자네 스카치 괜찮나?" 그가 웨스터햄 경에게 물었다. "싱글 몰트 좋아하나?"

"마다하지 않겠네." 웨스터햄 경이 말했다. "수완이 좋군, 프레스콧. 오랫동안 괜찮은 위스키를 마셔 본 적이 없는데."

윌리엄 경이 음료 테이블 앞에 서 있는 하인에게 손가락을 튕겼다. "그리고 아름다운 숙녀분들은요? 칵테일? 아니면 셰리주가 낫겠습니까?"

"오, 칵테일에 관해서는 잘 몰라서." 레이디 에스메가 약간 발개진 얼굴로 말했다. "셰리주가 나을 것 같네요."

"음, 저는 사이드카가 좋겠어요. 주신다면 말이죠." 디도가 말했다. "패머 언니도 그게 좋지 않겠어?"

패멀라는 자신에게 닿는 제러미의 시선을 느끼며 망설이다가 말했다. "안 될 거 없지. 그거면 좋겠네."

하인이 술을 가져오자 제러미가 벤과 함께 서 있는 패멀라에게 다가왔다.

"이제 일어나서 걷는구나." 그녀가 말했다.

"그래, 사실 회복이 꽤 잘되고 있어." 그가 말했다. "내가 복귀할 준비가 되어 있다고 그 돌팔이 의사가 증명해 주길 기대하고 있지."

"설마 다시?" 패멀라가 벤에게 놀란 표정을 지었다.

"음, 당분간 비행이야 못 하게 하겠지만, 적어도 여기 벤처럼 사무적인 일에는 도움이 될 테니까. 항공성에서 나를 쓸 수 있다고 했고, 아버지도 내가 런던의 아파트에서 지내도 된다고 하셨어."

"런던에 아직 아파트가 있어?" 벤이 물었다.

"응, 아버지는 커즌가에서 약간 벗어난 곳에 아파트를 갖고 계셔. 지금은 자주 안 가시지만 예전에 도시에서 일하실 때는 주중에 거기에서 지내셨지. 아주 편리해. 모두 날 보러 와야 해." 그가 벤과 디도를 차례로 봤지만 그의 시선은 패멀라에게 더 오래 머물렀다. "그래. 자리를 잡으면 파티를 열 거야. 어때?"

"런던에서 파티?" 디도의 얼굴이 흥분으로 빛났다.

"너무 기대하지 마." 패멀라가 낮은 목소리로 말했다. "분명 아빠가 허락 안 하실 거야."

"하지만 언니랑 벤이 내 보호자 역할을 할 거라고 말씀드리면 아빠도 반대 안 하실 거야, 안 그래?"

"밤늦게 집으로 돌아오는 기차가 없을 거야." 패멀라가 말했다.

"우리 집에서 모두 하룻밤 묵어도 돼. 밤샘 파티를 하다가 아침에 베이컨이랑 달걀 요리로 마무리하는 거야. 옛날 사교계 시즌 때 파티처럼." 제러미가 말했다. "모두 초대할게. 리비도 와요."

리비는 일행 뒤쪽에 묵묵히 서 있었다. 그녀는 고개를 가로저었다. "고맙지만 사양할게. 남편이 멀리에서 조국을 위해 복무 중인데 파티라니 적절하지 못한 것 같아."

제러미가 웃었다. "바하마에서 윈저 공작을 지키는 편한 임무를 맡았다고 들었는데요?"

"왕실의 일원을 지키는 엄청 위험한 일이야." 리비가 격앙된 어조로 말했다. "독일군이 그를 납치해 왕의 자리에 앉히고 싶어 한다는 걸 잘 알잖아."

"부군께서 윈저 공작과 함께 있습니까?" 머스그로브 경이 이들에게 다가오며 물었다.

리비가 고개를 끄덕였다. "사실 테디는 아프리카로 떠나기 직전에 그의 연대에서 나오게 돼 화가 났죠. 하지만 공작이 특별히 그에게 부탁했어요. 두 사람은 예전에 폴로 팀 동료였거든요."

"사실 가엾은 윈저 공작이 다소 초라한 대접을 받고 있는 것 같다고 말씀드려야겠군요." 머스그로브 경이 위스키를 벌컥 들이켰다. "나폴레옹처럼 유배된 것 같은."

"그분의 안전을 위해서죠." 리비가 말했다.

"그가 유럽에서 벌어지는 일에 간섭하지 못하게 하려고 그런 거죠." 윌리엄 경이 말했다. "어쨌든 그의 아내가 히틀러에게 꽤 호감을 보여 왔으니까요."

"전 여전히 그걸 부끄럽게 생각합니다." 머스그로브 경이 말했다. "그가 괜찮은 양반이었다고 생각했으니까요. 우리가 독일과 평화 협상이 필요했다면 그가 쓸모 있는 중재자임을 증명했을 텐데요."

"독일과 협상을?" 웨스터햄 경이 고개를 돌려 머스그로브를 노려봤다. "내 눈에 흙이 들어가기 전에는 절대 안 될 일이오."

"아마도요." 머스그로브 경이 미소를 지었다.

패멀라가 칵테일을 삼키자 강한 액체가 쏘는 듯했다. 그녀는 맥주와 사과주보다 강한 술에는 익숙하지 않았다. 전쟁 전에는 이따금 와인을 마시는 게 전부였다. 하지만 그녀는 꽤 수월하게 칵테일을 넘기는 듯 보이는 디도에게 지고 싶은 생각이 없었다. 패멀라의 어머니가 서둘러 대화의 방향을 안전한 쪽으로 바꾸는 사이, 제러미가 패멀라에게 더 가까이 다가갔다.

"내 파티에 올 거지?" 그가 속삭였다.

"휴가를 낼 수 있을지 모르겠어." 그녀가 신중하게 말했다.

"저녁에는 일할 필요가 없을 텐데, 아니야?"

"사실 지금 야간 근무를 하고 있어."

"야간 근무? 도대체 무슨 일을 하는데? 화재 감시?"

"아니." 패멀라가 살짝 신경질적인 웃음을 지었다. "하지만 그들은 이십사 시간 지원 인력이 필요해."

"어느 부처에서 일한다고 했지?"

"부처는 아니야." 그녀가 말했다. "우리는 육해공군을 위해 일해. 사실 확인과 조사 같은 일들."

"너에게 엄청나게 잘 맞는 일이겠네." 그가 그녀의 팔에 손을 얹었다. 그러더니 조용한 목소리로 말했다. "알겠지만 이 파티는 모두 널 위한 거야. 네가 와서 아파트를 보면 좋겠어." 팔을 잡은 그의 손에 힘이 들어가더니 그녀를 한쪽으로 데리고 갔다. "있잖아, 그렇게 느닷없이 들이댄 걸 사과할게. 내가 생각이 짧고 무신경했어. 아무래도 너무 간절했던 것 같아. 음, 이해할 수 있겠지? 몇 달 동안 내내 너에 관한 꿈을 꿨어. 환상을 품고. 그래서 유감스럽게도 내가 자제력을 잃고 말았어. 그러니까 아무 일 없었던 것처럼 다시 시작할 수 있겠지? 천천히 시간을 갖고? 서로에 대해 다시 알아 가면서?"

그는 진지하게 그녀의 눈을 보고 있었다. "그래." 그녀가 말했다.

"아주 좋아." 그의 눈은 여전히 그녀의 눈에 고정되어 있었다.

21

여전히 네더코트에서

징이 울리자 그들은 줄지어 식사하는 장소로 이동했다. 벤은 줄 뒤에서 디도의 에스코트를 맡았다. 그의 아버지는 나이 든 독신녀 해밀턴 양의 에스코트를 부탁받았다. 자연스럽게 제러미와 패멀라가 짝을 이루었다. 벤은 그녀의 뒷모습을 주시하다가 제러미가 뭔가 재미있는 말을 속삭이자 웃음을 터트리는 그녀를 보았다.

“여기 맨 뒤에 있는 우리가 딱 봐도 제일 미미한 존재네.” 그들이 다이닝룸으로 들어가기 시작하자 디도가 벤에게 중얼거렸다. 안으로 들어서자 샹들리에가 윤이 나는 기다란 테이블 위에서 반짝거렸다. 시중을 들 하녀와 하인이 의자를 뺄 준비를 하며 서 있었다. 벤은 헌틀리 대령의 아내와, 한 번도 만난 적 없는 로열 웨스트 켄트 연대의 지휘관 사이에 앉게 되었다. 그의 건너편에는 제러미와 패멀라가 앉았다. 프레스콧 부인이 테이블의 말석에 앉았고, 그녀의 양옆으로 웨스터햄 경과 머스그로브 경이 각각 앉았다. 그녀의 드레스와 목에 걸린 다이아몬드가 샹들리에 불빛에 반짝였다. 그녀는 만족스러운 표정으로 손님들을 둘러보았다.

"식사하기 전에 건배를 하는 게 좋겠어요, 윌리엄." 그녀가 말했다. "우리 아들이 돌아온 것을 축하하는 건배요. 우리가 아들을 잃었다고 생각했을 때, 집에 돌아왔고……." 그녀의 목소리가 갑자기 떨렸고, 그녀는 울음을 참기 위해 냅킨으로 입을 막았다.

"진정해요." 윌리엄 경이 말했다. "제러미가 집에 왔고, 그건 분명 축하할 가치가 있는 일이지요. 제러미와 우리의 좋은 친구들을 위해, 그리고 대단히 암울한 시기에도 함께 모여 여전히 즐겁게 함께한다는 사실에 감사하며 축배를 듭시다."

"옳소, 옳소." 탁자 주위로 중얼거리는 목소리가 메아리쳤다. 샴페인 코르크가 펑 터졌고, 잔마다 샴페인이 따라졌다.

"대체 샴페인을 어디에서 구한 거예요?" 레이디 에스메가 물었다.

"아, 뭐, 운이 좋았죠." 윌리엄 경이 웃었다. "코벤트 가든 근처에 제가 아는 작은 와인숍이 있습니다. 옆집에 폭탄이 떨어졌고, 가게 주인이 공포에 질렸죠. 그래서 제가 모든 재고를 포함해 가게를 사겠다고 했습니다. 그는 대단히 기뻐하며 내 제안을 받아들이고는 피난을 떠났죠. 그래서 터무니없이 좋은 와인들을 손에 넣게 되었습니다. 전쟁 내내 저를 지탱할 만큼이요."

"전쟁이 가까운 미래에 끝난다면요." 해밀턴 양이 딱 부러지는 어조로 말했다.

"그래야 합니다." 윌리엄 경이 말했다. "이대로 계속 갈 수는 없으니까요. 미국이 개입하지 않으면 우린 끝장입니다. 우린 우리 힘만으로는 이 전쟁을 영원히 끝낼 수 없습니다."

"미국은 요청에 응답할 기미를 전혀 보이지 않고 있소." 헌틀리 대령이 조소하듯 콧방귀를 뀌었다. "우리에게 턱없이 높은 이율로 군수 장비를 빌려주는 것에만 관심 있지. 우리의 불행으로 이익을 얻으면서."

"음, 장비가 필요한 건 분명합니다. 어딘가에서 공급되긴 해야죠." 웨스트 켄트의 대령이 말했다. "장비 없이 싸울 순 없으니까요. 제 부대원들이 처음 소집되었을 때, 소총 없이 나무 막대기로 훈련했다는 사실을 아십니까? 그 정도로 상황이 줄곧 열악했습니다. 게다가 우린 급속도로 스핏파이어를 잃어 가고……."

"가끔은 히틀러 씨와 조약을 맺는 게 더 현명할 것 같다는 생각이 들어요." 레이디 머스그로브가 말했다. "우리가 무릎을 꿇고 굶주림에 시달릴 때까지 전쟁이 계속될까 봐 두려워요. 어쨌든 히틀러는 유유히 쳐들어올 테고, 그럼 우리가 뭘 얻을 수 있겠어요?"

"이게 다 전쟁광 처칠 때문이지요." 그녀의 남편이 맞장구쳤다. "권력의 맛을 본 겁니다. 사실 그가 이 전쟁을 즐기고 있단 생각까지 든다니까요."

"완벽하게 빌어먹을 허튼소리로군." 웨스터햄 경이 화를 내며 호통 치듯 말했다. "처칠이 아니었다면 우리 모두 벌써 독일의 노예가 됐을 거요."

"노예는 아니죠, 분명히. 아리아인 대 아리아인. 동등하게." 머스그로브 경이 말했다.

"그게 얼마나 잘 굴러가는지 덴마크인과 노르웨이인에게 물어보십시오." 프리처드 대령이 말했다.

순간 불편한 침묵이 흘렀다.

"오늘 밤에 그런 우울한 이야기는 하지 않기로 해요." 레이디 프레스콧이 애원하듯 말했다. "축하 중이라는 걸 잊으셨나요? 그리고 우리 아들이 끔찍한 포로수용소에서 탈출해 유럽을 가로질러 우리에게 돌아왔으니 틀림없이 그자들이 무적은 아니라는 뜻일 거예요. 우리가 용감하게 맞서면 그들은 우리를 이길 수 없어요."

"전적으로 동의합니다, 레이디 프레스콧." 헌틀리 대령이 찬성의 뜻으로 고개를 주억거렸다. "바로 그겁니다. 맞서 싸우겠다는 투지. 영국인들은 절대로, 결코, 노예가 되지 않을 겁니다."

"그건 누군가에게 노래를 시작하라는 신호인가요?" 제러미가 재미난 표정으로 물었다. "〈영국은 언제까지나 건재하리라영국의 애국심을 고취하는 노래〉' 아니면 〈지배하라, 브리타니아여영국의 비공식 애국가〉?" 그가 패멀라에게 윙크했다.

"그건 우리가 본격적으로 식사를 한다는 신호다." 그의 아버지가 말했다. 그가 하인들에게 고개를 까딱하자 그들이 수프 그릇을 손님들 앞에 놓았다.

"이건 굴 스튜인가?" 웨스터햄 경이 놀라 물었다. "대체 어디서 굴을 구했나?"

윌리엄 경이 미소 지었다. "대개는 바다에서 구하지. 윗스터블에 아는 사람이 있네. 한 사람이 실컷 먹을 만큼의 양은 아니어도 좋은 굴 스튜를 만들 만큼은 되지."

"하지만 해안 지대는 민간인 출입 금지일 텐데."

윌리엄 경은 여전히 미소 짓고 있었다. "누가 민간인이라고 했지? 죄송합니다, 대령님, 아니 대령님들이라고 해야 할까요. 하지만 규칙이란 건 유사시에 어느 정도 변칙 적용이 가능한 것이지요. 그리고 그 굴들은 채취하지 않으면 죽을 겁니다. 너무 아깝지 않습니까."

그가 한껏 즐거운 표정으로 자신의 그릇에 스튜를 담자 다른 이들이 따라 담았다. 그릇들이 치워지고 송어구이가 나왔다. 윌리엄 경의 입가에 다시 미소가 번졌다. "여러분이 묻기 전에 말씀드리자면 호수에서 잡은 겁니다. 모두 국내산이죠."

송어 다음으로는 세이지와 양파로 속을 채운, 겉은 바삭하고 속은 분홍빛이 도는 얇게 썬 로스트 포크가 나왔다.

"설마 직접 키우는 돼지들이 있는 건 아니겠죠?" 헌틀리 대령이 말했다.

"사실대로 말하자면 아닙니다. 이 돼지 다리는 지인의 지인에게서 구한 겁니다. 어디에서 구하는지 알고 얼마든 돈을 낼 준비가 되어 있다면 무엇이든 구할 수 있죠."

"암시장을 말하는 건가?" 웨스터햄 경이 다시 폭발할 것 같은 표정이 되었다.

"이보게, 꼭 먹지 않아도 되네." 윌리엄 경이 말했다. "사실 그건 꽤 합법적인 걸세. 돼지우리에 폭탄이 떨어졌으니까. 돼지들이 죽거나 다쳐서 어차피 처분해야 했네."

"적어도 사연이 있고, 그걸 고수하시는군요." 머스그로브의 말에 좌중에서 웃음이 터져 나왔다. 돼지고기 요리에 곁들여 바삭하게 구운 감자와 아스파라거스가 나왔다. "이건 우리 텃밭에서 기른 거예요." 레이디 프레스콧이 자랑스럽게 말했다. "올해는 풍작이었죠."

클라레프랑스 보르도 지방에서 나는 와인 잔이 채워졌다. 벤은 꿈속에서 먹는 것 같았다. 가이와 함께 쓰는 셋방에서의 내핍한 생활과 런던에서의 황량한 삶 이후 감당하기 벅찰 정도의 감각이 몰려왔다. 윤이 나는 탁자에 앉아 맛있는 코스 요리를 먹고 고급 와인을 마시며 맞은

편에 앉은 패멀라를 보고 있었다. 어쩐지 공습경보가 울려 자신을 꿈에서 깨울 것만 같았다.

"그런데 머스그로브 경, 하이크로프트 홀은 당신이 전유하고 있나요, 군인들의 임시 숙소로 지정되었나요?" 레이디 에스메가 물었다.

"지금까지는 우리뿐이지만 그곳은 상태가 좋지 않아 보수가 필요한 곳이 많습니다. 생활하기에 적합한 방도 몇 개밖에 없고요. 그렇지만 징발을 담당하는 무시무시한 노파가 런던에서 피난민이 오게 되면 우리가 맡아야 한다고 넌지시 알려 주더군요."

"팔리에도 한 명 있어요." 레이디 웨스터햄이 말했다.

"솔직히, 엄마, 엄마가 그 아이를 사냥터 관리인 집에 떠넘겼잖아요." 리비가 말했다.

"그게 훨씬 친절한 처사야." 레이디 에스메가 말했다. "누가 봐도 그 가엾은 어린아이는 팔리의 크기에 기가 질린 듯 보였으니까. 그리고 사냥터 관리인 집에서 잘 지내고 있다고 알고 있다."

"팔리 들판에서 시체를 발견했다는 아이 말씀이신가요?" 벤이 그 주제를 꺼내 사람들의 반응을 관찰할 기회를 잡으며 무심히 물었다.

"시체?" 레이디 프레스콧이 물었다.

"맞네." 웨스터햄 경이 말했다. "낙하산이 펴지지 않은 불쌍한 녀석이었지. 사냥터 관리인이 데리고 있는 소년과 우리 막내딸이 발견했네. 둘 다 용감히 달려들었어. 짐작할 수 있듯 그 친구는 끔찍이도 엉망이었으니까."

"그들은 훈련 중이었나요?" 레이디 머스그로브가 물었다.

"모릅니다. 시체는 신속히 수습됐지요. 웨스트 켄트의 군복을 입고 있었지만 여기 계신 대령은 그의 부대원이 아니라고 단언합니다."

"그자에겐 뭔가 이상한 점이 있습니다." 대령이 말했다. "아시다시피 어긋난 게 있죠. 우선 그의 모표요. 그자의 것은 켄트주 말馬 그림이 예전 형식입니다."

"스파이! 그럴 줄 알았어요!" 해밀턴 양이 활기를 띠며 말했다. "그자는 침략을 돕기 위해서나 스파이 활동을 위해 떨어진 독일인인 게 분명할 거예요."

"그럴 가능성도 충분합니다." 프리처드 대령이 동의했다. "독일군에 크나큰 도움이 될 테니까요. 하지만 이제 우리가 밝혀내긴 어려울 것 같군요."

돼지고기 요리를 내가자 이번에는 디저트로 초콜릿 소스를 얹은 프로피테롤속에 크림을 넣고 위에는 보통 초콜릿을 얹은 작은 슈크림이 나왔다.

"초콜릿!" 레이디 머스그로브가 흡족한 한숨을 내쉬며 외쳤다. "초콜릿은 어디에서 구했어요?"

"당연히 카카오나무 숲에 폭탄이 떨어져 아버지가 그 나무들을 구해야 했겠죠." 제러미의 말에 모두 웃음을 터뜨렸다. 와인이 효과를 발휘하고 있었다. 벤은 탁자를 둘러보며 웃음 짓는 얼굴들을 살폈다. 모두 편안하고 만족스러운 표정이었다. 어떻게 이들 중 누군가가 행여라도 적의 첩자와 관련이 있겠는가?

이후 파티가 파한 후에도 그들은 여전히 모두 들뜬 분위기였다.

"여기까지 어떻게 왔어?" 제러미가 벤에게 물었다.

"걸어서."

"집까지 태워 줄게."

"안 그래도 돼." 벤이 말했다. "걷기에 좋은 밤이고, 멀지도 않고."

"문제없어. 다른 사람들 보내는 동안 잠깐 기다려. 가서 차 가지고 올게." 그는 대답을 듣지도 않고 손님들과 작별 인사 중인 부모님과 합세했다. 헌틀리 대령 내외는 해밀턴 양과, 아주 오래된 벤틀리만큼이나 나이 지긋한 운전사가 모는 차에 탔다. 웨스터햄 경의 롤스로이스도 그보다 낫지 않았다. 제러미는 레이디 웨스터햄이 조수석에 앉는 걸 돕고는 리비가 뒷좌석에 앉도록 문을 열었다. 패멀라에게 다가간 그는 그녀의 턱 밑에 손을 가져가 자신에게 끌어당기고 입을 맞췄다. 이내 그는 미소를 지었고, 벤은 그가 패머에게 하는 말을 들었다. "아버지가 차를 가져가게 허락하시면 내일 집으로 갈게. 같이 소풍 가도 좋고."

벤은 패멀라의 대답을 듣지 못했지만 그녀는 제러미에게 미소로 답했다. 제러미가 꽤 만족스러운 미소를 띠고 벤에게 다시 다가갔다. 그때 저 멀리에서 접근하는 비행기의 웅웅대는 소리가 들렸다.

"독일 폭격기야." 제러미가 귀를 기울이며 말했다. "맙소사, 어서 다시 비행할 수 있게 허락해 주면 좋겠군. 정말 그리워."

이내 그는 자신이 눈치 없이 그런 말을 했다는 사실을 깨달으며 벤에게 몸을 돌렸다. "저기, 친구." 그가 목소리를 낮춰 말했다. "내가 항공성에서 일을 시작하면 네가 할 만한 일이 있는지 알아볼게."

"무슨 말이야?" 벤이 물었다. "난 이미 하는 일이 있어."

"내 말은 조금 더 도전적인 일 말이야. 흥분되는 그런 일. 틀에 박힌 사무직에 매여 있다면……."

벤은 틀에 박힌 사무직이 아니라고 말하고 싶은 마음이 굴뚝같았다. 자신이 하는 일은 국가 안보에 필수적이었지만 당연히 말할 수 없었다. "도움이 되는 일을 하고 있어." 그가 말했다. "난 흥분 같은 건 필요 없어."

"그래도 널 정말 돕고 싶어." 제러미가 말했다. "네가 지겨운 사무직에 매여 있다는 생각을 하면 참을 수가 없어."

"이봐, 제러미, 네가 그 일에 가책을 느끼는 거 알아. 하지만 그건 사고였어. 네가 우리 둘을 죽일 의도가 없었다는 걸 알아. 그리고 우린 살아남았잖아. 그 사실만으로도 기뻐하자. 그리고 내 일은 말이지, 난 정말……." 자신의 말소리가 들리지 않을 만큼 비행기의 웅웅대는 소리가 굉음으로 변하자 그는 말을 멈췄다.

"정말 낮게 날고 있어." 제러미가 소리쳤다. "비긴 힐 비행장으로 향하는 걸까? 스핏파이어도 긴급 이륙 명령을 받았을 거야. 맙소사, 내가 거기 있어야 하는데."

밤이 완전히 캄캄해지진 않았고, 벤은 연이어 물결을 이루며 지나가는 비행기들을 볼 수 있었다. 그때 갑자기 번쩍하는 섬광과 함께 굉음이 울렸다. 하늘이 환해졌다. 스핏파이어들이 적을 맞닥뜨렸다. 큰 폭발이 일었고, 불이 붙은 비행기 한 대가 소용돌이치며 추락하기 시작했다.

"우리 전투기 중 하나야." 비행기들의 굉음이 울리는 가운데 제러미가 고함쳤다. "가엾은 녀석."

비행기들은 지나갔다. 소음이 잠잠해졌다. "가서 고물차를 가져올게." 제러미가 말했다.

"정말로 그럴 필요 없다." 크레스웰 목사가 말했다. "우린 정말 걸어갈 수 있어, 제러미. 휘발유를 낭비해서는 안 되지."

"말도 안 돼요." 제러미가 웃었다. "그냥 핑겟거리를 찾으시는 거잖아요. 전 다시 운전하고 싶어 죽을 지경이에요. 너무 오래됐죠. 잊어버리지 않았길 바랄 뿐이에요."

목사의 거절에도 그가 저택 뒤편으로 걸어가는데, 그의 어머니가 그를 불렀다. "제러미, 어디 가니? 머스그로브 부부께 아직 작별 인사를 하지 않았구나." 그녀는 매끈하고 날렵하게 빠진 새 라곤다를 막 출발시킨 젊은 부부에게 손을 흔들었다. 저들도 휘발유 배급제에 전혀 신경을 쓰지 않는 것 같군. 벤이 생각하고 있는데, 제러미가 그의 어머니에게 대답했다. "차를 가지고 벤과 벤의 아버지를 집까지 태워다 주려고요."

제러미의 어머니가 그의 팔을 잡았다. "바보같이 굴지 마. 아직 운전하면 안 돼. 오늘 저녁 이렇게 늦게까지 깨어 있는 것만으로도 이미 충분히 무리했어. 막 퇴원했단 걸 잊지 말거라. 거의 죽을 뻔했잖니. 아버지가 벤을 집까지 태워다 주실 게다. 안 그래요, 윌리엄?"

"안 될 게 뭐 있어?" 윌리엄 경이 유쾌하게 물었다. 그는 성공적인 파티의 주인 역할을 분명 즐기고 있었다.

"크레스웰 부자를 집까지 태워 주세요. 제러미는 아직 밤에 운전은 안 될 것 같아요. 퇴원한 지 이제 겨우 며칠인데 쉬어야 해요."

"아, 하지만 어머니." 제러미가 입을 열었으나 그의 아버지가 손을 들었다.

"네 어머니 말이 옳다, 아들아. 다시 비행이 하고 싶으면 예전의 네 힘을 회복할 수 있도록 있는 힘을 다해야지. 어쩌면 이렇게 오래 일어나 있는 게 현명하지 못한 선택이었을 수도 있다. 네 건강이 다시 나빠지는 걸 원치 않아. 안 그러냐?"

"정말이지, 아버지, 절 혼자 서 있기도 힘든 병자 취급을 하시네요." 제러미가 말했다.

"어머니가 시키는 대로 해라." 윌리엄 경이 단호하게 말하자 제러미는 넌더리가 난다는 표정으로 고개를 돌렸다.

"정말로 걸어갈 수 있습니다, 윌리엄 경." 벤이 말했다. "차로 태워 주실 필요 없습니다."

"집까지 태워 드릴까요?" 웨스트 켄트 연대의 프리처드 대령이 물었다. 그들은 그제야 그가 아직 남아 있었다는 것을 알아차렸다. "아쉽게도 롤스로이스는 아니지만 변변치 않은 제 험버 군용 차량에 두 사람을 태울 수는 있습니다."

"그러면 되겠군요." 크레스웰 목사가 환하게 웃으며 말했다. "그럼 감사한 마음으로 호의를 받아들이겠습니다. 괜찮지, 벤?"

"그럼요, 감사합니다." 벤이 말했다. "곧 함께 드라이브하게 될 거야, 제러미. 그렇게 되리라 한 치도 의심하지 않는다고." 그가 제러미에게 미소를 지었지만, 제러미는 언짢은 표정으로 얼굴을 찡그렸다. 제러미가 자기 뜻대로 되지 않는 상황을 못 견딘다는 걸 새삼 깨달았다. 그는 어렸을 때도 그랬고, 분명 지금도 그런 듯했다.

두 사람은 험버의 뒷좌석에 올라탔고, 차가 출발하자 그들은 손을 흔들어 인사했다. 운전석의 열린 창문을 통해 시원한 밤바람이 불어왔다. 그들이 진입로 끝에서 마을로 들어설 때 색다른 냄새가 났다. 매캐하게 타는 냄새.

나무 사이로 섬뜩한 불빛이 보였다. 밤하늘로 불길이 치솟았다.

"팔리예요." 벤이 소리쳤다. "팔리가 폭격당했어요."

22

팔리

대령은 가속 페달을 밟았고, 그들은 쏜살같이 그 불빛을 향해 달렸다. 팔리 저택의 정문에 다다른 순간, 그들은 벤이 틀리지 않았음을 알 수 있었다. 나무 위로 불길이 치솟아 오르고 서쪽 탑 꼭대기에서 화염이 뿜어져 나왔다. 집까지 당도하는 데 영겁의 시간이 걸리는 듯 느껴졌다. 벤은 패멀라와 그녀의 가족이 고작 몇 분 전에 도착했으리라는 것을 아는데도 심장이 쿵쾅거렸다. 그들은 침실이 있는 위층에 있지 않을 터였다. 그러나 걱정스러운 생각이 그의 머릿속에 스며들었다. 어떤 남자가 팔리 들판에 떨어졌고, 그 후 얼마 안 되어 그 저택이 폭격당한 것은 완벽한 우연이 아닐지도 모른다는 걱정이. 그는 추락한 남자가 팔리 저택의 가족들과 행여라도 어떤 관련이 있으리라고 생각해 본 적이 없었다.

마침내 차가 앞마당에 들어섰을 때, 그들은 저택이 이미 북적이고 있는 것을 보았다. 군복을 입은 이들이 모래 양동이를 나르고 있었다. 다른 이들은 호숫가에 있는 펌프에 호스를 연결하려고 애쓰는 중이었다. 벤은 차가 멈추기도 전에 뛰어내렸다. 그는 집을 향해 달리다가 사납게 짖어 대는 개들과 함께 공포에 질린 채 계단에 서 있는 레이디 웨스터햄과 마주쳤다.

"찰리가 위층 아기 방에 있어." 그녀가 벤의 팔을 움켜쥐며 소리쳤다. "리비와 패머가 아이를 데리러 올라갔어. 그리고 피비는 어딨지? 그 애가 안 보여. 아직 잠들었을 리가 없는데. 그리고 남편이 어디로 갔는지 모르겠어. 조용히 좀 해, 제발." 마지막 말은 개들에게 한 말이었다. "아, 벤. 웬 날벼락이니? 왜 우리지? 왜 우리의 아름다운 집이지?"

"걱정 마세요. 군인들이 곧 불을 잡을 거예요." 벤은 침착하게 목소리를 내려고 애썼다. 그는 자신의 손으로 레이디 손을 감쌌는데, 여느 때라면 감히 할 수 없는 행동이었다.

"난 피비를 찾으러 가야 해." 그녀가 그렇게 말했지만 벤은 그녀를 진정시키기 위해 그녀의 어깨에 손을 얹었다. "여기 계세요. 제가 가서 피비를 찾을게요. 걱정 마세요. 불길이 아직 본채에는 붙지 않았으니까요." 그는 계단을 뛰어올라 집 안으로 들어갔다. 현관은 반쯤 어둠에 잠겨 있었고, 그는 군대의 주둔 이후 달라진 집의 구조가 익숙하지 않았다. 그때 군복을 입은 남자들이 급히 그를 지나쳤다.

"비켜 주십시오." 그들 중 한 명이 말했다. "만일에 대비해 나가는 게 좋겠습니다."

"맨 위층 아기 방에 아기가 있어요. 그리고 여자아이 하나도 보이지 않고요." 벤은 소리치고 그들을 밀치고 나아갔다. 그는 첫 번째 층계를 오르며 뻣뻣한 무릎을 더 빨리 움직이려고 애썼다. 레이디 웨스터햄을 안심시켰던 만큼 자신이 있지는 않았다. 저들이 어떻게 불을 끌 수 있을까? 어떻게 호스가 지붕까지 닿을 수 있을까? 그는 자신을 덮친 두려움을 꾹 눌렀다. 첫 번째 층계참에 도달했다. 여전히 피비의 기색을 느낄 수 없었다. 그녀는 자고 있을 테고, 그는 피비의 침실-이 저택이 둘로 나뉜 이후로 어느 침실이든-이 어디인지 알지 못했다. 그는 이 2층이 가족들이 잠자는 공간일 거라 짐작했고, 주저하며 어떤 문을 열었다. 그랬다. 틀림없는 침실이었다. 복도는 아무런 해도 입지 않은 듯 보였지만 그는 어쨌든 복도를 내달리며 방문들을 두드리면서 "불이야, 불이야! 당장 방에서 나가요."라고 외쳤다.

맨 끝 방의 문이 열렸고, 하얀 잠옷을 입은 피비가 문가에 서 있었다. "어머나, 벤." 그녀가 말했다. "무슨 일이에요?"

"집이 폭격당한 것 같아." 그가 말했다. "위층에 불이 붙은 듯해. 지금 불을 끄고 있지만, 그래도 내려가야 해. 밖에 어머니가 계시는 곳으로 가자."

"하지만 검비는 어떡하고요?" 그녀가 두려움으로 커진 눈을 하고 물었다.

벤은 피비가 좋아하는 장난감을 말한 것으로 생각했다.

"그냥 내버려 둬." 그가 말했다.

"하지만 선생님은 꼭대기 층 작은 탑에 있는 방에서 자고 있단 말이에요." 피비는 이미 벤을 지나쳐 가려 하며 말했다. "가서 구해야 해요."

벤은 피비가 사람에 대해 말하고 있다는 사실을 깨달았다. 그는 그녀의 팔을 잡았다. "넌 내려가 있어." 그가 말했다. "반드시 검비를 무사히 데리고 나올게."

"나도 같이 갈래요. 가엾은 검비. 우리가 구해야 해요."

피비는 이제 극도로 흥분한 상태가 되었다.

벤이 피비의 어깨를 꼭 붙들었다. "피비, 네 어머니께 널 찾아 무사히 내보내겠다고 약속했어. 어머니도 몹시 두려워하고 계셔. 당장 어머니께 가야 해. 내가 너 대신 검비를 꼭 찾겠다고 약속할게." 그는 복도에서 피비를 끌다시피 한 다음 아래층으로 내려가게 해야 했다. 3층으로 향하는 계단을 오르다가 잠옷을 입은 채 허둥지둥 내려오는 하인들을 마주쳤다. 하녀들은 서로 달라붙어 있었다. 모틀록 부인은 머리에 롤러를 말고 있었고, 부엌 하녀는 얼굴에 땟국물이 흐르는 채로 흐느끼고 있었다.

"솜스 씨는 나리와 불을 끄러 지붕에 올라갔어." 요리사인 모틀록 부인이 빠르게 지나치며 외쳤다. "어떻게 불을 끄겠다는 건지 모르겠어. 게다가 솜스 씨는 더 이상 젊지도 않은데."

"내 방 천장이 무너져서," 하녀가 흐느끼다 숨을 내쉬었다. "깔릴 뻔했어요. 산 채로 불에 탈 뻔했다고요."

"오, 그만 훌쩍대고 계단을 내려가, 루비." 모틀록 부인이 그녀를 살짝 밀며 말했다. "회반죽이 조금 떨어진 것뿐이야."

벤은 그들을 지나 계단을 올랐다. 이제 그는 연기 냄새를 맡을 수 있었고, 타닥대는 불꽃 소리를 들을 수 있었다. 그는 난간을 움켜쥐고 힘겹게 계단을 올랐다. 지쳐 가는 다리가 더 이상 그에게 복종하려 하지 않았다. 몽실대는 연기가 그에게 다가왔고, 그는 "이리 와요, 유모. 이제 괜찮아요."라고 말하는 목소리를 듣고 안도했다.

리비가 아들-울진 않지만 그녀에게 매달려 두려움에 눈을 크게 뜬-을 품에 안고 그를 향해 다가왔다. 그들 뒤로 가쁜 숨을 제어하려고 커다란 가슴을 누르고 있는 플란넬 가운 차림의 유모가 따랐다.

"벤!" 리비는 그를 보자 안도하는 표정이었다. "무슨 이런 끔찍한 일이 다 있다니?"

그가 고개를 끄덕였다. "여기 위층 사람들은 모두 나왔어요?" 그가 물었다.

"모르겠어. 하인 몇 명이 내려가는 건 봤는데 아빠는 어디로 가셨는지 모르겠어. 내 생각엔 진화 작업을 도우러 지붕 쪽으로 가신 것 같아. 어리석은 일은 하시지 않으면 좋으련만."

"패머는요?" 벤은 갑자기 심장이 빠르게 뛰는 걸 느끼며 물었다. "같이 있지 않았어요?"

리비는 주위를 둘러보았다. "하인들이 모두 나갔는지 확인하러 갔을 거야. 지붕으로 아버지를 찾으러 가려는 건 아니면 좋겠다. 가지 말라고 했는데, 내 말을 들어야지."

"오, 마님, 꾸물거리시면 안 돼요. 어서 아기를 안전한 곳으로 데려가요." 유모가 그녀의 소매를 잡아당기며 가쁜 숨을 몰아쉬었다. "집이 다 타겠어요."

"내려가세요. 제가 패머를 찾을게요." 벤이 어서 가도록 그녀의 등을 떠밀며 말했다.

"조심해, 벤." 리비가 그의 등에 대고 외쳤다.

그는 복도와 이어진 마지막 층계를 힘겹게 올랐다. 이제 연기가 더욱 자욱해졌고, 머리 위로 타닥거리는 소리가 어느새 포효하듯 크게 들렸다.

"패머?" 그는 소리쳤다. 거칠고 쉰 목소리가 흘러나왔다. 아무런 대답이 없었다. 그녀의 기색을 느낄 수 없었다. 그는 가슴에서 뛰는 심장을 느낄 수 있었다. 방마다 확인했지만-몇몇 문은 열려 있고 몇

몇 문은 닫혀 있었다- 사람의 흔적은 없었다. 마침내 복도 끝에 닿았고, 연기 사이로 어둠 속으로 이어진 나선형 돌계단이 보였다. "작은 탑에 있는 방." 그가 중얼거렸다. 그는 손수건을 꺼내 무슨 차이가 있을지 모른 채 코를 덮은 다음 벽을 더듬으며 좁은 돌계단을 간신히 올랐다. 손에 닿는 돌이 따뜻하게 느껴졌다. 계단 꼭대기에서 겨우 입구를 알아볼 수 있었고, 열려 있는 문이 지옥의 입구처럼 불꽃으로 이끌고 있었다.

그는 심호흡을 한 다음 연기로 가득한 방으로 뛰어들었다. 천장 일부가 무너졌고, 방에는 붉은빛이 비쳤다. 그는 잠시 방을 둘러보았다. 책장에 수많은 책이 꽂혀 있었고, 창가 탁자에도 책들이 쌓여 있었다. 탁자에는 누군가 일을 하고 있었던 듯 종이들이 놓여 있었고, 놀랍게도 망원경이 있었다. 처음에는 이 방이 빈방인 줄 알았다. 침대는 비어 있었고, 시트는 젖혀 있었다.

"저기요!" 그가 소리쳤다. "여기 누구 없습니까?"

자신의 목소리에 갑자기 침대 뒤에서 한 사람이 몸을 일으킨 바람에 그는 자신도 모르게 뒤로 물러섰다가 계단 아래로 떨어질 뻔했다. 그때 연기 사이로 그녀의 얼굴을 알아볼 수 있었다.

"패머." 그가 갈라진 목소리로 외쳤다.

"오, 벤." 패머가 말했다. "네가 와 줘서 너무 기뻐. 여기 검블 양이 있는데, 혼자서는 못 옮기겠어."

벤이 잔해들을 헤치고 침대를 돌아 여자가 누워 있는 곳으로 갔다. 몸의 절반이 침대 밑에 있었고, 천장의 잔해가 그녀 위에 가로로 떨어져 있었다.

"죽은 거야?" 그가 물었다.

"그런 것 같진 않아." 패머가 대답했다. "하지만 내 힘으로는 못 옮기겠어."

벤은 회반죽 덩어리를 집어 옆으로 던졌고, 두 사람은 함께 침대 밑에서 그녀를 끌어냈다. "발을 잡아." 벤이 말했다. "나는 어깨를 잡을게."

두 사람이 검비를 들어 올리기 전, 위에서 뭔가 갈라지는 소리가 들렸고, 벤은 뭔가가 떨어지는 것을 알아차렸다. "패머." 그가 소리를 지르며 그녀에게 몸을 내던졌다. 불붙은 대들보가 침대로 떨어지는 순간 두 사람은 함께 바닥으로 쓰러졌다.

"괘, 괜찮아?" 그는 자신이 그녀 위에 있다는 것을 알아차리며 말을 더듬었다. 그녀의 얼굴이 그의 코앞에 있었다.

"난…… 난 괜찮은 것 같아." 그녀가 대답했다.

"미안해. 이러려던 게 아니었……,"

"네가 날 구했어. 빠른 판단이었어." 그녀 또한 숨이 가쁜 듯했다.

그는 무릎을 꿇은 자세에서 몸을 일으켜 그녀가 일어서도록 도왔다. "어서 여기서 데리고 나가자." 그가 말했다. 두 사람은 함께 의식이 없는 여자를 반은 끌고 반은 들며 방을 가로질렀다. 작은 불씨들이 떠다니다가 그들에게 내려앉았다. 연기가 눈을 찔러 벤은 자신들이 어디로 가고 있는지 거의 볼 수가 없었다. 문을 알아볼 수조차 없었다.

"이쪽이야." 패멀라가 외쳤다. 그들은 비틀거리며 계단을 내려갔다. 검블 양은 뼈만 앙상한 여자치고는 놀랄 정도로 무겁게 느껴졌다. 돌계단을 다 내려온 두 사람은 잠시 그녀를 내려놓고 가쁜 숨을 몰아쉬었다.

"복도에 카펫이 깔려 있지 않아 다행이야." 패머가 말했다. "계단 밑으로 끌고 갈 수 있어."

"그녀가 어딘가 다쳤다면?" 벤이 말했다. "척추라도 부러졌다면?"

"어떻게 해서든 빨리 밖으로 데리고 나가야 해." 패머가 말했다. "여기, 잠옷을 잡고 끌어당기는 거야." 그들은 여자를 등 뒤로 끌며 복도를 달리다시피 했다. 복도의 절반쯤 왔을 때 패머가 벤을 보고 활짝 웃었다.

"제러미는 이번 일에 자신이 빠졌다는 걸 알면 엄청 화가 날 거야." 그녀가 말했다.

"우리를 집까지 태워 주고 싶어 했지만 부모님이 허락하지 않으셨어." 벤이 미소로 답하며 말했다. "조만간 알게 되겠지만 정말 그럴 거야. 이 연기만 보고도 제러미는 분해 죽을걸."

"검비를 계단 아래로 어서 옮기지 못하면 우리가 그렇게 될지도 몰라." 패머가 말했다. "너, 그녀를 들 수 있어? 아니면 둘이서 끌고 가야 할까?"

"난 여전히 우리가 그녀의 부상을 악화시킬까 봐 걱정돼. 들어서 옮기자."

"네 다리는?"

"괜찮을 거야." 그는 검블 양의 겨드랑이에 손을 넣어 들어 올렸다. 패멀라는 다리를 들었다. 두 사람은 한 번에 한 계단씩 천천히 내려갔다. 그것은 느리게 진행되었고, 벤이 얼마나 오래 버틸 수 있을지 고민하던 차에 한 무리의 군인이 모래 양동이를 들고 쿵쿵거리며 달려오는 소리가 들렸다.

"사상자입니까?" 책임 장교가 물었다.

"방에서 의식을 잃고 쓰러진 이 여자를 찾았습니다." 벤이 말했다.
"그렇군요. 너희 둘, 워드와 심스는 양동이를 내려놓고 이 여자분을 옮긴 다음 신속히 돌아오도록." 장교가 외쳤다. 벤과 패멀라는 검블 양을 넘겼고, 남자들은 전혀 무게가 느껴지지 않는다는 듯 그녀를 들고 갔다. 벤과 패멀라가 뒤를 따랐다.
"네가 나타난 건 기적이었어." 패멀라가 말했다. "내가 어디에 있을지 어떻게 알았어?"
"피비가 검블 양을 걱정했어." 그는 자신이 패멀라를 얼마나 미친 듯이 찾아다녔는지 들키고 싶지 않아 그렇게 대답했다.
그들이 현관 계단으로 나왔을 때, 벤은 소방차가 다가오는 종소리를 들었다. 지역 소방대가 화재 진화를 돕기 위해 온 것이었다. 벤은 너무 늦지 않았길 바랄 뿐이었다.
피비가 외마디 비명을 지르며 두 군인을 향해 달려갔다. "오, 검비, 검비. 죽은 거예요?"
"괜찮을 것 같습니다, 미스." 군인 중 한 명이 말했다. "연기를 마신 것 같습니다. 신선한 공기를 마시면……," 그가 그렇게 말했을 때 검비 양이 몸을 뒤척이더니 기침을 했다.
피비가 군인의 팔을 잡았다. "선생님을 구해 줘서 정말 고마워요."
"우리가 구한 게 아닙니다, 미스. 여기 젊은 신사와 숙녀분이 구했습니다. 우리는 계단에서 내려오는 걸 도왔을 뿐입니다."
피비가 감탄 어린 눈빛으로 벤을 바라봤다. "벤, 정말 대단해요. 정말 고마워요."
"네 언니가 먼저 가 있었어." 그가 말했다. "우리 중 누구도 혼자서는 데리고 나오지 못했을 거야." 그는 얼굴이 붉어지는 것을 느끼며 주변이 어두워서 다행이라고 여겼다.

"두 사람 다 영웅이야." 피비가 말했다. "그래서 내 영원한 감사를 받게 될 거야."

패멀라가 벤을 보고 미소 지었다. "영원한 감사라. 언젠가 내가 마지막 남은 비스킷을 가져간다고 날 비난하면 그 말을 일깨워 줄게." 그녀는 불타고 있는 지붕을 올려다보며 말을 멈췄다. "아빠가 무사한지 알 수 있다면 좋으련만."

"내가 올라가서 아버지를 찾아봐 줄까?" 벤이 물었다.

"아니, 그러지 마." 패멀라가 그를 막기 위해 손을 내밀었다. "이제 소방대가 왔잖아. 그리고 수많은 군인이 있고."

"그게 도움이 될까?" 벤은 그렇게 말했지만 저택의 윤곽을 살펴보니 붉은빛이 누그러지며 화염이 잦아든 듯 보였다. 그가 주위를 둘러보자 다가오는 아버지가 보였다.

"얘야, 다친 데 없이 멀쩡한 너를 보니 기쁘구나." 그가 벤과 악수하려고 손을 내밀며 말했다. "무모한 짓이었어. 하지만 잘했다."

벤은 이번만은 제러미가 영웅이 아니었다는 사실에 터무니없는 기쁨이 밀려오는 것을 느꼈다. 도움이 필요한 여인을 구한 사람은 자신이었다.

이제, 앉아서 기침을 하고 있는 검블 양 옆에 피비가 있었다.

"당신이 목사님 아들인가요?" 그녀가 말했다. "날 구하러 올라왔다고 하더군요. 깊은 감사를 드립니다."

"아주 용감했어요, 벤." 피비가 덧붙였다.

"가장 먼저 발견한 사람은 레이디 패멀라였습니다." 벤이 말했다. "저는 당신을 내리는 걸 도왔을 뿐이고요."

"연기 냄새를 맡고 일어나려고 애썼던 기억이 마지막이에요." 그녀가 말했다. 그녀는 벤을 보았다. "당신이 오지 않았다면……."

"피비가 당신 걱정을 많이 했죠." 그가 말했다. "피비가 선생님을 찾으라고 저를 올려 보냈어요."

갑자기 그녀는 일어서려고 했다. "하지만 내 물건들. 내 책들. 내 논문. 가서 그것들을 구해야 해요. 불에 타게 내버려 둘 순 없어요."

벤은 그녀가 움직이지 못하도록 단호하게 그녀의 어깨에 손을 올렸다. "안타깝지만 거기에 갈 수 없어요. 하지만 너무 걱정 마세요. 불을 진압하는 데 성공한 것으로 보이니까요. 그러니 전부를 잃지는 않을 겁니다. 낙관해 보죠."

벤은 피비가 검블 양 곁에 쪼그리고 앉아 그녀를 안심시키려고 애쓰는 모습을 지켜보았고, 이상한 생각이 고개를 들기 시작했다. 그토록 많은 책과 종이 더미들……. 게다가 망원경까지. 가정교사가 망원경이 왜 필요했을까?

그들은 앞마당에서 걱정스러운 표정으로 위를 훑어보다 현관을 주시하며 말없이 기다렸다. 하인들은 한쪽에 옹기종기 모여 서 있었다. 마당의 텐트에서 자고 있었던 군인들이 구경하려고 모여들어 있었다. 다른 군인들은 집 가까이에 세워 둔 차를 이동할 준비를 하고 서 있었다. 그러나 새벽이 되어서야 불이 꺼졌다는 소식과 함께 검게 그을린 얼굴을 한 사람들이 현관에 나타났다. 무엇보다 피해가 심각하지 않아 다행이었다. 지붕과 다락방 일부만이 소실되었다. 하인들이 쓰는 방의 일부 천장이 내려앉았지만 불은 저택의 주요 층까지 미치지 않고 진화되었다.

불과 싸우고 지친 표정으로 내려온 이들 중에는 다른 이들처럼 그을음으로 뒤덮인 웨스터햄 경도 있었다.

"이곳에서 지내는 부대원들이 끝내주게 훌륭하더군." 아내가 곁으로 달려오자 그가 말했다. "이들이 없었으면 저택이 홀라당 타 버렸을 거요. 웨스트 켄트 연대가 팔리에 주둔하게 된 게 신의 섭리라는 생각마저 드는군."

레이디 에스메는 미소를 지을 뿐 지혜롭게도 아무 말도 하지 않았다. 이내 그녀는 저택의 안주인 역할로 돌아갔다. "모틀록 부인, 모두에게 따뜻한 코코아를 내오는 게 어때요? 우리 모두에게 필요할 것 같아요."

"아주 좋은 생각이에요, 마님." 모틀록 부인이 말했다. "하지만 다른 하인들은 올라가서 자기 방의 피해가 어느 정도인지 확인해도 괜찮을까요? 다들 소지품이 타 버렸을까 봐 걱정하고 있거든요."

"물론, 괜찮고말고요." 레이디 웨스터햄이 말했다. "그리고 걱정하지 말라고 전해 주세요. 잃어버린 걸 물어 주고 잘 만한 곳을 찾아볼 테니까요. 우린 이 모든 걸 헤쳐 나갈 거예요."

"감사합니다, 마님." 모틀록 부인이 목이 멘 소리로 대답했다.

검블 양은 이제 서 있었다. "저도 올라가고 싶어요." 그녀가 말했다. "건질 만한 게 있는지 보려요."

벤은 집 안으로 들어가는 그녀를 지켜보았다. 그리고 그는 자신도 모르게 팔리의 폭격이 우연한 사고였는지 고의적인 공격이었는지 의구심을 품고 있었다. 그는 상공을 날아가는 비행기들을 떠올리며 상념에 잠겼다. 누가 되었든 왜 멀리 외떨어진 시골 저택을 폭격하려는 걸까?

23

파리

잠에서 깨어났을 때 마고의 감각을 가장 먼저 깨운 것은 향기였다. 진하고 부드러우면서도 자극적인 향. 그녀는 낯선 향에 코를 찡긋했다. 그녀는 오드콜로뉴 이상은 쓰지 않았고, 공기 중에 떠도는 이 향은 더 진하고 사향 냄새가 강했다. 그 향이 무엇인지 알아차리는 데 잠시 시간이 걸렸다. 지지 아르망드가 애용하는 미뉘 아 파리. 향수의 이름을 떠올린 순간 자신이 어디에 있는지 모든 기억이 떠올랐다. 술이 달린 장식 띠로 묶은 분홍색 실크 커튼을 보려고 눈을 떴다. 높은 창으로 이른 아침 햇살이 쏟아져 들어왔다. 그녀는 비좁은 접이식 침대에 누워 있었지만 이 방의 다른 투숙객은 빛을 차단하는 수면 안대를 쓰고 호화로운 침대에서 여전히 자고 있었다. 그녀는 리츠 호텔 마담 아르망드의 방에 있었다.

지난 24시간의 세세한 기억들이 물밀 듯 밀려들었다. 한밤중 독일군의 방문으로 잠에서 깨 게슈타포 본부인 듯한 곳으로 끌려가면서 시작된, 그 완벽히 비현실적인 느낌. 이내 자신의 고용주 마담 아르망드의 기적에 가까운 개입이 그곳에서 벗어나 많은 장소 가운데 이곳 리츠에 이르게 하는 결과를 낳았다. 이해를 뛰어넘는 경험이었다. 순수한 공포에서 순식간에 판타지 영역으로 이동해 파테 드 푸아그라거위 간으로 만든 파이가 있는 곳으로.

정문의 도어맨들이 문을 열어 줬었다. "봉주르, 마드무아젤." 도어맨들이 고개를 숙여 인사하며 웅얼댔다. 작은 여행 가방이 채여 갔다. 그들은 웅장한 호텔 로비를 지나 붉은 카펫이 깔린 계단을 올랐다. 맞닥뜨린 사람은 장교들뿐으로 몇몇은 여자를 끼고 있었다. 아내거나 아니거나. 이윽고 마담 아르망드가 쌍여닫이문을 열고 마고를 자신의 방으로 안내했다.

"내 보잘것없는 거처에 온 걸 환영해." 그녀가 말했다. "이곳은 너희 집을 떠올리게 하지?"

마고는 금박을 입힌 가구와 몰딩 장식으로 마감한 천장, 묵직한 휘장, 부드러운 카펫을 눈여겨보았다.

그리고 사방의 꽃들.

"팔리는 보다 사람 냄새가 나요." 그녀가 말했다. "여기는 호화로움 그 자체네요."

"하긴 그래." 지지 아르망드는 흡족한 표정으로 주위를 둘러보았다. "이른 건 알지만 점심 시킬까? 배가 고플 거야. 뭘 먹겠니?"

마고는 할 말을 잃었다. 지금껏 꽤 오랫동안 음식이라면 시장에서 구할 수 있는 음식 찌꺼기뿐이었다. 야채수프나 톱밥 같은 식감의 딱딱한 빵. 고기는 거의 본 적도 없었다.

"네가 좋아하는 것으로 주문하렴." 지지 아르망드는 그렇게 말했었다. "살을 찌울 필요가 있어 보이는구나."

그리고 마법처럼 진한 수프, 허브를 넣은 오믈렛, 폼 프리트감자튀김를 곁들인 얇은 비프스테이크, 디저트로 커스터드와 함께 상큼한 알자스 와인 한 병이 방에 차려졌다.

그녀는 이 상황에서 지지 아르망드의 역할이 무엇인지, 과연 신이 보낸 수호천사인지 아니면 자신의 경계심을 누그러뜨리려고 수를 쓰는 독일군의 교활한 조력자인지 전혀 가늠할 수 없었다. 그러나 파리가 오랫동안 굶주려 온 이때, 좋은 음식을 거부할 참은 아니었다.

마고는 두려움을 억눌러야 했고, 저녁 식사 때는 와인에 취해서 잠을 잘 수 있었지만 이제 절망감에 휩싸일 새날이 왔다. 그녀는 자신이 아름다운 감옥에 감금되어 있으며, 그 어떤 좋은 결말도 그릴 수 없음을 뼈저리게 깨달았다. 당연히 예상 밖의 공격으로 의표가 찔리도록 경계심이 풀리고 약한 마음이 되는 분위기가 조성될 터였다. 다시 게슈타포로 가게 될 것은 시간문제였다. 포로를 안전하게 데리고 있겠다는 약속을 독일군이 받아들일 정도로 지지 아르망드가 그들에게 신뢰를 받는 것인지, 아니면 그녀가 독일군에 적극적으로 협조하며 이 음모에 가담하고 있는 것인지 마고는 확신하지 못했다. 그것은 이 시점에서 큰 차이가 없었다. 마고가 아는 것이라고는 그들에게 동조하는 체해야 한다는 것뿐이었다.

그녀는 목구멍으로 치솟는 두려움을 느꼈다. 무슨 일이 있어도 자신뿐 아니라 가스통을 위해 강해져야 했다. 그가 아직 살아 있고, 그들이 그를 풀어 줄 가능성이 남아 있다면 그게 뭐든 해야 했다. 자신이 단지 저도 모르게 레지스탕스의 연인이 된 무고한 구경꾼이라고 그들이 생각한다면 자신은 괜찮을지도 몰랐다. 그러나 그들이 아파트를 샅샅이-엉망이 될 만큼- 뒤진다면 무선 전신기를 틀림없이 찾아낼 것이었다. 전신 암호장은 찾지 못할 거라 생각했다. 그 암호장들은 책장의 책들 가운데 싸구려 소설에 주의 깊게 끼워 두었다. 하지만 전신기 자체만으로도 충분할 터였다. 그들이 자신을 게슈타포 본부로 데려가 고문하리라. 그들이 특별한 임무를 위해 자신을 살려 두려고 한다는 사실만이 자신의 유일한 수일 터였다. 자신이 그들의 지시대로 움직일 것이라고 믿게 해야 했다.

자신의 운명에 관한 소식이 적임자에게 닿을 실낱같은 기회가 있었다. 아파트 관리인에게 건넨 채소들 사이에 끼워 둔, 작은 우표가 붙고 주소가 적힌 봉투는 발견되기 쉬웠다. 그녀는 '저 대신 이 편지를 부쳐 주세요.'라고 연필로 쓴 봉투가 순무와 양파가 담긴 바구니 바닥에 이미 놓여 있었다는 것을 마담 아르망드가 알아채지 못했다고 확신했다. 나이 든 관리인은 독일군을 격렬히 증오했고, 마고가 끌려갈 때 측은한 눈빛으로 지켜보았기 때문에 그 편지는 부쳐졌을 가능성이 있었다. 그 주소가 연락하기에 더는 안전한 집이 아닐 가능성도 있었다. 요즘에 확실한 것은 아무것도 없었다.

마담 아르망드가 느긋하게 기지개를 켜더니 안대를 벗고 여느 아침처럼 "봉주르, 마 프티트Bonjour, ma petite 잘 잤니, 얘야."라고 인사했다. "내가 아침 식사를 주문하는 동안 네가 먼저 목욕할래?"

마고는 따뜻한 물과 달콤한 향이 나는 비누를 만끽할 기회를 놓치지 않았다. 그녀가 나왔을 때, 지지 아르망드는 통화 중이었다. 그녀는 웃고 있었다. "정말 짓궂기도 해라." 그녀가 말했다. "그럼, 이따 봐요." 그녀가 수화기를 내려놓았다.

그녀가 미소를 지으며 마고를 올려다봤다. "곧 조식이 올 거야. 그들은 기가 막히게 맛있는 크루아상을 만든단다."

마고는 용기를 내 발코니로 걸어가 창밖을 응시했다. "마담, 무례한 질문일지도 모른다는 걸 알지만 호텔의 다른 방들은 장교만 쓸 수 있는데, 독일군이 어째서 당신이 쓰던 이 스위트룸에 당신을 머물게 한 거죠?"

마담 아르망드가 그녀를 보더니 웃음을 터뜨렸다. "그야 단순한 이유에서지. 내가 그자들의 아내를 위해 아름다운 옷을 디자인하고 파리의 모든 사람을 아니까. 난 그들에게 쓸모가 있거든. 그래서 여기에서 지내게 허락한 거지."

마고는 완벽한 대답은 아니라고 확신했지만 더는 말하지 않았다. 그녀가 진짜 커피는 말할 것도 없고 진짜 버터와 진짜 잼을 발라 크루아상 몇 개를 막 먹었을 때, 방문을 두드리는 소리가 났다.

마담 아르망드가 "앙트레Entrez 들어오세요."라고 외치자 전날 게슈타포 본부에서 본 헤어 딩크슬라거가 들어왔다.

"좋은 아침, 좋은 아침입니다." 그가 진심을 담아 말했다. "정말 아름다운 날 아닙니까? 부와 드 불로뉴로 말을 타러 나가고 싶은 날이로군요. 잠을 잘 잤으리라 믿습니다만, 레이디?"

"잘 잤어요. 고마워요."

"저 원시적인 침대에 대해서는 사과해야겠습니다." 그가 마고를 위해 가져다 놓은 접이식 침대를 가리켰다. "그토록 촉박한 시간에 우리가 구할 수 있는 최선이었습니다."

"침대에는 아무런 문제가 없었습니다, 마인 헤어mein Herr 남작님." 그녀가 예의 바르게 말했다.

"앉으십시오." 그가 금박과 양단으로 장식한, 팔걸이가 없는 의자를 가리켰다. 마고가 앉았다. 독일인은 의자를 당겨 마고를 마주 보게 앉았다. 마담 아르망드는 조용히 뒤편에 물러나 있었다. "그러니까 문제는, 이제 우리가 당신을 어떻게 할 것인가?" 그가 잠시 말을 멈췄다. "당신을 데려가 입을 열게 하려고 안달이 난 동료들이 있습니다만 나는 교양 있는 부류의 남자입니다. 난 우리가 귀족 대 귀족으로 대화가 통하리라 믿습니다." 그가 그녀에게 다정한 미소를 지어 보였다.

마고는 아무 말 하지 않았다.

"난 당신이 나만큼이나 이 어리석은 전쟁을 혐오하리라 확신합니다." 그가 말했다.

"우리가 시작한 게 아니에요." 마고가 차분한 어조로 답했다.

"물론 아니죠. 하지만 당신은 히틀러가 영국인을 높이 평가한다는 걸 깨달아야 합니다. 우리는 문명사회의 최고로 꼽히는 두 아리안 민족이니까요. 우린 싸울 게 아니라 협력해야 합니다. 총통은 영국과의 화해를 최선으로 생각하고, 나는 여기에 당신네 국민 상당수가 공감한다는 걸 압니다. 이러한 평화를 가져오는 데 일조할 수 있다면, 그럴 의향 없습니까?"

"평화라는 게 조건부 항복을 뜻하는 건가요? 독일의 점령?"

"자비로운 점령이죠."

"그런 게 있나요?" 그녀가 물었다. "난 덴마크와 노르웨이에서의 당신네 자비로운 점령에 대해 들었어요."

"저항할 만큼 어리석은 자들은 박멸해야 하죠." 그가 아무렇지도 않게 대꾸했다. "하지만 당신은 더 많은 영국인의 생명과 성당, 당신네 집 같은 대저택을 구하고 싶을 만큼 현명하리라 확신합니다. 당신들의 위대한 유산이 돌무더기로 전락한다면 참으로 유감스러운 일이 아니겠습니까."

"내가 뭘 하길 원하죠?" 그녀가 갑자기 물었다.

그는 그녀를 오랫동안 응시했다. "당신네 나라에 우리의 대의에 동조해 독일 형제들을 두 팔 벌려 환영하는 이들이 있습니다. 당신이 그들을 만나 그들의 계획을 도우면 좋겠군요."

"계획?"

"당연히 평화의 길을 가로막는 자들을 제거하기 위한."

마고는 창밖을 응시했다. 비둘기들이 발코니 가장자리에 앉아 있었다. 새들 너머로 하얀 구름이 파란 하늘을 빠르게 지나갔다.

"그럼 가스통 드 바렌은요?" 그녀가 물었다. "협상에 그를 풀어 주는 것도 포함되는 건가요? 그 사람을 안전하게 중립국으로 보내 주는 것도?"

헤어 딩크슬라거는 심사숙고하는 것처럼 의자를 뒤로 젖혔다. "아, 좋군요. 프랑스 애인. 그를 구하기 위해 무엇이든 하려는 헌신적인 정부."

"그 사람이 아직 살아 있는지 알아야겠어요." 마고가 말했다.

"살아 있지만 대단히 비협조적으로 굴고 있죠." 그가 말했다. "우리는 그가 레지스탕스 활동에 관해 상당한 정보를 줄 수 있다고 믿고 있습니다. 하지만 그는 온갖 시도에도 불구하고 지금까지 침묵을 지키고 있습니다."

그가 고개를 들어 연한 푸른 눈으로 그녀의 눈을 응시했다. "짐작하겠지만 그게 나를 곤란한 처지로 몰고 있습니다, 레이디 마거릿. 우린 그 정보가 필요합니다. 하지만 장담하건대, 우린 어떻게든 그걸 얻어 낼 겁니다. 내 상관들은 그가 아는 것을 털어놓지 않는 한, 그를 풀어 주는 데 절대 동의하지 않을 겁니다. 그래서 그가 마음을 바꾸는 데 당신이 도움이 될…….” 그가 말을 멈추고 다시 의자를 흔들었다. 마고는 창문으로 쏟아지는 빛을 반사하는, 잘 닦인 그의 군화로 시선을 옮겼다.

“그가 말하도록 내가 설득할 수 있으리라 생각하는 건 아니겠죠?” 그녀는 두려움을 느끼면서도 웃음을 터뜨렸다. “가스통 드 바렌을 과소평가하는 것 같군요. 그이는 자존심이 아주 강한 남자예요. 굉장히 독립적인 사람이고요.”

그가 갑자기 의자를 기울여 그녀의 얼굴에 자신의 얼굴을 바짝 갖다 댔다. “협조하지 않으면 상황이 당신에게 불리하게 돌아갈 수도 있다는 걸 알아야 합니다, 레이디. 당신은 레지스탕스를 이끄는 사람과 살았습니다. 그는 당신에게 그것에 대해 말했을 겁니다. 무심코 발설한 작은 암시라도. 적군을 방조했다는 이유로 지금 당장 손가락만 튕겨도 난 당신을 고문하거나 총살할 수 있습니다.”

“하지만 보아하니, 내가 죽는 것보다 살아 있는 게 당신에게 더 가치가 있는 것 같은데요?” 그녀는 자신이 느끼는 감정보다 더 침착한 어조로 말했다.

그의 얼굴에 희미한 미소가 스쳤다.

“당신이 우리에게 유용한 건 사실입니다. 그러나 협조할 마음이 없다면 당장이라도 주저 없이 처형을 지시할 겁니다.”

“하지만 전에도 말했다시피 그 사람은 내게 아무런 정보도 공유하지 않았어요.” 그녀는 평정심을 잃지 않으려고 애썼지만 이제 목소리가 높아져 있었다. “그가 레지스탕스에 관여하는지조차 몰랐어요. 몇 달간 그를 본 적도 없고, 우리가 함께 있었다고 해도 대화는 우선

순위에서 밀렸을 거예요."

그녀는 지지 아르망드가 그 말의 위트를 알아들었다는 듯 코웃음을 치는 소리를 들었다.

"하지만 당신은 의심했……," 헤어 딩크슬라거가 말했다.

"네, 그렇게 느꼈어요. 하지만 그게 다예요. 그는 내게 아무 말도 안 했어요. 이름도, 계획도, 그 무엇도. 그는 내가 확실하게 안전하길 원했던 것 같아요. 이런 상황이 혹시라도 벌어지면 내가 오로지 솔직하게 대답할 수밖에 없게요."

"우린 결국 교착상태에 이르렀군요." 헤어 딩크슬라거가 부질없었다는 몸짓으로 두 손을 벌렸다. "그가 우리에게 중요한 정보를 넘기기 전까지 난 그를 풀어 줄 수 없습니다."

"그럼 난 그가 저 멀리…… 스위스나 어쩌면 포르투갈 같은 데 무사히 있다는 걸 알기 전까진 당신을 위해 어떤 일이라도 할지 고려할 수 없어요."

"그럼 당신도 이제 내 딜레마를 알겠군요, 레이디 마거릿." 그가 이제 자기 손을 자세히 바라보며 말했다. "난 당신 애인이 쥔 정보를 빼내라는 압박을 받고 있습니다. 하지만 개인적으로 난 평화를 위해 노력하고 싶군요. 당신을 평화를 위한 노력의 협력자로 두고 싶고. 그럼 난 당신이 머리털 하나 다치지 않고 살아서 가족이 있는 집으로 돌아갈 걸로 확신하는데요?"

그녀의 머리에 뜻하지 않은 팔리 풍경이 펼쳐졌다. 길을 따라 마로니에가 꽃을 피우면 패머와 디도를 부추겨 말을 타고 들판을 가로질러 경주하는 풍경이. 그녀는 힘겹게 상념을 떨치고 현실로 돌아왔다.

"물론 집에 가고 싶지만 가스통을 버릴 수는 없어요. 그럼 당신도 내 딜레마를 알겠군요, 헤어 딩크슬라거. 당신은 내게 애인을 구하기 위해 내 조국을 배신하라고 요구하는 겁니다."

"파멸에서 당신 조국을 구하라고 요구하는 겁니다. 당신 집을 생각해요. 웨스트민스터 성당을 생각하라고요. 전부 돌무더기가 되길 바라는 겁니까? 수천 명이 더 죽을 겁니다. 수천 명이 더 집을 잃을 테죠. 그리고 결국 그 사람들은 그런 불행을 가져온 자들을 탓하겠죠. 그들은 배급과 피난처와 미래에 대한 희망을 가져올 독일군을 환영할 겁니다."

마고는 그런 미래를 믿고 싶지 않았으나 전쟁이 계속 이어진다면 대대적인 파괴가 계속될 가능성을 인정하지 않을 수 없었다.

"가스통 드 바렌을 보게 해 줘요." 그녀가 말했다. "나를 그 사람에게 데려가 줘요. 그러면 내가 할 수 있는 일을 하겠어요."

"현명한 아가씨군." 그가 고개를 끄덕였다. "코트 가져와요. 지금 바로 갈 거니까."

마고는 마담 아르망드를 건너다보았다. 그녀는 아르망드가 자신들과 함께 갈 수 있는지 묻고 싶었는데, 디자이너가 선수 치듯 말했다. "그럼 가 봐. 난 프라우 폰 헤어조펜과 피팅 약속이 있거든."

마고는 독일 장교의 에스코트를 받으며 계단을 내려가 대기하고 있던 차에 올랐다. 그는 그녀를 오페라에 데려갈 생각이라는 듯 차문을 열고 그녀가 뒷좌석에 타는 것을 도와주었다. 그가 그녀 옆에 타자 차가 출발했다. 안전한 리츠 호텔을 벗어나자 그녀는 갑자기 밀려드는 극심한 공포를 억눌러야 했다. 가스통에게 데려가는 걸까, 단지 게슈타포 본부로 돌아가 그곳에서 심문이나 고문을 받다가 죽게 되는 걸까? 마담 아르망드가 가볍게 건넨 인사는 그녀도 무슨 일이 벌어질지 알지 못해서였을까?

그들을 태운 차가 개선문으로 이어지는 경사로를 지날 때, 샹젤리제 거리를 따라 심긴 가로수들이 무성한 잎을 자랑했다. 평시라면 길과 접한 카페는 노천 테이블에 앉아 오후의 커피를 즐기는 사람들로 북적댔을 것이다. 하지만 이제 거리에는 인적이 드물었다. 나이 든 여자가 눈에 띄고 싶지 않다는 듯 고개를 숙인 채 발을 끌며 걷고 있었다. 독일군 두 명이 지나가자 그녀는 한쪽으로 비켜섰다. 에투알 광장에서 바큇살처럼 뻗은 거리들을 돌아 넓은 포슈 대로로 들어섰다. 전쟁 전 이 거리는 부유층이 사는 동네였다. 발코니와 밝은 색상으로 칠해진 덧문이 있는 밝은 색조의 높은 석조 건물들이 줄지어 늘어선 나무 뒤편의 도로에서 떨어져 우뚝 서 있었다. 예전 같으면 우아한 커플들이 작은 강아지를 데리고 산책했을 법한 거리였다. 이제 이 거리도 도로변에 세워 놓은 독일군 차량을 제외하면 인적이 드물었다. 구시가지의 관문 중 하나인 포르트 도핀의 거리 끝에 거의 다다랐을 때, 차가 멈춰 섰다. 마고는 집 주소 84번지를 읽었다. 반드시 기억해야 해. 그녀는 생각했다. 만일에 대비해. 누군가가 게슈타포 본부거나 그 비슷한 본부에서 자신을 정말 구해 주길 바란 것은 아니었다. 그녀는 손이 떨리는 것을 막으려고 양손을 맞잡았다.

기사가 빙 둘러 그녀를 위해 뒷문을 열어 주자 다시 헤어 딩크슬라거가 좋은 식당으로 안내하듯 그녀를 건물로 에스코트했다. 문 앞을 지키던 군인이 경례했다. 검은 제복을 입은 남자와의 대화로 지체되었다. 남자가 고개를 끄덕이더니 전화기 송화구에 대고 말했다. 그들은 아무 말 없이 기다렸다. 이내 전화벨이 다시 울렸고, 검은 제복을 입은 남자가 전화를 받더니 그들에게 고개를 끄덕였다. 헤어 딩크슬라거가 입을 열었다. "자, 올라갑니다."

두 사람은 파리 특유의 새장 같은 작은 철제 엘리베이터에 올랐고, 철커덩하는 소리를 내며 문이 닫혔다. 그들은 한 층 한 층 올라갔다. 마고는 이 건물이 이렇게 높은지 깨닫지 못했었다. 그녀는 지하층이나 지하 감옥으로 끌려가리라 예상했었다. 마침내 엘리베이터가 끼익 소리를 내며 멈추자 철커덩 문이 열렸다. 그녀가 내리자 헤어 딩크슬라거가 맞은편 문을 향해 앞서 가라는 손짓을 했다. 타일 바닥을 가로지르는 구두 뒷굽의 요란한 소리가 채광창에서 메아리쳤다. 그녀의 팔을 잡고 문을 연 헤어 딩크슬라거가 그녀를 안으로 들였다. 마고의 심장은 숨을 쉴 수 없을 만큼 크게 쿵쿵거렸지만 그녀는 고개를 높이 들고 안으로 걸어 들어갔다.

두 남자가 몸을 일으켰다. 금발에 키가 크고 허리를 곧게 편 남자는 거의 독일군의 캐리커처 같았다. 뼈만 앙상하게 남은 남자는 헝클어진 머리에 더러워진 옷을 입고 있었고, 왼쪽 뺨에는 보기 흉한 멍이 있었다. 왼쪽 눈은 반쯤 감긴 채 부어 있었다. 마고는 자신도 모르게 숨을 내뱉었다.

"가스통!" 그녀가 소리쳤다.

남자가 공포에 질린 눈으로 그녀를 보았다. "빌어먹을, 마고, 당신이 이곳에 왜?" 그가 독일군에게 고개를 돌렸다. "이 여자는 아무것도 몰라. 난 여자에게 아무 말도 하지 않았어. 단 한 마디도. 당장 저 여자를 풀어 줘."

"여기에 자유의지로 온 거요, 무슈 르 콩트Monsieur Le Comte 백작. 그녀는 당신을 중립국, 이를테면 스위스 같은 곳에 풀어 주려고 애쓰는 중이오."

가스통이 마고를 응시했지만 아무 말도 하지 않았다. 그녀는 그의 눈빛을 해석할 수 없었다.

"무슨 조건으로?" 그가 따지듯 물었다.

"당신이 우리가 원하는 정보를 넘기는 조건."

"시간 낭비하지 말라고 말했을 텐데. 네놈이 내게 무슨 짓을 하려고 마음먹었든 간에 난 절대 동료와 조국을 배신하지 않아."

"알겠소." 딩크슬라거가 마고를 향했다. "앉으시죠, 레이디."

그가 나무 테이블에서 등받이가 있는 평범한 의자를 뺐고, 마고가 거기에 앉았다. 그는 다른 의자를 빼 여자 옆에 앉았다.

"괜히 헛걸음한 것 같군요, 레이디 마거릿. 참 애석합니다."

"나더러 용감한 동료들을 배신하라는 거요?" 가스통이 그녀에게 물었다. 그녀를 바라보는 시선은 차가웠다.

"아니요. 물론 아니에요." 그녀가 말했다. "당신이 아직 살아 있다는 증거가 필요했어요."

"살아 있소. 이제 그녀를 보내 줘." 그가 독일인들에게 말했다.

헤어 딩크슬라거가 마고의 손을 들어 올렸다. 그녀가 움찔했지만 그는 그 손을 단단히 쥐었다. "손이 참 우아하군요." 그가 말했다. "예술가의 손. 그리고 이렇듯 긴 손톱. 이 손톱들이 낯설군요. 우린 이제 더 이상 먹이를 사냥하지 않으니 이런 건 필요 없…… 이런 식으로는."

그의 목소리는 밝았지만 마고는 목구멍으로 치솟는 두려움을 느꼈다. 그는 손가락을 하나씩 희롱하며 마고의 손을 어루만졌다.

"이것들은 가치가 없으니 우리가 제거해야 하지 않겠소?" 그가 가스통을 똑바로 보았다. 마고는 손을 빼고 싶었지만 그럴 수 없었다.

그녀는 독일인에게 자신의 두려움을 내비칠 수 없었다. 그가 젊은 요원에게 손을 내밀자 그가 나무 꼬챙이 같은 것을 건넸다. 그는 어떤 말도 없이 그것을 받더니 그걸 마고의 집게손가락 손톱 밑에 댔다. 그가 묻는 듯한 표정으로 고개를 들어 가스통을 봤지만 가스통은 미동도 하지 않았다. 이내 그가 그것을 손톱 밑에 쑤셔 넣었다. 극심한 고통에 그녀의 눈에서 눈물이 솟구쳤다. 그녀는 비명을 지르지 않으려고 입술을 꾹 다물었다.

"계속해야겠소?" 그가 가스통을 올려다보았다. "당신의 고집 때문에 연인이 고통을 받아야겠소?"

가스통은 침묵을 지켰다.

"내가 손톱을 하나하나 뽑아야겠소? 그런 다음 이 여자에게 더 나쁜 일들이 일어날 수도 있소. 이 젊은 친구, 그는 욕정이 있는 데다 여자가 없은 지 꽤 오래됐지."

마고는 나무 꼬챙이에 솟아나는 피를 보다가 가스통의 얼굴을 올려다보았다. 그의 표정에는 아무런 변화가 없었다. 그녀는 그가 무슨 말이라도 하기를 기다렸다.

이윽고 그가 냉담한 목소리로 말했다. "그녀는 내 연인이 아니고, 저 여자를 토막 내든 말든 신경 쓰지 않아. 그런다고 한들 내 마음이 바뀌진 않아. 난 네놈이 무슨 짓을 하든 간에 내 동료와 내 조국을 배신하진 않을 테다. 하지만 내게서 정보를 얻으려고 누군가를 고문해야 한다는 게 수치스러운 행동이란 건 말해야겠군. 이 여자가 나에 대한 엉뚱한 의리로 도와주려고 애쓰는 것이라면 안타까울 따름이야. 어쨌든 네놈이 날 스위스로 보낸다 해도 난 곧장 돌아와 다시 레지스탕스에 들어갈 거야. 서로의 시간을 낭비하지 말고 당장 날 죽이는 게 어때?"

마고는 피 흘리는 손가락에서 쐐기를 잡아 빼고 일어섰다. "날 데려가요." 그녀가 말했다. "당신이 하라는 대로 하겠어요."

24

팔리 저택에서

다음 날 아침 식사를 마친 벤은 자전거를 타고 팔리 저택으로 향했다. 그는 피해 상황을 보러 간다고 아버지에게 말했다. 언뜻 보기에는 그 무엇도 변한 게 없는 듯했다. 마로니에 꽃들은 여전히 만발해 있었다. 백조들은 여전히 호수에서 헤엄치고 있었고, 대저택은 바람이 거센 하늘을 배경으로 위풍당당하게 서 있었다. 그러나 공기 중에는 탄내가 떠돌았고, 바람에 미세한 검댕이 파편들이 날렸다. 그때 그의 눈에 꼭대기 층 창문이 열려 있는 게 보였다. 레이스 커튼이 마치 도움을 호소하듯 펄럭였다. 어젯밤 자신이 저 탑에 올라가지 않았다면 패멀라에게 일어났을 일을 생각하자 다시 몸서리가 쳐졌다. 대들보가 그녀를 덮쳤을 것이었다. 연기를 마셔 쓰러졌다가 한참 뒤에야 발견되었을지도 몰랐다. 벤은 그녀를 보호하려고 몸을 던졌던 순간, 자신의 몸이 그녀의 몸에 닿았던 느낌을 떠올렸다. 두 사람의 심장이 박자에 맞춰 쿵쿵거렸던 방식으로. 이내 그는 단호히 머리를 저었다.

정신 차려, 크레스웰. 그가 속으로 말했다.

그가 자전거에서 내려 현관 계단 앞까지 자전거를 끌고 가는데, 앞마당을 가로질러 오는 피비와 그녀의 뒤를 따르는 개들과 마주쳤다. 그녀는 승마용 바지에 면 셔츠를 입고 있었다.

"벤!" 피비는 그를 보자마자 활짝 웃었다. 그는 여전히 피비에게 영웅 대접을 받고 있었다.

"안녕, 핍스. 말 타고 오는 길이야?" 그가 물었다.

"아니요, 아빠가 허락을 안 해요. 무슨 일이 생길지도 모르는데 내가 방해될 수 있다면서요. 폭탄을 조사하는 사람들이 왔거든요. 사실 지금껏 검비의 짐 옮기는 걸 도왔어요. 그녀는 마구간 위에 있는 마부의 숙소에 짐을 부리는 중이에요. 이제 마부도 한 명으로 줄었으니까요. 그녀는 그곳을 전혀 좋아하지 않아요. 음, 나라도 싫겠어요. 찬물밖에 안 나오고, 말 냄새도 나고." 그녀는 자갈을 발로 차더니 집을 올려다보았다. "난 검비가 마고 언니의 침실을 써야 한다고 했어요. 언닌 방이 필요 없을 것 같아서요. 하지만 아빠는 기준을 따라야 한다고 하면서 고용인이 가족과 같은 층에서 자는 건 옳지 않대요. 아무리 전쟁 중이어도."

벤은 씩 웃었다. 웨스터햄 경 같은 사람이 할 만한 전형적인 말이었다. 온 세상이 그의 주변에서 와해되고 있을 때에도 어떤 변화든 인정하지 않는 것. 그는 몸을 숙여 격렬하게 꼬리를 흔드는 개들을 쓰다듬었다. "마구간 숙소로 옮기는 것 말고 오늘 아침 검비 양의 기분은 어때?"

피비는 얼굴을 찡그렸다. "안됐게도 여전히 울 듯한 분위기예요. 천장에서 물이 떨어지는 바람에 손상된 것들이 있어요. 알다시피 책이랑 서류요. 그녀에게 굉장히 소중했던 것들이었는데."

"책을 쓰고 있었어?"

"논문이라고 해야 하나, 뭐 그런 거요. 그녀는 아주 똑똑해요. 부모님이 돌아가시자 오빠가 돈 한 푼 없이 쫓아내는 바람에 옥스퍼드 대학을 그만둬야 했대요."

"정말 안됐구나."

"그러게요. 그 얘길 듣고 마음이 너무 안 좋았어요."

"검비 양이 쓰는 논문이 천문학과 관련 있니?" 벤이 물었다.

"모르겠어요. 왜요?"

"어째서 망원경이 있는지 궁금해서."

"오, 새를 관찰하는 것 같아요." 피비가 활짝 웃었다. "그 망원경은 천문학에 사용할 수 있을 만큼 크지 않아요. 망원경은 간신히 건졌어요. 그리고 책도 꽤 많이 건졌고. 나머지 책과 서류는 온실 테이블 위에 펼쳐 놓고 말리는 중이에요."

"다른 사람들은 다 괜찮아?" 그가 물었다.

"아, 네. 엄마는 아빠가 지붕 위까지 올라가는 위험을 무릅썼다고 화가 단단히 났지만 아빠는 자신에게 대단히 만족하고 있는 것 같아요. 무엇보다 팔리를 구한 걸요."

"대체 누가 무슨 이유로 팔리에 폭탄을 떨어뜨리고 싶었는지 의문이야." 벤이 말했다.

피비는 새처럼 한쪽으로 고개를 기울이고 그를 보았다. "아마도 그 독일 스파이랑 관련이 있을 거예요."

벤은 놀란 눈으로 그녀를 보았다. 열두 살짜리 아이가 날씨에 대해 말하듯 아무렇지 않게 자신이 품고 있는 의심을 입 밖에 내자 당황스러웠다. "독일 스파이?" 그가 물었다.

"네, 왜 있잖아요. 우리 들판에 떨어진 남자. 앨피와 내가 그 남자를 발견했잖아요. 우린 그 남자가 독일 스파이라고 생각해요."

"어째서 그런 생각을 하는데?" 벤이 물었다.

"음, 웨스트 켄트 연대의 군복을 입고 있었지만 그들은 비행기에서 뛰어내리는 훈련은 안 해요. 그래서 우린 그의 계획이 비긴 힐 비행장으로 가서 우리 비행기들을 정찰하거나 런던에 가서 웨스트민스터 성당 같은 걸 폭파하는 거라고 생각했어요. 한데 지금 이런 일이 일어났고, 지금 우리 집은 폭격당해서 그 두 가지가 연관이 있는지 궁금해지기 시작했어요. 팔리에 독일군이 없애고 싶은 사람이나 물건이 있는 걸까요?"

그가 대답하기 전에 발소리가 들려 고개를 들자 계단을 내려오는 패멀라와 리비가 보였다.

"벤, 널 보니 정말 반갑다." 패멀라가 말했다. "어젯밤의 피곤은 풀렸어?"

"잠을 충분히 못 잔 것만 빼면." 벤이 그녀의 미소에 미소로 답했다. "오늘 아침에 다들 괜찮은지 보러 왔어."

"우리 모두 놀랄 정도로 이번 일을 잘 넘겼어. 아빠는 아침에 얼마나 기분이 좋으신지, 집이 불길에 휩싸일 뻔했던 게 아니라 뭔가 좋은 일이 있었던 것 같을 정도야."

"아버지는 불길에 휩싸이지 않아서 안심하신 것뿐이야." 리비가 말했다. "그리고 우리가 때마침 도착한 게 얼마나 다행인지. 프레스콧가에서 조금만 더 미적거렸다면 누가 찰스를 구할 수 있었겠어? 그 생각만 하면 견딜 수가 없어."

"유모가 구했길 기대해야지." 패멀라가 말했다.

리비가 성이 나서 고개를 저었다. "별 도움이 안 됐을 거야. 어젯밤에 봤잖아. 젤리처럼 무르고 바들바들 떨던 모습."

"뭐, 이제 다 괜찮잖아요." 벤이 말했다. "하인들은? 어떻게 하고 있어?"

"루비는 아직도 울먹여. 누구도 식기실과 사용하지 않는 창고에서 생활해야 하는 걸 좋아하지 않겠지만 비가 들이치는 것보다 나으니까." 패멀라가 벤에게 미소를 지으며 말했다. "사실 군인들이 피해 상황을 조사하기 위해 이미 오늘 아침에 다녀갔는데, 지붕을 수리하기 위한 물자를 요청할 수 있을 거래. 매우 잘된 소식이지. 그리고 그들은 자기들이 쓰는 방 몇 개를 우리 집 하인들에게 내주겠다고 제안했어." 그녀가 빙그레 웃었다. "엄마는 거절하셨어. 여자 하인들을 군인들 가까이 있는 곳에서 재울 수는 없다고. 엄마 말이 맞는 것 같아. 남자들 주변에 있을 우리 하녀들을 믿을 수 없고, 루비는 쉽게 유혹에 끌리니까."

"방금 테디에게 편지를 썼어." 리비가 말했다. "아내와 아들이 위험에 처했다가 살았다는 소식을 듣고 싶어 할 것 같아서. 그이가 그렇게 멀리 있지 않다면 얼마나 좋을까. 왜 그들은 바하마로 내가 동반하는 걸 허락하지 않았을까? 공작을 지키는 그이의 임무에 내가 방해되는 일은 없을 텐데."

"전쟁이잖아, 리비 언니." 패멀라가 말했다. "아내와 자식들을 남겨 두고 세계를 떠돌아야 하는 다른 모든 남자를 생각해 봐. 언니가 특별 대우를 받을 이유는 없어."

"우린 윈저 공작의 친구야. 그건 중요한 의미가 있어." 리비가 딱딱하게 말했다.

"지금은 그렇지도 않아. 윈저 공은 자산이 아니라 골칫거리일걸." 패멀라가 대꾸했다.

"난 그가 불공평한 대우를 받아 왔다고 생각해." 리비가 말했다.

"아내를 데리고 히틀러의 은신처를 방문해서?" 패멀라가 따지듯 물었다. 그때 고개를 든 그녀의 얼굴에 환한 미소가 떠올랐다. "누가 오는지 봐." 그 말에 고개를 돌린 벤의 시야에 진입로를 올라오는 프레스콧가의 날렵한 롤스로이스가 들어왔다.

차가 그들 옆에 멈추더니 제러미가 내렸다. "맙소사, 소식 듣자마자 왔어." 그가 말했다. "어젯밤에 불이 난 걸 봤지만 우린 비행기가 들판에 추락했다고 생각했어. 그러다가 오늘 아침에 하인 하나가 마을에 다녀와서 말해 줬지. 피해는 어느 정도였어?"

"그렇게 심하진 않아, 사실." 리비가 말했다. "지붕 일부가 허물어졌어. 다락도 피해가 있었고. 할머니의 끔찍한 빅토리아 시대 흉물들이 연기 속으로 사라졌지. 박제한 새들과 말린 꽃 같은 것들. 하인 방 몇 곳의 천장이 무너졌고. 하지만 연대의 도움을 얻을 수 있어서 아주 다행이었어. 부대원들이 순식간에 불을 껐거든."

"가족들은 어때? 사상자는 없고?"

그는 패멀라를 보고 있었다.

"응, 우린 다 괜찮아. 고마워. 적어도 난 괜찮아. 벤 덕분에. 난 피비의 가정교사를 구하러 동쪽 탑으로 올라갔어. 그녀가 기절해 침대 밑에 누워 있는 걸 발견했는데, 옮길 수가 없었어. 방 안은 순식간에 연기로 가득 찼고, 천장은 무너지기 일보 직전이었지. 난 어떡해야 할지 몰랐어. 그때 벤이 와서 같이 그녀를 끌어내는데 대들보가 떨어졌어. 벤이 몸을 던져서……," 벤은 그녀가 '나를 감쌌어.'라고 말하리라 생각했지만 그녀는 바꿔 말했다. "마침맞게 날 한쪽으로 밀었고, 우린 함께 검블 양을 무사히 끌어냈지."

제러미가 벤을 보고 씩 웃었다. "나쁘지 않은데, 친구. 그래서 결국 너 혼자 흥미진진한 경험을 했다 이거군. 널 과소평가하지 말았어야 했어."

"물론." 벤이 차분히 말했다. "그러면 안 되지."

"그래, 끝이 좋으면 다 좋은 거야. 정말 다행이다." 제러미가 말했다. "있잖아, 패머. 드라이브하러 갈래? 너희 가족이 괜찮은지 보러 간다는 핑계로 마침내 차를 가져가도 좋다는 허락을 받았거든."

패멀라가 벤을 건너다봤다.

"난 런던에 가서 보고할 게 있어." 그가 말했다. "다 괜찮은지 확인하고 싶었을 뿐이야."

"너 없이는 일이 안 돌아가는 거냐, 벤?" 제러미가 물었다.

"제러미, 그렇게 짓궂게 굴지 마." 패멀라가 말했다. "그들이 다시는 비행을 못 하게 한다면 네 기분이 어떨지 생각해 봐."

"그런 뜻이 아니라……." 제러미가 말했다.

"아니, 그런 뜻이었어." 벤이 대꾸했다. "하지만 넌 이제 내가 꽤 낯이 두꺼워졌다는 걸 알게 될 거야. 드라이브 잘해, 두 사람." 그는 자전거 있는 데로 가서 페달을 밟다가 검블 양의 마구간 숙소에서 그녀를 봐야겠다고 생각했다. 방은 조금도 과장하지 않고 극히 검소했다. 1인용 침대, 서랍장, 벽에 달린 옷걸이용 고리가 전부였다. 바닥이란 바닥에는 책들이 높게 쌓여 있었다. 그녀는 피비가 말했던 대로 다소 울적한 상태였다.

"크레스웰 씨, 보러 와 줘서 고마워요." 그녀가 말했다. "내 목숨을 구해 주셔서 이루 말할 수 없이 고맙지만 내 소중한 책들이 상당수 못 쓰게 됐어요. 내 삶을 송두리째 빼앗긴 기분이에요."

"정말 유감입니다." 그가 말했다. "그중에서 생각보다 많은 책을 구하실 수 있을 거예요."

"하지만 내 원고들…… 내 논문을 끝내길 바랐는데. 예전 옥스퍼드 지도 교수님이 내 논문이 심사받을 수 있도록 진정서를 내시겠다고 했어요. 아버지가 돌아가시고 오빠가 나를 땡전 한 푼 없이 쫓아내서 옥스퍼드를 그만둘 수밖에 없었죠."

"네, 피비에게 들었어요." 그가 말했다. "매우 유감입니다."

그녀가 끄덕였다. "삶이 늘 공평한 건 아니죠. 팔리가 왜 폭격을 당해야 했겠어요?"

벤은 화제를 망원경으로 돌리려고 주변을 둘러봤다.

"망원경이 안 보이네요." 그가 말했다. "그건 아무 문제가 없으면 좋을 텐데요."

"아, 맞아요. 고마워요. 하지만 그 망원경을 망가뜨리는 건 쉽지 않을 거예요. 아버지 거였죠. 아주 단단한 영국제 황동 망원경."

"별을 관찰하십니까?" 그가 물었다.

그녀가 웃음을 터트렸다. "오, 세상에, 아니에요. 그건 작은 망원경일 뿐이에요. 전 작은 새 관찰에 빠져 있죠. 그걸로 큰 떡갈나무에 튼 찌르레기 둥지를 관찰했어요. 거기에 뻐꾸기 한 마리가 있었죠. 난 뻐꾸기가 매혹적이라고 생각하는데, 안 그런가요? 뻐꾸기가 다른 새 둥지에 알을 낳으면 그 새끼가 원래 새끼들보다 더 커진 다음 진짜 새끼들을 둥지 밖으로 밀어내서 가엾은 찌르레기 부모는 그 녀석한

테만 먹이를 준답니다." 그녀가 몸서리를 쳤다. "삶은 너무도 잔인해요. 여기서는 망원경을 설치하지 않을 거예요. 숲은 전혀 보이지 않고, 보이는 거라곤 마구간 마당뿐이니까요."

벤은 그곳에서 벗어날 수 있어 다행이라 생각했다. 망원경과 원고에 관한 설명은 모두 완벽하게 그럴싸했다. 그러나 회의를 통해 여자들이 스파이 활동에 능하다고 들었다. 그는 페달을 밟으며 온실에서 말리는 중인 원고들을 떠올렸다. 검블 양이 새 숙소에서 물건을 정리하느라 바쁜 지금이 원고들을 엿볼 좋은 기회였다. 그는 집을 빙 돌아 반대편에 있는 온실로 향했다. 전쟁이 일어나기 전이라면 한 무리의 정원사가 있었을 터였다. 지금 거기에는 그 일을 계속하려고 애쓰는 노인 둘이 있을 뿐이었다. 온실에 다다랐을 때 두 노인은 눈에 띄지 않았고, 벤은 안으로 들어갔다. 안에서는 자라는 식물들의 물기를 머금은 향긋한 냄새가 났다. 한쪽에 작은 포도송이들이 매달린 포도 덩굴과 노란 꽃을 피운 작은 토마토 나무가 보였다. 그리고 긴 탁자 위에는 책과 종이들이 놓여 있었다. 일부는 완전히 젖어서 가망이 없어 보였다. 잉크가 번진 것도 있었다. 그는 원고를 읽어 보려고 몸을 숙였다. 그때 '장미전쟁'이라는 글자가 눈에 들어왔다. 그는 연대는 찾지 못했지만 그 글자만은 즉각 시선을 끌었다. '약한 왕을 플랜태저넷 왕조의 더 강한 가문의 왕으로 교체하려는 쟁탈전. 왕실의 두 가문. 마지막 전투. 전투의 결과로 패배한 왕족은…….'

자신이 1461이라는 숫자를 장미전쟁과 관련된 해로 생각한 것은 단지 우연이었을까? 아니면 여기에 뭔가 숨겨진 메시지라도 있는 걸까? 왕실의 두 가문. 더 약한 가문의 패배…… 말을 더듬는 왕? 히틀러를 반대했던 왕? 왕을 제거하려는 음모였을까? 그는 나머지 종이

들도 훑어보았지만 명백하게 첩보 활동과 관련된 내용이라 할 만한 것은 찾지 못했다. 이내 검블 양이 숨겨 놓은 무선 전신기로 메시지를 주고받으며 적국을 위해 일을 하고 있는지 궁금했다. 그렇다면 왜 놈들은 주머니에 사진을 챙긴 누군가를 낙하시킬 필요가 있다고 생각했을까?

목사관으로 돌아온 그는 도시 스타일로 옷을 갈아입은 뒤 자전거를 타고 기차역으로 갔다. 이제 온 마을에 소문이 퍼져 있었고, 벤이 빵집 앞에서 수다를 떠는 한 무리의 여자와 마주쳤을 때, 어젯밤 극적인 상황에서의 그의 활약에 대한 질문 공세가 쏟아졌다.

"그럼 그게 진짜 폭탄이었어요?" 그들 중 하나가 그에게 소리쳤다. "우린 그냥 불이 난 건지 궁금했다고요."

"네, 진짜 폭탄이었습니다." 벤이 말했다.

"누가 왜 팔리를 폭격하려고 하죠?" 한 여성이 물었다.

"대저택이라서 그런 것 같아." 또 다른 여자가 말했다. "그 악마 같은 인간들이 어떤지 알잖아. 우리에게 소중한 모든 것에 폭탄을 던져 우리를 겁주고는 항복시키려는 거야. 하지만 착각하는 거지. 우리 주변이 돌무더기로 변한다 해도 우린 항복하지 않을 거니까."

벤은 풍상에 찌들어 주름진 여자의 얼굴을 보았다. 아마 세븐오크스나 톤브리지 밖으로는 한 발짝도 나가 본 적 없을 테지만 온갖 역경을 무릅쓰고 강력한 적과 맞서는 데 주저하지 않을, 지극히 단순한 삶을 살았을 여자.

언젠가 우린 그들을 이길 거야. 벤은 생각했다.

그가 막 자전거에 올라타려는데, 화물용 밴이 다가와 옆에 섰다. 차 옆면에는 페인트로 '백스터네 건축'이라고 쓰여 있었다. 빌리 백스터가 창문을 내리더니 머리를 내밀었다.

"벤, 어디 가는 길이야?"

"역에." 벤이 대답했다. "직장에 보고하러 가야 해."

"타. 태워 줄게."

"고맙지만 괜찮아." 벤이 말했다. "자전거로 역까지 충분히 갈 수 있어."

빌리가 히죽 웃었다. "뭐, 그 구닥다리 자전거로? 저기 모퉁이를 돌기도 전에 주저앉겠네."

"적어도 삼십 년은 버텼으니까 조금 더 탈 수 있을 거야."

"자, 뻣뻣하게 굴지 말고. 어차피 나도 그쪽으로 가는 길이야. 돌아오는 길에 비라도 퍼부으면 어쩔래?"

벤은 망설였다. 물론 낡은 자전거를 타고 역까지 가느니 밴을 타고 가는 편이 더 낫겠지만 이 녀석은 빌리 백스터였다.

"생각해 보니까 세븐오크스까지 태워 줄 수 있겠어. 그럼 기차를 갈아탈 필요도 없잖아."

"내가 당신이라면 타고 가겠어요, 벤." 여자 하나가 말했다. "자전거는 놓고 가요. 우리가 목사관에 가져다 놓을 테니까."

이제 거절할 명분이 없었다. "그러죠. 고마워요." 그가 여자에게 고개를 끄덕이며 말했다. 조수석 쪽으로 돌아가 빌리 옆에 올라타자 차가 출발했다.

"어디 가던 길이었는데?" 벤이 물었다.

"세븐오크스 건너에 있는 목재 저장소." 그가 말했다. "어젯밤 팔리에서 일어난 일도 있고, 목재를 비축해야겠다 싶어서. 너도 거기 있었지? 수리할 게 많냐?"

"꽤 있지." 벤이 말했다. "한데 모든 재량이 군대에 있는 것 같아. 지금 그곳은 임시 병력 주둔지라 그들이 재건을 위한 자재를 징발 중이래." 그는 빌리의 표정에 쾌재를 불렀다.

"그래도 여전히 자격을 갖춘 건축업자가 필요하겠지?" 그가 말했다. "비를 막으려고 판자 몇 개를 박아 놓을 생각이 아니라면."

벤은 그 말에 대답하지 않고 말했다. "넌 전쟁을 꽤 잘 피해 간 것 같은데."

"뭐 나쁘진 않아. 기회가 오면 잡아야 하지 않겠냐? 뭐든 최대한 이용해야지."

"켄트주 시골에 폭격당한 집들이 더 없어서 안됐네." 벤이 말했다.

"전쟁 중엔 일거리가 충분하니까 걱정은 접어 두시지. 그리고 부업도 짭짤하고."

"부업?"

"난 휘발유 배급권이 있어. 폭격 피해를 복구하러 다녀야 하니까 자비로운 정부가 내게 여분의 배급표를 주거든. 그래서 차를 타고 배달을 하는 거야. 뭐든 필요한 게 있다면 나에게 오시면 된다고 아버지에게 말해라."

"암시장 말하는 거야?" 벤이 물었다.

빌리가 히죽 웃었다. "수요와 공급. 좋은 서비스를 하는 거지, 친구. 남아도는 물건을 가진 이들과 그게 필요한 누군가를 이어 줌으로써 그들을 돕는 거지."

"중간에서 이윤을 꽤 남기면서."

그 미소가 더 넓어졌다. “알다시피 난 바보가 아니야.”

그렇다면 독일군 연락책일 가능성으로 빌리 백스터는 제외야. 벤이 생각했다. 그는 전쟁으로 제법 득을 보고 있어서 전쟁이 끝나길 바라지 않을 수도 있었다. 그리고 독일군이 쳐들어온다면 그들에게 필요한 물자를 공급할 부류의 인간이었다.

역에 도착해 화기애애하게 헤어지고 나자 벤은 홀가분한 마음이 들었다.

25

돌핀 스퀘어에서

벤은 로비에서 승강기가 도착하길 기다리며 맥스웰 나이트에게 하고 싶은 말을 머릿속에 정리하려고 애썼다. 팔리 저택에 떨어진 폭탄, 검블 양의 망원경, 홉 건조소의 두 화가 외에 보고할 만한 게? 승강기가 내려와 문이 열렸다. 가이 하코트가 "세상에, 크레스웰. 여기서 널 볼 줄이야."라고 말함과 동시에 벤은 숨을 헉하고 내뱉었다.

"여기서 뭐 해?" 벤이 물었다.

"같은 걸 묻고 싶군, 친구." 가이가 말했다. "그냥 우린 한 패라고 말할래? '신경쇠약으로 휴가를 간다'는 말 따위는 전혀 믿지 않았지. 너도 나만큼 건강하잖아. 따라서 우린 둘 다 돌핀 스퀘어에 있는 어떤 대장의 고정적인 초대를 받는 것 같은데. 이런, 이런."

"세상에. 너도?" 벤이 말했다.

"질문을 받았으니 그냥 기쁘게 전령 역할을 하고 있다고만 말해두지. 우리 숙소로 돌아올 거야?"

"잘 몰라." 벤이 말했다. "나 역시 심부름이나 하니까." 그는 씩 웃고 문이 열린 승강기에 올랐다.

벤은 심호흡을 하고 복도를 걸어 사무실로 갔다. 맥스웰 나이트는 지난번과 달리 말끔하게 군복을 차려입고 있었다. 벤은 내실로 안내되었다.

"들어오게, 크레스웰." 나이트는 서류에서 고개를 들었다. "앉게."

"죄송합니다. 육군 장교이신 줄 몰랐습니다." 벤이 말했다. "정확한 계급을 불러 드렸어야 했군요."

나이트는 그의 시선을 마주했다. "자네가 정말 궁금하다면, 아닐세. 하지만 난 내가 이 전쟁을 끝내기 위해 여느 군대 못지않게 많은 일을 하고 있다고 생각해서, 군복을 입는 여느 사람만큼이나 권리를 갖기로 결정했지." 그러고는 갑자기 소년 같은 표정으로 씩 웃었다. "난 나 자신에게 훈장 두 개를 수여하기까지 했네." 그가 가슴에 달린 리본 끈을 가리켰다. "이건 오소리들을 구한 공로로 받은 훈장. 이건 기가 막히게 훌륭한 마티니를 만든 데에 대한 훈장일세." 이내 나이트의 얼굴은 다시 근엄해졌다. "보고할 게 있나, 벌써?"

"확실한 건 아닙니다. 어젯밤 팔리 저택에 폭탄이 떨어졌습니다."

"그래? 피해가 큰가?"

"다행히 그리 나쁘진 않습니다. 다락방에 불이 붙었고, 꼭대기 층 방 일부는 거주하기 어려운 상태지만 다행히 사상자는 없었습니다. 군인 친구들이 재빨리 진압을 도왔고, 물론 건물은 주로 돌로 되어 있죠."

"그게 다인가?" 나이트는 벤이 느끼기에 냉소하듯 입을 비죽이며 물었다.

"이웃을 정찰하고 흥미를 끄는 인물의 목록을 작성했습니다. 유감스럽게도 확실한 건 없습니다." 그가 나이트에게 종이 한 장을 건넸다. 나이트가 그것을 주의 깊게 보았다.

"웨스터햄 경의 맏딸 올리비아는 윈저 공과 친분이 두터운 캐링턴 자작과 결혼했고, 자작은 윈저 공과 바하마에 있습니다. 그녀는 윈저 공이 부당한 대우를 받고 있다고 생각합니다. 하지만 그녀에게서 독일을 적극적으로 돕고 싶어 한다는 조짐은 보이지 않습니다. 사실 여기서의 말이지만, 저는 그녀가 자매 중 가장 머리가 떨어진다고 생각해 왔습니다. 그리고 겁이 많죠. 스파이가 될 배짱은 없어 보입니다."

나이트가 다시 싱긋 웃었다. "여자들은 배우 자질이 뛰어나네." 그가 말했다. "하지만 자넨 그녀를 평생 봐 왔으니까 자네 말을 믿지." 그가 말을 끊었다. "또 누가 있지?"

"레이디 피비의 가정교사를 목록에 넣었습니다. 그녀는 좋은 가문 출신으로 교육을 받았고, 논문을 쓰고 있던 것으로 보입니다. 하지만 탑 방 창에 망원경을 두고 있었습니다. 그리고 원고에 강한 애착을 보였고요. 비긴 힐 비행장의 비행기와 비행경로를 조사해 어떤 식으로든 그 정보를 독일에 보내고 있는지 의심이 갑니다."

나이트가 고개를 끄덕였다. "흥미롭군. 그래, 딱 놈들이 활용할 만한 부류의 사람이군. 불만에 차 있고, 삶이 자기를 기만한다고 느끼는. 영국의 기득권층에 복수하고 싶은지도 모르지."

"그녀는 착하고 진실해 보였습니다." 벤이 말했다. "새 관찰에 망원경을 쓴다고 주장하더군요."

"그래?" 맥스웰 나이트가 미소 지었다. "그 여자를 주시해야겠군. 그녀의 원고를 보게. 숨겨진 무선 전신기가 있는지 그녀의 방을 수색하게."

"폭격으로 훼손된 원고들을 훑어봤는데, 한 가지 흥미로운 사실을 빼면 모두 현재 쓰고 있는 역사 관련 논문으로 보였습니다. 장미전쟁에 관한 겁니다. 그 전쟁의 가장 큰 두 전투가 1461년에 있었습니다. 그래서 그게 우연의 일치일지 의구심이 들더군요."

"흥미롭군." 나이트가 고개를 끄덕였다. "나는 우연의 일치를 그다지 신봉하지 않네. 내가 자네라면 그 여자를 주시하고 그녀의 방을 샅샅이 뒤져 보겠네."

"네, 알겠습니다." 벤은 그 임무가 꺼림칙하게 여겨졌다.

"그리도 또 적신호가 느껴지는 인물은?"

벤은 심호흡을 했다. "전쟁 중에도 그 지역에서 놀랄 정도로 잘나가는 이들이 몇몇 있는데, 그들은 전쟁이 빨리 끝나길 원하지 않는 것 같습니다. 아, 그리고 어젯밤에 친독 성향이 있어 보이면서 윈저 공작을 지지하는 머스그로브 경 부부를 만났습니다. 그들도 용의자 명단에 올라 있습니다. 그는 최근에 재산을 상속받고 캐나다에서 왔습니다. 돈이 상당히 많고 드라이브를 나갈 만큼 휘발유 배급표를 넉넉히 가지고 있는 듯 보입니다. 최근까지 이웃들은 그들에 관해 전혀 몰랐기 때문에 그 부부가 자기들이 말하는 사람이 맞는지 의심스럽습니다. 하지만 그들은 낙하산이 떨어진 곳에서 팔구 킬로미터 떨어진 데 사는데, 왜 낙하산이 그들의 영지에 내리지 않았을까요?"

"정말 왜일까." 나이트가 따라 했다.

"그 사람들 외에 개조한 홉 건조소에 최근 이사 온 외국인 화가 둘이 있습니다. 한 사람은 덴마크, 다른 사람은 러시아 출신이라더군요. 스파이가 되기엔 다소 자아도취적이지만 한 가지 걸리는 게 있습니다. 벽에 작품 한 점이 걸려 있었는데, 러시아인은 그게 자신의 작품이라고 했지만 사실 다른 유명한 화가의 작품이었습니다."

"우리가 확인해 보겠네." 나이트가 말했다. "외국인은 의무적으로 등록을 해야 하니까 알아내는 건 간단할 걸세. 끝인가?"

"우리 지역의 보건의와 지내는, 비엔나에서 온 유대인 의사가 남았습니다. 그는 독일 억양을 써서 자연스레 그에 관한 소문이 돌았습니다. 하지만 그 의사는 제게 오스트리아에서 유대인이란 이유로 박해를 받았다고 말했습니다. 최근에 우리나라에 왔으니 그 역시 확인하기 쉽겠죠. 아, 그리고 오스트리아 출신의 랜드걸이 군인 한 명과 사귀고 있습니다. 그건 정보를 얻기 쉬운 방법일 수 있죠."

나이트가 종이에서 고개를 들었다. "그리고 동네 소문은 어떤가? 구미가 당기는 거라도?"

"사람들은 그 낙하산 사내가 비긴 힐 비행장을 염탐하러 온 독일 스파이였다고 생각하는 것 같습니다."

"잘 조사했군." 나이트가 종이를 접으며 말했다. "그럼 다른 건?"

"사진 속 장소는 아직 확인되지 않았습니까?"

"아직."

"그렇다면 몇 가지 생각한 게 있습니다." 벤이 말했다. "저는 그 사진 속 숫자가 역사상 중요한 해나 장미전쟁을 가리킨 것일지도 모른다고 말씀드렸습니다. 두 중요한 전투가 있었는데, 하나는 웨일스 국경이고 하나는 요크셔에서였습니다. 그 전투가 있었던 장소를 살펴서 그곳들이 사진 속 지형과 닮았는지 보고 싶습니다."

"아무렴." 나이트가 말했다. "모든 수단을 강구해야 하지 않겠나?"

벤이 주저하며 입을 열었다. "공식적인 여행 사유가 기재된 여행권 같은 게 있습니까?"

"전혀 없네." 나이트가 말했다. "이 사무실은 존재하지 않는 곳이네, 크레스웰. 우리를 추적할 수 있는 그 무엇도 이 사무실 밖으로 나갈 수 없네. 자네가 쓴 비용을 기록하면 우리가 그 경비를 주겠네."

벤이 일어섰다. 분명 물러날 시점이었다. 그는 가이 역시 나이트 조직의 일원임을 안다는 내색을 하기 위해 가이 하코트에 관해 묻고 싶었지만 누구도 다른 누군가를 안다고 말해서는 안 되는 규정이 있으리란 생각이 들었다.

"아, 그리고 크레스웰," 나이트가 말했다. "돈을 아낄 필요는 없네. 괜찮은 곳에서 묵게. 한 번씩 제대로 된 식사도 하고."

벤은 문가에서 걸음을 멈추고 나이트를 돌아봤다. 그는 회전의자를 돌려 템스강을 따라 펼쳐진 전경을 바라보고 있었다.

"죄송하지만," 그가 말했다. "그 폭격이 다른 사건과 어떤 관련이 있는지 매우 궁금합니다."

나이트가 다시 의자를 돌렸다. "낙하산 사내를 말하는 건가? 자넨 어떻게 생각하지?"

"어떻게 생각해야 할지 확신이 안 서지만 적의 두 움직임이 각각 수 킬로미터 이내에서 일어났다면 그 둘이 연관이 있다고 의심해야겠죠. 따라서 그 낙하산 사내가 누군가를 암살하기 위해 보내졌다가 실패했기 때문에 그 저택이 폭파됐다는 생각이 들었습니다." 그가 말을 멈췄으나 나이트는 가타부타 말이 없었다. "황당무계한 생각이란 걸 알지만……,"

"전혀." 나이트가 말했다. "자넨 낙하산을 내려 보내 웨스터햄 경이나 그의 딸 누군가를 죽일 위험을 무릅쓸 만큼 그들이 가치가 있다고 생각하나?"

"솔직히, 아닙니다."

나이트는 심호흡을 했다. "그 저택이 현재 육군 기지로 쓰이고 있다는 걸 저쪽에서 알아냈을 가능성이 있다고 보네. 육군 차량이 위장됐다 해도 앞마당에 서 있는 그것들을 포착하는 건 그리 어려운 일은 아니지. 따라서 그건 놈들이 웨스트 켄트 연대가 거기에 본부를 차렸다는 걸 알고 있고, 자신들이 다시 돌아올 거라는 경고 폭격이었는지도 모르네."

"네. 제가 내린 결론도 그렇습니다."

그는 다시 나가려고 몸을 돌렸다.

"한편으로," 맥스웰 나이트가 말했다. "웨스터햄 경의 가족에 관해 알아야 할 사항이 있네. 난 그 가족이 우리의 낙하산 사내나 그 폭격과 어떤 관련이 있다고는 생각하지 않네. 하지만…… 레이디 마고 서턴이 파리에서 게슈타포에게 잡혀 있지."

"이크!" 벤은 그 감탄사가 얼마나 유치하게 들릴지 깨닫기도 전에 그 말을 내뱉었다. 그는 얼굴에서 핏기가 가시는 것을 느꼈다. "마고를 잡아갔다고요? 마고의 프랑스 애인 때문에?"

"아마도." 맥스웰 나이트가 말했다. "또 그녀가 우리 쪽 사람일 수도 있고."

"스파이요? 마고가 스파이였다고요?"

"중요하지 않은. 그녀는 대사관이 아직 제 역할을 하고 있던 때 그곳에 가서, 자신이 파리에서 옴짝달싹할 수 없으니 어떤 도움이라도 되겠다고 했네. 그래서 비밀 무선 전신기를 받아 연락망을 따라 메시지를 전달했지. 놈들이 전신기를 찾아내면 놈들은 아마 그녀를 고문한 뒤 총살할 걸세."

"그녀를 구할 시도가 없습니까?" 벤이 물었다.

"바로 지금 준비 중이네." 나이트가 말했다.

"대장님, 그 임무에 지원하고 싶습니다." 벤이 말했다.

나이트는 말 그대로 활짝 미소를 지었다. "자네의 용기와 의리를 존경하지만 자네 다리가 제대로 움직이고 있다면 지금쯤 저 위에서 스핏파이어를 조종하고 있겠지. 자넨 정말 자네가 파리의 건물 옥상을 올라 배수관을 타고 재빨리 내려온 다음 어깨 너머로 날아오는 그들의 총알을 피해 달아날 수 있다고 보나?" 벤은 입을 열어 말하려고 했지만 나이트가 말을 이었다. "또 그 연장선에서 보초병의 목을 침착하게 긋는 자네 모습이 그려지나? 그건 그런 임무를 수행할 수 있는 특별한 타입의 친구가 맡는 법이네. 우리가 그런 일을 특공대에 맡기는 이유가 그거지. 그런 훈련을 받고 있으니까."

"마고의 가족들이 이에 관해 조금이라도 알고 있나요?"

"아니, 이번 임무가 만족스럽게 마무리될 때까지 자넨 그들에게 말해선 안 되네. 그렇게 되지 않더라도 그들에게 알릴 적절한 시기와 장소는 우리가 결정할 걸세."

벤이 고개를 끄덕였다. "그 작전이 어떻게 끝났는지 제게 알려 주시길 부탁드려도 됩니까?"

"아마도. 두고 보세." 그가 벤에게 손을 흔들었다. "자, 그럼, 나가서 자네 일을 하게." 벤은 사무실을 나설 때 맥스웰 나이트의 비서 조앤 밀러가 사보이 호텔에 저녁이라도 먹으러 가는 것처럼 말쑥하게 차려입고 있다는 것을 알아차렸다. 회색빛 실크에 진주 액세서리 그리고 가벼운 화장.

"오늘 굉장히 멋지군요, 미스 밀러." 그가 말했다.

그녀가 미소 지었다. "와, 고마워요, 크레스웰 씨. 중요한 신사분들과 약속이 있거든요. 그런 자리에서는 최고의 모습을 보여야 하죠."

벤은 밖으로 나와 신선한 공기를 마시며 고개를 절레절레 저었다. 돌핀 스퀘어의 방문은 늘 『이상한 나라의 앨리스』 같은 느낌이 들었다. 자신도 모르게 그곳의 두 사람이 실제인지 의심이 들었다. 자신의 임무가 어떤 가치가 있는지도 의심이 들었다.

26

블레츨리 파크에서

일요일 저녁, 패멀라는 블레츨리로 돌아가는 기차를 탔다. 제러미는 차로 데려다주겠다고 했었다.

그는 메드웨이 강가에 있는 술집에서 저녁을 먹은 후 그녀를 차로 집에 데려다주었다. 술집은 낭만적인 분위기였지만 음식은 아쉬운 점이 많았다. 대구는 식감이 가죽 같았고, 양배추는 잿빛 곤죽이 될 때까지 삶아져 나왔다. 두 사람은 음식을 보며 웃음을 터뜨렸고, 네더코트에서 먹은 음식과 비교했다.

"꼭 일하러 돌아가야 해?" 그가 물었다.

"그럼. 일손이 많이 부족한 때 일주일이나 휴가를 받는 건 이례적인 일이야. 하지만 너무 많은 야간 근무로 힘들었고, 지난 크리스마스 이후로 제대로 쉰 적이 없어서."

"그럼 같이 가. 어쨌든 난 시내에 가야 해. 총상이 잘 아물었는지, 복귀를 보고해도 될지 바츠런던에 위치한 성바살러뮤 병원의 돌팔이들을 보러 가야 해." 그는 분명 패멀라의 얼굴에 떠오른 놀란 표정을 알아챘다. “아, 비행을 다시 한다는 건 아니고. 물론 바라는 바지만 앞으로 몇 달간은 조종석에 앉지 못하겠지. 하지만 항공성에서 내가 할 만한 일을 찾아 준다고 하니까. 그 일을 기대하는 건 아니야. 너랑 벤이 하는 말을 들어 보니 틀에 박힌 일만 하는 것 같던데. 폭격 경로를 구상하거나 항공사진을 해독할 수 있으면 좋겠어.”

“그럴 거야!” 패멀라가 웃었다. “그렇지만 지루한 일도 해야 해, 제러미. 파일들이 뒤죽박죽이라서 필요한 순간에 정보를 찾을 수 없다면, 그 지체되는 시간 때문에 인명 피해가 일어날 수도 있어.”

“네 말이 맞아.” 그가 그녀를 보며 씩 웃었다. “난 평범한 일들을 그다지 잘한 적이 없었어, 안 그래? 공부에 열심이지 못해서 학교에서 툭하면 얻어맞았어. 하지만 시험 점수가 좋아서 그들은 입을 다물어야 했지. 통쾌했다니까.”

“편하게 갈 수 있는 기차가 있는데, 굳이 도시까지 운전하느라 휘발유를 낭비할 필요는 없어.” 패멀라가 말했다.

“아, 걱정 마. 아버지는 사실 휘발유 배급 쿠폰을 직접 써서 발행할 수 있으니까. 항상 시내에 나가셔야 하거든.”

패멀라는 제러미가 블레츨리까지 태워다 주겠다고 고집을 부릴 것 같아 걱정스러웠다. 그건 절대 안 될 일이었다. “역까지 태워다 주면 고맙겠어.” 그녀가 말했다. “역에서 기차로 가는 게 좋을 것 같아. 여행증도 있고.”

“누가 보면 네가 날 피하려 한다고 생각할 거야.”

“전혀, 제러미. 너와 함께 있어서 정말 좋아. 너도 알잖아. 오늘도 정말 즐거웠고, 안 그래? 그냥…… 음, 일로 돌아가기 전에 머릿속을 정리하고 싶어. 가자마자 바로 야간 근무에 투입될지도 몰라.”

"여자들에게 야간 근무를 시킬 권리가 그들에겐 없어." 제러미가 말했다. "내가 가서 말해야겠는데."

"안 돼." 패멀라가 그의 손을 쳤다.

그가 그녀의 손을 잡고 끌어당기더니 그녀에게 열정적으로 키스를 퍼부으며 롤스로이스 좌석으로 그녀를 조금씩 밀어붙였다. 그녀는 자신의 위에 있는 그의 무게와 입안의 그의 혀, 다리를 억지로 벌리는 그의 무릎, 아래에 머문 그의 손을 몹시 불편하게 의식했다. 그녀가 불쑥 그의 손을 밀어내며 일어나 앉았다. "제러미, 여기 부모님이 계시는 우리 집 앞에선 안 돼. 누가 볼지도 몰라."

그가 강렬한 눈빛으로 그녀를 오래 보았다. "패머, 네가 여전히 나에 대한 감정이 있는지 의문이 들기 시작했어. 넌 날 사랑했었어. 그랬다는 거 알아. 알다시피 너에 대한 내 감정은 변하지 않았어. 널 원한다는 사실을 인정하지 않을 수 없어. 널 간절히 원해. 그런데 내가 가까이 갈 때마다 넌 날 밀어내."

"그런 게 아니야." 그녀가 말했다. "그리고 난 지금도 널 사랑해. 네가 떠나고 나서 매일 네 꿈을 꿨어. 네 사진을 베개 밑에 두고 잤다고. 그리고 나와 사랑을 나누고 싶어 하는 널 원해. 하지만 단지……." 그녀는 부끄러운 듯 작게 웃음을 터뜨렸다. "난 스물한 살의 처녀야. 그래서 다음 단계로 넘어가는 게 망설여지는 것 같아."

이제 그는 웃음을 터뜨렸다. "그렇다면 우린 다른 조치를 취해야 할 것 같은데? 재촉하지 않을게. 적절한 시간과 장소를 마련할게. 런던에 있는 우리 아파트 말이야. 아주 아늑하고 아주 사적인 런던에 있는 우리의 아파트. 메이페어하이드 파크 동쪽의 고급 거주지와 그 주변에서 말이야. 우릴 염탐할 가족도 없고. 이번 주말에 들어갈 거야. 날 보러 올 거지?"

"언제 또 쉴 수 있을지 모르겠어." 그녀가 말했다. "그래도 갈게."

"같이 집들이해야지. 다음 주 수요일에 하면 될 것 같은데. 그쯤이면 얼추 정리도 될 테니까. 저녁에는 시간이 비지?"

"교대 근무에 달렸어."

그가 인상을 찡그렸다. "분명 하루 저녁쯤은 다른 사람과 교대 일정을 바꿔도 될 거야. 일주일 내내 일해야 하는 건 아니겠지?"

"물론 아니야."

"그럼 기차로 시내에 올 수 있어?"

"응, 문제없어."

그가 그녀의 손을 감싸고 손가락을 만지작거렸다. "그럼, 다음 주 수요일로 정하자. 몇 년 동안 제대로 된 파티를 하지 못했어. 친구들을 초대하고 싶으면 그래도 돼. 아버지가 아파트에 꽤 좋은 술을 숨겨 놓았을 거라고 장담해. 독일군이 쳐들어와 몰수할 경우를 대비해 우리가 그걸 마셔서 아버지를 도와주자고."

패멀라는 주름진 치마를 펴고 싶어 차 안에서 허리를 곧게 세우고 앉아 있었다. "그들이 쳐들어올 거라 생각해?"

"불가피해 보여." 그가 말했다. "얼마나 쉽게 놈들이 프랑스와 벨기에, 덴마크 그리고 노르웨이로 걸어 들어갔는지 봐. 우리가 그 나라들이 갖지 못한 뭘 갖고 있지?"

"우린 1066년 이후로 침략을 받은 적이 없어." 그녀가 말했다. "나폴레옹도 그 나라들을 다 정복했지만 영국만은 실패했지."

그가 그녀의 무릎을 가볍게 두드렸다. "바로 그런 정신이지. 우린 놈들과 해안에서 싸울 거고, 술집과 공공 화장실에서도 싸울……,"

"제러미, 조롱하지 마. 그건 훌륭한 연설이었어. 처칠 씨는 뛰어난 연설가야."

"미안. 그래, 나도 그가 그렇다는 걸 알아. 하지만 천하제일의 전의와 자부심이 있다 해도 독일군과 상대할 무기가 없어. 미국이 우리에게 물자를 빌려주겠다고 결정하면 상황이 달라질지 몰라도. 하지만 수년째 모호한 태도를 보이잖아."

패멀라는 몸서리를 쳤다. "이런 얘기는 그만하자. 넌 이제 무사히 집에 돌아왔으니까 그거면 됐어."

"그럼 내 파티에 올 거지?"

"최선을 다해 볼게. 약속해."

패멀라는 자신을 태운 기차가 런던에서 블레츨리로 가는 내내 제러미와 나눈 대화를 곱씹었다. 파티. 그날은 별일 없을 거야. 여러 사람이 모이니까 안전하겠지. 이내 그녀는 조만간 제러미와의 관계를 어떤 식으로든 결론지어야 함을 깨달았다. 그는 자신과 사랑을 나누고 싶어 했다. 자신도 줄곧 그러길 원했다고 생각했다. 하지만 자신의 환영은 결혼이 포함된 것이었다. 그는 그래 보이지 않았다. 그녀는 임신하게 된 여자들의 소문을 너무 많이 들었다. 여자들은 시골로 쫓겨났고, 누구도 다시는 아기를 입에 올리지 않았다.

하지만 제러미는 그런 일이 생기면 나와 결혼할 거야. 그녀는 생각했다. 당연히 그럴 거야. 그뿐만 아니라, 그녀가 속으로 덧붙였다. 제러미도 그런 일들에 대해 알고 있을 거야.

그녀는 블레츨리로 돌아오자 기분이 한결 나아졌고, 다시 일로 돌아가길 갈망했다. 패멀라가 숙소에 돌아왔을 때 트릭시가 침대에 앉아 있었다. 그녀는 조심스럽게 실크 스타킹에 다리를 넣고 있었다.

그녀가 고개를 들어 미소를 지었다.

"오, 돌아왔구나. 잠깐, 올이 안 나가게 이것만 다 신고. 이걸 신고 나서 내가 뭘 할지는 신만이 알지. 다른 여자들처럼 다리 뒤에 연필로 선을 그려야겠어." 그녀는 천천히 끌어 올린 스타킹을 가터로 고정했다.

"휴가는 잘 보냈어?"

"응, 덕분에. 우리 집이 폭격당한 것만 빼면."

"폭격? 어머나 세상에. 파괴됐어?"

"아니, 다행히 괜찮아. 아주 작은 피해만 입었어. 웨스트 켄트 연대가 우리 집에 주둔하고 있어서 모두 진화 작업에 동원됐어. 그래서 불이 번지기 전에 진화했고."

트릭시가 씩 웃었다. "저택에 근사한 군인들이 있다니 꼭 너희 집에 방문해야겠다. 근사한 남자 얘기가 나와서 말인데, 그 매력 넘치는 제러미 프레스콧 봤어?"

"그랬지."

"어땠어? 음, 완전히 회복됐어?"

"아직 좀 창백하고 여위었지만 다행히도 잘 회복되는 중이야. 살짝 낭만주의 시인처럼 보여. 임종을 앞둔 키츠요절한 영국의 시인처럼. 하지만 빠르게 회복 중이야." 차에서 자신을 내리누르려고 애쓰던 제러미의 모습이 뇌리를 스쳤다. "그래, 놀랄 만큼 빠른 속도로."

"그럼 완전히 끝내주는 시간을 보냈겠네? 전부 털어놔. 트릭시 이모한테 다 말하라고."

"대개는 주위에 가족들이 있었어." 패멀라가 말했다. "우린 술집으로 저녁 먹으러 갔고, 그가 차로 집에 데려다줬어."

"오, 세상에, 사교계 데뷔 무도회 끝나고 그이랑 택시를 타고 집에 가던 게 생각난다." 트릭시가 말했다. "얘, 난 택시 뒷좌석에서 그럴 줄 몰랐어. 누구도 그가 NSIT라고 말해 주지 않았어."

"뭐?" 패멀라가 물었다.

"NSIT. 택시에서 안전하지 않다Not safe in taxis. 사교계 여자들 사이에선 다들 아는 암호라고. 넌 수도원에서 자랐니?"

"아니, 하지만 팔리는 거의 그만큼 나빴지. 부모님은 지나치게 보수적이시고, 난 스위스의 예비 신부 학교에 가기 전까지는 아무것도 몰랐어."

"틀림없이 거기서 절하는 법과 디너파티의 여주인 노릇 하는 법 이상의 것을 배웠겠구나. 나도 그랬으니까." 그녀가 다 안다는 듯 미소를 지었다. "얘, 그 스키 강사들 말이야. 남성미가 철철 넘치잖아." 그리고 그녀는 부채질하는 시늉을 했다.

패멀라는 약간 소심하게 웃었다.

"그래서 제러미가 구혼했어? 아니면 예스럽게 말하자면, 이미 정을 통했니?"

패멀라는 얼굴이 발갛게 상기되는 것을 느꼈다. "제러미는 이 참혹한 전쟁이 끝나기 전에는 결혼 같은 건 생각할 마음이 없어 보여."

"그건 그렇지." 트릭시가 말했다. "게다가 옷도 배급제에 들어가는데 누가 결혼할 마음이 나겠니? 내가 유행 지난 투피스 차림으로 결혼할 일은 절대 없을 거야. 사 미터는 되는 옷자락에 베일, 눈부시게 아름다운 긴 실크 드레스를 입고 싶어. 그리고 멋진 혼수도."

"새하얀 드레스를 입겠지, 그래도?" 패멀라가 한쪽 눈썹을 치켜세우며 묻자 트릭시가 킥킥거렸다.

"얘, 처녀인 신부들만 흰 드레스를 입으면 새하얀 웨딩드레스는 거의 보지 못할걸." 그녀는 말하면서 다른 쪽 다리의 스타킹을 끌어 올렸다. 그러더니 일어나서 거울 속 모습을 찬찬히 뜯어본 후 만족스럽다는 듯 고개를 끄덕였다.

"어디 좋은 데라도 가?" 패멀라가 물었다.

"그럴 리가. 어젯밤 콘서트에서 만난 막사 육 호 남자가 영화관에 같이 가자고 했어. 그는 좀 진지하고 내 취향엔 너무 똑똑하지만 이런 쓰레기장에서 안 그런 남자가 어딨니? 분명 그들이 여기에 재미를 보려고 왔겠니? 그래서 난 엔트위슬 부인의 코티지 파이를 먹으며 여기 있느니 영화관이 낫다고 생각했지. 그나저나 이번 주 음식은 유난히 끔찍했어. 삶은 양배추에 으깬 감자, 스팸 한 조각이 사흘 연속 저녁으로 나왔다니까. 그래서 진짜 음식다운 음식을 먹고 있을 네 생각이 계속 나더라. 좋은 음식 좀 먹었어?"

"실은 그랬어." 패멀라가 말했다. "특히 프레스콧가에서 먹은 저녁. 굴과 로스트 포크와 초콜릿 무스. 그리고 각 코스에 걸맞은 술까지. 행복해서 죽을 것 같았지."

"그런 걸 다 어디에서 구했대?"

"듣자 하니 암시장에서. 윌리엄 경은 여러 일에 관여하고 있는 걸로 보이더라."

"그럼 남은 인생을 호화롭게 살고 싶다면 다른 여자가 제러미를 낚아채기 전에 너랑 결혼하도록 제러미를 압박하는 게 좋을 거야." 그녀는 립스틱을 여러 번 덧발랐다. "그럼 언제 그이를 다시 볼 것 같아? 하루 휴가 내서 다녀오기에 켄트는 너무 멀지?"

"음, 걔는 이번 주에 런던에 있는 부모님 아파트에 들어갈 거래."

패멀라가 말했다. "항공성에서 일을 시작할 예정이거든. 오, 그리고 다음 주 수요일에 파티를 계획하고 있어. 뭐, 집들이 파티랄까. 그날 야간 근무가 아니길 바랄 뿐이야. 어쩌면 교대 근무 시간을 바꿀 수도 있고."

"파티? 듣던 중 너무 반가운 소리네. 나도 가도 돼?"

패멀라는 망설였다. 트릭시는 제러미를 다시 손에 넣기 위해 안달할 테고, 분명 그랬다. 하지만 거절할 구실이 없었다. "그럼, 그래, 당연히." 그녀가 말했다. "우리 둘 다 그날 저녁에 시간이 난다면. 난 제러미에게 야간 근무를 계속하게 될지도 모르고 시간을 내기 어려울지 모른다고 했어."

"아닐 수도 있고." 트릭시가 말했다. "금요일에 트래비스 중령에게서 쪽지를 받았어. 네가 돌아오자마자 바로 보고하러 오길 바란대."

"맙소사." 패멀라가 말했다. "문책은 아니었으면 좋겠다."

"이런, 경솔한 짓을 한 건 아니지?" 트릭시가 물었다. "국가 기밀을 누설한 거야? 설마 여기서의 네 일을 말한 거야?"

"아니, 당연히 아니지. 집에서 꽤 힘들었지만. 가족들은 모두 내가 정체불명의 부처에서 따분한 사무를 보는 걸로 생각하고, 난 우리가 정말 중요한 일을 하고 있다고 말할 수 없었지."

"그래?" 트릭시가 물었다. "가끔 나도 궁금해. 내가 하는 일이라곤 정체불명의 부처에서 따분한 사무 업무를 보는 거지만 네 일은 내 일보다 흥미 있는 일이겠지."

"흥미롭진 않지만," 패멀라가 다급히 말했다. "적어도 난 내가 중요한 긴 체인에 속한 작은 톱니라는 걸 알고, 중요한 건 그거야."

"여기가 일어나서 깃발을 흔들며 〈지배하라, 브리타니아여〉를 불러야 할 곳인가?" 트릭시가 웃음을 터뜨리며 말했다.

패멀라는 친밀함을 담아 그녀를 살짝 밀쳤다. "그만 입 다물고 영화나 보러 가. 난 내려가서 엔트위슬 부인의 스팸과 감자 요리를 대면해야겠다."

27

블레츨리 파크에서

다음 날 아침 8시, 패멀라는 저택 밖에 자전거를 세워 두고 인상적인 정문을 향해 걸었다. 눈부시게 아름다운 날이었다. 백조들이 유유히 헤엄치는 호수 위로 햇빛이 반짝거렸다. 비둘기들은 날개를 퍼덕이며 하늘을 선회했다. 공기 중에는 장미와 인동덩굴의 향기가 은은히 풍겼다. 강둑으로 소풍을 하러 갈 법한 날씨였다. 패멀라는 팔리의 한가한 여름날들을 떠올렸다가 단호하게 현재로 돌아와 침울한 현관홀로 들어갔다. 그녀는 실신했던 것 외에 무슨 문제가 될 만한 행동을 했는지 떠올릴 수가 없었다. 어쩌면 이곳의 일을 감당 못 하는 듯하다며 불명예스럽게 귀가 조치될지도 몰랐다. 그러나 여기에서 일하다가 실신하거나 심지어 신경쇠약에 시달린 사람이 그녀가 처음은 아니었다. 장시간 근무, 음울한 주변 환경, 끊임없는 압박이 다른 사람들에게도 해당한다는 것을 그녀는 알았다.

타일이 깔린 바닥을 울리는 패멀라의 발소리를 들은 안내원이 비좁은 방에서 튀어나왔다.

“아, 레이디 패멀라.” 그녀가 말했다. “올라가세요. 당신이 간다고 트래비스 중령에게 전화할게요.”

목소리가 밝고 가볍다는 사실이 고무적이긴 했지만 안내원은 방문객에 대해 자세히 알지 못할 터였다. 패멀라는 화려하게 장식된 나무 계단을 올라 중령의 방문을 두드렸다.

“레이디 패멀라.” 그가 유쾌하게 말했다. “앉으시죠. 일주일간 집에서 잘 쉬었습니까?”

패멀라는 중령의 마호가니 책상과 마주한 등받이 의자에 앉았다. “그랬어요, 감사합니다. 며칠 밤 푹 자고 좋은 음식을 먹었더니 이제 아주 좋아졌어요.”

“잘됐군요.” 그가 말했다. “난 원기 있는 당신이 필요하니까요. 새 임무를 맡기려고 합니다. 이 일은 블레츨리에서조차 다소 특이한 일이며, 누구도 알아서는 안 됩니다. 이해합니까? 지금쯤 비밀 유지에 익숙해져 있겠지만 이번 경우는 특히 중요합니다.”

“알겠어요.” 그녀가 말했다.

그가 자리에서 몸을 앞으로 숙였다. “뉴 브리티시 브로드캐스팅 코퍼레이션이란 방송사에 대해 뭘 알고 있죠?”

“영국 방송국이라고 자처하며 가짜 뉴스를 내보내는 독일 방송국 아닌가요?”

“정확히 알고 있군요.” 그가 그 점을 강조하며 그녀를 향해 손가락을 흔들었다. “영국인들에게 공포와 불안을 조장하고 싸울 의지를 꺾으며 독일군이 쳐들어올 때 환영하게 하도록 설계됐죠.”

“대다수 영국인은 그런 뉴스에 속지 않을 거예요.” 그녀가 말했다.

“놀랄 겁니다. 라디오에서 떠드는 말이라면 뭐든 믿는 이들이 있다면요. 영국인 모두가 우리처럼 지적이진 않습니다. 하지만 이건 요점에서 벗어난 이야기고. 영국 내에서 제오열이 활동하고 있다는 얘기를 들어 본 적 있을 겁니다. 꼭 외국인이 아니더라도 그들만의 이유가 있어 독일에 동조하며 자기들이 할 수 있는 방식으로 히틀러를 돕고 싶어 하는 영국인 남녀들 말입니다."

"설마 그렇겠어요?" 패멀라가 말했다. "제 말은, 제오열들에 대해 듣긴 했지만 흔히 그자들 하면, 수상쩍은 러시아 망명자들 그리고 당연히 오즈월드 모즐리가 이끄는 파시스트들을 떠올리잖아요."

"얼마나 많은 영국인이 독일의 침공을 환영하는지 안다면 놀라겠군요." 그가 말했다. "당신과 내가 아는 사람들을 포함해서요. 사실 우리는 바로 이 순간에도 모종의 음모가 진행되고 있다고 생각하고 있습니다. 그게 뭔지 확실치 않지만 왕실을 제거하고 그 자리에 윈저 공작을 앉히려는 거라고 의심하고 있죠. 우린 그가 친독 성향이 강하다는 걸 압니다. 그는 이미 그걸 입증했고요."

"이크, 끔찍한 일이에요." 패멀라는 그렇게 내뱉고 나서 여학생 같은 말투를 썼다는 것을 깨달았다.

"이 부분에서 당신의 역할을 기대하고 있습니다, 레이디 패멀라." 트래비스 중령이 말했다. "당신의 팀장이 당신을 호평하더군요. 기민하고 상황 판단을 잘한다고. 따라서 이게 당신의 임무입니다. 근처 라디오 수신국에서 공군 여군 부대원들이 독일의 모든 라디오 방송을 듣고 기록합니다. 당신은 이 뉴 브리티시 방송국의 녹취록을 매일 받게 될 것이고, 당신 일은 녹취록을 검토해 독일에 동조하는 자들을 위한 암호화된 메시지일지도 모를 것들을 모두 찾아내는 겁니다. 그건 다음 문장이 메시지일 거라 알리는 반복된 문장일 수도 있습니다.

난 뭘 찾아야 하는지 모릅니다. 나도 모르니까요. 하지만 당신은 예리합니다. 난 당신이 이 일에 적격이라고 생각합니다."

"제 막사에서 계속 일을 하나요?"

"아니, 물론 아닙니다. 내가 말했듯 이건 우리 둘만 아는 일입니다. 누구도 알아선 안 됩니다. 여기 블레츨리에도 동조자가 있을 가능성이 높으니까요."

"정말요?"

"순진해선 안 됩니다, 레이디 패멀라. 아프베어독일 군사정보국는 아둔하지 않습니다. 그들은 모든 곳에 동조자들을 침투시키려고 시도할 겁니다. 따라서 완벽한 비밀이 필요하다는 걸 알아야 합니다."

"물론이에요. 하지만 구내식당에서 동료들을 만나면 제가 무슨 일을 하고 있다고 해야 하죠? 제 룸메이트에게는요?"

"트래비스 중령의 특별 임무를 보조하게 되었다고 말하십시오. 예쁜 얼굴이 서류 작업하는 모습을 보는 걸 좋아하는 중령 때문에 말이죠."

그녀는 그 말에 웃을 수밖에 없었다. "그럼 전 여기서 일하나요?"

"그렇습니다. 꼭대기 층의 방을 쓰도록 준비해 놓았습니다. 그리고 나에게 보고하십시오. 오직 나에게만. 알겠습니까?"

"네. 중령님의 기대에 부응하면 좋겠군요." 그녀가 말했다. "그럼 저 혼자 일하는 건가요?"

"아니요, 동료 한 명과 함께 일하게 될 겁니다. 암호화된 메시지를 찾기 위해 다른 독일 방송을 확인할 아주 영리한 청년이죠. 무해한 말들 중에 암호화된 메시지일지도 모를 것들을 찾아내고 그 암호들을 해독하는 데 서로 도움이 되길 바랍니다."

말이 없는 패멀라에게 그가 덧붙였다. "난 당신을 전폭적으로 신뢰합니다. 이 일에 적임자라고 생각하죠."

"언제 시작할까요?" 그녀가 물었다.

그가 미소를 짓자 심각한 얼굴이 순간 사람 좋은 얼굴이 되었다. "지금만큼 좋은 때가 없군요, 레이디 패멀라."

패멀라는 사무실을 나와 꼭대기 층의 지정된 방을 향해 한 층 더 계단을 올랐다. 그곳은 하인들의 숙소였던 게 분명했다. 복도는 목재 패널로 되어 있지 않았고, 먼지투성이에 환기가 안 되어 갑갑한 것으로 보아 폐기되었던 곳 같았다. 문을 연 그녀는 오른쪽에서 뭔가가 움직이는 바람에 놀라서 짧은 숨을 내뱉었다. 키가 크고 멀쑥한 남자가 앉아 있던 탁자에서 벌떡 일어났다.

"어머나, 당신 때문에 놀랐잖아요." 패멀라가 이제 웃으며 말했다. "여기에 누가 있을 줄 몰랐어요. 당신이 내 파트너겠군요."

그가 탁자를 돌아와 그녀에게 손을 내밀었다. "프로기 브레이스웨이트." 그가 말했다. "그리고 당신은 레이디 패멀라 서턴."

"맞아요." 그녀가 말했다. "당신 이름이 정말 프로기Froggy '개구리 같은'이라는 뜻는 아니겠죠."

"간부들에게는 레지널드로 불리죠." 그가 말했다. "하지만 윈체스터에서 '프로기'로 불렸고, 그 후로 그렇게 불렸죠. 그리고 기억할지 모르겠지만 우린 전에 만났었죠. 사교 시즌 때, 당신의 데뷔 무도회 중 한 곳에서 함께 춤을 춘 걸로 확신합니다. 그걸 증명할 멍이 당신한테 아직 남아 있을지 몰라요."

"어쩐지 낯이 익다 했어요." 그녀가 말했다. "그리고 그 시즌 동안 내 발가락을 밟은 파트너가 당신만은 아니었을걸요. 여자들에게는 춤을 가르치면서 그들의 파트너들에게는 그럴 생각을 못 하죠. 그건 그렇고, 같이 일하게 돼 정말 기뻐요. 이 모든 일이 너무 벅차게 느껴져, 혼자라면 감당할 생각이 들지 않았을 거예요."

"당신은 틀림없이 똑똑하겠네요. 그렇지 않으면 결코 여자에게 이런 일을 맡기지 않을 테니까요." 그가 말했다. "눈치채지 못했을 수도 있지만, 여기에서 진짜 중요한 일들은 남자들 차지잖아요. 여자들은 틀에 박힌 사무직을 맡고 있고. 훨씬 뛰어난 능력이 있다고 해도 말이죠."

"난 운이 좋은 여자 중 하나네요." 패멀라가 말했다. "꽤 흥미로운 일을 하고 있거든요. 하지만 사실 암호 해독이라고는 할 수 없죠. 그걸 어떻게 시작하는지도 몰라요. 당신이 가르쳐 줘야 할 거예요."

그는 탁자에 놓인 전신타자기 인쇄물을 가리켰다. "녹취록 일차분이 Y 방송국에서 전송됐어요." 그가 말했다. "같이 보고 우리가 뭘 찾을 수 있는지를 당신에게 보여 줄 수 있을지 봅시다."

그들은 탁자 앞에 함께 서 있었다. 패멀라의 눈이 첫 페이지를 훑었다.

친애하는 영국의 벗들에게. 여러분의 무분별한 정부가 여러분에게 불필요한 고통을 겪게 해서 유감스럽게 생각합니다. 침공은 계획대로 진행될 것이며, 강력한 독일군을 막을 수 있는 방도가 여러분에게는 없습니다. 하지만 우리를 돕는 사람들, 우리를 환영하는 사람들은 그것이 매끄러운 과정이며, 삶이 빠르게 평상을 되찾으리라는 것을 알 것입니다. 불이 다시 켜질 것이고, 술집과 극장이 다시 문을 열 것입니다. 음식이 다시 풍족해질 것입니다.

"완전히 허튼소리군요." 패멀라가 외치자 프로기가 빙긋 웃었다. "당연히 누구도 이런 말을 믿진 않겠죠?" 그녀가 물었다.

"놀랄 겁니다." 그가 대답했다. "특히 이런 뉴스를 듣는다면." 그가 페이지의 아랫부분을 가리켰다.

영국 은행은 영국 국민에게 거대한 사기 행각을 벌이고 있습니다. 파운드 지폐는 사실상 가치가 없어졌는데도 정부는 계속 발행하고…….

두 사람은 계속 읽어 나갔다. 침몰한 영국 전함 수에 관한 보고. 영국 해안에 결코 도달할 수 없는 식량을 실은 화물선들. 영국은 곧 기아에 직면하리라는 것. 많은 정부 관료와 권력자들은 여전히 배가 부른 반면 화이트홀관공서가 많은 런던 거리 밑에 비밀 식량 저장고가 있음에도 일반 노동자는 톱밥으로 만든 빵으로 연명해야 한다는 것.

우울하고 기만적인 뉴스 단신들 다음으로 독일 포로수용소에 잡혀 있는 영국 군인들로부터의 의도된 메시지들이 이어졌다.

현재 16포로수용소에 수용된 영국 공군 혼처치 비행대 소속의 지미 볼턴 중사로부터. 그의 아내 미니에게. '내 걱정은 마, 여보. 나는 건강하고 이곳에서 잘 먹으며 보살핌을 받고 있어. 기운 내길. 곧 집에 돌아갈 테니까.'

"내가 이 남자의 아내라면 숨도 제대로 못 쉬었겠네요." 프로기가 중얼거렸다.

패멀라가 끄덕였다. "모두 매우 암시적이고 우울감을 부추기지만," 그녀가 말했다. "암호문처럼 보이는 건 보이지 않네요. '자정에 고슴도치가 나온다' 같은, 내가 찾으리라고 예상했던 문장은 전혀 없어요."

그가 웃음을 터뜨렸다. "독일군들의 암호는 꽤 정교합니다. 문장의 첫 글자들이 어떤 유용한 단어의 철자는 아닌지 살펴보죠."

그들의 첫 번째 시도는 아무런 결과를 얻지 못했다. 두 사람은 비슷한 조합을 시도했다. 모든 단신의 두 번째 문장을 살폈다. 그런 다음 포로를 자처하는 이들의 이름을 살폈다.

"볼턴은 장소일 수도 있겠네요." 패멀라가 제안했다.

프로기는 고개를 저었다. "하지만 심스와 존슨은 아니잖습니까? 아직은 눈에 띄는 게 없다고 말해야겠군요. 반복되는 단어나 어구도 전혀 없고. 매일 같은 시각에 어떤 구절이 반복되는지 판단하려면 며칠 정도는 녹취록을 봐야 할 것 같군요."

첫날의 근무가 끝날 무렵, 패멀라는 상부에서 자신의 능력을 과대평가했다는 생각이 들었다. 곧 능력 부족으로 불명예스럽게 원래 일로 돌아가게 될 것 같았다.

그녀가 집에 도착하자 트릭시가 기다리고 있었다. "그래서 뭐에 관한 거였어? 말해도 돼? 트래비스 중령이 무슨 경고라도 하디?"

"아니, 그런 게 아니었어." 패멀라가 말했다. "그냥 날 새 부서로 옮긴다는 용건이었어. 내가 있는 부서는 인력이 남아돌고, 저택의 사무직에 일손이 더 필요하대. 트래비스 중령의 표현대로라면, 주변에서 예쁜 얼굴을 보는 게 좋다고."

트릭시가 고개를 절레절레 흔들었다. "남자들이란!" 그녀가 말했다. "여자가 '주변에서 잔 근육을 보는 게 좋으니까 남자를 고용해.'라고 말하면 재미없을 테지."

패멀라가 웃었다. "권력을 쥔 어떤 여자는 분명 그런 생각을 할 거야. 하지만 어쨌든 난 막사에서 나오게 돼 기뻐. 거물급 인사들이 본채에서 일한다면 당연히 겨울에 난방을 제대로 할 테니까. 그리고 휴식 시간에 잠깐 들를 수 있을 정도로 구내식당도 가깝고."

"그래도 여전히 따분한 일에 불과하잖아, 나처럼." 트릭시가 말했다. "우리가 능력이 있고 남자들처럼 쉽게 암호를 풀 수 있다는 걸 그들은 언제 깨달을까?"

"절박해질 때가 되어서겠지." 패멀라가 말했다. "사실 이곳에 머리가 정말 좋은 남자들이 있다고 들었어. 수학의 귀재들. 나도 수학을 못하진 않았지만 여기 몇몇 남자들처럼 대수학 문제를 푸는 새로운 방법에 관해 사색에 잠긴다거나 머릿속에서 숫자들이 춤추듯 맴도는 건 상상도 되지 않아."

"네가 묻는다면 그들 중 일부는 약간 제정신이 아니야. 영화관에 같이 가자고 한 그 남자 말이야. 목 안쪽에서 이상한 허밍을 하고, 신경질적으로 발을 굴러 대고, 내 어깨에 팔을 두르는 것 말고는 더 이상 진도를 안 나가는 거 있지. 여기에서 정상인 사람은 우리 둘밖에 없을 거야."

패멀라는 사교계 데뷔 무도회에서 함께 춤을 췄던 남자와 일하게 되었다는 사실을 말하려다가 그러한 사소한 것조차 비밀로 해야 한다는 규정을 떠올렸다.

그때 벨 소리가 울렸다. "내려가서 저녁과 대면할 시간이 된 것 같아." 그녀가 말했다. "유감스럽게도 생선 끓이는 냄새가 나는데."

"오, 안 돼, 끔찍한 생선 조림 요리는 아니겠지." 트릭시가 말했다. "적어도 그녀는 스팸을 오래 익히진 않을 거야. 우리 그냥 살짝 빠져 나가서 소시지 롤에 맥주 한 파인트 하고 오는 게 어때?"

"뭐, 그랬다가 주인아줌마의 노여움을 사서 영원히 질기디질긴 고기가 들어간 스튜만 나오게? 아주머니가 항상 그 섬뜩한 느낌의 챔피언 씨에게 가장 좋은 고깃덩어리 주는 거 너도 눈치챘어?"

"당연하지. 그 남자한테 반했나 봐. 하지만 불행히도 그 남자는 아주머니를 좋아하지 않아. 내 말은, 얘, 누가 좋아하겠냐고?" 그녀가 환하게 웃음을 터뜨렸다. 그러더니 다시 진지한 표정이 되었다. "근처 어딘가에 더 괜찮은 하숙집이 있을 거야. 부모님께 이 주변에 연줄이 있는지 물어보면 좋은데, 내가 어디 있는지 밝힐 수가 없잖아. 만약 연로한 삼촌이 이 근방에서 십 킬로 떨어진 저택에 살면서 일주일에 세 번 꿩고기를 먹는다는 걸 알게 되면 정말 열받을 것 같아." 트릭시가 패멀라와 팔짱을 꼈다. "좋아. 내려가서 현실을 직시하자. 아니, 조린 대구 요리와 대면하자. 그런 다음 나가서 맥주 한잔하자고. 내가 낼게."

28

벤의 고향 마을 그리고 외지에서

런던을 방문하고 집으로 돌아온 벤은 검블 양의 방을 뒤질 생각을 하니 마음이 불편했다. 대단히 어렵지는 않으리라고 생각했다. 그녀는 오전 중에 피비와 함께 있으면서 수업을 할 가능성이 컸다. 그럼에도 커다란 위험이 있었다. 저택에 있는 모두가 자신을 알았다. 가족 중 누군가와 마주치면 거기에 있는 이유를 지어내야 할 테고, 차를 함께하자며 집 안으로 끌려갈 수도 있었다. 마구간 위의 숙소로 향하는 계단을 오르는 모습이 눈에 띄면 입장을 해명해야 했다. 그때 아버지가 방 안으로 들어오더니 그곳에 있는 벤을 보고 놀란 표정으로 올려다봤다.

"아, 돌아왔구나. 런던에 간 줄 알았는데?"

"회의 때문에요." 벤이 말했다. "실은 며칠 다녀올 곳이 있어요. 북부 지역에요."

"대체 북부에는 왜 가는 게냐?" 아버지가 물었다. "사무실에서 일하는 줄 알았는데."

“아, 그럼요. 그래요.” 벤이 다급히 말했다. “하지만 연구소에 직접 서류를 전달하는 일을 맡았어요. 요즘엔 아무리 조심해도 지나치지 않잖아요. 우편물이 중간에 사라질 수도 있고요.”

“정말이냐? 그럴 일 없다. 영국 우체국은 신뢰할 만한 기관이야.”

“모를 일이죠, 아버지. 독일 동조자들이 도처에 잠입해 있어요.”

“그건 그냥 유언비어다. 적들이 우리 마음에 공포를 심으려고 퍼뜨리는 말이라고 믿는다. 서로를 의심하게 하는 거지. 독일군들이 매일 우리 땅에 내려앉는다고 생각하도록. 마을 사람들 절반은 낙하산이 펴지지 않았던 그 불쌍한 남자가 독일 스파이라고 믿고 있지. 허무맹랑한 말이야. 영국군 군복을 입고 있었다. 내가 직접 봤지. 비극적인 사고, 그래 바로 그런 사고였어.”

“그럴지도요.” 벤이 말했다. “그래서 사나흘은 집을 비웠다가 다시 집에 올 수도 있고, 부서 책임자의 결정에 따라 못 올 수도 있어요.”

크레스웰 목사는 주위를 둘러보았다. “내가 여기에 왜 왔는지 생각하는 중이다. 요즘은 내 머리가 체 같구나. 아, 기억났다. 새에 관한 책. 저기 큰 느릅나무에 올빼미 둥지가 있고, 내 생각엔 그게 가면올빼미 같구나. 땅거미가 질 무렵 얼핏 봤지만 확인하고 싶다.”

벤에게 기발한 생각이 떠올랐다. 검블 양의 망원경. 아버지 핑계를 대고 망원경을 빌려 달라고 하면 될 듯싶었다. 완벽한 생각이었다. 그는 여행 준비를 하며 하룻밤 묵을 가방을 꾸리고서 자전거를 타고 팔리로 향했다. 진입로를 오를 때, 군용 트럭 호송대가 내려와 그는 길 한쪽에 자전거를 세워야 했다. 트럭이 지나갈 때까지 기다리는 동안 의심이 다시 고개를 들었다. 검블 양에게 망원경을 빌려 달라고 부탁하면 그녀는 아마 직접 가서 망원경을 가져올 터였다. 검블 양은 방에 자신을 들이길 꺼릴 것이었다. 뭔가 숨길 게 있다면 더욱. 하지만 그녀의 허락 없이 그녀의 방에 가다가 눈에 띄기라도 하면 그녀는 그 말을 들을 테고, 소동이 일어날 것이었다.

"빌어먹을." 그가 중얼거렸다. 스파이가 될 자질 같은 건 애초에 없었다. 벤은 게슈타포의 손아귀에서 마고 서턴을 구하기 위해 파견된 친구들을 생각했고, 그런 일에 자원하겠다는 자신의 말은 멍청하게 들렸으리라. 점령당한 파리에서 전신 메시지를 수신하고 송신하는 마고는 대담한 성격인 게 분명했다. 그는 늘 마고에게 약간은 경외하는 마음을 품었던 것을 기억했다. 그녀는 패머보다 몇 살 위였고, 10대였을 때조차 세련되고 매력이 넘쳤었다. 하지만 분명 용감했던 사람, 나무에 오르고 위험을 감수했던 사람은 패머였다. 그는 지금 구조되기를 기다리며 파리에 있는 사람이 패머가 아니라는 사실에 크나큰 안도감을 느꼈다. 점령국의 독일군 본부에서 그녀를 성공적으로 구출할 가능성은 매우 희박해 보였기 때문에. 그들 모두 목숨을 잃을 가능성도 있었다. 그는 웨스터햄 경 부부가 자식이 그토록 위험에 처해 있고, 모두가 비밀을 지켰어야 했다는 게 얼마나 어려운지 알지 궁금했다.

호송대의 마지막 트럭이 지나갔다. 벤은 저택까지 자전거를 몰았다. 그는 합판 패널이 내려져 계단을 통해 옮겨지는 모습을 보았다. 지붕을 수리할 자재인 듯했다. 군인들이 바삐 움직이고 있어 그는 눈에 띄지 않고 슬쩍 지나쳐 마구간 앞뜰에 도착했다. 계단을 올라 혹시 검블 양이 피비와 수업을 하고 있지 않을 경우를 대비해 방문을 두드렸다. 그러고는 손잡이를 잡고 밀어 보았다. 방문은 잠겨 있는 듯했다.

"빌어먹을." 그는 그렇게 중얼거리고 어깨로 문을 밀었다. 문이 활짝 열렸고, 그는 검블 양의 방에 있었다. 주위를 둘러보는 그의 심장이 빠르게 뛰었다. 책 더미 중 하나 위에 놓여 있는 망원경이 보였다. 무선 전신기. 그가 찾는 것은 바로 전신기였다. 그리고 스파이 행위를 입증할 서류들. 방은 작았고, 그는 책더미들과 그녀의 얼마 되지 않는 소지품을 아주 빠르게 훑었다. 하지만 전신기의 흔적은 찾지 못했다.

분명 마구간 방에 있는 그녀 물건 중에서 무선 전신기는 눈에 띄지 않았다. 그는 그녀의 탑 방 어딘가에 전신기가 숨겨져 있는 게 아닐지 확인하러 탑 방에 가야 하는 게 아닌지 고민했다. 필요한 것은 구실이었다. 그는 야회복 재킷을 입고 있었던 게 떠올랐다. 그래, 그런 이유면 될 것 같았다. 그는 발길을 돌려 저택으로 향했고, 두 층을 지나 꼭대기 층으로 올랐다. 검블 양의 탑 방과 이어지는 나선형 계단에 당도할 때까지 누구도 그를 막아서지 않았다. 몇몇 군인이 좁은 계단 위로 합판을 옮기느라 애쓰고 있었다. 그들 중 하나가 몸을 돌려 벤을 보았다.

"무슨 일입니까?" 그가 물었다. "보시다시피, 지금 여긴 작업 중이라 다시 내려가 주시면 감사하겠습니다."

"탑 방에서 그 레이디를 구했던 사람인데," 벤이 말했다. "저는 야회복 재킷을 입고 있었고, 금으로 된 커프스단추를 잃어버렸습니다. 그래서 잠깐 방 안을 살펴봐도 될지 모르겠습니다. 제게 추억이 있는 물건이라서요."

장교가 고개를 끄덕였다. "당연히 괜찮습니다. 잠시 동작 그만. 신사분이 지나가게."

벤은 서둘러 계단을 올라갔다. 바닥에 떨어진 회반죽과 그을린 벽등, 방은 난장판이었다. 여전히 연기 냄새가 났다. 벤은 발밑을 조심하며 침대 밑과 창가의 긴 의자를 살피고 느슨한 마룻널을 찾아봤지만 아무것도 발견하지 못했다. 물러날 수밖에 없었다. 그녀에게 전신기가 있다면, 잘 숨겨 놓았거나 이미 몰래 빼돌렸을 터였다.

이제는 잉글랜드 북부의 전투 장소에 대한 임무를 완수하고, 그곳에 있는 동안 어떤 단서가 분명해졌는지 확인하는 것 외에는 할 일이 없었다. 그는 아는 사람과 마주치지 않은 채 다시 자전거를 타고 집에 도착했다. 이윽고 역으로 걸어가 런던행 열차를 탔다.

그날 오후, 차를 마시자마자 레이디 피비는 슬그머니 집에서 나와 사냥터 관리인의 오두막으로 향했다. 로빈스 부인은 움푹 꺼진 눈과 공허한 표정에 더 나이가 들어 보여 다른 사람 같았다.

"안에 있어요, 아가씨." 그녀가 기운 없는 목소리로 말했다. "괜찮다면 들어가 보세요."

피비는 로빈스 부부의 아들이 실종되었다는 사실을 잠시 잊고 있었다. 무슨 말이라도 해야 하는지 고민했지만 적당한 말이 떠오르지 않아서 그저 미소 지으며 말했다. "고마워요, 로빈스 부인."

부엌으로 들어간 그녀는 잼을 바른 빵을 먹고 있는 앨피를 보았다. 고개를 든 그가 그녀를 보고 씩 웃었다.

"우리끼리 할 말이 있어." 그녀가 말했다. "그건 놔두고 다른 사람이 엿들을 수 없는 곳으로 가자."

앨피가 그녀를 따라 밖으로 나갔고, 오두막에서 한참을 걸어온 뒤에야 그녀가 입을 열었다. "우리의 탐정 일을 서둘러야 해. 새로운 일들이 있었어."

"그런 게 있어요?"

그녀가 끄덕였다. "우리 집이 폭격당했다는 얘기는 들었겠지."

"네. 알아요. 끔찍해요."

"음, 난 우리의 낙하산 남자에 대해 생각하기 시작했어. 왜 팔리를 폭격할까?"

"글쎄요, 거기에 군인들이 엄청나게 많이 머무니까요." 그가 씩 웃었다.

"그렇지. 그것도 한 가지 이유일 수 있어. 하지만 또 다른 이유가 있다면?"

"예를 들면요?"

"팔리의 누군가나 뭔가를 제거해야만 한다거나. 교구 목사의 아들 크레스웰 씨, 알아?" 앨피가 고개를 끄덕였다. "불이 난 그날 밤, 거기에 있었어. 그 사람이 나와 내 가정교사를 구했어. 정말이지 아주 용감해. 그런데 검블 양에게 망원경이 있다는 사실에 관심을 보였어. 그리고 오늘 위층에 있는 공부방에서 우연히 창밖을 봤는데, 그가 검블 양이 잠시 머물고 있는 마구간 마당으로 가는 걸 봤어. 그래서 그가 뭔가 이상한 일이 일어나고 있는 게 아닌지 의심한다는 생각이 들었어. 아니면," 피비는 말을 멈췄다. "그는 낙하산 남자와 관련이 있는지도 몰라."

"그게 무슨 말이에요?" 앨피가 물었다.

"내 말은, 전쟁 전에 비행기 사고로 다쳤다는 건 알지만, 왜 군대 같은 데 소속돼 있지 않을까? 어쩌면 독일군의 점령을 원하는 부류일지도 몰라. 조용하고 교활한 부류, 그들이 이용하기 딱 좋은 부류 말이야. 그래서 너랑 내가 서두르는 게 좋겠어. 내가 알기로 그는 기차역에 갔어. 하지만 돌아오면 그를 주시해야 해. 그리고 난 집 주변을 돌면서 수상쩍은 게 없는지 염탐할 거야. 너도 뭔가 의심스러운 게 없는지 살피면서 마을 주변을 기웃거리며 돌아다녀. 알겠지?"

"알겠어요." 그가 말했다. "이미 사람들이 하는 얘기를 귀 기울여 듣고 있었지만요. 어떤 사람들은 의사네 집에서 지내는 독일 남자가 스파이일지 모른다고 생각해요."

"하지만 그 남자는 유대인이고 오스트리아인이야. 나치 치하에서 도망쳤고."

"그건 그 남자 말이죠." 앨피가 다시 씩 웃었다. "아무튼 최선을 다할게요. 내가 생각하는 의심스러운 사람을 말하자면 그 건축업자 백스터네예요. 마당으로 통하는 문이 항상 닫혀 있고, 안을 들여다볼 수 없게 울타리가 너무 높은 거 눈치챘어요?"

"누가 몰래 들어와서 자기네 자재를 훔쳐 갈까 봐 그러는 거겠지." 피비가 말했다.

"그래요. 하지만 그거 말고도 더 있어요." 앨피가 말했다. "일전에 백스터네 화물차가 집에서 나가는 걸 지켜봤어요. 화물차가 나가는 순간, 누군가가 문을 바로 닫더라고요. 아들 백스터 씨가 운전 중이었는데, 거기 서 있는 날 보더니 소리치는 거예요. '뭘 쳐다보냐? 당장 가라'."

"그래서 백스터네 마당을 염탐하겠다고? 훌륭해." 피비가 말했다. "우린 이 미스터리를 밝혀낼 거야. 두고 봐, 앨피. 우리가 모두를 깜짝 놀라게 할 거니까."

29

파리

마고는 리츠 호텔 창가에 앉아 거리를 응시했다. 손가락은 여전히 욱신거렸고 피가 솟아났지만 더 고통스러운 상처는 따로 있었다. 저 여자. 그게 그가 자신을 불렀던 말이다. 그는 감정이 전혀 깃들지 않은 얼굴로 자신을 보았다. 자신은 그의 연인이 아니었다. 그는 자신을 전혀 사랑하지 않았다. 무사히 고향으로 돌아갈 수 있었을 때 파리에 머물며 자신은 목숨을 걸었다. 그리고 자신은 그를 구할 기회가 전혀 없었다. 독일군은 그들의 명령에 따를 수밖에 없는 상황으로 몰아넣고 자신을 이용하고 있었다.

얼마나 바보 같은가. 그녀는 생각했다. 집으로 돌아가게 될지 몰랐지만 어디까지나 적을 돕기 위해서였다. 그렇게 하지 않으면 그곳에 있는 누군가가 분명 자신이나 가족 중 한 명을 죽일 터였다. 이제 실제로 활동 중인 그들을 보았고, 그들은 분명 자신을 파견하는 데 거리낌이 없을 터였다. 그녀는 어떤 임무가 주어질지 감을 잡지 못했지만, 자신이 귀족이며 최상류층 사람들과 어울린다는 사실과 관련이 있을 것이라 짐작했다. 그녀는 몸서리를 치고는 상처 난 손을 가슴에 얹었다.

"난 당신에게 지령을 내려야 합니다." 그들을 태운 차가 포슈 대로에 위치한 게슈타포 본부 앞에서 출발하자 헤어 딩크슬라거는 그렇게 말했다. "아주 용감하더군요. 영국의 유서 깊은 가문 출신에게 내가 기대했던 그대로 말입니다. 손가락에 대해서는 사과해야겠군요. 상처가 남지 않으리란 걸 알게 될 겁니다. 그럴 필요가 있었다는 걸 깨달으리라 확신합니다."

그녀는 말없이 창밖을 응시했다.

"먼저 약간의 훈련이 필요할 겁니다." 헤어 딩크슬라거가 말했다. "그래서 당분간 당신을 리츠 호텔에 머물게 할 생각입니다. 좋은 음식과 와인을 최대한 활용하는 게 낫지 않겠습니까?"

그는 시골로 드라이브라도 가듯 다시 그녀에게 수다를 떠는 중이었다. 그녀의 손톱 밑에 쐐기를 박은 적이 없었다는 듯이.

그는 나머지 손가락에도 같은 짓을 할 준비가 되어 있었고, 소기의 목적을 이룰 수 있다고 생각하면 젊은 병사가 자신을 강간하도록 할 작정이었다. 어떤 부류가 그런 짓을 할 수 있지? 그녀는 궁금했다. 문명인의 탈을 쓰고 처신하지만 태연히 고문하고 죽이는 부류. 그는 결코 고국에 있는 아내나 자식, 여자 형제를 생각하지 않고, 그들에게도 그런 끔찍한 일이 일어날지도 모른다고는 절대 생각하지 않는 걸까?

그들은 리츠 호텔 앞에 차를 세웠고, 그는 그녀를 호텔 안으로 에스코트했다. 지지 아르망드의 스위트룸은 비어 있었다. "손가락에 붕대를 감아 줄 사람을 찾아보죠." 그가 말했다. "그리고 내일 시작할 훈련을 준비하겠습니다."

이제 포로가 된 그녀는 불행한 운명을 기다리며 그곳에 홀로 앉아 있었다. 내가 할 수 있는 일이 분명 있을 거야. 그녀는 생각했다. 하인들의 숙소를 통해 옥상으로 가는 방법. 어떤 어처구니없는 생각이 떠올랐다. 그냥 문을 열고 복도를 걸어 계단으로 내려가 자유의 몸이 되는 건 어떨까? 그녀는 방을 가로질러 문을 열었다. 그 소리에 계단 옆에서 경비를 서고 있던 독일군이 고개를 돌려 그녀를 응시했다. 그 방법은 역시 아니었다.

그녀는 다시 머리를 굴렸다. 룸서비스로 뭔가를 시킬 수 있을 터였다. 어느 여자가 그것을 가져오면 힘으로 제압해 그녀를 묶은 뒤, 유니폼을 빼앗아 입고 달아날 수 있을 듯했다. 그 아이디어는 흥미로웠지만 한 단계 더 나아가 생각했다. 만일 그 사람이 몸부림치며 맞서 싸운다면, 불가피하게 그 여자를 죽일 수 있을까? 마고는 몸서리를 쳤다. 사람을 죽이는 것은 묶는 것과는 다른 문제였다. 그러나 여기 이렇게 가만히 앉아 있을 수만은 없었다. 수화기를 집어 들었더니 신호음이 들리지 않았다. 그때 지지 아르망드가 걸어 들어왔다. 마고는 잘못을 저지른 아이처럼 고개를 들었다.

"와인 한 잔을 주문하려는 중이었어요." 그녀가 말했다.

아르망드가 미소 지었다. "보안상의 이유로 내가 들어오는 걸 봐야 프런트 데스크에 있는 작은 남자가 전화기 스위치를 올린단다. 자, 원하는 게 뭐라고?"

"신경 쓰지 마세요." 마고가 발걸음을 옮기며 말했다.

"물론 신경 써야지. 오늘 오후에 있었던 작은 사건에 대해 들었다. 코냑은 마셨니? 신경을 안정시키는 데 아주 좋지." 마고가 고개를 저었다. "그나저나 그들이 네 불쌍한 손은 치료해 줬니?" 그녀는 붕대를 보았다. "참으로 미개한 인간들이야. 내가 슈파치Spatzi '참새'라는 뜻의 독일어로, 애인을 칭하는 은어에게 말하마. 그러니까 헤어 딩크슬라거 말이야. 다음에 그와 이야길 나눌 때. 내 프로테지protégées 피보호자를 그런 식으로 대하면 안 된다고. 아내의 새 드레스를 맞출 생각이 없다면 몰라도."

그녀가 다가와 붕대를 감은 마고의 손가락을 들었다. "저들이 시키는 대로 해야 해, 마 셰리ma chérie 자기야. 살고 싶으면 우리는 저들한테 동조하는 체해야 한다고. 널 고국에 보내려는 것 같더구나. 제발 고매하게 굴지 마. 그들이 시키는 대로 하면 넌 무사히 가족들 품으로 돌아갈 거야."

마고는 고개를 끄덕였다. 말하려고 입을 열었다간 그대로 무너져 울음을 터뜨릴지도 모른다는 끔찍한 기분이 들었다. 장시간 버티고 있는 그녀에게 친절한 마담 아르망드는 인내심의 한계점이었다.

아르망드는 수화기를 들고 차분하게 훈제 연어와 샤블리 한 병 그리고 코냑 큰 잔을 주문했다. 그러고는 수화기를 내려놓고 마고에게 미소 지었다. "다 잘될 거야." 그녀가 말했다.

"어떻게요?" 마고가 암울하게 말했다.

아르망드가 다가와 마고의 어깨에 팔을 둘렀다. "너의 가스통은 아주 고결해. 프랑스의 자랑이로구나."

"무슨 말씀이죠?" 마고가 고개를 쳐들었다. "그 사람은 날 고문하게 내버려 뒀어요. 그런 게 고결한 건가요?"

아르망드가 미소 지었다. "그는 무슨 일이 있든 레지스탕스를 배신하지 않을 거야. 그가 너에게 한 말을 들었단다. 네가 그에게 아무것도 아니었다는 말. 난 남자들을 알아, 마 셰리. 꽤 많은 남자를 경험했지. 그는 그자들이 널 손대지 못하게 확실하게 해 두려는 거야."

"확실하게요?" 마고가 화가 나서 말했다. "그는 나를 토막 내든 말든 알 바 아니라고 했어요."

"하지만 당연해." 아르망드는 매우 프랑스적으로 어깨를 으쓱했다. "모르겠니? 그게 널 풀려나게 할 유일한 방법이었으니까. 그가 너에게 아무 관심이 없다면 널 고문하는 게 그에게 아무 영향도 못 미칠 테니까. 게다가 그 행동으로, 네가 그 독일 책략가가 시키는 대로 하겠다고 동의하게 한 이득도 있었지. 이제 넌 그들의 꼭두각시가 될 거야."

마고는 의심스러운 눈초리로 그녀를 올려다보았다. "너무도 많은 걸 아시는 것 같네요. 비밀리에 그자들과 일하고 있는 건가요?"

"애야, 난 누구하고도 일하지 않아." 아르망드가 말했다. "하지만 너도 지금쯤 짐작했겠지만 난 슈파치의 정부란다. 내가 리츠에 살면서 마음대로 다닐 수 있는 걸 달리 어떻게 생각할 수 있겠니? 그래, 널 데려왔을 때 내가 그 작은 연극의 일부였다는 걸 고백해야겠구나. 하지만 그건 어디까지나 널 아끼고 네가 살아 있길 원해서였어."

"그럼 저들이 영국에서 내게 무슨 일을 시킬지 아나요?"

지지 아르망드는 어깨를 으쓱했다. "정확히는 몰라. 거기서 네가 적임자와 접선하기까진 모를 거야."

"하지만 그들이 내 사회적 지위를 이용해 누군가를 죽일 거라고 생각하지 않으세요? 누군가 중요한 사람. 아마도 왕가의 일원?"

아르망드는 다시 어깨를 으쓱했다. "솔직히 말해서 모른단다. 하지만 내가 해 줄 말은, 끝까지 그들을 따르는 체해야 한다는 거야."

"내가 결코 가스통을 구할 순 없겠죠?" 마고가 작은 목소리로 물었다.

"솔직히 그럴 가능성은 없어." 아르망드가 말했다.

다음 날, 마고의 의심은 그들이 자신을 사격장으로 데리고 가자 더욱 굳어졌다. 그녀는 꿩 사냥을 한 적이 있고, 사실 뛰어난 사수였지만 총을 잘 다루지 못하는 것처럼 서투르게 보이려고 애썼다. 어떻게든 시간을 벌 심산이었다.

"더 잘해야 합니다, 프로일라인." 그녀의 훈련을 맡은 독일인 장교가 말했다.

"안타깝게도 총을 들고 있으니 계속 아프네요." 그녀가 말했다. "내 손가락이 낫길 기다려야만 해요."

"기다릴 시간이 없습니다." 그가 말했다. "당신은 저쪽에서 즉각적인 임무를 해야 합니다. 자, 다시 하십시오. 연속 다섯 번 표적의 중심을 맞힐 때까지 훈련을 강행하겠습니다."

더욱 강도 높은 날들이 이어졌다. 암기해야 할 것들도 늘어나고 이해해야 하는 음어들도 있었다. 그리고 은근한 협박이 가해졌다. 자신은 항상 감시당할 것이고, 가족도 그럴 터였다. 현재 영국에 얼마나 많은 요원이 활동하고 있는지 몰랐지만 그녀는 동포를 위해 좋은 일을 하게 될 터였다. 결론은 필연적이었다. 침략은 일어날 터였다. 그러나 그녀가 그 속도를 높여 영국을 더 끔찍한 고통에서 구할 것이었다.

이윽고 사흘째 되던 날, 그녀가 막 훈련을 마치고 돌아왔고 지지가 여전히 의상실에 있었을 때, 문을 두드리는 소리가 났다. 마고가 문을 열자 낯선 독일 장교 두 명이 걸어 들어왔다.

"프로일라인, 지금 당장 우리와 갈 데가 있습니다." 한 남자가 딱딱한 영어로 말했다. "밖에 차가 대기하고 있습니다."

"어디로 가는 거죠?" 그녀가 물었다.

"묻지 마십시오." 남자가 그녀에게 소리치더니 팔을 잡아 앞으로 밀었다. 그녀는 두 사람 사이에서 복도를 지나 계단으로 내려갔다. 다른 독일인 장교들이 그들을 지나치며 경례하거나 정중하게 고개를 끄덕였다. 밖에는 검은 메르세데스가 대기 중이었다. 그들 중 한 명이 그녀를 위해 뒷문을 열었다. "타십시오."

그녀는 뒷좌석에 올라탔다. 두 장교가 앞에 타더니 차를 출발시켰다. 마고는 두려움을 삼켰다. 포슈 대로의 게슈타포 본부로 가는 걸까? 아니면 결국 자신이 쓸모가 없다고 결정돼 처형하려고 끌고 가는 걸까? 그녀는 무릎이 떨리는 것을 멈춰 보려고 애썼다.

그들은 파리 중심가에서 벗어나고 있었다. 교외를 지나자 불빛이 희미해졌다. 지금껏 아무도 한마디도 하지 않았다. 그때 남자 중 하나가 다른 남자에게 고개를 돌렸다.

"꽤 잘 진행되고 있지 않나?" 그가 상류층이 쓰는 영어로 물었다.

다른 남자가 마고를 돌아보고 미소 지었다. "이제 괜찮습니다. 안심해도 좋습니다. 첫 번째 장애물은 통과했으니까요."

"독일인이 아닌가요?" 그녀가 물었다.

"사실 우린 당신을 구출하기 위해 보내진 특공대원입니다." 그가 말했다.

"하지만 이 차와 이 군복은요?" 그녀가 물었다.

"어젯밤 늦게까지 바에서 술을 마시던 불쌍한 두 녀석의 것이죠."

"그들은 지금 어디 있죠?"

"통나무 더미 아래 묻혀 있습니다."

"죽었나요?"

"유감스럽게도 그렇습니다. 전쟁이니까요. 그리고 그들은 당신을 죽이는 데 주저하지 않았을 겁니다. 자, 뒤에 검은 깔개가 있습니다. 검문소에서 멈추면 그 깔개를 뒤집어쓰고 바닥에 엎드린 다음 아무 쪼록 움직이지 마십시오."

"어디로 가는 거죠?"

"쾌속정이 대기하고 있길 바라는 해협으로요. 괜찮습니까?"

"네. 저는 괜찮아요." 그녀가 말했다.

"리츠에서 지냈으니 그렇게 생각해야겠군요." 다른 남자가 말했다. 그의 말투에서 북부 지역의 억양이 느껴졌다. 처음 그녀에게 말을 걸었던 남자의 상류층 어투와는 사뭇 달랐다. "그들이 왜 당신을 그곳으로 데려갔죠?"

"지지 아르망드가 날 감시하고 있었어요."

"게슈타포 본부로 끌려가지 않았다니 운이 끝내주게 좋았군요."

"몇 번 갔었어요." 마고는 그렇게 말하고 자신도 모르게 몸서리를 쳤다.

"그리고 다시 나왔군요. 그렇게 말할 수 있는 사람은 많지 않습니다. 당신을 죽이느니 살려 두는 게 더 가치가 있었나 보군요."

"날 이용해 가스통 드 바렌의 입을 열려고 했어요." 그녀가 조심스럽게 말했다.

"그래서 그가 입을 열었습니까?"

"아니요."

"물론 안 열었겠죠. 따라서 우리가 당신을 구하러 온 건 행운입니다. 의심할 나위 없이 당신에겐 시간이 얼마 남지 않았을 테니까요."

그들을 태운 차는 계속해서 달렸다.

"당신들 이름을 알 수 있을까요?" 마고가 물었다.

"이름은 없습니다. 그편이 더 안전하죠."

밤이 되자 차는 어둠을 뚫고 달리며 인적 없는 작은 마을을 지났다. 그리고 한 시간쯤 지나자 그들이 우려하던 검문소가 나왔다.

"바닥에 엎드려요." 남자 하나가 나직하게 말했다. 마고는 깔개를 뒤집어쓰고 최대한 몸을 작게 웅크렸다. 차가 멈춰 섰다.

"서류를 보여 주십시오, 중위님." 날카로운 목소리가 요구했다.

마고는 바스락거리는 종이 소리를 들었다. 얼마 후 그가 물었다. "여기서 중위님의 임무는 뭡니까?"

남자 중 한 명이 완벽한 독일어로 대답했다. "칼레의 하이덴하임 장군에게 직접 메시지를 전하라는 베를린의 명령이다."

"공격!" 군인이 소리쳤다. "공격에 관한 메시지가 틀림없겠군요."

"그건 자네가 상관할 바가 아니야." 운전석의 남자가 대꾸했다. "이제 우릴 보내 주게."

차는 다시 속도를 올렸다.

"이제 나와도 됩니다." 그들 중 하나가 말했고, 두 사람은 웃음을 터뜨렸다.

"독일어를 어떻게 그렇게 잘하죠?" 마고가 물었다.

"이런 임무에 독일어가 서툰 사람을 보냈을 리 없죠. 사실 어머니가 오스트리아 사람입니다. 두 언어를 말하며 자랐죠."

"그게 아주 유용한 걸로 드러났군." 다른 남자가 말했다. "내 독일어는 하이델베르크 대학에서 일 년 배운 게 다지만 유사시에 할 만큼은 되죠."

그들은 계속 가다가 독일군과의 조우를 피하기 위한 경로를 찾고자 지도를 살펴보기 위해 교차로에서 멈췄다. 한 번 더 검문소에서 멈춰야 했지만 보초가 그들의 군복을 보고 손을 흔들어 통과시켰다. 이윽고 차는 마침내 도로를 벗어나 나무들 사이에 멈춰 섰다.

"유감이지만 여기서부턴 걸어야 합니다." 상류층 출신 남자가 말했다. "지금부터가 위험한 구간입니다. 여기, 이 검은 스웨터를 입으십시오. 그리고 우리가 말하는 대로만 하십시오. 달리라고 말하면 죽어라 달리는 겁니다. 알겠습니까?"

마고가 끄덕였다. 두 사람은 독일군 군복을 벗어 차에 두고 마고에게 준 것과 비슷한 검은색 터틀넥 저지를 입었다. 그들은 목 부분을 최대한 끌어 올려 얼굴의 상당 부분을 가렸다. 마고는 그들을 따라 했다. 남자 중 하나가 작은 손전등을 꺼내 희미한 불빛만 비치도록 손전등을 가렸다. 흐린 밤이었고, 빛은 전혀 보이지 않았다. 마고는 불편한 구두가 벗겨지지 않도록 애쓰면서 나무뿌리에 발을 채여 가며 그들을 따라 숲을 지났다. 그들은 오두막집에 당도했으나 그곳은 버려진 곳처럼 보였다. 그곳을 슬금슬금 지나 울타리를 넘은 다음 남자 하나가 손을 들어 멈추라고 할 때까지 탁 트인 들판을 가로질러 달렸다. 마고는 공기 중에서 소금 냄새를 맡았다. 저 아래 돌이 많은 해변에서 철썩철썩 파도가 부서지는 소리가 들렸다.

"이제 보트가 나타나 무사히 떠나길 기도합시다. 잘될 겁니다. 선체가 낮은 작은 쾌속정을 사용하기로 했죠. 탐지하기 어렵게."

남자는 손전등에서 덮개를 벗기고 칠흑 같은 바다를 향해 몇 차례 불빛을 비췄다. 잠시 후 불빛이 깜빡이며 응답이 왔다.

"좋아. 그들이 저기서 우릴 보고 있었군요. 이제 우리가 해야 할 일은 해변으로 내려가 지뢰를 밟지 않고 저길 지나 저 배에 오르기만 하면 됩니다. 식은 죽 먹기라고 할 수 있죠." 그가 웃었다.

그는 절벽 끝으로 가 주위를 둘러보고 자신을 따라오라고 손짓했다. 석회암에 난 길이 절벽 아래로 이어져 있었다. 길의 너비는 30센티미터에 불과했고, 떨어진 돌덩이들이 흩어져 있어 그들은 조심스럽게 그 길을 따라갔다. 마고는 균형을 잡으려고 계속 절벽을 짚으며 나아갔다. 저 멀리 해안에서 탐조등의 불빛이 하늘을 갈랐다. 저 멀리 하늘에 웅웅대며 비행기가 나타났지만 그것들은 높은 고도를 유지한 채 지나쳤다. 런던으로 향하는 폭격기. 마고는 생각했다.

그들은 절벽 밑에서 기다렸다. 마고는 떨고 있었지만 두려워하는 모습을 남자들에게 보이기 싫었다. 그녀는 바다에서 다가오는 검은 형체를 알아볼 수 있었다. 모터 소리는 들리지 않았고, 아마도 배는 노를 이용해 오고 있으리란 생각이 들었다. 사람 하나가 뛰어내리더니 잔잔한 파도가 치는 해안가에 서서 배가 흔들리지 않도록 배를 잡았다.

"가세요, 지금!" 남자 하나가 그녀의 귀에 대고 속삭였다. 그녀는 해변에 깔린 돌들에 발부리를 차이고 미끄러지며 달렸다. 파도를 헤치고 보트에 닿자 갑판으로 끌어 올려졌다. 남자들이 뒤따라 배에 올랐다. 배는 해안에서 멀어졌고, 그들은 다시 노를 저었다. 그들이 해안에서 1백 미터쯤 떨어졌을 때, 탐조등이 바다를 비추었고, 그들을 발견했다. 총성이 울려 퍼졌다. "엎드려요." 누군가 마고를 바닥으로 떠밀었다.

"빌어먹을 시동을 걸어!" 남자 하나가 소리쳤다.

엔진이 칙칙대더니 이내 굉음을 울리며 살아났다. 그들 주변의 바다에 총탄이 쏟아질 때 보트가 믿을 수 없는 힘으로 쏜살같이 나아갔다. 이내 그들은 사정거리에서 벗어났다. 조심스럽게 그들은 다시 일어나 앉았고, 해안선은 이미 저 멀리에 있었다.

그녀를 구출한 남자 중 하나가 다른 남자를 돌아보며 웃음을 터뜨렸다. "전혀 문제 될 게 없었군, 안 그런가, 친구? 게슈타포로부터의 일상적인 구출 작전일 뿐이야."

그리고 이번에는 마고 역시 웃음을 터뜨렸다.

30

블레츨리 파크

패멀라와 프로기는 사흘간 출력물을 응시했지만 어떤 성과도 얻지 못한 채 좌절감에 휩싸였다.

"부질없는 노력인 것 같군요." 프로기가 말했다.

"중요하다고 생각하지 않았다면 우리에게 이런 일을 맡겼을 리 없잖아요?"

"모르겠습니다." 그가 연필을 집더니 두 동강을 냈다. "그들은 예전 일에서 우리를 배제하고 싶었고, 이게 우리를 쉽게 밀어낼 방법인지도 모르죠."

패멀라는 중요한 퍼즐을 자신이 풀자 짜증을 냈던 부서의 우두머리를 떠올렸다. 그 남자가 나를 빼 달라고 했고, 이게 체면을 잃지 않고 나를 제거하는 방식일까? "알다시피," 패멀라가 말했다. "우린 영국에 제오열이 있다고 확신해요. 모두가 들을 수 있는 방송을 통한 것보다 그들에게 연락하기 더 쉬운 무언가가 있어요."

그가 고개를 끄덕였다. "하지만 우린 모든 걸 시도해 보지 않았습니까? '뉴스를 말씀드리겠습니다. 다음은 논평입니다. 그리고 여기에 독일에 있는 여러분의 아들에게서 온 소식이 있습니다.'를 제외하면 명백히 반복되는 구절은 없죠. 그리고 암호일지도 모를 메시지들을 전부 살펴봤어요. 매 세 번째 단어, 매 다섯 번째 단어를 사용해 글자를 바꿔 봤지만 아무것도 나오지 않았습니다."

패멀라는 종이 뭉치를 응시했다. "어쩌면 출력물 글자를 보고만 있어서 놓치고 있는 게 있을지 몰라요. 목소리의 억양을 다르게 한다면요? 뉴스를 읽는 이가 중요한 문장을 전하기 전에 기침을 하거나 목을 가다듬는다면요? 중요한 무언가에는 읽는 이가 다르다면요?"

그의 얼굴이 밝아졌다. "거기에 뭔가 있을지도 모르겠군요. 좋아요, 뉴스를 녹음한 걸 보내라고 해 보죠. 전부 다 들으려면 시간이 더 걸리겠지만, 그럴 만한 가치가 있을지 몰라요."

이 요구는 복잡한 문제에 부딪혔다. 정보 수집 기관에는 녹음 장비 없이 헤드폰을 낀 젊은 공군 여자 보조 부대원들이 들은 것을 기록할 뿐이었다.

"실시간으로 듣고 싶다면, 유감스럽게도 헤드폰을 쓰고 앉아 메모해야 할 겁니다." 트래비스 중령이 말했다. "그리고 그들이 방송하는 주파수와 시간이 항상 일정한 게 아니어서 두 사람이 거의 이십사 시간 내내 모니터링을 해야 할 겁니다. 그렇긴 해도 자정이 지나서나 오전 여섯 일곱 시 이전에는 방송을 하지 않으니까 잠깐 눈을 붙일 수 있을 겁니다. 당신들 둘을 며칠간 Y 라디오 방송국으로 보내 이걸 시도해 보도록 제안하겠습니다. 유감이지만 지루한 일입니다. 헤드폰을 끼고 앉아 라디오를 들어야 하죠. 하지만 공군 여자 보조 부대원들은 방송 시간대와 주파수를 찾아내는 데 능숙해서 그런 부분은 신경 쓰지 않아도 될 겁니다."

"저흰 거기서 밤을 새워야 하나요?" 패멀라가 물었다. "여기서 먼 가요?"

"십 킬로쯤이라 우리가 당신들을 차로 데려갔다가 데려올 수도 있겠지만 난 우리가 일이 어떻게 진척되는지 볼 수 있을 때까지 거기서 머무는 것을 제안합니다. 간이침대를 딸려 보낼 테니 적어도 공군 여자 부대원들 침대에 끼어서 잘 일은 없을 겁니다."

"우린 며칠 밤을 함께 보낼 테니 정상적인 부부처럼 보이도록 반지를 끼는 게 좋겠군요." 프로기가 돌아갈 때 농담을 던졌다.

패멀라가 빙긋 웃었다. "방 하나를 가득 채운 여자 부대원들이 충분한 샤프롱이 될 거예요. 게다가 난 이미 남자들로 가득한 막사에서 밤을 보내고 있으니 어쨌든 평판은 망쳤고요."

"누구에게도 어떤 말도 할 수 없다는 게 지독하게 힘들지 않아요?" 프로기가 말했다.

"그래요." 패멀라가 고개를 끄덕였다. "우리 가족은 내가 중요한 일을 한다고 생각하지 않죠."

"군복을 입지 않은 남자가 돼 봐요." 프로기가 말했다. "런던에 갈 때마다 매번 누군가 비아냥대며 말을 걸죠. 중고품 가게에서 군복을 한 벌 살까 생각한 적도 있다니까요. 신체검사에서 떨어졌다고 하면 약골로 보고요."

패멀라가 걸음을 멈추고 입에 손을 댔다. "맙소사, 내 룸메이트에게 대체 뭐라고 말하죠?"

"그냥 말할 수 없다고 해요. 기밀이라고. 그게 사실 아니에요?"

패멀라가 끄덕였다. 그렇게 말하자니 중요하고 흥미진진하게 들렸다. 트릭시는 화가 나서 어쩔 줄 모를 거야. 그녀는 그날 저녁 집에 가서 필요한 소지품을 꾸리다가 친구를 맞닥뜨렸다.

"또 어디 가는 거야?" 트릭시가 물었다.

"당연히 아니지." 패멀라가 말했다. "위에선 우리 둘이 저택의 간이침대에서 자길 원해. 그래야 과학자들이 뭔가 필요할 때마다 우리가 도움이 될 테니까."

"운도 좋아." 트릭시가 말했다. "적어도 외풍이 들어오는 추운 막사가 아니라 저택에서 지낼 수 있는 거잖아."

"하지만 간이침대는 별로 마음에 들지 않아. 특히 새벽 세 시에 차 한 잔을 가져다 달라고 부르기라도 한다면 말이지."

"음, 그래도 기차가 창문을 흔들며 지나가지도 않고 엔트위슬 부인의 요리를 안 먹어도 되고." 트릭시가 말했다.

"그건 사실이야." 패멀라가 환하게 웃었다. "하지만 생각해 봐. 이 방을 이제 너 혼자 쓸 수 있잖아. 화장실 쓰는 사람도 하나 줄고."

"위층 남자 하나를 몰래 들일 방법을 찾는다면 신날 텐데." 트릭시가 말했다. "그런데 이곳엔 맘에 드는 남자가 없어. 적어도 한 사람은 머리와 외모를 겸비해야 하는 거 아니야?" 그녀는 말을 멈추고 패멀라에게 고개를 돌렸다. "있잖아, 네가 제러미의 파티에 갈 시간은 낼 수 있으면 좋겠다. 내가 그 파티를 얼마나 고대하고 있는데. 그게 지금 내 우울한 삶에서 유일한 낙이라고."

"나도 그러면 좋겠어. 그들은 쉬는 날을 말해 주지 않았어. 그냥 그때그때 사정에 따라 처리하잖아. 하지만 내가 일주일에 이레, 하루 이십사 시간 일하리라 기대하진 않을 거야. 그건 강제 노동이니까." 그녀가 여행 가방을 닫았다. "이틀 정도 후에 보게 될 것 같네."

"네가 못 가더라도 나 혼자 제러미의 파티에 가도 돼?" 트릭시가 물었다.

패멀라는 망설였다. 트릭시는 이미 제러미의 매력에 끌린 적이 있다고 분명히 말했었다. 하지만 그건 그냥 파티였다. 사람들로 북적이는 아파트에서 열리는 파티. "물론 괜찮지." 그녀는 대수롭지 않게 말했다. "주소 적어 줄게. 그리고 내가 어떻게 지내는지, 얼마나 오래 거기에 있어야 할지 네게 알리는 전갈을 보내 볼게."

패멀라는 여행 가방을 들고 떠났다. 자신들을 라디오 수신국으로 데려다줄 군용차가 대기 중이었다.

"윈디 리지Windy Ridge '바람이 부는 산마루'라는 뜻 저택이라. 별로 끌리는 이름은 아니죠?" 프로기가 말했다. "워더링 하이츠Wuthering Heights 『폭풍의 언덕』에 등장하는 저택 이름으로 '바람이 강하게 부는 높은 곳'이라는 뜻에는 못 미치지만요."

"버킹엄셔에 워더링 하이츠가 그렇게 많을 것 같진 않네요." 패멀라가 대답했다. "우린 건물 안에 있을 거잖아요. 게다가 여름이고."

"바로 그런 정신이죠. 무슨 일에든 준비가 된 여자." 그가 말했다. "저, 저녁에 시간이 나도 나랑 밖에 나가고 싶진 않겠죠?"

그녀는 그를 힐끗 보았다. 못생긴 얼굴은 아니었다. 특히 블레츨리 기준으로 보자면. 유머 감각도 있었다. 하지만 자신에게는 이미 제러미가 있었다. 멋지고 부유하고 잘생기기까지 한 제러미. 어떤 여자가 그 이상을 바랄 수 있겠는가. "정말 고맙지만," 그녀가 말했다. "이미 만나는 사람이 있어요. 영국 공군 조종사."

"내 운이 뭐 그렇죠." 그가 말했다. "괜찮은 사람들은 모두 이미 임자가 있죠. 아, 뭐, 순수하게 직업상의 관계를 유지하는 게 낫겠죠?"

험버가 언덕을 올라 철조망 담 앞에 멈췄다. 담 너머로 반원형 막사와 안테나들이 보였다. 보초가 그들의 입장을 허락했고, 그들은 헤드폰을 끼고 앉아 있는 공군 여자 보조 부대원들로 빼곡한 커다란 방으로 안내되었다. "거대한 전화 교환국 같지 않아요?" 프로기가 속삭였다.

거들먹거리는 여자 하사관이 그들이 앉을 자리와 간이침대를 설치할 부엌 옆 비품 창고를 보여 주었다. "지금 바로 시작하는 게 좋겠군요." 그녀가 말했다. "지금만큼 좋은 때가 없죠."

패멀라는 헤드폰을 썼다. 헤드폰은 꽤 묵직했다. 그녀는 앉아서 메모장에 낙서하며 생각에 잠겼다. 첫 방송은 오후 7시 30분이었다. 베토벤 교향곡 제5번이 짧게 흐른 뒤 방송이 시작되었다. "여기는 뉴브리티시 방송국입니다. 5920킬로사이클, 육십삼 미터로 방송되고 있습니다." 패멀라는 방송을 들으며 등골이 오싹해지는 것을 느꼈다. 영국의 얼마나 많은 가정에서 이 방송을 듣고 있을까. 그녀는 궁금했다. 연합군 함선의 침몰 소식 이후 또 다른 목소리가 이어졌다. "아이들의 운명에 대해 생각해 본 적 있습니까? 당신은 정부의 피난 계획 혹은 혹자가 말하는 아이들의 전체적인 쇠약이 향후 몇 년간 여러분의 자녀에게 지대한 영향을 미치리란 걸 깨달으셨을 겁니다." 현재의 혼란스러운 상황 때문에 40만 명의 아이들이 교육을 받지 못하고 있다는 설명이 이어졌다. 영리해. 패멀라는 생각했다. 모든 부모의 가장 깊숙한 두려움을 이용하다니.

그다음에는 유대인 문제에 대한 선전 문구가 쏟아졌다. 그 후 독일 수용소에 있는 포로들이 집으로 보내는 메시지가 나오기 전에 음악이 나왔다.

방송이 끝났다. 그날 저녁 늦게 방송이 하나 더 있었다. 다음 날에는 네 개의 방송을 들었다.

"그래서, 어때요?" 프로기가 그녀에게 물었다. "아직 감이 오는 게 없어요?"

패멀라가 고개를 저었다. "정말 아무것도 없어요. 목소리들은 개성이 없는 진짜 BBC 아나운서들을 꽤 닮았어요. 장쾌한 독일 음악이 삽입됐고요."

"주로 베토벤." 그가 동의했다. "그리고 헨델의 〈왕궁의 불꽃놀이〉가 나오지 않았나요?"

패멀라가 고개를 쳐들었다. "그게 무슨 의미가 있는 걸까요? 왕궁의 불꽃놀이? 왕실을 폭파하려는 음모?"

그가 그녀를 마주 응시했다. "일리 있는 생각인데요. 음악으로 소통을 한다. 끝내주게 영리한 생각이군요. 내일은 음악을 주의 깊게 들어 보죠."

패멀라는 아침 근무조가 차를 타러 와 잠을 깨기까지 몇 시간 동안 선잠을 잤다. 그녀는 찬물로 씻고 다시 자리에 앉아 일을 시작했다. 하루가 끝날 무렵이 되자 방송에서 나오는 거짓과 선전 문구에 넌덜머리가 났다.

"건진 거 있어요?" 프로기가 그녀에게 물었다.

"방송을 알리는 베토벤 교향곡 오 번. 뉴스, 논평, 우리 장병들의 메시지 시작 전의 각각 다른 음악. 유감스럽게도 음악에 대해서는 잘 알지 못해요. 모두 독일 음악 같던데요?"

"네. 다행히도 난 음악가 집안에서 태어났죠." 그가 말했다. "난 첼로를 전공했고요. 우리 가족 모두 악기를 연주하죠. 당신은 우리가 음악을 강요당했다고 말할지도 몰라요. 난 베토벤 교향곡 칠 번의 두 악절을 적어 뒀어요. 집으로 보내는 메시지는 바그너의 〈발키리의 비행〉과 〈괴터대머룽Götterdämmerung 신들의 황혼〉 두 곡을 빼면 대개 바흐의 〈브란덴부르크 협주곡〉이었어요."

"인상적이네요." 패멀라가 말했다. "이제 그 곡들에서 의미를 찾아봐야겠어요."

"우리가 수상쩍게 생각하는 곡은 헨델의 〈왕국의 불꽃놀이〉뿐 아닌가요? 그 곡을 보고해야 해요."

"그렇지만 구체적인 사항은 모르겠어요. 언제, 어떻게는요. 그다음에 이어진 내용은 아이들을 대피시키는 것에 관한 것이고. 그 부분을 파헤쳐 봤지만 어떤 숨겨진 메시지도 찾을 수 없었어요. 메시지가 있다 해도 지나치게 복잡할 리는 없지 않겠어요?" 패멀라가 말했다. "내 말은, 그러면 평범한 독일 동조자들이 이해할 수 없을 거예요."

"그들에게 암호책이 있어서 '아이'라는 단어가 '내일'을 뜻하고, '교육'이란 단어가 '총'을 의미하지 않는 한은요."

"그렇다면 우리에게 암호책이 없는 한은 해독할 기회가 없겠네요. 그런 책을 포획한 게 있는지 트래비스 중령에게 물어보죠."

"좋은 생각이에요." 그가 자리에서 일어났다. "오늘은 이만 마무리하죠. 딱딱한 의자에 몇 시간 앉아 있었더니 엉덩이가 마비됐어요."

31

런던

벤이 밤늦게 런던으로 돌아왔을 때, 비가 억수같이 쏟아지고 있었다. 붐비는 열차와 비협조적인 사람들, 끊임없이 내리는 비를 견딘 사흘간의 여정은 헛수고로 끝났다. 사진과 유사한 지형을 보지 못했고, 현재와 관련 있을지도 모를 전투의 세부 사항도 알아내지 못했다. 그는 크롬웰가에 있는 하숙집 숙소로 이어지는 계단을 쿵쿵거리며 올랐다. 이곳은 전쟁 전에는 낮은 등급의 호텔이었는데, 지금은 정부를 위해 일하는 사람들이 거주하는 숙소로 징발되었다. 방에는 간소하게 침대, 옷장, 테이블, 의자, 싱크대와 찬장, 가스풍로가 있었다. 가스를 쓰려면 가스 미터기에 6펜스를 넣어야 했다. 그가 방문에 열쇠를 넣자 건너편 방문이 열리며 가이가 얼굴을 내밀었다. "맙소사, 물에 빠진 생쥐 꼴이네." 그가 말했다. "내 방으로 와. 차를 만들어 줄게. 거기에 넣을 브랜디 몇 방울이 아직 남아 있지."

"고맙지만 정말 별로……," 벤이 입을 열었다.

"순교자처럼 굴지 마." 가이가 말했다. "우린 네가 오한으로 몸져 누워 일을 못 하게 되는 걸 원치 않아, 안 그래?"

"일단 비옷이나 벗고." 벤이 말했다. 그는 싸늘하고 축축하고 안락함과는 거리가 먼 자신의 방으로 가 비옷을 문 뒤의 고리에 건 뒤, 복도를 가로질러 가이의 방으로 갔다. 자신의 방과는 대조적으로 가이의 방은 아늑하고 사람의 온기가 느껴졌다. 가이는 창에 밝은 커튼을 달았다. 그가 좋아하는 현대미술 작품의 복제화 몇 점이 벽을 장식했다. 창턱에는 화초가, 의자에는 쿠션들이 놓여 있었다. 가이는 삶을 안락하게 하는 것들을 좋아해. 벤은 생각했다. 그는 가이가 차를 끓인 다음 거기에 코냑을 넣는 동안 앉아 있었다.

"한 잔 들이켜."

벤은 감사히 마셨다. "온종일 비에 흠뻑 젖었어." 그가 말했다.

"어디 있었는데?" 가이가 물었다.

"어제는 요크셔, 오늘은 웨일스 국경."

"대체 뭘 하느라?"

"너에게 말하는 건 큰 문제가 되지 않겠지." 벤이 말했다. "고대의 전투 현장을 확인하느라."

"논문이라도 쓰는 거야, 아니면 실제 일과 관련 있는 거야?"

"후자지만 뭔지는 말할 수 없어."

"물론. 성과가 있었어?"

"완전히 시간 낭비." 벤이 웃었다.

"우리가 하는 일 대부분이 그렇지 뭐, 안 그래?" 가이가 말했다. "난 오늘 독일 스파이 용의자가 있다는 보고에 또 파견을 나갔었어. 그리고 당연히 허탕이었고. 대전 전부터 이곳에 살던 또 다른 유대인이었지."

벤이 고개를 끄덕였다. "하지만 당연히 진짜 제오열은 빌어먹게 영리할 거야." 그가 말했다. "어떤 식으로든 눈에 띄지 않을 테고. 실제로 내가 한 사람이라도 만난 적이 있는지 의심스러워."

"못 만났다고?" 가이가 물었다. 그가 씩 웃었다. "난 확실히 있어."

"정말? 어디서?"

"파견된 회의에서. 하지만 더는 말해선 안 되겠지. 캡틴 킹이 날 총으로 쏠 테니까. 아니면 밀러 양이 쏘거나. 나이트보다 그 여자 기운이 더 센 것 같지 않아?"

"전적으로." 벤이 동의했다. 가이의 방을 나올 때 그는 편안함을 느꼈는데, 브랜디가 몸에서 효력을 발휘해서만은 아니었다. 실제 무슨 일을 하고 있는지 서로에게 말할 수는 없어도 같은 조직에서 일한다는 사실이 어떤 식으로든 마음에 위안이 되었다.

다음 날 아침 벤은 보고를 위해 돌핀 스퀘어에 갔고, 내실로 안내되었다.

"아, 크레스웰. 들어오게." 맥스웰 나이트는 서류에서 고개를 들고 벤에게 손을 내밀었다. "여행은 성공적이었나? 운이 좀 따랐나?"

"유감스럽게도 그렇지 못했습니다." 벤이 대답했다. "두 전투 장소를 모두 방문했는데, 사진과 비슷한 지형에는 아무것도 없었습니다. 그래서 궁금한 게 있는데, 항공성의 공중정찰이 우리에게 도움을 줄지 모를 뭔가가 있지 않을까요?"

"이미 사진 한 부를 보냈네." 맥스웰 나이트가 대답했다. "아직 말이 없군. 요즘엔 당장 더 중요한 일들이 여럿 있을 테니까. 하지만 자네가 직접 들러서 재촉해 보는 것도 좋을 것 같군."

"그러면 저를 다시 켄트로 보내시지 않는 겁니까?"

"거기에서 완수하고 싶은 일이 남아 있나?"

"꼭 그런 건 아닙니다." 그는 이 말을 하면서 좌절감을 삼켰다. 근사한 임무가 주어졌지만 뭐 하나 성취한 게 없었다. "문제는 그 특정한 장소가 중요한지의 여부겠죠. 독일 놈들이 생사를 걸 접선자가 거기 있었는지의 여부도요. 그리고 만약 그렇다면 다른 전달자를 보내거나 연락을 하기 위해 또 다른 방식을 시도하지 않을까요?"

"그렇지." 맥스 나이트가 고개를 끄덕였다. "그리고 시간과 장소가 중요하지 않았다면 이미 다른 방식으로 메시지를 보냈겠지. 비둘기나 무선 전신기라든가."

"그게 중요하지 않았다면 왜 낙하산을 내리는 위험을 감수했겠습니까?"

맥스 나이트가 고개를 끄덕였다. 그러고는 목청을 가다듬었다. "크레스웰, 자네가 알아야 할 게 있네. 이건 철저하게 우리끼리 하는 말이네. 절대 이 방 밖으로 새어서는 안 되는."

"네, 대장님." 벤은 맥박이 빨라지는 것을 느꼈다.

"난 전에 자네가 속한 지역의 귀족들에게 유독 관심이 있다고 말한 적이 있었지. 그럴 만한 이유가 있네. 자넨 영국에서 활동하는 몇몇 친독 성향의 단체들이 있다는 걸 들었을 테지."

"뭐, 네. 앵글로 게르만 친선 협회에 관한 말들이 들리더군요. 물론 영국의 파시스트들도 배제할 수 없고요."

"둘 다 비교적 해를 끼치진 않네. 그들은 원칙적으로 독일과의 우호 관계를 환영하지. 둘 중 어느 조직도 독일의 영국 점령을 위해 적극적으로 활동할 거란 생각은 들지 않아. 그러나," 그는 말을 멈추고 의자를 뒤로 젖혀 불안정한 균형을 유지했다. "일부 상류층 사이에 강한 친독 정서가 흐르고 있다는 말을 들어 본 적이 있을 걸세."

"전에 윈저 공작이 왕위에 오르길 바라는 이들이 있다고 말씀하셨죠." 벤이 말했다.

"그리고 그걸 이루기 위해 활동 중이지. 우린 그자들이 현 왕실의 암살을 실제로 행할지까진 아직 장담할 수 없네. 그렇지만 대비책을 강구하고 있네. 될 수 있는 대로 감시하면서. 크레스웰, 최근에 알게 된 작은 비밀 조직이 있지. 전적으로 귀족들로 구성된 조직일세. 그들 스스로는 '링Ring'이라고 부르네. 그들 중 일부는 독일의 침략을 방조함으로써 영국의 섬멸을 막을 수 있다는 잘못된 믿음을 가지고 있지. 일각에서는 히틀러식 정부가 그렇게 나쁘지 않으며, 왕실을 비롯해 우리가 독일과 깊은 관계를 맺고 있다고 믿고 있네."

"완전히 바보들이네요." 벤이 불쑥 내뱉었다. "기껏해야 강제 노동에 동원되는 괴뢰 국가가 될 게 빤한데요."

"자네와 나는 그걸 볼 수 있네. 볼 수 없거나 볼 의지가 없는 이들도 있지. 그리고 그들은 위험하네, 크레스웰. 그들 중에는 어떻게 해서든 그렇게 하려고 하는 이들이 있네."

"그럼 어떻게 그자들을 색출하고 막습니까?" 벤이 물었다.

"좋은 질문이군. 난 그들의 소문을 들을 때마다 그들의 모임에 내 사람들을 잠입시키고 있지."

벤은 아주 짧은 순간, 나이트가 자신에게 그런 모임에 잠입하라고 제안할 참이라고 생각했다. 자신이 그러한 임무에 자원해야 한다는 생각이 뒤를 이었다. "제가 도움이 될 방법이 있습니까?"

"있지. 눈과 귀를 열어 두고 부디 그 망할 사진에 관해 알아내자고." 나이트가 말했다. "밀러 양에게 어떻게 항공성으로 가는지 묻게. 그들은 이 나라 깊숙한 어딘가에 묻혀 있으니까. 극비에 부쳐진 은신처에. 자네가 간다는 걸 일러 놓겠네."

벤은 엘리베이터를 타고 내려가면서 이상한 느낌을 받았다. 나이트는 어째서 항공성에서 이미 사진을 분석 중인데도 자신을 요크셔와 헤리퍼드셔로 보내 허탕을 치도록 내버려 두었을까? 그리고 자신에게 링에 대해 말하는 것에 왜 이토록 뜸을 들였을까? 어떤 이유가 있어 자신이 방해가 안 되도록 제쳐 두고 계속 바쁘게 만든 것은 아닌지 생각해 보았다. 그리고 그 이유가 저 위세 당당한 맥스 나이트가 그 비밀 조직의 일원이기 때문인지 의구심이 들었다.

벤이 사무실을 나서자마자 나이트의 비서 조앤 밀러가 들어와 등 뒤로 문을 닫았다.

"링에 대해 말씀하셨나요?"

"응. 상류층 영국인들이 그런 식으로 행동하는 걸 믿기 어려워하는 듯했지. 천진한 젊은이라고나 할까."

"아니면 뛰어난 배우거나요." 조앤 밀러가 그의 시선을 붙들었다. "그가 그들에게 협조하고 있을 가능성을 완전히 배제할 순 없어요. 그들이 요크셔에서 모임을 한다는 걸 우리가 알았을 때, 왜 부리나케 거기로 가겠다고 자원했을까요?"

"내 연락책들과 내 직감에 따르면 그는 믿을 만해, 조앤. 하지만 전에 난 틀린 적이 있었지. 다음번에 자넨 그들에게 그의 이름을 언급해도 좋겠군. 그들에게 그를 추천하고 반응을 보게."

"그는 그들과 같은 계층이 아니에요. 충분한 영향력이 없어요. 애송이죠. 저들이 관심을 보이지 않을 거예요."

"그들에게 그가 할 특별한 일이 있다면 모를 일이지."

조앤 밀러가 고개를 끄덕였다. "그리고 마고 서턴이 무사히 영국으로 돌아왔다는 사실은 말하지 않으셨죠?"

"아직. 그게 좀 꺼림칙해서 말이지, 조앤. 구출 과정이 지나치게 수월했어. 저들이 그녀를 놔줬다는 생각이 드는군. 그렇다면 문제는 어째서 그랬느냐야."

벤은 돌핀 스퀘어에서 빅토리아 역으로 걸으며 불편한 기분을 떨칠 수 없었다. 자신이 뭔가에 이용당하고 있는 걸까? 어쩌면 미끼로? 그는 메릴본 역으로 가는 지하철을 탄 다음 버킹엄셔로 가는 지상 열차를 탔다. 말로에 내린 그는 5킬로미터쯤 떨어진 메드메님 마을로 가기 위해 지역 버스를 기다려야 한다는 것을 깨달았다. 그는 말로의 아기자기한 가게들 너머 반짝이는 템스강을 보며 다시 비현실적인 느낌을 경험했다. 거기에는 강을 따라 노를 젓는 배까지 있었다. 이곳은 변한 게 아무것도 없는 것 같았다. 런던과 상당히 가까운 어딘가에 전쟁의 영향을 받지 않은 듯 보이는 곳이 있다는 게 놀라웠다. 버스가 마침내 도착했고, 그는 버스를 타고 푸릇푸릇한 초원에서 소들이 풀을 뜯는, 녹음이 우거진 전원 지역을 달렸다. 그는 마을에서 조앤 밀러가 가르쳐 준 길을 따라 예전 대저택이었던 곳으로 갔고, 상황실로 안내받기 전에 세 차례의 보안 절차를 겪어야 했다. 예전 무도회장은 이제 테이블이 가득 들어차 있고, 테이블마다 지도로 덮여 있었다. 그는 지도를 자세히 조사하고 있는 상당수가 여자,

그것도 젊은 여자라는 사실에 내심 놀랐다. 그들 중 많은 여자가 공군 여자 보조 부대원들의 파란색 제복을 입고 있었다. 그가 기다리고 있는데, 사복을 입은 여자가 다가왔다.

"안녕하세요." 그녀가 말했다. "크레스웰 씨? 온다는 얘길 들었어요. 좀 외진 곳이긴 해도 이 정도면 나쁘지 않은 셋방이죠?"

"전혀 나쁘지 않네요." 여자의 미소에 벤이 미소로 답했다. 그녀는 둥글고 호감 가는 얼굴에 탱글탱글한 곱슬머리로, 셜리 템플이 어른이 된 듯한 모습이었다. 벤은 그녀의 몸이 굴곡졌지만 뚱뚱하지 않다는 점을 주목했다.

"사진 건으로 오셨죠?" 그녀가 물었다. "죄송해요. 최근에 일이 많아서 거기에 신경 쓸 시간이 많지 않았어요. 독일의 공장 부지와 철도 조차장의 위치를 찾느라 정신이 없었죠. 차 한 잔 마실래요?"

"오, 아닙니다. 그럴 것까지……," 그가 입을 열었지만 그녀가 말을 끊었다.

"오, 이리 와요. 편하게 있으세요. 손님이 방문할 때만 비스킷 통을 열 수 있거든요!"

"그렇다면 좋습니다. 어떻게 거절하겠어요?" 그들은 작은 부엌으로 들어갔다. 그녀는 차를 따르고 선반에서 비스킷 통을 꺼냈다.

"들어요. 마음껏." 그녀가 말했다.

"하나만 먹을 수 있는 거라면."

"그런 건 아닌데, 누가 세어 보겠어요?" 그녀가 다시 짓궂은 미소를 짓더니 부르봉 비스킷초콜릿 크림이 든 비스킷을 집어 들었다. 벤은 커스터드 크림 비스킷을 먹었다. "여기서 일하는 특전 중 하나죠." 그녀가 말했다. "우린 방문객을 접대해야 해요."

"그러니까 사진 속 위치를 조사할 시간이 없었군요?"

"예비 조사는 어느 정도 했어요. 문제는 우리에게 영국의 항공 사진이 많지 않다는 거예요. 전쟁에서 큰 비중을 차지하지 않는 외진 서쪽 지역의 사진은 더욱이 없고요. 그래서 육지 측량부 지도로 작업 중인데 진도가 지지부진해요. 등고선이 가파른 언덕을 나타내는 곳과, 그 언덕에서 일 킬로 떨어진 곳에 강이 흐르고 교회가 있는 지역을 찾고 있어요. 그리고 조사를 좀 하려고 하면 독일에서 막 도착한 새 사진 때문에 불려 가게 되죠. 이 사진이 대단히 중요한가요?"

"그럴 수도 있어요." 그가 말했다. "그들이 당신에게 뭐라고 했는지 모르지만 독일 스파이가 확실시되는 낙하산 사내가 켄트주의 들판에 떨어져 죽었고, 그의 주머니에 들어 있던 유일한 물건이 이 사진이었죠. 그래서 이 사진이 어째서 중요한지 알아내야 합니다."

"오, 맙소사. 흥미진진한데요. 물론이에요. 최선을 다할게요. 야근하면서요."

"고맙습니다. 어느 분께 감사를……?" 그의 물음이 허공에 걸렸다.

그녀가 미소 지었다. "메이비스예요. 메이비스 퓨."

"난 벤입니다." 그가 대답했다. "만나서 반가워요." 그는 그녀에게 악수를 청해야 할지 망설였다.

"런던에서 일해요?" 그녀가 물었다.

"네, 주로요. 그들이 저를 이렇게 심부름 보내죠. 이곳 숙소에 계시나요?"

"아니요. 저는 말로에서 엄마랑 같이 살아요. 운도 없죠. 엄마는 걱정이 많은 사람이라 사사건건 제 일에 간섭하거든요."

"런던에 가기도 합니까?"

"물론요." 그녀가 말했다. "비번일 땐 오는 기차를 무조건 타고 런던에 올라가요. 왜요, 데이트 신청을 하실 참이었나요?"

"생각 중이었죠." 벤이 살짝 얼굴을 붉혔다. "미안합니다. 보통은 방금 만난 여자에게 추근대진 않죠."

"오, 전 개의치 않아요." 그녀가 대답했다. "요즘 같은 전시에는 기회가 오면 잡아야죠. 공군 조종사들이 얼마나 빈번하게 돌아오지 못하는지 우리 모두 끔찍할 만큼 잘 알아요. 어느 날 어떤 사람이랑 수다를 떨었다면 다음에 그가 격추됐다는 말을 듣죠. 그럴 수 있을 때 화끈하게 살라. 그게 제 좌우명이 됐어요."

"그럼 언제 영화pictures 어때요?" 그가 물었다. "그러니까 여기서 당신이 하는 사진 조사 말고 영화요."

"영화 정말 좋아해요." 그녀가 그에게 환한 미소를 지었다. "클라크 게이블. 내가 가장 좋아하는 배우죠."

"쉬는 날이 정해져 있어요?" 그가 물었다.

"그렇진 않아요. 하지만 지금처럼 이른 아침에 근무하면 저녁에는 시간이 빌 때가 꽤 있어요. 시내에 불쑥 가기엔 그리 멀지 않죠?" 그녀가 말을 멈추고 다시 그에게 미소 지었다. "그러면 만날 약속을 정할까요?"

"이제 제가 런던으로 돌아가게 될지 계속 시골에 있을지 모른다는 게 문제입니다. 조만간 알려 드리죠."

"그냥 해 본 소리는 아니겠죠? 거기에 누가 있어요?"

"아니요. 절대 아니에요. 그리고 아무도 없어요."

"그럼 좋아요. 정말이지 다음 날 격추될 걱정이 없는 남자와의 데이트는 꽤 끌리네요. 안심이 돼요."

"이제 일로 돌아가서 사진을 살펴보는 게 좋겠군요." 벤이 말했다. "집에 내가 연락할 수 있는 전화가 있습니까?"

"여기에 메시지를 남기는 게 좋겠어요." 그녀가 말했다. "엄마가 꼬치꼬치 캐물을 테고, 그런 다음 차를 마시러 오라고 당신을 초대해 난처한 질문을 퍼부을 거예요. 선의로 그러시는 거겠지만요. 누구도 안전하기 어려운 시기에 나를 안전하게 지키고 싶으신 거죠."

"좋아요. 그러면 근무처 번호를 알려 줘요."

그는 그녀를 따라 그녀의 테이블로 갔고, 그녀는 번호를 적어 그에게 주었다. 그가 조사하는 사진의 확대본이 지도 옆에 핀으로 꽂혀 있었다. 그가 그것을 보려고 허리를 숙였을 때, 누군가가 메이비스의 이름을 불렀다.

"메이비스, 그 사진들 아직 준비 안 됐어? 정부 부처 남자가 그것들을 찾으러 왔어." 병장 계급을 단 몸집이 큰 여자가 방 건너편에서 소리를 지르더니 벤에게 못마땅한 시선을 보냈다.

"다 준비됐어요, 병장님." 메이비스가 소리쳤다. 그녀가 벤에게 고개를 돌렸다. "이걸 그 부처 사람에게 전해 주고 나면 전 당신 거예요." 그녀의 애매한 말은 꽤 명료했다. 그녀가 문을 향해 발걸음을 옮기는데, 문이 열리며 공군 제복을 입은 남자가 들어왔다.

"내가 그걸 가지러 온……," 그가 입을 뗐다. 그는 메이비스를 본 다음 벤을 보았다.

"맙소사, 벤." 제러미가 말했다. "대체 여기서 뭐 해?"

벤은 충격이 가신 후에야 제러미를 여기서 보게 된 게 놀랄 일이 아님을 깨달았다. 어쨌든 그는 다시 비행기를 조종할 정도로 몸이 좋아질 때까지 항공성에서 일할 예정이라고 벤에게 말했었다.

"안녕, 제러미." 그가 말했다.

"그런데 여긴 무슨 일이야?" 제러미가 물었다. "항공성에서 일하는 건 아니겠지?"

"아니, 상관의 심부름으로 사진을 가지러 왔어."

"놀랄 만한 우연인데." 제러미가 말했다. 그가 메이비스에게 고개를 돌렸다. "이 친구랑 나는 함께 자란 절친한 친구죠. 그런데 하고많은 장소 중에 여기서 만나다니."

"오, 그러면 이 사람의 과거와 관련한 모든 비밀을 말해 줄 수 있겠네요." 메이비스가 말했다.

제러미가 눈썹을 치켜세웠다. "오, 그렇군. 너랑 이 여자분은…… 이 음흉한 녀석."

"이제 막 만났지만 내가 영화를 보러 가자고 했어."

"좋은 생각이 있어." 제러미가 말했다. "수요일에 이 숙녀분을 데리고 내 파티에 오는 게 어때?" 그가 메이비스에게 고개를 돌렸다. "최근에 메이페어에 있는 부모님 아파트로 이사해서 집들이 겸 자유의 몸이 된 걸 축하할 생각이죠."

"메이페어요? 굉장하네요." 메이비스의 눈이 반짝였다. "오, 벤. 정말 가고 싶어요."

"시간 낼 수 있어요?"

"어떻게든 손을 쓰면 되죠. 한 달 동안 끔찍한 시간대에 교대 근무를 해야 한대도."

"그럼 주소를 적어 줄게." 제러미가 말했다. "재미있을 거예요. 아버지에겐 훌륭한 저장고가 있고, 전 그 안을 파헤쳐 볼 계획이죠."

"멋져요." 메이비스가 말했다. "당신에게 이렇게 재미있는 친구들이 있다니 기쁜데요, 벤."

"재밌다고요?" 제러미는 짐짓 얼굴을 찡그렸다. "'잘생기고 멋지고 당당하다'는 어때요?"

"그것도요." 그녀가 말했다.

"서턴 자매들도 와?" 벤이 무심하게 말하려고 애쓰며 물었다.

"디도와 패머만. 리비는 너무 나이가 많은 데다 따분하고, 핍스는 너무 어려. 웨스터햄 경을 설득해 디도가 런던에 오도록 허락받느라 진땀 좀 흘렸지. 그분들은 개를 과보호해."

"그럴 만한 이유가 있겠지." 벤의 말에 제러미가 히죽 웃었다.

"작위가 있는 사람들도 오는 거예요?" 메이비스가 휘둥그레진 눈으로 물었다. "이크. 당신은 경이나 뭐 그런 사람 아니겠죠?" 그녀가 벤을 돌아보았다.

"그냥 평민이에요." 벤이 말했다. "제러미의 아버지는 경이고요."

"하지만 나도 평범한 공군 대위일 뿐이죠." 제러미가 말했다. "그러고 보니 아직 내 이름도 밝히지 않았군요. 제러미 프레스콧. 그리고 그쪽 이름은?"

"메이비스." 그녀가 살짝 더듬거리며 말했다. "메이비스 퓨."

"이렇다니까, 제러미. 네가 가련한 여인의 마음을 사로잡았군." 벤이 말했다.

"공군 대위라면서 비행은 왜 안 하세요?" 그녀가 이제 조금 더 대담한 어조로 물었다.

"최근에 독일 포로수용소에서 탈출해 가까스로 집에 돌아왔죠. 격추당해서 몸 상태가 안 좋아요. 아직 회복 중이지만 아무것도 안 하면서 집에 앉아만 있긴 싫었죠. 그래서 정부 부처에서 일할 수 있게 허락을 받았어요."

"낯이 익다고 생각했어요." 그녀가 이제 눈을 반짝이며 말했다. "신문에서 당신 사진을 봤어요. 여기 있는 여자들이 그 탈출 얘기를 했었죠." 그녀가 벤을 보았다. "당신도 전에 조종사였어요?"

"저 친구는 내 미숙한 조종 실력 때문에 비행기 사고를 당했죠." 제러미가 재빨리 말했다. "매일 죄책감을 느낀답니다." 그가 말을 멈췄다가 덧붙였다. "그러니까 항공성에 일자리를 구해 주겠다는 제안은 여전히 유효해, 친구. 그럼 메이비스를 자주 방문할 정당한 이유도 생길 테지."

"구미가 당기긴 하지만 전시에 근무처를 바꾸는 게 그리 쉽진 않을 거야." 벤이 말했다. "그리고 지금 내가 일하고 있는 곳에서 내 역할을 하고 있어."

"음, 그럼 난 이제 시내로 돌아가야겠다." 제러미가 말했다. "그럼 두 사람 모두 내 파티에서 보는 거지?"

그는 꾸러미를 집어 들고 메이비스에게 윙크한 다음 성큼성큼 방에서 나갔다.

32

블레츨리 파크

패멀라와 프로기 브레이스웨이트는 대저택으로 돌아와 녹취록을 검토했다.

"항상 같은 음악을 사용하지 않는다는 게 흥미롭지 않습니까?" 프로기가 말했다. "그러니까, 항상 베토벤으로 시작해서 뉴스와 논평 사이에는 다른 독일 작곡가를 선택하잖아요."

"어쩌면 독일의 문화가 얼마나 우수한지 세계에 상기시키려는 것일 뿐인지도 모르죠."

"그래도 그들이 선택한 곡들을 확인하고 조사하는 게 좋겠습니다. 어쩌면 그 음표들이 철자를 나타내는 것인지도 모르죠. 아니면 삼 번 교향곡 사 악장 같은 것의 숫자들이 날짜를 의미하는 걸까요?"

"지푸라기라도 잡는 심정 같은데요." 패멀라가 말했다. "그들이 영국 내 독일 동조자들이나 스파이들에게 메시지를 보내고 싶다면, 그들은 이런 걸 생각해 낼 만큼 똑똑할 거예요."

"그들이 암호책을 갖고 있는 한은요. 바흐가 뭔가를 의미하면, 헨델은 다른 뭔가를 의미한다거나."

"하지만 우린 그들의 암호책이 없잖아요." 패멀라가 말했다. "MI파이브가 이보다 많이 아는지 궁금해요. 우린 여기서 꼼짝 못 하는 데다 비밀을 지키기로 맹세했으니 다른 부처나 부서가 아는지 모르는지 알 수가 없군요. 그건 트래비스 중령에게 물어보는 게 좋겠어요."

"어쩌면요." 프로기가 모호하게 대답했다.

그날 밤 숙소로 돌아간 패멀라는 나가 있는 동안 가져갔던 것들을 넣기 위해 서랍을 연 순간 멈칫하며 인상을 찡그렸다. 누군가가 자신의 물건들을 뒤졌다. 그녀는 나일론 스타킹이 어딘가에 걸려 올이 나가지 않도록 손수건에 감싸 보관했던 것을 똑똑히 기억했다. 그리고 일기장도 분명 여벌의 잠옷 아래에 넣어 뒀었다.

패멀라가 이에 대해 생각하며 침대에 앉아 있는데 트릭시가 들어왔다. "오, 속세로 돌아왔구나." 그녀가 말했다. "야근은 끝난 거야?"

"당분간은 그런 것 같아." 패멀라가 말했다. "있잖아, 트릭시, 네가 내 스타킹을 빌려 갔니? 네가 그랬다고 해도 화나진 않겠지만 그게 내가 놓아둔 곳에 있지 않아서."

"난 절대 아니야." 트릭시가 말했다. "날 잘 알잖아, 패머. 네 것을 빌리고 싶다면 난 부탁한다고."

"그렇다면 누군가가 내 서랍 속을 염탐한 거야." 패머가 말했다.

"분명 엔트위슬 부인이야." 트릭시가 말했다. "염탐꾼처럼 생겼다고 늘 생각했었어."

"뭘 찾으려고 했는지 모르겠어. 다른 사람 일기를 훔쳐보면서 희열을 느끼는 게 아니라면." 패머가 말했다.

"아니, 네 일기장에 흥미진진한 이야기들이 가득한 거야?" 트릭시가 씩 웃었다.

“전혀 아니야. 최고로 따분하지. 어제는 코티지 파이를 먹었고 비가 계속 내렸다. 이런 것들. 난 종이 위에 내 가장 사적인 생각들을 쏟아 놓는 부류가 결코 아니야.”

“나도 그래.” 트릭시가 말했다. “자라면서 우리 집엔 엿보는 눈들이 너무 많았어. 여동생 둘은 특히 요주의 인물들이었고.”

“나도 마찬가지야.” 패멀라가 말했다. “음, 엔트위슬 부인이 내 물건들을 살펴봤다고 해도 문제 될 건 없어. 훔칠 만한 값어치 있는 물건이 있는 것도 아니고. 하지만 조금 오싹한 기분이 들지 않니?”

“어쩌면 덫을 놔서 그녀를 잡아낼 수도 있어.” 트릭시가 제안했다. “그러니까 독일어 편지나 ‘자정에 만나요, 마인 리플링mein Liebling ‘내 사랑’이라는 뜻의 독일어’이라는 메시지와 함께 아돌프 히틀러의 사진을 놔두는 거야.”

패멀라가 웃음을 터뜨렸다. “너도 참 구제 불능이야, 트릭시.”

“음, 그녀는 지독한 암소야. 우리 배급 쿠폰을 훔쳐서 좋은 음식은 빼돌린다니까. 자기가 한 짓의 대가를 마땅히 받아야 해.”

다음 날 아침, 패멀라와 프로기는 무선 수신국에서 실제로 방송을 계속 경청하는 일이 의미가 있을지 의견을 나눴다. 두 사람 다 이대로 실패를 인정하고 싶지 않았다. “우린 그걸 교대로 할 수도 있습니다.” 프로기가 말했다. “하루는 내가 거기에 가고, 다음은 당신이 가고요. 밤을 새울 이유는 없을 것 같습니다. 나는 자전거로 십 킬로는 갈 수 있고, 당신은 공군 보초병 중 누군가에게 출퇴근을 부탁할 수 있을 것 같은데요."

"그럼 되겠네요." 패멀라가 동의했다. "이 시점에서는 뭐든 시도해 볼 가치가 있지 않겠어요?"

프로기가 간 후, 그녀는 테이블 주위를 서성이며 녹취록과 자신들의 노트를 내려다보았다. 음악. 그리고 독일에 있는 우리 병사들이 집으로 보내는 메시지. 이름. 주소. 이들이 진짜 전쟁 포로들이고 실제 주소인지 확인해 보는 게 좋을까? 그녀는 어떻게 이를 조사하면 되는지 트래비스 중령을 찾아가서 물었다.

"그건 MI파이브의 소관이겠군." 그가 말했다. "그쪽에 전화를 넣어 사람을 보내도록 요청해야겠군요. 내 생각에도 계속 조사해 볼 가치가 있어 보입니다."

패멀라는 다시 일터로 돌아갔고, 그날 오후 MI5 소속 누군가가 온다는 소식이 있었다. 패멀라는 머리를 매만지고 서둘러 립스틱을 발랐다. 첩보 기관에 멋진 남자들이 있다는 소문이 있었다. 그녀는 MI6가 해외로 스파이들을 내보내는 반면 MI5는 방첩 활동을 한다는 것을 알았지만, 그렇다 하더라도 첩보 활동이라는 잿빛 세계에서 그것은 위험한 물장구임이 틀림없었다. 그때 방문을 두드리는 소리가 들렸다. 그녀는 유능한 느낌의 목소리를 내고 싶다고 생각하며 외쳤다. "들어오세요." 문이 열리자 그녀가 이런 곳에서 보리라고는 전혀 예상하지 못했던 사람이 방으로 들어왔다.

그녀가 "벤."이라고 말함과 동시에 그가 말했다. "패머?"

이내 두 사람 모두 웃음을 터뜨리며 동시에 "생각도 못 했어."라고 말했다.

"정말 MI파이브에서 일하는 거야?" 그녀가 물었다.

"난 그걸 말할 수 없지만 내가 여기 있으니 넌 그 대답이 '맞다'는 걸 추리할 수 있겠지." 그가 말했다. "그리고 누구에게도 말해선 안 돼. 네가 그걸 안다는 걸. 특히 집에 있는 누구에게도."

"물론. 그리고 넌 내가 여기 블레츨리에서 일한다는 걸 누구에게도 말하면 안 돼."

"블레츨리에서 무슨 일을 하고 있는지는 수군대는 소문으로만 들었어." 그가 말했다. "X 부서. 그게 세상 사람들이 아는 거지. 그 일은 암호와 관련된 거 아니야? 정말로 네가 암호 해독가라고?"

그녀가 고개를 끄덕였다. "그다지 뛰어나지는 않은 듯하지만. 우린 독일 선전 방송을 주의 깊게 듣고 있어."

"뉴 브리티시 방송국을 말하는 거야?"

"응. 바로 그거. 내 상관은 방송 내용에 제오열에게 보내는 암호화된 메시지가 있다고 생각해."

"그래, 우리도 그걸 고려했었어." 벤이 말했다.

"체포한 제오열에게서 입수한 암호책 같은 건 없어?"

벤이 미소 지었다. "그자들이 그런 걸 그렇게 호락호락 발각당하진 않을 거야."

패멀라는 한숨을 쉬었다. "우리의 문제는 어디에서 시작해야 할지 모른다는 거야. 만약 암호화된 메시지가 일반인들, 그러니까 독일 동조자들에게 전달되는 거라면 암호는 꽤 단순해야겠지. 항공기나 선박에 보낼 때 독일군이 사용하는 영리한 암호 같은 건 아닐 거야."

"그런 일들을 해 왔어?" 그가 물었다.

"조금. 해독보다는 번역을 더 많이 하지만. 하지만 이곳엔 정말 기가 막히게 똑똑한 남자들이 있어. 아마 이런 얘기는 너한테도 해서는 안 될 거야."

"이번 일은 혼자서 하는 거야?" 벤이 물었다.

"아니, 둘이서. 하지만 내 동료는 오늘 무선 수신국에서 방송을 듣느라 지금 여기 없어. 처음에는 그들이 우리에게 녹취록을 보냈는데, 실제로 방송을 듣지 않아서 뭔가 놓치고 있는 건 아닌지 의구심이 들었어. 억양, 목을 가다듬는 소리, 아니면 뉴스와 논평 사이에 트는 음악까지 가능성이 있어."

벤이 고개를 끄덕였다. "흥미로운데. 그래서 지금까지 뭔가 발견한 게 있어?"

"이게 최신 녹취록과 우리가 적은 메모야." 그녀가 말했다. "그들은 늘 독일 포로수용소에 있는 군인들의 메시지라고 주장하면서 방송을 끝내. 알잖아. 그들이 얼마나 좋은 대우를 받고 있는지에 대한 사탕발림. 그래서 난 그들이 실재하는 사람들이고 실제 주소들인지 궁금했어. 암호화된 게 아니라."

벤은 테이블 위에 놓인 종이들을 그녀의 어깨 너머로 들여다보았다. 그는 그녀의 존재, 그녀의 머릿결에서 희미하게 풍기는 상쾌한 향을 끔찍이 의식했다. "이름과 군번, 주소가 진짜인지 우리가 확인해 주길 바라는 거야?"

"맞아."

"어려운 일은 아니지." 그가 녹취록을 읽어 내려갔다. "엄청나게 헛소리들을 지껄이는군. 누가 이런 걸 정말 믿는대?"

"내 상관은 사람들이 믿는대. 뉴스와 논평은 그들의 가장 깊은 두려움을 이용해. 자녀의 안전에 대한 두려움, 곧 굶주림이 닥쳐오리라는 두려움 같은 것들."

"그리고 여기에 적은 이 음악은 뭐야?"

"그건 우리가 한 또 다른 생각이야. 그 음악이 왠지 중요하다는. 나랑 일하는 동료가 음악에 일가견이 있어. 그가 우리가 들은 음악이 뭔지 알아냈어. 우리가 중요하다고 보는 곡은 〈왕궁의 불꽃놀이〉뿐이야."

"맙소사, 그렇군. 누군가 왕을 날려 버릴 계획인 거야?"

"바로 그래. 너희 쪽에선 그런 소문을 들은 적 없어?"

"소문이야 많지. 확실한 건 없지만……. 이 특정한 곡 다음에 이어진 말은 뭐야?"

패멀라는 녹취록을 훑었다. "여기." 그녀가 말했다.

"우리의 위대한 독일 작곡가 헨델이 여러분의 영국 왕을 위해 이 곡을 작곡했습니다. 이는 우리 두 나라 사이에 있어 왔던 깊고 영속적인 우정과, 우리가 반대 입장에 있지 않을 때 우리가 창조한 풍부한 유산을 보여 줍니다." 벤은 잠시 멈췄다. "여기에 의미를 부여할 만한 건 없는데. 날짜라든가 장소도 언급되지 않았고. 사실에 기반을 둔 내용이야."

"알아." 패멀라가 동의했다. "글자를 대체하고 단어를 고르면서 되풀이해서 검토했어. 아무것도 못 찾았어."

"그럼 이 곡 외에는 주로 베토벤과 바흐의 곡이었어?" 벤의 손가락이 페이지를 훑어 내려가고 있었다.

"바그너의 몇 소절을 빼면. 굉장히 요란하고 음울한." 패멀라가 그 곡들의 제목을 가리켰다. "이런 걸 잘 아는 내 동료 프로기 말로는 이 곡들은 다양한 오페라, 링 사이클의 모든 파트에서 발췌한 거래."

"방금 뭐라고 했어?" 벤의 목소리가 돌연 크고 날카로워졌다.

"그 오페라들이 링 사이클의 모든 파트라고."

"맙소사. 바로 그거야." 벤이 말했다. "이봐, 패머, 너에게 어느 정도까지 말해도 될지 모르겠지만, 우린 줄곧 독일에 적극적으로 협조하는 제오열들의 비밀 조직을 주시하고 있었어. 그들은 주로 귀족들이고 자기들을 '링'이라고 불러."

"이크." 패멀라가 말했다. "그럼 이건 그들의 상징 곡이야. 그들은 '이 음악 이후에 나오는 내용을 주목하라'라고 말하고 있는 거야."

"그런 것 같아." 페이지를 훑어 내리는 벤의 손가락이 떨리고 있었다. "짐 윈체스터 병장, 군번 이사팔사공삼. 조앤 윈체스터 부인에게. 일 밀턴 코트, 셰필드. 바로 그거야, 패머. 이건 윈체스터에 있는 그들의 조직원이나 윈체스터에서 열리는 모임의 참석자들에게 보내는 메시지인 것 같고, 이 숫자들은 날짜나 전화번호나 주소야."

패멀라의 눈이 빛났다. "오, 맞아. 똑똑한데."

"이걸 전부 베껴 가야겠어. 우릴 혼란하게 하기 위해 몇몇 이름과 주소는 진짜일 거야. 하지만 바그너 이후의 모든 것에는 정보가 담겨 있을 거야. 나보다 직위가 높은 누군가는 이 정보가 누구를 가리키고 무엇을 뜻하는지 알걸. 최근에 바그너 곡의 악절이 더 빈번해졌어?"

"녹취록만 읽다가 최근에 방송을 들었으니까 얼마 전부터 나오고 있었을 거야."

"그럼 1461이라는 숫자가 어디에서든 나왔는지 알아?"

"내 기억엔 없어……." 그녀가 미간을 찡그렸다. "더 긴 군번 중간에 나왔을 수도 있지."

"걱정 마. 내가 확인할게." 벤이 말했다.

"앉아." 그녀가 책상으로 가서 메모장과 만년필을 가져왔다. "베끼는 걸 도와줄게."

그들은 다정한 침묵 속에 나란히 앉았다.

"제러미의 파티에 갈 거야?" 마침내 그녀가 물었다.

"응, 간다고 했어."

"재미있을 거야."

"그러면 좋겠다. 난 어떤 여자를 데려갈 거야."

"여자?" 그녀가 불쑥 고개를 들었다.

벤이 끄덕였다. "현명한 행동인지는 모르겠지만 제러미가 직접 초대했고, 그녀가 너무 가고 싶어 해서 거절할 수 없었어."

"좋은 사람이야?"

"그녀에 대해 아는 게 거의 없어. 뭐랄까, 내게는 조금 너무…… 열정적인 사람인 것 같아."

패멀라가 웃음을 터뜨렸다. "스킨십에 지나치게 관심을 보인다는 뜻이야?"

벤이 얼굴을 붉혔다. "사실 내 말은 감정을 거침없이 표현한다는 뜻에 가까웠어. 파티에 오는 손님 중 몇몇이 귀족 가문이라는 사실에 깊은 인상을 받은 것 같던데. 그리고 한눈에도 제러미에게 깊은 인상을 받았어."

"뭐, 누가 안 그러겠어?" 패멀라가 웃었다. 그러고는 다시 조용해졌다. "개가 변한 걸 알아챘니, 벤? 돌아온 이후로?"

"그걸 알아챌 만큼 개와 대화를 오래 한 적은 없지만 그래 보여. 뭐라고 표현해야 하나, 더 단단해지고 노련해졌다고 할까. 재미없어졌는지 모르겠어."

패멀라가 고개를 끄덕였다. "떠나 있는 동안 소년에서 남자로 많이 성장했겠지. 그리고 수용소에서, 그리고 탈출하기까지 끔찍한 일을 많이 겪었으니까. 예전처럼 재미라면 사족을 못 쓰던 개가 변했다고 해도 놀랄 일은 아니지."

그들은 바그너 곡 다음에 나오는 이름과 주소를 모두 베껴 썼다. 벤이 일어섰다. "이제 돌아가야 해." 그가 말했다. "어두워지기 전에 숙소로 가야겠어. 등화관제가 시행되고 나서는 밤에 런던을 다니는 게 쉽지 않거든."

"식당에서 이른 저녁을 함께하는 게 내가 해 줄 수 있는 최소한의 대접이야." 패멀라가 말했다. "음식이 나쁘지 않아. 집주인 아주머니의 요리에 비하면. 트릭시와 나는 그 아주머니를 적국이 영국에 해를 끼치기 위해 여기에 심어 놓은 비밀 병기라고 생각한다니까."

그들은 계단을 내려가며 웃었다. 밖으로 나오자 햇살이 호수 위에서 반짝였다. 사람들은 풀밭에 앉아 있었고, 나무 아래를 거닐었다. 목초지 저 너머에서 게임을 하고 있는 이들의 함성이 들려왔다. 벤이 놀라서 고개를 저었다. "이곳이 비현실적으로 느껴져." 그가 말했다. "이곳으로 오게 돼서 다행 아니야? 여기는 마치 컨트리클럽 같아."

"사실 우린 엄청 강도 높게 일하니까 쉴 때는 그 시간을 최대한 활용하는 거야. 최근까지 난 열두 시간 야간 근무를 했어. 그리고 대부분 겨울에 외풍이 세고 차디찬 막사에서 일하고. 게다가 압박이 엄청나. 암호를 해독하지 못하면 함선에 탄 사람들이 죽으리라는 걸 아니까. 사람들은 늘 피폐해져서 휴가를 받게 되지."

"이 주 전에 집에 온 이유가 그거였어?" 그가 우려스러운 눈빛으로 그녀를 보았다.

패멀라는 자신이 실신했었다는 것을 그에게 말하고 싶지 않았다.

"내게 있는 휴가를 쓴 것뿐이야. 제러미가 무사히 돌아왔다는 소식을 듣고서……."

"물론 그랬겠지." 벤이 목을 가다듬었다.

"이봐, 패머, 같이 가." 뒤에서 외치는 목소리가 들렸고, 트릭시가 자갈이 깔린 앞마당을 가로질러 달려왔다. "식당에 가는 거야?"

"응, 그래."

"나도. 엔트위슬 부인의 슈에트 푸딩을 더는 못 먹겠다고 결정했어." 그녀가 벤을 올려다보았다. "안녕하세요. 새로 왔어요?"

"아니, 런던의 다른 부서에서 왔어." 패멀라가 재빨리 말했다. "그냥 서류를 전하러 왔다가 우연히 만났어. 오래된 고향 친구야."

"이렇게 반가울 데가." 트릭시가 말했다. 그녀가 벤에게 손을 내밀었다. "안녕하세요. 난 트릭시예요. 패멀라의 룸메이트."

"벤이에요. 만나서 반갑습니다."

그녀는 호기심 가득한 미소를 띤 채 그의 손을 꼭 쥐었다.

"그쪽도 쉬쉬하는 기관에서 일해요?" 그녀가 물었다.

벤이 싱긋 웃었다. "그렇다고 해도 말할 수 있겠어요?"

"어떤 이유가 있는 사람이든 여긴 못 들어와요. 따라서 당신이 여기 온 걸로 보아 누군가에게 대단한 이유가 있나 봐요." 트릭시가 패멀라에게 몸을 돌렸다. "이따 집에서 살살 캐 봐야겠어." 그녀가 말했다. "아니면 벤과 데이트를 하면서 그에게서 캐내든가. 혹시 제러미의 파티에 가요?"

"사실 그래요." 벤이 말했다.

"그리고 여자를 데리고 갈 거래, 트릭시. 그러니까 손 떼."

"흥을 깨기는." 트릭시가 뿌루퉁한 척했다. "내 여성적인 매력을 총동원해 그 여자에게서 그를 꾀어낼지도 모르지." 그녀는 벤에게 추파를 담은 미소를 보냈다. "어서 가자. 구내식당에 사람들이 줄을 서기 전에. 오늘 밤엔 콜리플라워 치즈가 나올지도 모른다던데." 그녀가 다시 벤의 손을 잡더니 그를 잡아끌었다.

런던행 기차에서 벤은 베껴 적은 이름과 주소를 응시하며 앉아 있었다. 이름 중 일부는 분명 장소이기도 했다. 몇몇은 장소일 터였다. 햄프턴Hampton가 4번지의 노스North 부인은 노샘프턴Northampton을 의미할 수 있었다. 이런 지명이 이미 알려진 '링'의 회의 장소와 일치하는지 맥스 나이트가 확인해 줄 수 있을 것이었다. 그러나 이들 중에 사진과 관련 있는 게 있을까? 그걸 전달하는 데 한 남자의 목숨을 걸 만큼 그 사진이 중요했다면, 그 메시지는 일반 대중에게 전달하는 게 아니라 한 사람의 귀에 전하려던 게 틀림없었다. 하지만 그 한 사람이 누구인지 파악하는 데는 그다지 진전이 없었다. 그는 자신이 느끼는 절박감을 애써 가라앉혔다. 〈왕궁의 불꽃놀이〉와 왕을 폐하기 위한 전투가 벌어졌던 1461년이라는 연대가 왕실을 살해하려는 음모가 임박했을지도 모른다는 믿음을 싹트게 했다. 그러나 그는 자신이 조직 내 서열이 가장 낮다는 사실을 상기했다. 모든 정보를 받지 못한다면 어떻게 이를 제대로 해석할 수 있을까? 그는 지금도 왕과 왕비가 폭격당한 런던의 지역을 자주 걸으며 애도와 지지를 표한다는 걸 알았다. 총잡이 하나가 그림자 속에서 그들을 기다리긴 얼마나 쉬운가. 그는 몸서리를 치고 차창 밖을 응시했다.

그의 생각이 메이비스에게 향했다. 그 사진 속 장소가 어딘지 그녀가 알아내기만 한다면 모든 게 설명이 될 듯했다. 그는 이제 그곳-소나무 숲이 있는 언덕-을 그려 보려고 애썼지만 '링'에서 중요한 역할을 맡은 귀족이 그 나무들 뒤편의 언덕에 있는 저택에 살지 않는 한 아무런 관련성도 떠올릴 수 없었다. 아니면 그곳은 왕실이 방문할 예정인 곳인지도 몰랐다.

이내 그는 임무가 아닌 메이비스를 생각하는 자신을 발견했다. 그녀는 매력적인 여자였다. 생기발랄하고 재미있고. 하지만 정말 그녀에게 끌렸을까? 그녀가 패멀라와 전혀 다르고, 자신이 가질 수 없는 여자에게서 마음을 돌릴 필요가 있어서일 뿐일까? 그의 생각은 이제 패멀라에게로 흘러갔다. 늘 얼마나 부드럽고 조용하고 우아해 보이는지. 미소를 지을 때 눈은 얼마나 반짝이는지. 왠지 몰라도 그녀의 머리에서 얼마나 상쾌한 정원 같은 향이 나던지.

그만! 그는 자신을 다그쳤다. 다른 걸 생각해. 패멀라의 친구 트릭시. 그녀는 분명 속세의 제러미 프레스콧을 더 좋아할 사교계 상류층에 속하는 여자였기 때문에 그녀가 자신에게 관심을 보인 듯해서 놀랐다. 어쨌든 파티는 재미있을지도 몰랐다.

33

메이페어
제러미의 아파트

“오늘 밤에 놀랄 정도로 세련돼 보이는데.” 벤의 방에 들른 가이 하코트가 말했다. “설마 고상한 데라도 가는 건 아니겠지?”

“실은 메이페어에서 열리는 파티에.” 벤이 말했다.

“맙소사. 아직도 그런 걸 해?”

“아버지의 아파트를 넘겨받은 친구가 여는 파티야.” 벤이 말했다.

“내가 아는 사람?”

“제러미 프레스콧. 너도 당연히 알겠지. 우리랑 같이 옥스퍼드를 다녔어.”

가이가 고개를 끄덕였다. “물론 알지. 사교계 데뷔 파티 때 같이 여자를 찾아 돌아다녔지. 물론 옥스퍼드 동문이지만 그 친구는 베일리얼 칼리지를 다녔어, 맞지? 내가 따라가면 그가 싫어할 것 같아? 실은 내가 절망의 구렁텅이에서 허우적대는 중이라 기운을 돋울 뭔가가 간절하거든.”

"안 될 이유가 없지." 벤이 말했다. "걔는 만나는 사람마다 모두 초대하는 것 같던데."

"대단한데! 옷 갈아입고 올게."

"주소를 알려 주는 게 낫겠어." 벤이 말했다. "난 역으로 여자를 데리러 가야 하거든."

"이 음흉한 녀석, 데이트 상대를 데려간다고?"

"넌 나에 대해 모르는 게 많아." 벤이 씩 웃으며 말했다. "그런데 그녀가 데이트 상대인지는 확실치……,"

"하지만 따뜻한 육체의 여자야. 전시에는 그게 가장 중요한 거지." 가이가 말했다. "맙소사, 요즘엔 정말이지 섹스에 굶주려 있단 말이야, 안 그래? 게다가 우리가 하는 일에 침묵을 지켜야 하지. 그건 정말 답답하다니까. 독일 스파이를 추적하는 내 모습에 감탄해야 할 여자들이 나를 문서 정리나 하는 병약자로 본다고."

벤이 동의의 의미로 고개를 끄덕였다. "분명 죽을 맛이지. 그래도 기운 내라고. 윌리엄 프레스콧 경의 훌륭한 와인에 네 고민을 달랠 수 있을 거야."

그는 야회복으로 갈아입는 가이를 남겨 두고 역으로 향했다. 메이비스가 기다리고 있었다. 그를 본 그녀가 미소를 지었지만 긴장한 기색이 엿보였다.

"이런, 난 이게 공식적인 행사인 줄 몰랐어요." 그녀가 말했다. "평범한 파티를 생각하고 입었는데."

"딱 보기 좋아요." 벤이 말했다. "그리고 편하게 입은 사람들도 있을 거예요. 저는 더는 제대로 된 옷이 없어서 혹시 몰라 이걸 입었어요. 전쟁 전에 맞춘 옷인데, 그 이후로 살이 좀 쪘죠."

"딱 맞는 것처럼 보이는데요." 그녀가 그렇게 말하며 그와 팔짱을 꼈다. 그녀는 향수를 조금 지나칠 정도로 뿌렸고 드레스에는 주름 장식이 조금 많았지만 그녀의 눈은 반짝였고, 그는 그녀가 밀착한 느낌이 좋았다.

"나오는 데 문제는 없었어요?" 그가 물었다.

그녀가 얼굴을 찌푸렸다. "엄마야 내가 혼자 런던에 간다는 걸 탐탁지 않게 여기시죠. 하지만 같은 직장 친구들과 함께 간다고 말했어요. 춤추러 간다고요."

"몇 시에 돌아가야 하죠?" 벤이 물었다.

"신시아네서 잘지도 모른다고 했어요." 그녀가 다 안다는 듯한 표정을 지어 보이며 말했다. "엄마가 내 말을 믿을진 모르겠지만 신시아네는 전화가 없고, 엄마는 우릴 확인하려고 삼 킬로를 걷진 않을 거예요."

그들은 마블 아치로 가는 버스를 탔다. 벤은 무리해서라도 택시를 탔어야 했을지 고민했지만 요즘에는 볼 수도 없는 데다 누구나 대중교통을 이용한다는 생각이 들었다. 그들은 마블 아치에서 파크 레인으로 걸었다. 밤 9시가 되어 가는데도 아직 완전히 어두워지지 않아서 사람들은 여전히 바깥에 나와 좋은 날씨를 즐기고 있었다. 군복을 입은 남자 몇 명이 그로스베너 호텔로 들어가고 있었다. 무도회장에서 악단이 연주하는 곡이 희미하게 들렸다. 그러니까 여유가 있는 이들에게는 여전히 우아한 저녁 시간이 존재한다는 뜻이었다. 공습경보를 울리는 자원 경보 담당자가 등화관제 위반자들을 잡아낼 준비를 하며 커즌가 모퉁이에서 눈을 부릅뜨고 서 있었다.

"어디 근사한 데라도 가쇼?" 두 사람이 지나칠 때 그가 물었다.

"파티에 가요." 메이비스가 말했다.

"조용히 하고 불빛이 새지 않게 하쇼." 그가 말했다. "이 지역의 당신네 같은 돈푼깨나 있는 사람들은 모든 규정을 어겨도 된다고 생각하지."

"유쾌한 친구로군요." 그들이 발걸음을 옮길 때, 벤이 속삭였다. 메이비스는 웃음을 터뜨리고 그의 손에 자기 손을 넣었다. 그녀의 손은 따뜻했고, 위안을 주었다. 그는 그녀를 보았고, 두 사람은 미소를 교환했다.

제러미의 아파트는 큰 블록에 있지 않았지만 고풍스러운 조지 왕조풍 건물의 한 층을 차지하고 있었다. 계단 옆에는 작은 승강기가 설치되어 있었고, 두 사람은 그것을 타고 3층으로 향했다. 벤은 메이비스의 존재를 의식했고, 그녀가 의도적으로 몸을 밀착하는 것 같다는 생각이 들었다. 승강기 문이 열리자 흐느끼는 듯한 베니 굿맨의 클라리넷이 그들을 맞이했다. 아파트 현관문은 반쯤 열려 있었고, 그들이 현관에 들어서자 음악과 담배 연기가 그들을 덮쳤다. 현관 너머에는 잘 꾸며진 넓은 응접실이 있었다. 등화관제용 커튼은 아직 치지 않았고, 방은 여전히 마지막 황혼에 물들어 있었다. 장밋빛으로 물든 흰 벽에 걸린 거장의 그림이나 소파 천의 색을 알아보기 어려웠다. 안에는 여남은 명 이상의 사람들이 있었다. 두 커플이 춤을 추고 있었는데, 벤은 누구도 알지 못했다. 제러미는 바텐더 역할을 하고 있었다. 그는 고개를 들어 두 사람을 보고 칵테일 잔을 흔들었다.

"어서 와!" 그가 외쳤다. "막 이십 년 된 샤토뉘프뒤파프를 따려는 참이었어."

"아버지가 알면 널 죽이지 않을까?" 메이비스와 바에 다가간 벤이 물었다.

"아버지께 호의를 베푸는 거라고, 친구. 아파트가 직격탄을 맞아 이 아름다운 와인이 전부 배수구로 흘러가 버리면 어떻겠냐? 최소한 우린 이 와인을 즐길 거야. 그리고 아버지가 아신다고 해도 전쟁이 끝나면 어디에서 와인을 구해야 할지 또 알아내실 거라고."

"구할 수 있는 건 혹과 모젤둘 다 독일산 백포도주뿐일지도 모르지." 근처에 서 있던 누군가가 농담을 던졌다.

"오, 이런, 독일이 침공할 거라고 정말로 믿는 건 아니죠?" 메이비스가 겁에 질린 눈빛으로 그들을 향했다.

"우리가 직면해야 할 가능성이죠." 농담을 던졌던 청년이 대답했다. "유럽의 다른 나라들을 별문제 없이 침략했으니까요. 우리 사이엔 겨우 삼십 킬로 폭의 해협이 있을 뿐이죠."

"오늘 밤엔 우울한 얘기는 하지 말자." 제러미가 말했다. "내가 집에 돌아왔잖아. 난 아늑한 아파트에서 내 친구들에게 둘러싸여 있고, 우린 제대로 즐길 준비가 돼 있어. 와인 아니면 칵테일? 마음껏 마셔." 그때 그가 고개를 들어 방 안으로 들어오는 가이를 보았다. "맙소사, 하코트잖아. 어떻게 여길 온 거야?"

"내가 초대했어." 벤이 말했다. "나와 같은 숙소에서 지내거든. 초대해도 괜찮은 거였지?"

"물론." 제러미가 말했다. "많으면 많을수록 더 즐거운 법이니까." 그러나 벤은 그가 별로 반가워하지 않는다는 것을 알 수 있었다.

가이가 다가와 악수를 청했다. "오랜만이야, 프레스콧."

"정말로 그렇군. 요즘 뭐 하며 지내, 하코트?"

"유감스럽게도 펜대를 굴리고 있어. 신체검사에서 탈락했거든. 내가 건장함의 표본처럼 보인다는 걸 알지만 심장이 약한가 봐."

"그거 안됐군." 제러미가 말했다. "뭐, 마셔. 레드 와인이 몸에 활력을 준다고들 하잖아, 안 그래? 이제 내가 좋아하는 여인에게 와인 한 잔을 가져다줘야겠어."

벤은 패멀라를 찾아 남몰래 방을 훑었다. 그때 문가에 서 있는 그녀를 보았고, 그녀는 그녀답지 않게 약간 수줍어 보였다. 그때 그는 그녀가 혼자가 아니라는 것을 알아차렸다. 체형이 드러나는 검은 시스 드레스에 선명한 진녹색 망토를 어깨에 걸친 트릭시가 패멀라와 함께 들어왔다.

"안녕, 벤." 트릭시는 다분히 고의로 패멀라를 밀치고 다가와 그의 뺨에 키스했다.

"정말 멋진데요." 그가 대답했다.

"아, 칭찬 고마워요. 친절도 하셔라." 그녀가 대답했다. "우리의 집주인은 어딨죠?"

"술을 따르고 있어." 패멀라가 대답했다. 그때야 벤은 디도가 패멀라 뒤에 서 있다는 것을 알았다. 디도는 아버지가 허락했을 정도보다 더 진하게 화장했고, 몸에 붙는 중국식 빨간 드레스를 입고 있었다. 그래서인지 그녀의 실제 나이인 열아홉보다 더 성숙해 보였다. 디도는 벤을 보고 환한 미소를 지었다.

"안녕, 벤." 그녀가 외쳤다. "여기 올 줄은 몰랐네. 정말 잘됐어. 재미있을 것 같지 않아?"

"아버지가 여기 가도 된다고 허락하셨어?" 벤이 물었다.

"패멀라 언니가 나를 매의 눈으로 지켜보고 새벽 열차에 태워 집으로 보내겠다고 맹세했어. 하지만 허락을 받아 내기까지 내가 얼마나 애걸하고 복걸하고 징징거리고 삐져 있어야 했는지 상상할 수 있겠지. 벤이 오는 줄 알았더라면 좋았을 텐데. 아빠가 날 감시할 눈이 있다는 걸 아셨다면 더 안심하셨을 거야. 아빠는 벤이 아주 균형을 잘 잡는다고 생각하거든."

"이런, 책임이 막중하네." 벤이 말했다. 그때 그는 옆에 메이비스가 서 있다는 걸 퍼뜩 기억했다. "디도, 이쪽은 메이비스야. 메이비스, 이쪽은," 그는 망설이다가 "레이디 다이애나 서턴."이라고 말할 참이었지만 디도가 그의 말을 잘랐다.

"안녕하세요, 난 디도예요." 그녀가 말했다. "어머나, 벤에게 여자 친구가 있는 줄 몰랐어요. 비밀스럽고 의뭉스럽네, 벤저민."

"우린 최근에 만났을 뿐이야." 벤이 당황스러운 미소를 지었다.

"같은 곳에서 일해?" 디도가 물었다.

"아니, 대개는 아니야. 메이비스의 일터에 내가 서류를 전하러 갔다가 만났어."

디도가 메이비스에게 몸을 돌렸다. "당신이 일하는 곳에 내가 할 만한 일이 없을까요? 난 뭔가 쓸모 있는 일을 간절히 원해요."

"거긴 버킹엄셔야, 디도." 벤이 말했다. "아버지가 널 집에서 떨어져 살게 하지 않으실 거란 걸 알잖아."

"패멀라는 그래. 메이비스도 그렇고." 디도가 말했다.

메이비스가 쿡쿡 웃었다. "아니요, 나도 안 그래요. 어머니랑 살아요. 운도 지지리 없지. 오늘 밤 벤과 여기 오려고 거짓말을 잔뜩 해야 했죠."

"잘한 거예요." 디도가 말했다. "마음에 드는데요."

제러미가 패멀라와 디도에게 와인 잔을 건넸다. 이내 그는 트릭시를 보았다. "안녕, 낯익은 얼굴이 또 있네." 그가 말했다.

"날 기억하다니 우쭐한 기분이 드네요." 트릭시가 대꾸했다.

"어떻게 잊을 수 있겠어요? 당신은 대단한 춤꾼이었죠. 와, 당신의 사교 시즌은 엄청 재밌었겠는데요? 게다가 공교롭게도 한동안은 그게 마지막으로 남을 테고."

"상기시키지 마." 디도가 말했다. "나처럼 이제 사교계에 나가지 못할 가엾은 여자애들을 불쌍히 좀 여기라고."

"넌 사교계 진출 없이도 꽤 잘 해내는 것처럼 보여, 디도." 제러미가 말했다. "마셔. 잔뜩 있으니까. 그리고 음식은 식당에 있어. 음식은 술과 같은 수준이 아니라 미안해." 그가 덧붙였다. "연어 통조림으로 무스를 만들었고, 호수에서 잡은 송어를 훈제했고, 텃밭에서 딴 철 이른 딸기가 있어. 그러니 그런 것들로 때워야 해."

"그런 것들로 때운다니." 메이비스가 벤에게 속삭였다. "대체 어디서 연어 통조림을 손에 넣는 거예요?"

"묻지 않는 게 좋을 거예요." 벤이 나직하게 대꾸했다. 그녀는 그에게 공모의 미소를 보냈다.

"나가서 춤춰요." 그녀가 말했다. "이거 내가 좋아하는 노래예요."

"미리 경고하는데, 난 춤을 잘 못 춰요."

"아니, 그렇지 않아. 넌 훌륭한 댄서야. 그렇게 겸손해하지 않아도 돼." 패멀라가 말했다. 벤이 사람들이 춤을 추고 있는 쪽모이 세공 마루로 메이비스를 이끌 때 패멀라가 속삭였다. "괜찮은 여자야. 난 전적으로 찬성."

느린 폭스트롯이었다. 메이비스는 그의 뺨에 자신의 뺨을 대는 데 주저하지 않았다. 그러나 밖은 깜깜해지지 않았고, 벤은 그런 자세를 취하기에는 다소 이른 저녁이라고 느꼈다.

"그러니까 저 두 여자는 귀족 가문이에요?" 그녀가 물었다.

벤이 끄덕였다.

"정말 좋은 사람들 같아요. 전혀 도도하지 않고."

"좋은 사람들이에요. 그들을 오래 알고 지냈죠. 함께 자랐거든요."

"그리고 검은 옷을 입은 섹시한 여자는요? 그 여자는 당신에게 꽤 관심이 있어 보이던데요."

"그녀는 바지를 입었다면 뭐에든 추파를 던지는 것 같아요." 벤이 말했다. "시골에 있는 모 정부 부서에서 패멀라와 일해요."

"당신을 두고 치열한 경쟁을 하겠는데요." 메이비스가 말했다. 그녀는 주위를 둘러보았다. "친구들이 화려하군요. 제러미는 너무 잘생겼어요. 그와 패멀라는 참 사랑스러운 커플이지 않아요?"

벤은 지금 패멀라와 춤을 추고 있는 제러미를 힐끗 보았다. 그에게는 벤 같은 거리낌이 없었다. 그의 팔은 패멀라를 꼭 감싸고 있었고, 그들은 바닥을 가로지르며 한 몸처럼 움직였다. 그녀의 머리는 그의 어깨에 얹혀 있었다. 눈을 감은 그녀의 얼굴은 더할 나위 없이 만족스러워 보였다. 메이비스를 감싼 벤의 손에 힘이 들어갔고, 메이비스는 응답하듯 그에게 몸을 더 밀착했다. 밤 11시경, 공습경보 사이렌이 울렸다.

"지하실로 내려가거나 방공호 같은 데라도 가야 하나요?" 여자 하나가 신경질적으로 물었다.

"감히 놈들이 메이페어를 폭격할 거라고 생각하는 건 아니겠죠?" 한 남자의 대답에 모두가 웃음을 터뜨렸다.

"맞다." 제러미가 외쳤다. "지붕으로 올라가자! 거긴 전망이 끝내

주거든. 일단 내가 샴페인을 딸 때까지 기다려. 아버지가 가장 좋아하는 뵈브 클리코야."

펑 하는 요란한 소리가 났다. 샴페인이 병에서 흘러넘쳤고, 내민 잔들이 채워졌다.

"어서, 이쪽으로!" 제러미가 소리치자 그가 피리 부는 사람이라도 되는 양, 모두가 그를 따라 부엌으로 갔다. "좀 힘들지만 올라갈 수 있을 거야." 그가 웅웅대며 접근하는 비행기 소리에 맞서 소리쳤다. "늘 이렇게 올라갔다고." 그는 창문을 밀어 올린 다음 좁은 난간으로 내려섰다. 사람들이 뒤를 따랐다. 벤이 먼저 올라 메이비스를 도왔는데, 그녀는 민첩하고 겁이 없었다. 난간을 따라 걷다가 평평한 지붕으로 올라가는 짧은 사다리를 올랐다. 지붕에 오른 그들은 자신들의 객기에 웃음을 터뜨리고 샴페인 잔을 부딪쳤다. 제러미는 내려가 축음기를 들고 나타났고, 〈인 더 무드In the Mood 1939년에 발표된, 글렌 밀러 악단을 대표하는 재즈 명곡〉가 크게 울려 퍼졌다. 술에 취한 몇몇이 춤을 추기 시작했다.

그들 주위의 런던에 어둠이 내려앉았지만 탐조등이 하늘을 누빈 순간, 그들은 그 빛 속에서 갑자기 방공기구들이 반짝이는 모습을 보았다. 빅벤이 부각되었다가 다시 사라졌다. 그리고 대형을 지어 나는 비행기들이 다가오는 모습이. 남쪽에서 대공포의 스타카토음이 들렸고, 간간이 폭탄이 떨어지는 더 깊은 굉음이 울렸다. 지금 강 건너에 불이 난 것으로 보아 폭탄은 소이탄인 것 같았다. 한 여자가 지붕 주위를 두른 난간으로 뛰어올랐다.

"우린 당신이 두렵지 않아, 히틀러 씨! 마음대로 해 봐!" 그녀가 하늘을 향해 샴페인 잔을 흔들며 소리쳤다. 이제 폭탄 하나가 더 가까이에 떨어졌고, 밤의 정적을 산산조각 낸 또 다른 폭탄의 굉음은 들린다기보다 거의 몸으로 느껴졌다. 그때 가까이에서 폭발음이 들리더니 나무들의 검은 그림자 너머로 불길이 치솟았다.

"저 큰 건물은 뭐지?" 난간 위의 여자가 물었다.

"궁전을 공격했어!" 누군가가 외쳤다. "오, 세상에, 궁전을 쳤군."

벤은 심장이 철렁하는 것을 느꼈다. 이게 놈들이 경고했던 약속된 공격일까? 그 〈왕궁의 불꽃놀이〉? 왕을 퇴위시키려는? 궁전은 대단히 넓어. 그는 생각했다. 왕실은 무사히 지하로 대피했을 거야. 몇몇 방은 피해를 봤을지 몰라도 궁전 전체를 불태우는 건 불가능해…….

이제 머리 위에 첫 비행편대가 나타났다. 대응 포격이 하이드 파크와 가까운 곳에서 밝은 궤적을 그리며 밤하늘로 쏘아졌다. 이제 더 가까운 곳에 또 다른 폭탄이 떨어졌다.

"성제임스궁 주변이었어." 한 남자가 말했다. "안심하고 있기엔 너무 가까워."

"그렇게 겁쟁이처럼 굴지 마요." 벤 뒤에 있던 여자가 대꾸했다. 트릭시인 듯했다. "우린 내려가지 않아요. 놈들에게 우리가 겁먹었다는 걸 보여 줄 생각 없어요. 제러미에게 샴페인을 더 가져오게 해요. 어디 갔지?"

벤은 주위를 둘러봤지만 그가 보이지 않았다. 그때 패멀라가 그의 소매를 잡아당겼다. "디도는 어디 있지? 디도가 안 보여." 그녀가 속삭였다.

"무서워서 내려갔겠지." 그가 말했다.

패멀라가 고개를 저었다. "디도가 두려워하는 걸 본 적 있어?"

"내가 내려가서 찾는 걸 도와줄게." 벤이 말했다. "걱정 마. 화장실에 갔을 거야." 그가 메이비스에게 몸을 돌렸다. "갔다 올게요."

이내 그는 사다리를 내려가 난간을 따라 걷는 패멀라를 도왔다. 그녀는 도움이 필요 없었다. 그녀는 자신들이 나무를 오르던 시절 그가 기억하는 그 자신감으로 걸었다. 그가 창문을 오르는 그녀를 돕고 있을 때 휘파람 소리가 나더니 섬광과 함께 폭발음이 났고, 그 폭발에 그는 내동댕이쳐질 뻔했다. 길 건너편 건물이 불길에 휩싸였다. 유리 파편과 잔해들이 그들에게 날아오고 있었다. 그는 패멀라를 감싸며 안으로 밀쳤다.

"우리가 공격당한 거야?" 그녀가 떨리는 목소리로 물었다.

"아니. 길 건너편이야."

지붕에서 비명이 들렸고, 한 남자가 말하는 소리가 들렸다. "여기서 당장 내려갑시다. 이건 미친 짓이야."

그들이 부엌에서 나온 순간, 복도 끝의 문이 열리더니 디도가 뛰쳐나왔다. 그녀는 슬립만 걸친 채였고, 머리는 헝클어져 있었다. "우리, 폭격당했어?" 그녀가 물었다. "창문이 방 안으로 떨어졌어. 오, 맙소사. 사방에 유리투성이야."

"괜찮아. 길 건너편이야." 제러미가 방에서 나와 그녀 옆에 섰다. 그는 허리춤에 수건 한 장을 걸치고 있었다.

패멀라가 그들을 바라보더니 딱딱한 목소리로 말했다. "디도, 당장 옷 입어. 널 집에 데려갈 거야." 그녀가 벤을 보았다. "이 밤중에 기차가 있을까?"

"서두르면 막차를 탈 수 있을 거야." 그가 말했다. "막차를 놓치면 내 숙소로 와도 돼. 가서 택시를 찾아볼게."

이제 부엌 창문을 오르고 있는 사람들은 위험에서 탈출한 이들이 종종 그러듯 좀 지나치다 싶을 만큼 왁자지껄 웃고 있었다. "샴페인 더." 한 남자가 지시하듯 말했다. "바텐더! 최고로 내놓으라고!"

제러미도 어두운 방으로 들어갔다가 재킷과 넥타이 없이 셔츠와 바지 차림으로 황급히 다시 나왔다. "물론이지. 사방에 술이 있어." 그가 억지로 유쾌한 척하며 말했다. 그는 패멀라를 지나면서 그녀의 소매에 손을 댔다. "패머, 내가 설명……,"

그녀는 그를 뿌리쳤다. "손대지 마!" 그녀가 차갑게 말했다. "우리 제발 이제 가면 안 될까, 벤?"

이내 그녀는 누군가를 떠올렸다. "트릭시에게 먼저 가야겠다고, 내일 보자고 말해야 해. 누군가 그녀를 역까지 데려다주겠지."

그 순간 벤은 메이비스를 떠올렸다. 그는 늘어선 손님들을 헤치고 그녀에게 다가갔다. "저기요, 일이 생겨서 지금 누구를 데려다줘야 해요." 그가 말했다. "정말 미안합니다. 지금 역으로 데려다줄까요, 더 있을 건가요?"

그녀는 혼란스러운 표정을 지었다. "모르겠어요. 파티가 끝난 건가요? 이 밤중에 돌아가는 기차는 없어요."

"내 숙소로 갈 수도 있겠지만……."

그녀의 시선이 그의 뒤에 미동도 없이 서 있는 패멀라에게 옮겨갔다. "무슨 상황인지 알겠어요. 난 괜찮을 거예요. 성인인걸요."

"아니, 그런 게 아니에요." 그가 말했다. "정말이에요. 그리고 정말 미안해요. 그건 그냥……." 그는 말끝을 흐렸다.

그때 가이가 그의 옆으로 다가왔다. "무슨 곤란한 일이라도?" 그가 물었다.

"사실은, 그래. 메이비스가 무사히 역으로 갈 수 있게 보살펴 줄 수 있겠어?"

"물론이지." 가이가 말했다. "그런데 넌 뭐 하고?"

"패멀라와 다이애나 서턴이 지금 떠나야 해. 다이애나가 몸이 좀 안 좋거든. 나중에 얘기해."

"좋아, 친구. 걱정하지 말라고. 완벽한 보이스카우트가 될 테니까." 가이가 그에게 씩 웃어 보였다.

디도가 옷을 다 챙겨 입고 침실에서 나왔다. 립스틱은 번져 있었고, 머리는 여전히 부스스해 보였다.

"당장 승강기에 타!" 패멀라가 명령했다.

디도가 반항적인 눈으로 언니를 보았다. "언닌 그 사람이 원하는 걸 줄 마음이 없잖아. 그래서 내가 줬어." 디도는 그렇게 말하더니 고개를 쳐들고 패멀라를 성큼성큼 지나쳤다.

벤은 제러미가 응접실에서 소리치는 걸 들었다. "아무도 갈 필요 없어. 깨진 창문 몇 개가 우리의 파티를 망치진 않으니까. 게다가 지금 가 봐야 소방차와 공습경보 담당자들에게 방해만 될 뿐이야. 그러니 파티를 계속하면서 내가 약속한 대로 새벽에 달걀과 베이컨을 먹자고. 어이, 내게 진짜 베이컨이 있어. 그걸 생각해 봐!"

승강기 문이 닫히고 그들은 말없이 내려갔다.

34

런던

벤은 도체스터 호텔 밖에서 택시를 잡았고, 그들은 빅토리아 역으로 빠르게 달렸다. 공원의 어둠 너머로 불길이 타오르고 있었다.

"버킹엄 궁전을 또 공습하다니, 망할 자식들." 택시 기사가 말했다. "제기랄, 놈들에게 갚아 주길 바랍니다. 이걸 똑같이 겪게 하는 거죠. 내가 처칠 씨라면 남녀노소 할 것 없이 싹 다 쓸어 버릴 텐데."

"피해가 심각합니까?" 벤이 물었다.

"직접 보지는 못했어요." 기사가 대답했다. "도로를 막았거든요, 안 그러겠어요? 하지만 불길이 똑똑히 보이잖아요."

그들은 하이드 파크 코너를 지나 그로스베너 호텔을 향해 달렸다. 디도는 말없이 창밖을 응시했다.

"지금 두 사람 다 켄트로 돌아가려고?" 벤이 물었다.

"난 아침에 출근해야 해." 패멀라가 말했다. "간선 열차는 밤새 있을 거야. 게다가 난 재를 기차 밖으로 던질지도 몰라."

"그럼 누가 어떻게 알고 역으로 디도를 마중 나오지?"

"내가 빅토리아 역에서 전화할 거야. 폭격이 있어서 서둘러 떠나야 했다고. 그 이상 말할 필욘 없어."

"내가 없다는 듯이 말할 건 없잖아." 디도가 말했다. "나도 사람이야. 나에게도 감정이란 게 있다고."

"넌 감정을 느낄 자격도 없어." 패멀라가 말했다. "넌 감정이 뭔지도 몰라. 넌 우리가 자라는 내내 항상 내 걸 탐냈어. 그리고 그걸 뺏기도 했고."

그들은 역에 도착해 플랫폼을 향해 달렸다.

"열한 시 오십오 분. 그걸 탈 시간이야." 벤이 말했다.

"이렇게 늦은 밤에 단거리 구간 열차는 없을 거야." 패멀라가 달음질에 숨을 가쁘게 몰아쉬며 말했다. "아빠에게 세븐오크스로 널 데리러 오시라고 할 거야."

"알았어." 디도의 목소리가 갑자기 아주 어리고 자신 없이 들렸다.

"내가 디도를 집으로 데려다주면 좋겠어?" 벤이 물었다. "난 요즘 시간이 탄력적이라 괜찮을 거야."

패멀라가 그에게 고마워하는 표정을 지었다. "정말 그래 줄 수 있어? 그래 주면 좋지. 등화관제 때 기차에 애 혼자 있을 생각을 하니 마음이 편치 않아."

"그게 편하다면 두 사람 다 내 숙소로 가도 돼."

"그렇지 않을 거야." 패멀라가 말했다. "유감스럽지만 난 혼자 있을 필요가 있는 데다 더는 교양 있게 행동할 수 없어. 그리고 디도와 떨어져 있고 싶어."

"내가 고깃덩어리라도 되는 것처럼 얘기하지 마." 디도가 말했다. "있잖아, 미안해. 일부러 그런 게 아니야. 우린 술을 마시고 있었고,

폭탄 때문에 흥분했고, 그리고…… 그리고 그냥 그렇게 돼 버렸어. 그런데 언니, 그거 알아? 그건 끝내주게 좋았어. 그런데 언니는 바보같이 그를 계속 밀어내기만 하고."

"됐어, 디도." 패멀라가 딱 잘라 말했다. 그녀는 동생을 기차 안으로 밀치다시피 했다.

"엄마에게 예정대로 금요일에 가겠다고 전해." 그녀가 말했다.

"금요일에 무슨 일이 있어?"

"엄마는 이번 주말에 작은 가든파티를 여실 예정인데, 제대로 된 음식이 없는 데다 하인도 모자라서 공황 상태라 내가 내려가서 도와드리겠다고 했어." 패멀라가 애원하듯 벤을 보았다. "그날 근무가 없어도 내려오고 싶지는 않겠지? 제러미에게 음료 같은 것들을 내 달라고 부탁할 계획이었는데, 이제는……."

"물론 갈게." 벤이 말했다.

"트릭시도 온다고 했어. 하녀 복장을 하고 차와 음식을 나르겠다나." 패멀라가 미소 지었다. 잠시 그녀의 얼굴에서 걱정의 주름이 사라졌다. "우린 금요일 오후와 토요일에 간신히 휴가를 냈어. 그러니까 네가 우리랑 가고 싶다면 네 시에 기차를 타는 게 좋을 거야."

"그럼 그때 보자." 그가 미소를 짓고 디도를 따라 기차에 올랐다.

기적이 울렸다. 패멀라는 벤에게 손을 뻗어 그의 손을 감쌌다. "여기까지 와 줘서 정말 기뻐, 벤. 넌 늘 믿음이 가."

기차가 역에서 떠나기 시작했다. 벤이 돌아보니 패멀라의 작고 날씬한 형체가 거기에 서서 자신들을 지켜보고 있었다.

옆 건물에 폭탄이 떨어졌다는 설명은 쉽게 받아들여졌다. 벤은 아버지 집으로 갔고, 거기서 밤을 보낸 뒤 런던으로 가는 이른 기차를 탔다.

벤이 계단을 오를 때 가이가 방문을 열었다. "그래, 어디 갔었어?" 그가 은근한 미소를 지으며 물었다. "하나 가격에 둘이었나? 네가 메이비스 양 대신 그 두 사람을 택한 이유를 알겠어. 사랑스럽긴 해도 내 취향엔 좀 지나치게 감정을 쏟아 내는 여자야. 네가 부탁한 대로 아침 여섯 시에 기차역에 데려다줬어."

"정말 고마워. 나한테 화가 단단히 났겠지."

"단단히는 아닐 거야. 내가 택시에서 키스와 포옹을 좀 했으니까 그녀에겐 좋은 시간이었을 테고, 동료들에게 할 이야깃거리가 많이 생겼겠지. 상류층 인간들이 어떻게 사는지 등등." 그가 벤을 응시했다. "완전히 지쳐 보이는데. 들어와. 커피 타 줄게." 벤에게는 사양이 필요 없었다.

"이 커피가 배급품이 아닌 걸 감사해." 가이가 말했다. "요즘 내 유일한 악습이지."

"그걸 구할 수 있다면야." 벤이 대꾸했다. 그는 가이의 침대에 주저앉았다. "굉장한 밤이었어."

"그래서 어떻게 된 거야, 대체?" 가이가 주전자에 물을 채우며 물었다.

"동생과 제러미 프레스콧이 침대에 있는 걸 패멀라 서턴이 알았어." 벤이 말했다. "그 꼬마는 고작 열여덟인가 열아홉이야."

"요즘 열여덟은 전쟁 전의 열여덟이 아니지." 가이가 대답했다. "이런 때에는 누구나 빨리 성장하기 마련이니까. 또 그래야만 하고.

그리고 많은 이들의 철학이 우리가 내일 여기 있을지 모르니 할 수 있을 때 그걸 잡자는 거잖아. 그게 사실이기도 하고, 안 그래? 폭탄이 오른쪽으로 몇 미터 더 가까이 떨어졌다면 우리 모두 끝장났을걸."

벤이 몸서리를 쳤다. "네 말이 맞아."

"그럼 다이애나는 불명예스럽게 귀가 조치된 거야?"

"실은 내가 집에 데려다줬어. 패멀라는 일터로 돌아가야 해서. 게다가 화도 많이 난 상태고."

"그러니까 그녀와 프레스콧이 사귀는 사이라고?"

"아, 그래. 어렸을 때 이래."

"그게 공군의 행동 방식이지. 난 위험을 안고 살아가니까 내가 원하는 건 다 갖겠다."

"걔는 늘 그런 식으로 행동해 왔어." 벤이 말했다.

주전자의 물이 끓었고, 가이가 커피를 따랐다. 그가 천천히 말을 꺼냈다. "어쩌면 네가 알아야 할 게 있어. 레이디 마고 서턴……,"

"응, 들었어. 파리에서 게슈타포에게 잡혔다고. 구출 작전이 계획 중이었다는데."

"그리고 작전은 성공했지." 가이가 말했다.

벤의 눈썹이 치켜 올라갔다. "정말? 귀국했어? 멋진데."

"가족은 아직 귀국 사실을 몰라. 그들이 언제 소식을 듣게 될지는 나도 몰라. 임무 수행 보고 절차가 있어. 하지만 너에게 말하고 싶은 건 그게 아니야. 캡틴 킹이 너에게 '링'이라는 비밀 결사에 관해 말했을 거야."

"그랬어."

"그럼 그들이 누구이고 뭘 계획하는지 알아?"

벤이 고개를 끄덕였다. "독일에 협조하려는 귀족들."
"마고 서턴이 요전 날 저녁에 모임에 나타난 걸로 보여."
"링 모임에?"
"그래."
"네가 말한 캡틴 킹이 마고가 거기에 참석한 걸 알아?"
"그가 속내를 드러내지 않는다는 걸 너도 알겠지만 그는 이번 일로 놀랐을 거야."
"그럼 마고 서턴은 감시받는 거야?"
"오, 그래, 분명. 그리고 그녀의 귀가가 허락되면, 그 일이 네게 떨어질 것 같아."
"이크." 벤이 말했다.

벤은 자신의 방에 가자마자 메이비스에게 자매 중 한 명이 술을 너무 많이 마셔 몸이 안 좋아졌고, 마지막 기차를 타기 위해 서둘러 빅토리아 역에 가야 했다고 설명하는 짧은 편지를 썼다. 벤은 그녀가 자신을 용서해 주길 바라며, 가이가 당신을 잘 바래다줬기를 바란다고도 썼다. 그리고 다음에 만날 때는 극적인 사건이 일어나지 않기를 희망한다고 썼다. 그런 다음 그는 그것을 길모퉁이에 있는 우체통에 넣었다. 운이 좋으면 그 편지가 그날의 마지막 배달로 저녁에 도착하거나 늦어도 내일 아침에는 도착할 터였다. 더 세련된 상류층 여자의 호감을 사기 위해 자신이 그녀를 남겨 두고 갔다고 메이비스가 생각하지 않았으면 했다.

한편, 패멀라는 트릭시와 함께 쓰는 방에서 혼자 깨어났다. 그녀는 한바탕 장염을 앓고 회복 중인 것처럼 속이 비고 진이 빠진 느낌이었다. 그녀는 이제 디도가 제러미의 집을 방문한 오후에 그와 섹스를 했었는지 궁금했다. 어머니와 하인들이 있는 집에서 그럴 일은 거의 없었지만 제러미라면 또 모를 일이었다. 그는 위험스럽게 사는 것을 좋아했다. 그녀는 늘 그것을 알고 있었다.

패멀라는 일어나 기지개를 켜고 창가로 가 등화관제용 커튼을 걷었다. 그녀의 기분과 어울리는 잿빛의 음울한 날이었다. 끝이야. 그녀는 생각했다. 동생과 바람을 피운 남자에게 어떻게 안정감을 느낄 수 있을까? 만약 결혼했다면 그가 늦어질 때마다 최악을 상상하지 않을까? 그녀는 이제 디도가 어리석고 욕구가 충족되지 않아 좌절한 어린애였다는 것을 알았다. 그 애가 하고 싶어 죽겠는 무도회와 사교계 불장난과 적극적인 사회생활 같은 것들을 그 애는 할 수 없었다. 제러미가 자신을 유혹하도록 그 애가 놔둔 것은 놀랄 일이 아니었다. 둘은 정말 폭격이 있기 전에 성관계를 끝냈던 걸까? 그녀는 궁금했다. 디도는 처녀였을까? 그렇다면 아팠을까? 불안감이 물밀 듯이 밀려오는 동안 급행열차가 굉음을 내며 창문을 빠르게 지나갔다.

패멀라가 막 씻고 양치질을 끝냈을 때, 트릭시가 집에 왔다.

"하느님 맙소사, 대단한 밤이었어." 트릭시가 침대에 몸을 던졌다. "너무 많이 마셨어. 우리 모두 그랬지. 어찌나 피곤한지 기차에서 꾸벅꾸벅 졸았다니까. 기적이 울렸으니 망정이지, 크루Crewe 잉글랜드 북서부에 있는 도시에서 눈을 떴을지도 몰라." 그녀가 일어나 앉아 패멀라의 안색을 살폈다. "너, 괜찮아?" 그녀가 물었다.

"그런 것 같아. 이겨 낼 거야."

트릭시가 다가와 그녀 옆에 앉았다. "내가 짐작한 게 맞아? 제러미가 네 동생과 잔 거야?"

패멀라가 고개를 끄덕였다.

"안됐어. 그는 너와 전혀 어울리지 않는 남자였을 거야. 네가 가고 나서는 나한테 계속 수작을 걸더라니까. 그리고 내가 전에 그가 NSIT, 택시에서 안전하지 않은 남자라고 말했을 때, 진심으로 한 말이었어. 예전 사교계 데뷔 시즌 때, 그는 싫다는 말을 곧이듣지 않더라고. 택시 기사가 뒤돌아서 '괜찮습니까, 미스?' 하고 묻지 않았다면, 그는 분명 날 억지로 범했을 거야. 그러니까 넌 그와 헤어지는 게 더 나을 거야." 그녀가 말을 멈추고 패멀라의 얼굴을 보더니 말했다. "이렇게 멍청한 말을 지껄이다니. 너, 그를 사랑하는구나, 그렇지?"

"늘 걔를 사랑했어." 패멀라가 말했다. "그리고 난 걔가 어떤 남자인지 늘 알았던 것 같아. 저돌적이고 아무것도 두려워하지 않는 걔에게 일정 부분 끌렸어. 하지만 잊어야겠지. 시간은 걸릴 테지만……."

트릭시가 끄덕였다. "바다에 넘쳐 나는 게 물고기라고. 난 어젯밤에 꽤 유쾌한 공군 사내와 친해졌어. 그리고 우린 이번 주 토요일 너희 어머니의 가든파티에서 재미난 시간을 보낼 거잖아, 안 그래?"

패멀라가 트릭시 옆에 맥없이 주저앉았다. "맙소사, 트릭시, 이젠 집에 가고 싶지 않아. 디도의 얼굴을 어떻게 보겠어? 그 애랑 한집에 있는 걸 어떻게 참겠어?"

"대저택인 데다 사람이 많을 거야. 우리 둘 다 하녀 복장을 하고 음식을 나르는 게 어때? 재미난 장난 같지 않아?"

"지금 같아서는 장난칠 마음 없어. 사실 어머니에게 결국 휴가를 못 받았다는 전보를 칠까 생각 중이야."

"오, 그러지 마." 트릭시가 말했다. "나 혼자 내려갈 순 없는 데다 내가 그걸 얼마나 고대했는데. 그런 생활을 즐긴 지 얼마나 오래됐니? 꽃무늬 드레스에 모자를 쓰고 잔디밭에 앉아 차를 마시는 거. 이제는 모든 게 아름다운 꿈처럼 느껴져, 안 그래?"

"그래." 패멀라가 말했다. "그래, 맞아." 그녀가 한숨을 쉬었다. "어쩔 수 없지. 아무래도 가야겠어. 리비는 그런 파티를 준비하는 데 큰 도움이 되지 않거든. 어머니 혼자 쩔쩔매실 거야."

"잘 생각했어." 트릭시가 말했다. 그녀가 다시 일어났다. "자, 옷을 갈아입고 비틀대며 출근해야겠다. 내가 암호 해독을 하지 않아서 다행이야. 아니면 이 상태로 일하다가 적기가 버밍엄이 아니라 봄베이에 나타났다고 헛소리를 할 거야."

트릭시가 욕실로 향할 때 패멀라는 애써 미소를 지었다.

35

팔리 저택으로

벤은 그날 뭘 해야 할지 확신하지 못했다. 그는 패멀라의 라디오 메시지를 돌핀 스퀘어에 전달했다. 그들이 링 회원의 모임 참석자들이 맞는 것 같다는 자신의 의견과 함께 전했다. 그는 사진 속 위치를 찾는 작업을 서둘러 달라고 메이비스를 재촉했었다. 그럼 이제 뭘 해야 하지? 가이는 자신이 마고 서턴을 그림자처럼 따라다니는 임무를 맡게 될 거라고 암시했지만, 그러한 지시는 맥스웰 나이트가 내려야 할 터였다. 벤은 불안했고 자신이 필요 없는 사람이 된 것 같은 기분이 들었지만, 징집되기 전까지 자신이 가르쳤던 4학년 학생처럼 '대장님, 이제 전 뭘 해야 합니까?'라고 물으러 돌핀 스퀘어를 찾아가고 싶은 기분 역시 들지 않았다. 주도성. 그것이야말로 MI5에서 필요한 덕목이었다. 그는 도전이 주어지길, 그리고 주목받길 원했었고, 이제 그는 주요 방첩 활동의 핵심에 있었다.

라디오를 켠 그는 어젯밤 폭격에서 왕실 가족들이 무사하다는 것을 알게 되어 기뻤다. 독일 채널이 걸리길 바라며 주파수를 찾아 다이얼을 계속 돌렸지만 이내 포기했다. 가이는 어딘가로 임무를 떠나 있었다. 벤은 가이가 무슨 일을 하고, 얼마나 오랫동안 나이트를 위해 비밀리에 일했는지 궁금했다. 그러고는 잠시 생각에 잠겼다. 가이는 '링'에 관한 모든 것을 아는 것처럼 보였다. 그는 마고 서턴이 구출됐다는 것을 알았다. 이는 그가 조직에서 핵심 인물이라는 뜻이었다. 아니면……. 벤은 생각을 멈췄다. 가이야말로 '링'의 회원이 될 프로필에 적합했다. 귀족 가문. 모험을 즐기며 안락을 좇는 옥스퍼드 부류. 그는 자신에게 향하는 의심을 피하기 위해 나에게 마고 서턴 이야기를 했을까? 벤은 그가 어떻게 알아낼 수 있었는지 궁금했다. 그러나 맥스웰 나이트는 그를 신뢰했고, 벤은 나이트의 인물 파악이 탁월하다고 확신했다. 아니면…… 나이트는 그가 이중 첩자임을 알고 그를 이용하는 것인지도 몰랐다. 벤은 나이트에게 물어보고 싶었지만 가이가 보이는 그대로가 아니라는 의심을 증명할 만한 것이 하나도 없었다. 그리고 가이가 소위 캡틴 킹에 관해 했던 말을 떠올렸다. 그는 오직 처칠에게만 보고한다. 위험하고 권력을 쥔 남자. 그리고 맥스웰 나이트 자신이 링 같은 비밀 조직을 이끄는 부류에 딱일지도 모른다는 생각이 떠올랐다. 다시 그는 자신이 영국 정부를 계속 만족시키려는 기대감에 그 일을 떠맡았지만 잘못 생각한 게 아닌지 자문하고 있었다.

그는 메이비스를 보러 가야 할지 고민했는데, 개인적인 차원에서는 다소 한심해 보였고, 직업적인 차원에서는 다소 짜증이 날 듯했다. 그 사진이 중요한지조차 의심이 들었다. 낙하산 사내가 중요한 메시지를 전하러 온 것이라면, 분명 독일군은 이미 다른 수단으로 메시지를 보냈을 것이었다. 그는 영국 국립도서관에 가서 그 전투들에 관해 더 읽어 봤지만 몰랐던 사실을 새로 발견하지는 못했다. 왕은 더 강력한 경쟁자에게 폐위되었다. 많은 사람이 죽임을 당했다. 그러나 전쟁이 결국 평화를 가져왔다. 그는 지금과 유사한 것들을 볼 수 있었지만 그게 무슨 의미인지는 이해할 수 없었다. 그는 집으로 돌아와 다음 날 패멀라와 켄트에 내려가기로 약속했던 것을 떠올리고 기운을 냈다.

마고 서턴은 런던을 벗어나고 있는 다임러의 차창 밖을 응시했다. 도시의 풍경이 교외의 풍경으로 바뀌더니 구릉으로 이루어진 푸른 시골이 나타났다. 자신이 정말 영국에 돌아왔다는 사실이, 가족이 있는 집으로 가고 있고 시련이 끝났다는 사실이 너무 기뻤다. 그녀는 행복과 흥분된 감정을 느끼려고 애썼지만, 그들이 게슈타포 감방으로 끌고 갔을 때 자신의 일부가 죽은 것처럼 오히려 공허함을 느꼈다. 지난날을 떠올리면 악몽 같았고, 그녀는 죽음을 맞거나 최소한 독일 포로수용소로 보내질 것에 대비해 마음을 단단히 먹었던 터였다. 손가락은 이미 나았다. 눈에 띄지 않는 시련의 상처들을 견뎠다. 마음의 상처가 사라지려면 더 오래 걸릴 터였다. 가스통은 자신을 사랑한 적이 없다고 부인했다. 그는 자신과 자신에게 가해진 고통을 완벽히 무시했다.

그녀는 푸른 산울타리들이 스쳐 지나가는 모습을 지켜보았다. 난 완전 바보였어. 그녀는 생각했다. 모든 걸 포기했고, 모든 걸 감수했어. 날 사랑하지도 않는 남자를 위해서.

추억들이 소용돌이치며 물밀 듯이 떠올랐다. 불로뉴의 숲을 자신과 거닐고, 작은 카페에 마주 앉아 갈망으로 이글거리는 눈빛으로 자신의 눈을 들여다보던 가스통. 그가 자신을 사랑했다고 그녀는 갑자기 확신했다. 이내 그녀는 지지 아르망드가 한 말을 생각해 보았다. 가스통이 자신을 보호하려고 자신을 무시하는 태도를 보였다는 말. 그때는 그 말을 믿지 않았다. 하지만 이제 그게 사실일지도 모른다고 깨달았다. 독일군에게 했던 그의 말들은 자신을 구하는 그의 전략이었다. 자신이 그에게 아무 의미 없다는 인상을 줌으로써 자신이 더 심한 고문을 피할 수 있게 한 것이었다. 가스통이 자신의 고통에 전혀 개의치 않는다는 것을 그들이 감지했다면 그것을 계속하는 것은 무의미할 테니까.

"그가 날 구했어." 그녀가 자신에게 속삭였다. "그는 날 진심으로 사랑했어. 날 위해 죽을 정도로 사랑했어."

그리고 그녀는 또한 그를 구하는 데 자신이 한 게 아무것도 없었다는 자각을 받아들이려고 애썼다. 그는 결코 레지스탕스 대원들을 배신하지 않을 것이고, 독일군은 결코 그를 풀어 주지 않을 것이었다. "끝끝내 충실한 사람." 그녀는 속삭였고, 슬픔으로 가득 찬 어두운 내면에 위로의 작은 빛을 느꼈다.

그리고 이제 그녀는 예전의 삶을 재개하는 데 자유로웠다. 자유롭게. 자유롭지만은 않다는 것을 그녀는 알았다. 그러나 자유롭지 않은 상황에 닥치면 그 난관에 맞설 터였다. 당장은 켄트의 시골과 가족과의 만남을 즐기려고 애쓸 생각이었다. 차가 세븐오크스를 지나자 주변 풍경이 익숙해졌다. 소녀 시절 그녀는 말을 타고 이 들판을 달리며 사냥을 했었다. 이상하지만, 그녀는 생각했다. 내 인생이 이미 끝난 것처럼 노파가 된 기분이야. 그리고 자신이 예전 같은 기분을 느끼게 될지 궁금했다. 그리고 당연하게도 걱정들이 다시 머릿속으로 기어들었다. 과연 그 일을 해낼 수 있을까? 그리고 가스통이 나를 자랑스러워할 만큼 용감해질 수 있을까?

그때 그들은 엘름슬리를 지나고 있었다. 마을 광장에 마지막 경기의 점수가 그대로 남은 크리켓 득점판이 있었다. 그 너머 교회. 해밀턴 양이 개를 산책시키고 있었다. 아무것도 변한 게 없었다. 나만 빼면. 마고는 생각했다.

피비는 가정교사 앞에서 영국의 역대 왕과 여왕의 순서를 암송하며 공부방에 있었다. 리처드 3세에서 막혔다. 그녀는 방 안을 서성거렸다. "리처드 삼세." 그녀가 그렇게 되뇌고…….

"보즈워스 전투." 미스 검블이 그녀에게 상기시켰다. "그 후에 무슨 일이 일어났지?"

"그러고 나서……," 피비가 창밖을 내다보고 기쁨의 환호성을 질렀다. "마고예요!" 그녀가 소리쳤다. "마고가 집에 왔어요."

그녀는 복도를 내달려 두 개의 층계참을 내려간 다음 희소식을 외쳤다.

웨스터햄 경은 모닝룸에서 신문을 읽고 있었다. 그는 신문을 내려놓고 딸을 노려보았다. "내가 비명과 고함에 대해 뭐라고 했지? 네 가정교사는 모름지기 숙녀란 결코 목소리를 높이지 않는다는 걸 가르치지 않더냐?"

"하지만 아빠," 피비가 여전히 기쁨에 가득 찬 환한 얼굴로 말했다. "마고예요. 마고가 집에 왔어요."

금요일 정오쯤, 가이가 방문을 두드렸을 때 벤은 빅토리아 역으로 갈 채비를 하는 중이었다. "이봐, 친구. 믿을 만한 소식통에게서 들었는데, 마고 서턴이 차로 켄트에 있는 집으로 가고 있대. 네가 거기에 내려갈 그럴듯한 구실이 있는지 궁금한데."

"실은 지금 거길 가려는 중이야." 벤이 말했다. "패멀라 서턴이 내일 어머니가 여는 가든파티 준비를 도와 달라고 부탁했거든."

가이의 얼굴에 미소가 스쳤다. "가든파티? 거긴 아직 그런 걸 한단 말이야? 믿을 수가 없군. 기차에 뛰어올라 널 따라가야 할 것 같은데. 잔디밭에서 딸기와 크림이라고? 정말이지 거긴 전쟁 전이군. 뭘 돕는 행사지? 아군을 위한 기금 마련?"

벤이 어깨를 으쓱했다. "모르겠어. 내가 아는 거라곤 레이디 웨스터햄이 하인도 음식 재료도 마땅히 없는데 가든파티를 열어야 해서 공황 상태고, 패멀라가 가서 돕기로 했다는 거야."

"그럼 넌 연미복을 입고 집사 행세를 할 거야?" 가이가 키득댔다.

"사실 집사는 여전히 있어. 나이가 많아서 징집되지 않았거든. 하지만 젊은 남자 하인이 없고 여자 하인만 몇 명 있지."

"상류층이 이렇게 고통을 받다니." 가이가 몹시 빈정대는 투로 말했다. "어머니가 지난번 편지에 직접 화장실을 청소해야 했다고 썼더라. 상상해 봐."

벤이 미소를 지었다. 그는 가이가 속한 계층의 많은 이들에게 전시 생활이 얼마나 큰 충격이었을지 깨달았다.

계단을 올라오는 발소리가 들렸을 때 그는 막 나서려는 참이었고, 전령이 자신을 향해 다가오자 깜짝 놀랐다. 남자가 걸음을 멈추고 경례했다. "크레스웰 씨? 이것을 즉시 전하라는 지시를 받았습니다. 메드메넘에서 보낸 겁니다."

"고맙습니다." 놀란 벤이 말을 더듬었다. 그 남자는 경례를 하더니 다시 계단을 쿵쿵거리며 내려갔다. 벤은 자기 방으로 들어가 문을 닫고 봉투를 열었다. '당신이 부탁한 사진 속 장소를 찾은 것 같아요.' 메이비스가 보낸 편지였다. '육지 측량부 지도에 표시해 놓았어요. 당신이 생각한 데번이나 콘월이 아니라 사실 서머싯이에요.'

벤의 심장이 방망이질했다. 역에서 패멀라를 만나기 전에 누군가에게 이를 말해야 했다. 그는 작은 여행용 가방을 움켜쥐고서 지하철을 탄 뒤, 돌핀 스퀘어까지 최대한 빠른 걸음으로 걸었다. 밑에서 초인종을 눌렀지만 응답이 없었다. 그는 승강기를 타고 올라가 문을 두드렸다. 역시나 대답이 없었다. 한 노인이 복도를 따라 자신을 향해 걸어왔다. "문을 두드려 봐야 소용없소." 그가 말했다. "나갔소. 오늘 아침 일찍 여행 가방을 든 두 사람을 봤소."

"젠장." 벤이 중얼거렸다. 그는 다시 승강기를 타고 내려와 이제 어떻게 해야 할지 생각하려고 애쓰며 밝은 햇살 아래 서 있었다. 사진에 대해 의논할 수 있는 사람이 아무도 없었다. 가이는 외출했고, 벤은 그가 언제 돌아올지 몰랐다. 게다가 가이에 대해 불안한 느낌이 있었다. 직접 서머싯에 가야 했다. 하지만 패멀라가 역에서 자신을 기다리고 있었다.

그는 한숨을 내쉬고는 빅토리아 역으로 향했다.

패멀라와 트릭시가 이정표 밑에서 기다리고 있었다. 패멀라가 그를 발견하고는 손을 흔들었다. "왔구나. 와 줘서 정말 기뻐."

"안녕, 벤." 트릭시가 말했다. "나도 당신이 오는 걸 보고 너무 기뻤어요. 난 하녀가 될 만반의 준비가 되어 있죠. 의상실에서 프릴이 잔뜩 달린 프랑스 하녀 복장을 빌리고 싶었는데 패머가 말렸어요."

"우리 가족에게 주름 장식이 많은 프랑스 하녀가 있기라도 한 것처럼 말이야." 패머가 벤에게 격앙된 표정을 지어 보였다. "엄마만 해도 한 번도 프랑스 시녀를 둔 적이 없었다고. 그녀는 중년에 땅딸막하고, 이름은 필폿이야."

"그럼 너희 가족은 활기가 필요하겠네." 트릭시가 말했다. "우리 엄마는 항상 프랑스 시녀를 두었고, 아빠는 늘 그 여자들 뒤꽁무니를 쫓아다녔어. 그게 부모님의 결혼 생활을 행복하게 유지했지."

패멀라는 이정표를 살펴보는 척했다. "그러니까 십일 번 플랫폼에서 삼십 분 후에 기차가 있어. 좋아. 표를 사서 저쪽으로 갈 시간은 충분해."

"저기, 패머." 벤은 목을 가다듬었다. "어떻게 해야 할지 모르겠어. 난 당장 서머싯에 가야 해. 반드시 확인할 게 있어. 그래서 실은 패딩턴으로 가서 거기에서 첫 기차를 타야 해. 하지만 너와 함께 내려가서 네 어머니를 돕겠다고 약속을 했어. 그래서 말인데, 내가 약속을 지키지 못해도 이해해 주면 좋겠어."

"물론이야." 패머가 말했다. "정말 상관없어. 네 일을 해야지."

"서머싯에 그렇게 중요한 일이 뭐가 있어요?" 트릭시가 물었다. "사과주와 치즈를 만드는 걸 빼면 별 볼 일 없는 곳이잖아요." 그녀가 웃으며 벤의 얼굴을 살폈다. "당신은 정말 비밀과 모의에 연루돼 있죠? 블레츨리에서 봤을 때 그럴 거라고 짐작했어요. 자, 날 서머싯으로 데려가요. 난 블레츨리에서 일하는 여자라고요. 공무상 비밀 엄수법에도 서명했고. 아무 말도 안 할게요. 난 신나는 일이라면 사족을 못 쓰거든요."

"신나지 않을 겁니다." 벤이 말했다. "지점地點 표시를 확인해야 하는 것뿐이에요."

"그리고 네가 벤과 함께 가는 일은 절대 없을 거야." 패멀라가 트릭시에게 차가운 시선을 던지며 말했다. "누군가 그와 함께 간다면, 그 사람은 바로 내가 될 거야."

"두 사람 모두 레이디 웨스터햄을 도와야 하죠." 벤이 말했다.

"그런데 거기에 가서 어떻게 다니려고?" 패멀라가 물었다.

"열차. 버스. 내 발."

"서머싯 같은 곳엔 일주일에 한 번 버스가 다녀."

"어떻게든 해 봐야지."

"좋은 생각이 있어." 패멀라가 말했다. "우리와 켄트로 내려가서 아버지께 차를 빌려 달라고 부탁하는 거야. 내가 태워 줄게."

"하지만 어머니 돕는 일은?"

"오늘 오후에 바로 가면 파티 전에 늦지 않게 돌아올 수 있을 거야. 오래 걸릴 것 같아? 거기서 네가 해야 하는 일 말이야."

"모르겠어." 벤이 말했다. "솔직히 난 내가 뭘 찾는지 몰라."

"장난 짓거리처럼 들리네요." 트릭시가 말했다. "난 지금도 패머가 엄마 곁에 남고 내가 가는 게 좋겠다고 생각해요, 벤."

"누구도 데려가서는 안 될 것 같군요." 벤이 불안하게 말했다.

"아니, 그래야 할 거야." 패멀라가 말했다. "네가 운전하는 동안 지도를 봐 줄 사람이 필요할 거야. 아니면 더 좋은 건, 내가 운전하고 넌 지도를 보고. 그래야 일이 훨씬 빨리 진행되겠지."

"그런 것 같군." 그가 동의했다.

"그러니까 넌 내가 네 집에서 노예처럼 일하길 원한다는 거구나."

트릭시가 짐짓 입을 삐죽거리며 말했다.

패멀라가 트릭시에게 고마움이 담긴 눈빛을 보냈다. "정말 그래 주겠어?"

"그래야만 한다면 어쩔 수 없지. 영국을 위한 가든파티에서 죽어라 일하기. 그러다 훈장을 받을지도 모르지."

패멀라가 웃었다. "넌 벽돌처럼 든든한 친구야."

"그게 나야. 벽돌처럼 든든한 친구, 트릭시." 그녀가 말했다. "자, 어서 표를 사야겠다. 줄이 꽤 기네."

벤이 패멀라를 한쪽으로 끌어당겼다. "네 아버지가 우리에게 롤스로이스를 타게 허락하실까?" 벤은 여전히 패딩턴행 다음 기차를 타야 할지, 아니면 패멀라의 도움을 받아 자동차를 타고 가야 할지 갈등하며 물었다.

"허락 안 해 주시면 프레스콧가에 부탁해야지. 남는 차가 여러 대 있으니까." 패멀라가 가벼운 어조로 말했다. "보아하니 휘발유도 넉넉해."

"과연 그들이 내게 차를 빌려줄까?" 벤이 물었다.

"내게 빌려줄 거야." 패멀라가 차분히 말했다. "그들은 아직……."

"그럼 너와 제러미는 정말 끝난 거야?"

"어떻게 안 그럴 수 있겠어?" 그녀가 말했다. "하지만 지금 그건 신경 쓰지 마. 우린 해야 할 일이 있잖아."

"정말 고마워, 패멀라." 그가 말했다.

"천만에. 그건 모험이 될 거고 난 기운을 북돋을 뭔가가 필요해."

그들이 집에 도착하자 다시 한번 마고의 귀향 소식을 알리며 열광하는 피비가 그들을 맞았다. 눈물 섞인 포옹이 이어진 다음 가족들은 차를 마시는 중이었다.

"예전으로 돌아간 것 같구나." 레이디 웨스터햄이 말했다. "내 가장 큰 기도가 응답을 받아서 내 딸들이 모두 다시 함께 있다니."

핼쑥하고 창백해 보이는 마고가 슬픔이 어린 듯한 미소를 지었다. 벤은 마고가 여기에 있는 이상 머무는 게 좋을지, 사진 속 풍경을 찾아 떠나야 할지 갈등했다. 후자가 이겼다. 마고는 정말 피곤하다며 먼저 방에 올라가겠다고 양해를 구했다.

벤이 염려했던 대로 웨스터햄 경은 롤스로이스를 빌리고 싶다는 부탁을 거절했다.

"너희 둘이 무모한 드라이브를 즐기며 내 마지막 휘발유 배급 쿠폰을 다 써 버리는 걸 허락할 순 없다." 그가 호통치듯 말했다.

"하지만 아빠, 이건 벤이 일을 하는 데," 페멀라가 말했다. "중요한 거고, 내가 돕겠다고 했어요."

"그 애의 일에 중요하다면 정부가 그 애에게 차량을 공급하면 되겠구나. 그자들은 휘발유를 받지만 난 그러지 못하거든." 그가 딱 잘라 말했다.

"정말 미안해." 패멀라가 속삭였다. "아빠가 저렇게 구두쇠인 줄 몰랐어. 우리에게 왜 차가 필요한지 말할 수 없어서 너무 안타까워. 이게 국가 안보가 달린 문제라는 걸 아빠는 모르시잖아. 하지만 아빠 말씀이 옳아. 네 상관이 너에게 차를 징발해 줄 수 있지 않을까?"

"주말에는 자리를 비우는 것 같아." 벤이 말했다. "그리고 기다릴 수 없는 문제라는 느낌이 들고."

"대체 이게 다 무슨 일인데?" 패멀라가 낮은 목소리로 물었다.

벤은 이제 자신이 MI5 소속인 것을 패멀라가 알았으니 입을 다물고 있는 게 의미 없다고 생각했다. "너희 집 들판에 떨어진 낙하산 사내." 그가 다른 이들이 엿들을 수 없게 그녀를 한쪽 구석으로 데리고 가며 말했다. "그는 아무것도 소지하지 않았어. 인식표도. 숫자가 적힌 사진 한 장이 그가 가진 전부였지. 그리고 누가 그 사진이 찍힌 위치를 찾아냈어. 그래서 당장 그곳에 가야 해."

"프레스콧가에 그런 말을 할 순 없어." 패멀라가 말했다. 그녀는 창밖을 내다보았다. "있잖아, 우리 집 밖에 많은 군용차가 한가롭게 세워져 있어. 저 중에서 하나를 슬쩍 빌려 타면 어떨까?"

"그리고 그걸 가지고 갈 때 총에 맞고?" 벤은 웃지 않을 수 없었다. 이내 그는 생각에 잠겼다가 말했다. "하지만 프리처드 대령에게 부탁할 순 있겠어. 괜찮은 양반 같아. 그는 낙하산 사내에 대해 잘 알아. 그럼 내가 누굴 위해 일하고 있는지 말해도 될 거야."

"그럼 그렇게 해." 패멀라가 말했다. "난 가서 운전하기 편한 옷으로 갈아입고 밤을 새울 때를 대비해 칫솔을 챙겨 올게." 그녀가 그를 보고 활짝 웃었다. "다시 웃게 될 거라고는 생각 못 했지만 이 일은 재미있을 것 같아."

36

서머싯으로

프리처드 대령은 관심 있게 벤의 말을 들어 줬지만 망설였다. "군용차를 내줄 수는 없소. 화물차, 탱크, 장갑차는 별도로 하고 말이오. 그런 차를 타면 분명 눈에 띌 테고 면허증도 없겠지." 그는 말을 멈추더니 입을 열었다. "오토바이를 타 본 적 있소?"

"옥스퍼드에 다닐 때 몇 번이요." 벤이 말했다.

"그럼 내 전령의 사이드카가 달린 오토바이를 타면 되겠군. 그건 휘발유도 많이 필요 없소."

그렇게 30분 후 사이드카에는 패멀라가, 오토바이에는 벤이 다소 불안하게 앉았고, 그들은 출발했다. 패멀라는 바지와 목을 드러낸 셔츠로 갈아입었다. 머리는 스카프로 묶였다. 벤은 익숙하지 않은 기계를 운전하는 데 온전히 집중하느라 자신 옆에 승객이 있으며, 그 승객이 패머라는 것을 거의 의식하지 못했다. 힘이 좋은 오토바이는 아니었고, 벤은 곧 안정을 찾았다. 남서쪽으로 가는 간선도로에 접어들기 전 모든 이정표가 제거돼 두어 번 길을 잘못 든 것을 빼면 휘발유 배급제 덕분에 거의 인적이 없는 도로를 달리는 것은 즐거웠을 터였다. 이내 두 사람은 이따금 군용 트럭이나 배달용 화물차와 마주치며 빠른 속도로 달렸다.

그들이 월트셔를 지나 서머싯에 진입했을 때는 저녁 9시에 가까운 시각이었다. 갑자기 닥친 어둠이 그들을 위협했다. 석양이 불길한 구름층에 삼켜졌다. 싸늘한 바람이 훅 불어왔다.

벤이 걱정스러운 표정으로 패멀라를 돌아보았다. "이런, 비 생각은 못 했지? 이제 오토바이의 뚜렷한 한계가 보이는군."

"그럼 서둘러 일을 마치자." 패멀라가 말했다. "목적지까지 얼마나 근접한 것 같아?"

벤이 지도를 살폈다. "꽤 가까워. 마지막 마을이 분명 힌턴 세인트 조지였을 거야. 그건 그 언덕이 곧 우리 왼쪽에 나타난다는 뜻이지. 지금까지 언덕들을 많이 봤지만 이 언덕은 모양이 독특해." 그는 사진을 들어 패멀라가 살펴보게 했다. "그리고 교회 탑과 세 그루의 큰 소나무가 보이고. 이 정도면 수월하게 알아볼 수 있을 거야."

패멀라가 고개를 끄덕였다. "그럼 앞장서게, 맥더프셰익스피어의 희곡 『맥베스』에 나오는 대사."

도로는 물길에 의해 나뉜 들판에서 소들이 풀을 뜯는 서머싯 평원으로 두 사람을 데려갔다. 벤은 이 지역의 언덕이 많은 지대를 지나친 것 같다는 생각이 들었고, 자신의 잘못된 독도법이 길을 잃게 한 게 아닌지 궁금했다. 그들이 지붕에 이엉을 얹은 시골집들이 있는 마을을 지나칠 때, 패멀라가 가리켰다. "봐. 저기야!"

가까이 감에 따라 소나무들 위로 솟아 있는 교회가 보였다. 그들은 서로 바라보고 미소 지었다. 언덕 꼭대기로 이어진 도로를 찾는 데 시간이 꽤 걸렸지만 땅거미가 내리기 시작할 즈음 두 사람은 교회를 향해 달렸고, 벤은 오토바이를 세웠다. 오래된 묘비들이 중구난방으로 선 교회 묘지의 나무들에서 떼까마귀들이 요란하게 깍깍대고 있었다. 서쪽에서 불어오는 바람이 앞으로 나아가는 그들의 얼굴을 때렸다. 그 교회는 올세인츠라고 불렸다. 벤이 주위를 둘러보니 교회 묘지 뒤로 작은 집이 보였다. 그 집 말고 다른 집들은 보이지 않았다. 그곳은 침울하고 적막한 분위기를 풍겼다.

"이제 뭐 해?" 패멀라가 물었다.

정말 이제 뭐 하지? 그들은 언덕에 난 구불구불한 길을 오르며 작은 시골집 두어 채를 지났지만 벤이 기대했던 마을이나 대저택의 흔적은 없었다.

"내려가기 전에 목사관에 들르는 게 좋겠어." 벤이 말했다.

"그곳에서 나치 동조자들의 온상을 찾을 거라 기대하는 거야?" 패멀라가 농담조로 물었다. "만일의 경우를 대비해 무장은 했고?" 그녀는 벤의 얼굴에 떠오른 표정을 보고 웃음을 터뜨렸다. "우리가 속은 것 같은데." 그녀가 말했다. "사진 속에 숨겨진 메시지가 있다고 생각했는데, 실제 장소는 메시지와 상관이 없는 것 같아."

"유감이지만 그런 것 같아." 벤이 말했다. 하지만 그는 교회 묘지에 나 있는 이끼 낀 오솔길을 발견했고, 목사관 문을 두드렸다. 성긴 흰머리에 선한 얼굴의 나이 든 성직자가 문을 열었다.

벤은 자신들이 웨스트 컨트리를 돌고 있었고, 오래된 교회, 특히 외딴 오래된 교회에 흥미가 끌렸다고 말했다. 그들은 안으로 안내되어 교구 주민이 담갔다는 엘더베리 와인을 대접받았다.

"그런데 목사님의 교구는 어디인가요?" 패멀라가 물었다. "주변에 집을 보지 못해서요."

"아, 그게," 목사가 말했다. "이 교회는 정말 역사가 깊다오. 예전에는 수도원 일부였는데 헨리 팔세 때 몰수되어 지방 영주에게 넘겨졌고, 수도원은 그 영주의 저택이 됐소. 그러다가 내전 중에 이 지역은 올리버 크롬웰에 의해 초토화되었지. 그러나 교회는 살아남았고, 그 이래 이웃한 농장과 마을에서 사람들이 온다오."

"그럼 저택은 더 이상 없단 말씀입니까?"

"폐허가 된 성벽 일부는 아직 남아 있지만, 대략 그게 다라오."

"그럼 요즘에도 이 근처에 누가 사나요?" 패멀라가 물었다.

"족히 일 킬로 이내에는 아무도 없소." 목사가 말했다.

"외로우시겠어요."

그가 고개를 끄덕였다. "아내가 삼 년 전에 죽었소. 일주일에 한 번 청소하는 여자가 오지. 자전거로 주변을 돌아보기도 하지만, 그래요, 꽤 외딴 곳이오. 다행히 내게는 책과 라디오가 있으니까." 그가 일어났다. "곧 어두워지겠지만 교회를 둘러보겠소?"

"네, 감사합니다." 벤과 패멀라가 그를 따라 일어났다. 그는 복도 테이블에 놓인 손전등을 가져가 비석들 사이에 난 길을 비췄다. 교회 안에는 길쭉한 고딕 창문을 통해 들어온 마지막 햇살이 양쪽에 늘어선 기둥들 옆에 놓인 길쭉한 신도석을 인상적으로 비추고 있었다. 교회에서는 눅눅한 냄새가 풍겼고, 한눈에도 황폐한 상태였다.

목사는 죽은 기사들의 무덤을 표시한 대리석 판에 손전등을 비추며 그 주변을 거닐었다. 이내 그가 말했다. "탑에 올라가고 싶으면 가보시구려. 꼭대기에서 보는 전경이 대단히 멋지니까. 난 됐소. 아시겠지만 늙은 다리가 더는 계단을 못 오르니까. 계단에 전등이 있긴 하지만 등화관제 때문에 쓸 수 없소. 여기 내 손전등을 가져가시오."

그는 그들에게 벽에 난 문을 보여 주었다. 그 너머로 돌로 된 나선형 계단이 위로 이어져 있었다. 등화관제용 천을 씌운 손전등이 오르는 계단을 하나하나 비추었지만 여전히 으스스하고 지독하게 추웠다. 마침내 작은 문에 당도해 빗장을 열고 탑 꼭대기에 올라섰다. 점차 약해지고 있는 한 줄기 햇살이 구름을 뚫고 그 아래 물길들을 분홍빛으로 물들였다. 저 멀리 브리스틀 해협의 개방 수역이 보였다.

"여긴 신호를 받기에 좋은 곳일 것 같아." 벤이 말했다.

패멀라가 고개를 끄덕였다. "하지만 그 신호를 누가 보내겠어?" 그녀가 대답했다.

이제 바람이 비의 조짐을 싣고 있었다. "그만 가야겠다." 벤이 말했다.

목사는 오토바이를 세워 둔 곳까지 배웅 나와 그들이 떠날 때 손을 흔들어 주었다. 이제 바닷바람에 날리는 비가 세차게 내리기 시작했다.

"그럼 날이 밝을 때 다시 와서 근처에 누가 사는지 알아봐야 할 것 같아?" 패멀라가 물었다.

"그렇게 해서 무슨 성과가 있을까?" 벤이 캄캄한 숲 주변을 둘러보며 말했다. "이상하거나 수상쩍은 사람이 있다면 목사님이 언급하지 않았을까? 그분의 교구는 이웃한 농장들과 시골집들뿐이라고 하셨잖아. 아마 대대로 여기에서 농사를 짓는 시골 사람들일 거야. 날이 밝으면 폐허가 된 옛 수도원을 살펴봐도 되겠지만 역시나 뭔가 수상쩍은 일이 벌어지고 있다면 목사님이 눈치채지 않았겠어? 솔직히 큰 기대는 되지 않아. 아까 네가 한 말이 맞을 거야. 실제 장소는 숨겨진 메시지와 상관없다는 말."

"그럴 수도." 패멀라가 끄덕였다. "그럼 우린 런던으로 가고, 넌 네가 찾은 걸 보고하면 되겠네. 그리고 파티에 가지 않으면 엄마는 날 죽일 테고."

"우선 어디 가서 뭐라도 먹자." 벤이 말했다. "넌 어떤지 모르겠지만 난 배고파 죽겠어."

"이런 야밤에 행운이 있길." 패멀라가 쿡쿡 웃음을 터뜨렸다. "시골에서는 모두 저녁 여덟 시면 잠자리에 들 거라고. 특히 등화관제로 여행이 어려운 지금은. 게다가 밤에 인가를 찾긴 정말 어려울 거야, 벤. 아무래도 밤을 보낼 곳을 찾은 다음 내일 새벽에 떠나는 게 더 합리적일 거야."

"밤에 입을 옷 가져왔어?"

그녀가 웃었다. "칫솔 하나. 하지만 난 살아남을 거야."

그들이 구불구불한 언덕길을 내려갈 때 비가 내리고 있었지만 머리 위의 나무 캐노피가 비를 막아 주었다. 하지만 평원으로 나오자 하늘에 구멍이라도 난 듯 쏟아지는 폭우와 만났다. "이렇게 계속 갈 순 없어." 패멀라가 세찬 빗소리에 맞서 외쳤다. 멀리서 천둥이 우르릉 울렸다.

"저기 첫 번째 마을에 음식을 파는 술집이 있었어." 벤이 소리쳐 대꾸했다. 그들은 이제 물이 넘치고 있는 도로 양옆의 배수로를 의식하며 달팽이처럼 엉금엉금 나아갔다. 이내 집들이 나타났고, 그들은 술집 간판을 찾을 수 있었다. '폭스 앤드 하운즈'라는 술집으로 이엉을 얹은 지붕에 예스러움이 느껴지는 곳이었다.

벤은 안뜰 처마 밑에 오토바이를 세웠고, 두 사람은 앞문으로 달려갔다. 그들이 들어서자 낮게 중얼대는 목소리들이 두 사람을 맞았고, 바 주위에 서 있는 몇몇 노인이 보였다. 그들의 발밑에는 개 두 마리가 누워 있었다. 바에는 들보가 있었고, 커다란 벽난로가 있었다. 그들이 바에 다가가자 모든 시선이 두 사람에게 쏠렸다.

"헤엄이라도 치고 왔나 보군그래." 술집 주인이 강한 서머싯 억양으로 말했다. "아이고, 물에 빠진 생쥐 두 마리 같구먼." 그가 낄낄 웃었다.

"오토바이를 타고 왔죠." 벤이 말했다. "혹시 오늘 밤 묵을 방이 있습니까?"

"방이 딱 하나 있는데." 주인이 말했다. "괜찮겠지 뭐, 안 그러오?"

벤이 패멀라를 보았다. 그가 뭐라고 대답하기 전에 그녀가 활짝 웃었다. "그럼요. 잘됐네요."

"마누라가 옷을 말릴 건조대를 올려 보낼 수 있는지 보리다." 주인이 말했다. "맥주 두 파인트나 사과주를 갖다 주면 좋겠소?"

벤이 패멀라를 보자 그녀가 말했다. "저는 사과주요. 그리고 먹을 것도 있을까요?"

집주인이 얼굴을 찌푸렸다. "우린 음식을 팔지 않는다오. 배급제 이후로 말이오. 하지만 아내가 패스티고기나 채소로 속을 채워 만든 작은 파이를 구워 놓은 게 좀 있으니 두어 개 내줄 수 있을 거요."

그가 삐걱대는 계단을 올라 그들을 방으로 안내했다. 방에는 대단히 큰 더블베드가 놓여 있었고, 그 위에는 누비이불이 높게 쌓여 있었다. 주인이 문을 닫자마자 패멀라는 그것을 보고 웃음을 터뜨렸다. "「공주와 완두콩안데르센의 동화로, 여러 겹으로 쌓인 매트리스 밑의 콩 한 알 때문에 불편해서 잠을 못 잔 공주 이야기」이 따로 없네."

"그리고 귀족 태생인 넌 틀림없이 잠을 자기엔 너무 불편할걸." 벤은 농담처럼 들리도록 말하려고 했다.

"그 반대로 신선한 공기를 잔뜩 마셔서 푹 잘 거야."

"젖은 옷을 벗어야겠다." 벤이 말했다. "옷을 갈아입는 동안 나가 있을까?" 그는 쑥스러움에 얼굴이 붉어졌다.

"난 그렇게 많이 젖지 않았어." 패멀라가 말했다. "다리는 사이드카의 덮개 아래 있었고 블라우스도 옷깃 가장자리만 젖었어. 하지만 겉옷은 완전 엉망이야." 그녀는 겉옷을 벗어 의자 등받이에 걸쳤다. "반면에 넌……." 그녀가 벤을 보고 웃음을 터뜨렸다.

"꽤 축축해." 그도 웃었다.

"어서 벗어. 보지 않을게." 그녀가 말했다.

벤은 속옷까지 벗고 수건걸이에 걸린 타월로 몸을 감쌌다.

"네가 침대에서 자. 난 저 의자에서 자면 되니까." 벤이 그녀를 보지 않고 말했다.

"절대 안 돼. 우리 둘을 위한 방이야." 그녀가 말했다. "넌 나만큼이나 푹 잘 필요가 있어."

그때 문을 두드리는 소리가 나더니 안주인이 사과주가 담긴 잔과 패스티를 들고 나타났다.

"젖은 옷을 주면 건조용 선반에 걸어 놓을게요." 그녀는 그렇게 말한 다음 환하게 웃어 보이고 방에서 나갔다.

사과주와 패스티가 눈 깜짝할 사이에 사라졌다 싶더니 패멀라는 침대로 올라갔고, 벤은 불을 끄고 나서 패멀라 곁에 슬며시 누웠다. "정말 괜찮겠어?" 그가 물었다.

패멀라가 벤의 팔에 손을 얹었다. "아, 벤. 넌 참 다정해. 너랑 있으면 더할 나위 없이 안심이 돼. 넌 꼭 내가 한 번도 가져 보지 못한 오빠 같아."

"다행이네." 벤이 말했다. 진심은 아니었다.

두 사람은 어둠 속에 누워 빗방울이 뚝뚝 떨어지는 소리와 멀리서 들려오는 천둥소리에 귀를 기울였다.

"제러미와 있을 땐 한 번도 마음이 놓인 적이 없었어." 패멀라가 문득 그렇게 말했다. "그게 그의 매력 중 하나였던 것 같기도 해. 안전한 남자가 아니라는 거. 무모하게 위험한 행동을 하는 거 말이야. 그 앤 나랑 관계를 갖고 싶어 했지만 난 허락하지 않았어." 다시 침묵이 흐르는 와중에 그녀가 불쑥 물었다. "난 늘 궁금했어. 내가 불감증인 것 같아?"

"네가 그렇지 않다는 걸 지금 당장 나더러 증명해 달라는 건 아니겠지." 벤이 어색하게 웃으며 말했다.

그녀도 웃었다. "오, 물론 아니지. 그때 이후로 계속 궁금했을 뿐이야. 죄책감을 느끼면서. 내가 제러미에게 원하는 것을 주었다면 그 앤 디도를 유혹하지 않았을 거야."

"디도에겐 그렇게 많은 유혹이 필요 없었을 거야." 벤이 말했다. "반면에 넌 몸을 맡기기 전에 모든 게 제대로이길 바랐을 테고. 그게 너다워."

"넌 날 너무 잘 알아." 그녀가 말했다. 그녀는 벤의 어깨에 머리를 기댔다. 그는 그녀가 옆에 있다는 것을, 그녀의 피부의 차가운 감촉을 생생히 의식하며 자신의 심장이 뛰는 소리를 들었다. 그녀가 가져 보지 못한 오빠. 그는 속으로 중얼거렸다. 그녀는 금세 잠이 들었고, 그는 누운 채로 그녀의 숨소리에 귀를 기울였다.

그들은 밖에서 움직이는 사람들의 소리와, 귀가 먹먹하게 지저귀는 새들의 합창에 잠에서 깼다. 한 농부가 소들을 몰고 창가를 지나가고 있었다. 트랙터 한 대가 들판으로 향하고 있었다. 두 사람은 마주 보고 미소 지었다. "조금 구겨졌지만 못 입을 정도는 아니야." 패멀라가 말했다.

"근사해 보여." 벤이 말했다. "내려가서 내 옷 좀 찾아다 주면 좋겠는데. 그러고 나서 아침 먹고 출발할까?"

두 사람이 개인실로 내려가니 안주인이 베이컨과 달걀, 튀긴 빵을 준비해 놓았다.

"훌륭해요." 패멀라가 말했다. "그간 먹었던 것들을 생각해 보면 말이죠. 제 하숙집 아주머니는 요리 솜씨가 형편없거든요."

"잠깐 휴가차 여행 중인 거예요? 애인이 군으로 복귀하기 전에?"

"네, 그래요." 패멀라가 말했다. "그리고 우리는 저 언덕에 관심이 있어요. 특별한 역사 같은 게 있나요?"

"뭐, 처치 힐Church Hill 말하는 거예요?"

"그게 이름입니까?" 벤이 날카롭게 물었다.

"이 근방에서는 오래전부터 그렇게 알려졌지요."

"왜 그래, 벤?" 안주인이 접시를 치우는 사이에 패멀라가 물었다. "얼굴이 하얗게 질렸어."

"벽에 걸린 달력을 봤을 뿐이야." 그가 말했다. "6월 14일. 그러니까 14, 6, 1941. 사진의 숫자를 봐. 1461. 오늘 날짜야. 이 숫자가 뭘 의미하는지 알겠어. 이건 오늘 처칠Churchill을 죽이라는 독일의 지령이었어."

37

서머싯에서

“당장 누군가에게 알려야 해.” 벤이 벌떡 일어나 문으로 향했다. “하지만 누구에게? 내 상관은 부재중이야. 다우닝가 십 번지수상 관저. 처칠 씨가 어디 있는지 그 사람들은 알 거야. 그들은 대책을 강구할 수 있어.” 그의 심장이 쿵쿵 뛰었다. 그는 집주인 아주머니를 따라잡으려고 달릴 때 횡설수설하는 자신의 목소리를 들었다. “혹시 전화기가 있습니까?”

“우체국 밖 마을 한복판에 공중전화가 있어요.” 그녀가 말했다.

“우리 짐은 내가 챙길게. 넌 가.” 패멀라가 외쳤다.

그는 길을 달려 내려가 공중전화 부스 안에 서서 더듬거리며 동전을 찾았다. 제대로 동전을 넣었나? 교환원은 분명 국가비상사태인 지금 그를 연결해 줄 터였다.

“번호 말씀하세요.” 교환원의 목소리가 들렸다.

“다우닝가 십 번지를 연결해 주십시오.” 침착한 어조를 유지하려고 애쓰며 말했다. “비상사태입니다.”

"농담하시는 겁니까?" 그녀가 물었다.

"아니요, 당연히 농담하는 게 아닙니다." 그가 잘라 말했다. "저는 MI파이브 소속이고, 서머싯 시골에 있고, 당장 누군가와 이야기해야 합니다." 그는 자신의 강압적인 말투에 놀랐다.

"잘 알겠습니다, 선생님. 제가 할 수 있는 걸 하겠습니다." 여자의 목소리가 떨렸다.

벤이 초조하게 기다리는데, 이윽고 남자 목소리가 받았다. "수상 관저입니다. 무슨 일이십니까?"

"각하가 거기 계십니까?" 벤이 물었다.

"안 계십니다. 작전실에서 밤을 새우신 걸로 압니다." 그가 침착한 목소리로 말했다.

"그럼 제 말을 잘 들어 주십시오." 벤이 말했다. "제 이름은 벤저민 크레스웰입니다. 저는 MI파이브 요원입니다. 필요하다면 제 상관들이 보증해 줄 겁니다. 오늘 각하를 암살하려는 음모가 있다는 믿을 만한 근거를 갖고 있습니다."

"우린 항상 수상에 대한 위협을 받고 있소." 참을성 있는 목소리가 말했다. "그 음모를 입증할 수 있소? 그리고 어째서 이 정보가 적절한 경로를 통하지 않는 거요?"

"제 상관이 이번 주말에 부재중이라 연락이 되지 않기 때문입니다. 저는 죽은 독일인에서 시작된 단서를 따라왔고, 지금 망할 서머싯 시골 한가운데 서 있습니다. 그리고 당신이 이 정보를 알고 싶어 하리라 생각했습니다." 벤은 자신도 모르게 소리를 지르고 있었다.

"자세히 말해 주겠소?"

"당연히 많은 사람이 들을 수 있는 공중전화로는 안 됩니다." 벤이 말했다. "하지만 수상 각하가 오늘 작전실에 머물러 계시기를 제안하는 바입니다."

"각하는 비긴 힐 비행장에서 열리는 기념식에 참석할 예정이오." 목소리가 말했다. "그분은 근거 없는 위협 때문에 계획을 바꾸지 않을 거요. 그래서 비행장에 계실 거요. 그곳보다 더 나은 보호를 받을 곳이 있소?"

"저는 제 본분을 다했습니다." 좌절감이 이는 것을 느끼며 벤이 말했다. "저는 당신에게 경고했습니다. 제 경고를 무시하길 선택했다면 책임은 전적으로 당신에게 있습니다."

"이보시오, 각하의 보안에 각별히 신경 쓰라고 당부하겠소." 목소리가 말했다. "하지만 수상이 목숨에 대한 위협 때문에 겁에 질린 토끼처럼 집에 있으리라 생각한다면, 당신은 처칠이란 사람을 모르는 거요."

벤은 수화기를 내려놓고 패멀라에게 돌아갔다.

"그들이 수상에게 말했어? 조치를 취한대?" 그녀가 물었다.

"몰라." 벤이 한숨을 쉬었다. "이제 뭘 더 해야 할지 모르겠어."

패멀라가 그의 팔을 만졌다. "넌 네 역할을 다했어. 넌 수상에 대한 음모를 알아낸 사람이야."

"하지만 그가 총에 맞는다면, 어쨌든 이게 다 무슨 소용이겠어? 빌어먹을 천치들. 정말 안일하기 짝이 없어. 그 밖에 내가 할 수 있는 게 뭐지? 비긴 힐에 전화해야겠어. 그리고 가능한 한 빨리 우리가 직접 그곳에 가는 거야. 운이 좋으면 너무 늦기 전에 갈 수 있을 거야."

흥분으로 잠을 설친 피비는 일찍 잠에서 깼다. 가든파티와, 모든 게 순조롭게 진행될지에 대한 어머니의 걱정 때문만은 아니었다. 뭔가 다른 일이 벌어지고 있었다. 마고가 집에 왔는데 왜 벤과 패멀라는 오토바이를 타고 급히 떠났을까? 그녀는 패멀라의 친구가 안됐다는 생각이 들었다. 패멀라는 이곳에 친구를 데려와 놓고 그녀만 남겨두고 떠났다. 그리고 그 전날 밤 피비는 전화 통화를 엿들었다. 아버지의 서재에서 누군가 전화를 하고 있었다. 여자 목소리였지만 피비는 두툼한 나무 문을 통해 무슨 말을 하는지 들을 수 없었다. 그때 솜스가 지나가는 바람에 그녀는 침실로 올라가야 했다. 아침 승마. 그것이 그녀에게 필요한 것이었다.

그녀는 승마용 바지를 입고 부츠를 신은 다음 승마 헬멧을 집어 들고 마구간으로 갔다. 잭슨 영감이 이미 일어나 움직이고 있었다. 피비는 멈춰 서서 검블 양의 창문을 올려다보았다. 벌써 일어났을까? 피비가 허락 없이 말을 타고 나갔다고 이를까?

"스노볼에 안장을 얹어 줘요, 잭슨." 피비가 말했다.

"주인님께서 혼자 말을 타고 나가도 좋다고 하셨습니까?" 그가 물었다.

"괜찮을 거예요. 질주도 안 하고 통나무를 뛰어넘지도 않을 테니까요." 그녀가 말했다. "하지만 최근에 스노볼은 운동이 충분치 않은데다 살이 찌고 있어요."

"사실이랍니다." 그가 동의했다. "제가 같이 갈까요?"

"아니요, 너무 천천히 걷게 할 거잖아요." 피비가 말했다.

그가 씩 웃었다. "뭐, 별일 없겠지요. 아가씨가 훌륭한 꼬마 기수라는 건 제가 장담하지요. 아가씨는 가문의 자랑이니까요."

피비는 활짝 웃고 다시 검블 양의 창문을 힐끗 올려다봤다.

"가정교사는 걱정하실 것 없답니다." 잭슨이 말했다. "몇 시간 전에 나갔답니다. 목에 쌍안경을 걸고 새를 관찰하러요."

피비는 자신의 조랑말에 올라타 출발했다. 일단 시야에서 집이 사라지자 그녀는 스노볼을 달리게 하고 얼굴에 닿는 이른 아침의 상쾌한 바람을 즐겼다. 들에서 앨피를 만나지 않을까 싶었지만 그의 모습은 보이지 않았다. 그녀는 숲과 사냥꾼 오두막 가까이로 스노볼을 이끌었으나 역시 아무것도 보이지 않았다. 그녀가 숲을 가로지르는, 말이 다니는 길에 있을 때 빽빽한 철쭉 덤불 너머로 길을 오르는 자동차 소리가 들렸다. 대형 군용 트럭의 소리 같지는 않았고, 그녀는 그것을 힐끗 보려 했지만 관목 숲이 너무 빽빽했다. 자동차가 서는 소리가 들렸다. 이어서 목소리가 들렸다.

"내 메시지 받았어?"

귓속말에 가까운 나직한 목소리였지만 분명히 여자 목소리였다.

"무슨 일이야?" 이번에는 남자 목소리.

"난 도저히 못 하겠어."

"네가 꼭 해야 해. 모두 다 계획된 거라고. 이제 와 빠질 순 없어."

"하지만 못 하겠다고."

"해야 한다고. 분명히 말하건대, 내가 지금 그 일을 할 수는 없어. 그러니까 너에게 달렸어. 너도 동의했잖아."

"제발 내게 이런 걸 시키지 마."

"그걸 끝내지 않으면 어떻게 될지 알잖아."

피비는 흐느끼는 소리를 들은 것 같았다. 목소리는 낮아져 웅얼거리는 소리가 되었다. 피비는 말에게 앞으로 가라고 신호를 보내고 싶었지만 쟁그랑대는 고삐 소리에 자신의 존재를 들킬까 봐 겁이 났다.

그때 피비는 분명하게 들었다. "여기 총. 이미 장전은 됐어. 가져가. 우리의 기대를 저버리지 말라고."

그때 자동차 문이 닫혔고, 역회전하는 엔진 소리가 들렸다. 그녀는 덤불 사이로 길을 찾아봤지만 덤불이 너무 빽빽해 조랑말이 지나갈 수 없었다. 피비가 빙 둘러 가는 길을 찾았을 때, 이미 길은 비어 있었고, 타이어 자국만이 그녀가 엿들은 상황이 막 일어났던 일임을 보여 주고 있었다.

피비의 심장이 빠르게 뛰었다. 그녀는 앨피와 스파이의 뒤를 쫓는 탐정 놀이를 즐겼지만, 그건 어디까지나 게임이었다. 하지만 이제 장전된 총이 누군가의 손에서 다른 사람에게로 전해졌다. 그리고 그 사람은 잔뜩 겁을 먹었다. 그 두 사람은 누구였고, 팔리에서 무슨 만남을 가진 걸까? 누군가에게 말할 필요가 있었다. 만약 아빠에게 간다면 아빠는 자신을 믿으려 하지 않을 것이었다. 엄마는 관심을 보이지 않을 터였다. 패머에게는 말할 수 있을 테지만 지금 여기 없었다. 그리고 검블 양은 오늘 탐조 활동을 하러 나갔다. 일곱 가지 규칙이 적힌 포스터에 뭐라고 쓰여 있더라? 수상쩍은 것은 뭐든 당국에 신고할 것. 그건 마을의 경찰을 의미하는 것이리라. 그녀는 그가 대단히 명석하다고는 생각하지 않았지만 그는 적어도 이 정보를 적절한 사람에게 전해 줄 수 있을 터였다.

앨피를 찾아 말해야 했다. 그 아이라면 자신을 믿으리라. 피비는 사냥꾼 관리인의 오두막으로 향했고, 말에서 내려 나뭇가지에 스노볼의 고삐를 묶었다. 그녀가 문을 열었을 때 로빈스 부인은 불안하고 당황한 표정이었다.

"오, 아가씨, 무슨 일이라도 있나요? 로빈스 씨가 오늘 아침에는 늦잠을 자는군요. 아직 잠옷을 입고 있는 데다 우린 손님을 맞을 준비가 되지 않았답니다."

"미안하지만 앨피는 깼나요? 그 애랑 할 말이 있어요." 피비가 말했다.

"부엌에서 아침을 먹고 있어요. 가서 데려올게요." 그녀가 말했다.

피비는 기다렸고, 곧 앨피가 입을 닦으며 나타났다. "아주머니가 만든 포리지는 정말 끝내줘요. 요리 솜씨가 대단하시다니까요." 그가 활짝 웃었다. "무슨 일이에요? 걱정이 있는 것 같네요."

"걱정되는 일이 있어." 피비가 말했다. "어떻게 해야 할지 잘 모르겠어. 밖에서 말을 타고 있다가 덤불숲 뒤편의 옛날 길에 차가 오는 소리를 들었어. 그리고 말소리도 들었고. 한 명은 여자인데, 겁에 질려 있었어. 남자가 그 여자에게 뭔가를 해야 한다면서 장전된 총을 줬어."

"맙소사." 앨피가 말했다. "그게 누군데요?"

"그게 문제야. 난 스노볼을 타고 있었는데, 거기 덤불이 너무 빽빽했어. 내가 돌아가는 길을 찾았을 때는 두 사람 다 가고 없었어. 그래서 우리가 어떻게 해야 할 것 같니?"

"당연히 아가씨 아버지에게 말해야죠."

"그렇겠지. 하지만 아빠는 내가 잘못 들었거나 지어낸 얘기라고 생각하실 거야. 난 자비스 경관에게 가는 게 좋을지 고민 중이었어."

"그 사람요? 그 아저씬 널빤지만큼이나 둔해요." 앨피가 경멸하는 표정을 지었다.

"그래도 경찰이잖아, 안 그래? 아빠는 날 믿으려 하지 않으실 거고, 엄마는 듣지 않으실 테고, 패머는 여기 없어."

앨피가 고개를 끄덕였다. "좋아요. 자비스 경관을 만나러 가요. 하지만 우선 내 아침을 끝내고요."

"앨피, 이건 긴급한 일이야." 피비가 말했다. "어서 옷 입어. 난 스노볼을 마구간에 넣어 놓고 삼십 분 후에 여기로 널 만나러 올게."

돌아가는 내내 스노볼을 달리도록 재촉한 그녀는 말에서 훌쩍 뛰어내린 다음 마부에게 조랑말을 넘겼다.

"검블 양은 아직 안 돌아왔어요?" 피비가 물었다.

"코빼기도 못 봤습죠." 마부가 답했다.

"오." 순간 검블 양이야말로 이번 일을 털어놓을 수 있는 적임자란 생각이 머리를 스쳤다. 그녀는 자신의 말을 진지하게 들어 주고 무엇을 해야 할지 알 것이었다. 하지만 집으로 향하는 계단을 오르는데, 소름 끼치는 생각이 그녀를 엄습했다. 벤 크레스웰은 줄곧 검블 양을 의심하지 않았던가? 그는 검블 양의 망원경과 논문에 관해 물었었다. 그리고 벤은 신중한 부류였고, 패멀라와 함께 다급하게 어딘가로 떠났다. 이는 무슨 일인가가 벌어지고 있다는 뜻이었다. 피비는 계획을 수정했다. 목사관으로 가서 그가 왔는지 확인해야 할 것 같았다. 벤이 돌아오지 않았다면, 그에게 쪽지를 써야겠다고 생각했다. 그와 패머는 최소한 가든파티 전에는 돌아올 것이었다. 뭘 해야 할지 아는 사람이 있다면, 그 사람이 벤일 터였다.

다이닝룸에 갔을 때 가족 중 누구도 보이지 않았고, 그녀는 급히 토스트 조각을 집어 마멀레이드를 바른 뒤 우걱우걱 씹어 삼켰다. 차 한 잔을 따르고 싶었지만 아빠가 들어오면 승마복 차림으로 아침을 먹으러 온 자신이 곤경에 빠지리라는 것을 알았다. 발소리에 고개를 들었지만 파티를 도와주러 온 패머의 친구 트릭시일 뿐이었다. 여름 원피스를 입은 그녀는 예쁘고 우아해 보였고, 그녀는 자신을 보고 미소 지었다.

"안녕, 레이디." 그녀가 말했다. "승마하러 나가니? 말 타기에 딱 좋은 날씨네. 오늘 고된 일을 하겠다고 자원하지 않았으면 나도 너랑 말을 타러 갈 텐데."

"사실 막 돌아왔어요." 피비가 말했다. "이제 앨피랑 마을로 내려갈 거예요. 가족들을 보면 그렇게 말해 줄래요?"

"물론." 트릭시가 말했다. "앨피가 누구야, 네 남자 친구?" 그녀가 피비에게 짓궂은 미소를 지어 보였다.

피비는 얼굴을 붉혔다. "물론 아니죠. 그 애는 사냥터 관리인이 데리고 있는 남자애예요. 하지만 우린 친구예요. 그리고 중요한 할 일이 있어요. 뭔가를 우연히 엿들었는데, 신고해야 하거든요."

"잘 생각했네." 트릭시가 고개를 끄덕이며 비소 지었다. "너무 오래 밖에 있지는 마. 어머니가 좋아하시지 않을 거야. 잘 알다시피 오늘은 모두 손을 모아야 해."

"걱정 마요. 금방 돌아올 거예요." 피비는 그렇게 말하고 서둘러 나섰다.

38

서머싯에서 돌아가는 길

벤은 켄트로 돌아가는 길에 힘이 약한 오토바이를 최대한 다그쳤다. 그는 단호한 결의의 빛을 띠고 똑바로 앞을 응시하며 손잡이를 움켜잡았다. 그들이 자신의 말을 무시하기로 했다면? 수상이 도착하기 전에 어떻게든 비긴 힐에 당도할 수 있을까? 그리고 제시간에 도착한다고 해도 대체 뭘 할 수 있지?

최소한 오늘은 눈부시게 맑은 아름다운 날씨를 약속했다. 레이디 웨스터햄이 가든파티에 어울리는 날씨라고 기뻐하시겠군. 벤은 생각했다. 당연히 가든파티를 생각하면 패머를 집으로 데려다주어야 했다. 걱정해야 할 또 다른 문제. 패머가 가든파티에 제때 도착하지 못해 어머니를 돕지 못한다면 틀림없이 패머는 큰 꾸중을 듣겠지만 이 일이 더 중요하다는 것을 두 사람은 분명 알고 있었다.

그들은 스톤헨지를 지나 햄프셔를 뒤로한 다음 서리의 고풍스러운 정원들을 지나 정오쯤에 비긴 힐 비행장에 도착했다. 정문은 닫혀 있었다. 보초가 그들에게 다가오자 벤은 고글을 벗었다.

"미안하지만 이미 행사는 끝났소." 그가 말했다.

"수상이 오셨습니까?" 벤이 다짜고짜 물었다.

"이미 떠났소." 보초가 대답했다.

벤은 안도의 한숨을 내쉬었다.

"런던으로 돌아갔습니까?"

보초가 씩 웃었다. "그가 내게 자신의 일정을 말하진 않소. 하지만 여기서 집이 가까우니 잠깐 들르겠다는 말을 들었소."

그래, 차트웰. 돌을 던지면 닿을 거리야. 벤은 생각했다. 그럼 수상을 따라가야 할까?

"어떤 행사였죠?" 패멀라가 사이드카 밖으로 나와 스트레칭을 하며 물었다.

"작년 브리튼 전투에서 격추된 친구들을 추모하는 행사였소. 그리고 훈장을 좀 수여하고. 그게 다였소. 사기를 잃지 않게 말이오. 독일 포로수용소에서 탈출해 영국으로 막 돌아온 친구가 하나 있소. 그가 해야 할 대단한 얘기지. 그는 탈출 시도에서 유일하게 살아남은 친구였소. 총에 맞고 죽은 척했지만 그럭저럭 독일과 프랑스를 가로질렀소. 수상이 야단스럽게 그를 치켜세우더군."

"우린 그를 알아요." 패멀라가 소리쳤다. "좋은 친구죠. 아직 여기 있나요?"

보초가 주위를 둘러보았다. "마지막으로 봤을 때 가족과 작별 인사를 하고 있었소." 그가 말했다. "아, 저기 있군. 저쪽에. 기다려요. 내가 데려오지. 이봐, 거너 데이비스. 자넬 보러 온 친구들이 더 있어." 그가 소리쳤다.

작고 강단이 있어 보이는 남자가 그들을 향해 다가왔다. 그는 벤과 패머를 보고 당황한 눈치였다.

"네? 제게 볼일이 있으십니까?" 그가 물었다.

"죄송합니다." 벤이 말했다. "우리가 착각했군요. 우리 친구인 줄 알았습니다. 프레스콧 공군 대위요. 그 친구도 최근에 독일 수용소에서 탈출했죠."

"프레스콧?" 사내가 고개를 저었다. "영국으로 돌아왔습니까? 음, 놀랍군요. 우리 모두 가망이 없다고 생각했는데."

"아니요, 그게 같은 수용소였다면, 그는 당신처럼 죽은 척해서 살아남았어요." 패멀라가 말했다. "다치긴 했지만 영국에 무사히 돌아왔어요. 틀림없이 당신처럼 대단히 용감했겠죠."

사내는 군모를 옆으로 밀어 머리를 긁적였다. "그렇지 않습니다, 미스. 프레스콧 대위는 같은 수용소에 있었지만, 그는 탈출에 가담하지 않았습니다. 탈출 시도 몇 주 전에 독일군 차량으로 끌려갔죠. 그게 게슈타포일 거라 확신합니다. 사실 우리가 땅굴에서 나왔을 때 독일 놈들이 숲에서 우릴 기다리고 있어서, 난 놈들이 프레스콧을 고문했고 그가 털어놨다고 생각했죠. 그래서 그가 집에 왔군요, 그래요? 어떻게 그가 돌아왔을까요? 우린 그가 가망이 없다고 생각했는데."

벤이 패멀라를 보았다. 둘 다 할 말을 찾지 못했다.

"고마워요, 거너 데이비스." 마침내 패멀라가 그렇게 말했다. "그리고 훈장 받으신 거 축하해요. 훈장을 받을 자격이 충분하시네요."

벤은 감탄하며 그녀를 보았다. 사람들이 상류층을 존경하는 것은 당연했다. 그녀는 막 두 번째 충격을 받았지만 냉정하고 침착하고 우아한 태도를 잃지 않았다. 혼란스러운 생각들이 그의 머릿속을 맴돌았다. 만약 제러미가 수용소에서 독일군에게 끌려갔다면, 대체 어떻게 집에 온 걸까? 수용소에서 탈출하는 것과 게슈타포에서 탈출하는 것은 다른 문제였다. 그리고 어째서 그는 탈출에 가담했다고 거짓말을 했을까? 강을 따라 헤엄쳤다고? 벤은 패멀라를 힐끗 보았다. 그가 게슈타포에서 벗어날 방법은 그들이 그를 풀어 주는 것 말고는 없을 것이었다. 벤은 갑자기 속이 메슥거리고 차가워지는 것을 느꼈다. 제러미는 어린 시절부터 자신의 친구였다. 그가 반역자가 되었다니 믿기 어려웠다. 제대로 된 설명이 있어야만 할 것 같았다.

그는 마음을 가다듬었다. 그에게는 해야 할 일이 있었다. "그럼 수상과 수행원들은 모두 떠났습니까?"

정문을 지키는 보초가 고개를 끄덕였다. "그래요."

"그들은 차트웰로 가는 중입니까?" 벤이 물었다.

"그게 원래 계획이었다고 들었소. 하지만 자기 하나 때문에 그 집 문을 여는 게 옳지 않다고 생각해 처칠 씨가 취소했지."

거너 네이비스는 아직 그들 가까이에 서 있었다. "무슨 가든파티에 들렀다 간다고 들었는데요. 처칠 부인께서 윈스턴에게 꾸물거렸다가 늦으면 웨스터햄 부부가 짜증 날 거라고 하더군요."

사이드카에 오르는 패멀라의 얼굴이 새하얗게 질렸다.

"믿을 수가 없어." 그녀는 벤에게서 시선을 돌렸다. "난 개를 잘 안다고 생각했어. 하지만 전혀 몰랐던 거야." 이내 그녀가 다시 입을 열었다. "설마……." 하지만 그녀는 그 말을 할 수 없었다.

피비와 앨피는 정문에서 나와 마을로 향했다.

"그자들이 총으로 누구를 쏠 거라 생각해요?" 앨피가 물었다.

"당연히 처칠 씨." 피비가 말했다. "오늘 여기에서 열리는 가든파티에 오시거든. 앨피, 우리 생각이 내내 옳았어. 우리 주위에 독일 스파이가 있는 게 틀림없어. 그자가 누구인지 알아낼 수만 있다면."

"어른들에게 말하면 되잖아요. 그건 어른들 일이에요." 앨피가 말했다. "그래도 가든파티는 꽤 안전할 거예요. 정문에 보초들을 세워 두니까요. 저 벽을 오르는 건 빌어먹게 불가능해요."

"네 말투는 여전하구나." 피비가 깐깐하게 말했다. 이내 그녀는 그를 보았다. "하지만 네가 옆에 있어 다행이야. 이런 일을 혼자서 하고 싶지는 않으니까."

두 사람이 산울타리로 발을 옮기는데, 차가 다가오는 소리가 들렸다. 하얀색 배달용 소형 밴이었다. 밴이 속도를 줄이더니 그들 옆에 멈췄다.

"어디 가니, 꼬마 친구들?" 제러미 프레스콧이 창문을 내렸다.

"아, 안녕, 제러미." 피비가 말했다. "심각한 일이 생겨 신고하러 마을에 가요."

"심각한 일? 분명 파티에 샴페인이 부족하진 않을 텐데?" 그가 웃었다. "우리 아버지가 벌써 여섯 병을 보냈어."

"아니요, 정말로 심각해요." 앨피가 말했다. "누군가 오늘 오후에 수상을 쏠지도 몰라요."

"뭐? 그건 무슨 농담이야?" 제러미는 여전히 웃고 있었다.

"아니, 농담이 아니에요. 진짜라고요." 피비가 말했다.

"그걸 너희가 어떻게 알아냈는데?"

"피비가 오늘 아침에 엿들었어요." 앨피는 누구도 엿듣지 못하도록 밴 가까이에 다가갔다. "한 남자가 어떤 여자에게 그 일을 꼭 해야 한다면서 장전된 총을 줬고, 여자가 아주 흥분했대요."

"맙소사. 정말이야?" 제러미의 얼굴에서 웃음기가 가셨다. "네 말이 맞아. 이건 심각한 일이야. 당장 가서 경찰에 알려야 해." 그는 차에서 내려 밴 뒤로 돌아갔다. "올라타. 태워 줄게."

그가 뒷문을 열었다. 둘은 서둘러 밴 뒤에 탔다. 그들 뒤로 문이 닫혔다.

"저기요, 우릴 여기에 가두면 어떡해요. 여긴 캄캄하다고요." 앨피가 소리쳤으나 밴은 이미 출발한 뒤였다.

몇 분이 지나도 속도가 줄지 않자 피비가 앨피에게 속삭였다. "경찰서로 가는 것 같지 않지?"

"네. 다음에 속도가 느려지면 여기서 뛰어내리는 게 낫겠어요. 알겠죠?"

"응, 그러자. 아무래도 불길한 느낌이 들어."

그녀는 기어가 문을 더듬었다. "안에서 열 방법이 없는 것 같아." 그녀가 속삭였다. "문을 두드리면서 소리치자. 누군가는 우리 소리를 들을 거야."

"하지만 앞자리에서도 듣겠죠. 그가 돌아와서 우릴 죽일지도 몰라요." 앨피가 말했다.

"오, 바보 같은 소리 좀 하지 마. 저 사람은 제러미라고. 난 그를 평생 알았어. 그는 절대로……." 그녀가 말을 멈췄다. "난 그가 우릴 죽이리라고는 생각하지 않아." 그녀가 작아진 목소리로 말했다.

밴은 아이들을 좌우로 흔들며 속도를 높이고 있었다. 마침내 차가 느려지며 멈춰 섰다. 운전석 문이 세차게 닫혔을 때 둘은 차가 흔들리는 것을 느꼈다.

“지금이에요!” 앨피가 피비에게 속삭였다. “차를 두드리면서 소리치는 거예요. 준비, 시작.”

“도와줘요!” 그들이 외쳤다. “우릴 내보내 줘요!” 그들이 주먹으로 밴을 두드렸다.

그때 앨피가 뭔가를 알아차렸다. “엔진을 끄지 않고 갔어요.” 그가 말했다. “우리가 차고에 있는 게 아니길 바라야겠어요. 차고에 있다면 오 분도 못 버틸 거라고요.”

“그런 말 하지 마!” 피비는 닫혀 있는 두 문 틈으로 눈을 갖다 댔지만 아무것도 보이지 않았다.

앨피가 갑자기 흐느꼈다. “오, 맙소사.” 그가 소리쳤다. “꺼내 줘!”

그가 밴의 문을 마구 두드렸다.

“진정해.” 피비가 어른 같은 말투로 말했다. 앨피의 등에 손을 얹은 그녀에게 그가 떠는 게 느껴졌다.

“난 이런 데 갇혀 있는 게 싫어요.” 그가 말했다. “방공호 안으로 문이 날아든 후로는요. 그래서 우린 나갈 수가 없어서 모두 비명을 질렀고, 난 우리가 다 죽을 거라 생각했어요. 난 여길 나가야겠……,”

피비가 그의 어깨를 다독였다. “괜찮을 거야, 앨피. 우린 방법을 찾을 거야.”

“어떻게요?”

피비는 앨피의 기분이 나아지게 할 뭔가를 생각해 내려고 주위를 둘러보았다. “넌 런던 토박이잖아.” 그녀가 말했다. “너 같은 사람들은 자물쇠 따는 법 알지 않아?”

“런던 사람들 모두가 범죄자는 아니라고요.” 약간 기분이 언짢아진 목소리였지만 적어도 이제 훌쩍거리지는 않았다.

"미안, 그런 뜻이 아니었어. 난 그냥 우리가 한 번도 해 본 적 없는 뭔가를 시도해 봐야 한다는 뜻이었어. 내 머리에 핀이 있어." 그녀가 말했다. 그녀는 핀 하나를 빼내 앨피에게 건넸다. "한번 해 봐."

피비는 앨피가 입을 열 때까지 숨을 죽이고 있었다. "소용없어요. 잠금장치가 밖에 있는 것 같아요."

"이런." 그녀가 한숨을 쉬었다. "달리 뭘 해야 할지 모르겠어. 넌?"

"희망을 버리지 말아야겠죠." 그가 말했다.

"오, 패멀라, 드디어 왔구나. 정말이지 제멋대로라니까." 오토바이가 팔리 저택 밖에 멈췄을 때 레이디 웨스터햄이 딸을 맞이하며 말했다. "여기에서 날 도와주겠다고 약속했잖니. 마고랑 네 친구가 대단한 활약을 했어. 큰 도움이 되었단다. 디도도."

"죄송해요, 엄마. 아주 중요한 일이었어요. 그렇지 않았다면 가지 않았을 거예요." 패멀라가 말했다. "국가 안보와 관련된 문제요."

"대체 국가 안보가 너랑 무슨 상관이란 말이니?" 레이디 웨스터햄이 기가 찬다는 눈빛으로 물었다. "그건 네 일이 아니야. 그런 일은 전문가에게 맡겨라. 그러니까 손님들이 도착하기 전에 제발 가서 옷이나 갈아입어."

팔리로 돌아오니 벤은 기분이 조금 나아졌다. 벤은 자신의 말을 진지하게 들어 준 프리처드 대령과 대화를 나눴지만 그는 걱정하지 말라며 다독였다. 주변에는 많은 군인이 있었다. 출입문에는 경비가 있었고, 손님들은 입장하기 전에 조사를 받았다. 하지만 적이 이미 저택 경내에 있다면. 벤은 걱정스러웠다. 그는 구겨진 바지를 내려다보았다. 자신이 가든파티에 어울리지 않는 옷차림이라는 것을 깨달았지만 집에 가서 옷을 갈아입을 시간이 없었다. 눈에 띄지 않게 뒤에서 주시할 생각이었다. 뒤뜰로 가자 커다란 너도밤나무 아래 테이블과 의자들이 놓여 있는 게 보였다. 저택 옆 자갈길에는 기다란 테이블이 차려져 있었다. 샴페인이 얼음 양동이에 세워져 있었다. 샌드위치와 케이크가 담긴 접시들은 하얀 냅킨으로 덮여 있었다. 딸기를 담은 커다란 그릇이 크림 주전자 옆에 놓여 있었다. 하녀 두 명이 한쪽 테이블 끝에 찻잔을 내놓고 있었고, 다른 하녀 한 명은 유리잔이 담긴 쟁반을 들고 나왔다.

트릭시와 마고가 커다란 꽃꽂이 장식을 맞들고, 열린 프랑스식 창문에서 나왔다. 트릭시가 벤을 발견했다. "오, 돌아왔네요. 고맙기도 해라. 레이디 웨스터햄이 화가 많이 났어요. 괜찮아요?"

"네, 고마워요." 그가 말했다. "두 사람한테 모든 일을 떠안겨서 미안해요. 어쩔 수 없었어요. 폭풍우를 만났거든요."

"오, 우린 그럭저럭 잘 해냈어." 마고가 말했다. "난 매 순간을 즐겼어. 이렇게 중요한 무언가의 일부가 되는 건 얼마나 멋진지. 예전 같은 일상생활. 사람들은 그걸 잃기 전까진 그거에 감사해할 줄 모르지. 내 말은, 이 온갖 음식과 마실 것들을 봐. 우린 파리에서 굶주리고 있었어. 순무 수프와 형편없는 빵으로 연명하면서."

"집에 있어서 정말 기쁘겠군요." 벤이 말했다.

"얼마나 기쁜지 이루 말할 수 없어." 벤은 마고를 보았지만 그녀는 그의 시선을 피했다.

"하지만 친구를 뒤에 남겨야 했대요." 트릭시가 말했다. "내게 그 모든 걸 말해 주고 있었죠. 너무 슬퍼요."

"그 사람은 아마 지금쯤 죽었을 거야." 마고가 말했다. "하지만 그는 굉장히 용감했고, 친구들을 배반하지 않으려고 했어. 난 그 점을 존경해."

벤이 그녀를 날카로운 시선으로 보았다. 그녀가 말하지 않는 게 있다고 확신했다.

"이제 당신이 여기 있으니까 샴페인 따르는 일을 맡겨야겠네요." 트릭시가 말했다. "난 샴페인 병 따는 데 젬병이거든요."

"나도 그리 잘하진 못해요." 벤이 말했다. "게다가 파티에 어울리는 옷차림도 아니고. 웨스트 컨트리에서 바로 돌아왔죠."

"찾으려던 건 찾았어요?" 그녀가 물었다. 벤은 옆에 서 있는 마고를 의식했다.

"그렇지도 않아요. 근거 없는 생각이었어요." 그가 말했다. "그건 크롬웰의 부하들이 불태운 오래된 수도원에 불과하더군요."

"그런데 이게 다 무슨 말이야? 물건 찾기 게임 같은 거야?" 마고가 물었다.

"아니요, 제 상관이 지시한 사진 속 장소를 확인하려고 했거든요." 벤이 말했다. "이젠 중요한 것 같지 않군요. 그래서, 제가 어디서 도우면 될까요?"

"찻주전자를 나르는 저 하녀들이 도움이 필요할 것 같은데." 마고가 말했다. "저건 정말 무거워. 우린 옷을 갈아입으러 올라갈게."

그는 찻주전자를 놓는 것을 도우며 주위를 둘러보았다. 테이블이 차려진 잔디밭은 장미 정자, 잘 다듬은 키 큰 정원수들, 관목들에 둘러싸여 있었다. 몸을 숨기고 싶은 사람이 있다면 숨을 곳이 얼마든지 있었다. 사람들이 자리를 뜨자 그는 숲으로 도망치기 쉬운 곳에 숨을 데가 있는지 살피러 갔다. 호수와 잔디가 있어 수 킬로미터가 훤히 내다보이는 저택의 앞뜰과 달리, 이곳은 장미 정자가 있었고, 울타리가 쳐진 장미 정원 그리고 텃밭으로 이어져 있었다. 그 너머에는 주목 나무가 빽빽하게 숲을 이루고 있었다. 잽싸게 총을 쏠 기회는 충분하다. 그는 몸서리를 쳤다. 도대체 왜 앞뜰에서 행사를 치르지 않는 걸까? 웨스트 켄트 연대가 오가는 부산한 곳에서 멀리 떨어져 파티를 열고 싶었겠지. 그는 생각했다. 한 번이라도 전쟁 생각이 안 나는 조용한 시골 저택이라는 인상을 주기 위해.

연노랑 시폰 드레스에 데이지로 장식한 커다란 흰 모자를 쓴, 참하고 사랑스러워 보이는 패멀라가 그의 곁에 나타났다. "트릭시와 마고는 지금 위층에서 옷을 갈아입고 있어. 트릭시는 정말 든든한 친구야. 난 늘 그녀를 위기 상황에선 쓸모없는 발랄한 어린애라고만 생각했는데, 오늘 아침엔 아주 열심히 일했어. 그리고 마고가 집에 있다는 게 멋지지 않아? 그건 기적이야, 벤. 넌 내가 이 순간을 얼마나 고대해 왔는지 모를걸." 벤은 그녀의 얼굴에서 긴장된 기색을 알아차렸다. 그녀의 두 눈은 빠르게 주위를 살피고 있었다. "다음은 뭐야?" 그녀가 물었다.

"기다려야지. 대령의 부하들이 정문을 지키고 있어. 아무도 들어올 수 없어. 우린 괜찮을 거야."

패멀라가 손을 뻗어 그의 손을 잡았다. "제발 그러면 좋겠어. 난 두려워, 벤. 처칠 씨가 암살당하면 나라 전체가 무너지지 않겠어?"

"바로 그게 독일군이 의도하는 바겠지. 우리가 꼭……." 그가 말을 멈췄다. 어떻게 패멀라에게 그녀가 사랑하는 언니를 자신이 의심하고 있다고 말하겠는가?

웨스터햄 경 부부가 저택에서 나왔다. 보라색 꽃무늬 실크 드레스에 깃털 장식이 달린 보라색 모자를 쓴 레이디 웨스트햄은 여왕처럼 화려하고 위엄 있는 모습이었다.

"음, 우리가 제대로 준비한 것 같네요." 그녀가 남편에게 말했다. "이제 할 일은 손님들을 기다리는 것뿐이에요."

바로 그때 개들이 발작적으로 짖으며 달려왔다.

"조용히 해! 엎드려, 이 바보 같은 짐승들." 웨스터햄 경이 소리쳤다. 그는 문가에서 서성이고 있는 솜스에게 손짓했다. "녀석들을 안으로 데리고 들어가 짖지 못하도록 하게. 대체 뭣 때문에 저러는지 모르겠군. 평소에는 아주 얌전한데 말이야."

손님이 하나둘 도착하기 시작했다. 마을에서 해밀턴 양을 차에 태워 온 헌틀리 대령 내외, 윌리엄 경과 레이디 프레스콧, 머스그로브 부부, 웨스트 켄트 연대의 프리처드 대령이 도착했다. 벤은 프리처드 대령이 오늘 무장을 하고 온 것을 눈여겨보았다.

"도움이 필요한 곳이 있을까 싶어 부하 몇 명을 데리고 왔습니다, 레이디 웨스터햄." 그가 말했다.

"참으로 친절하시군요. 하지만 모든 게 잘 진행되고 있는 것 같아요." 에스메가 말했다.

마고와 트릭시가 함께 내려왔다. 마고는 분명 파리 패션계에서 유행 중인, 가볍고 몸에 딱 맞는 맞춤형 드레스를 입고 있었다. 벤은 그녀를 관찰하고 무기를 숨길 데가 없다고 결론 내렸다. 지갑조차 들고 있지 않았다.

패멀라가 트릭시에게 다가갔다. "괜찮아? 기운이 좀 없어 보여."

"날아갈 듯 좋지는 않지만 괜찮을 거야." 트릭시가 말했다. "편두통이 좀 있어. 파티가 시작되자마자 방에 가서 누울지도 몰라. 누구도 날 보고 싶어 하지 않겠지."

"내가 보고 싶을 거야. 넌 정말 벽돌처럼 든든한 친구야."

트릭시가 미소 지었다. "그게 나라고. 벽돌 같은 친구, 트릭시."

"나도 사라져야겠어." 벤이 패멀라에게 말했다. "위대한 남자가 남루한 농장 일꾼 같은 날 보게 할 순 없지."

"그냥 괜찮은 것 같은데." 패멀라가 말했다. 그러고는 그에게 매혹적인 미소를 지어 보였다.

벤은 덤불 사이의 그늘 속으로 조용히 들어갔다. 장미 정자 뒤에 어떤 형체가 서 있었다. 연붉은 잠옷 차림의 여자. 벤은 살금살금 그녀에게 다가갔다. 그것은 디도였다.

"뭐 하고 있어?" 그가 물었다.

디도가 그의 말을 듣고 나쁜 짓을 하다 들킨 사람처럼 깜짝 놀랐다. "오, 벤." 그녀가 말했다. "꼭 알아야겠다면 몰래 담배 피우고 있었어. 아빠는 내가 담배 피우는 걸 모르거든. 하지만 모두와 마주하기 전에 신경을 가라앉힐 뭔가가 필요한 기분이 들었단 말이야."

벤이 고개를 들었다. "말소리가 들려." 그가 말했다. "수상이 도착한 것 같아. 넌 가서 눈도장을 찍는 게 좋을걸."

디도가 과장되게 한숨을 내쉬었다. "그래야 한다면, 그래야 한다면 그래야지." 그녀가 말했다.

벤이 섹시한 빨간 잠옷을 입고 멀어지는 디도를 보고 있는데, 누군가 장미 정원을 가로질러 다가오는 소리가 들렸다. 그가 돌아보자 자신을 향해 다가오는 가이 하코트가 보였다.

"여기서 뭐 하는 거야?" 벤의 목소리는 날카로웠다.

"내가 파티에 깜짝 방문할지도 모른다고 말하지 않았나?" 그가 씩 웃었다. "사실 난 수상의 안전을 위해 모든 게 잘 진행 중인지 확인하려고 선발대와 함께 왔어, 친구. 레이디 마고는 계속 감시하고 있었어?"

"워낙 몸에 꼭 맞는 드레스를 입고 있어서 무기를 소지하고 있을 것 같진 않아." 벤이 말했다. 그는 말하면서 가이를 유심히 살폈다. 그의 재킷 안에 있는 게 권총집 아닐까? 그가 뭔가 말할까? 모든 게 상당히 비현실적으로 보였다. 그는 대령에게 가이를 주시하라고 말하기로 마음먹었다.

"아, 샴페인. 아주 좋은데." 가이가 말했다. "이번 임무에 특전이 포함되어 있을지 모른다고 생각했지."

그는 벤을 남겨 두고 길쭉한 잔에 샴페인이 채워지고 있는 테이블로 향했다. 그때 박수와 환호가 윈스턴 처칠의 도착을 알렸다. 벤은 그 대단한 사람이 웨스터햄 경과 함께 저택을 돌아 뒤뜰로 걸어오는 모습을 볼 수 있었다. 클레먼타인 처칠과 레이디 에스메가 대화를 나누며 걸어왔다.

그때 벤은 등 뒤 관목 숲에서 나는 목소리를 들었다. "거기 있어?" 워낙 나직하게 말하고 있어서 남자인지 여자인지 분간할 수 없었다. 벤은 목소리가 나는 방향으로 조심스레 다가갔다. "못 하겠어! 말했잖아."

벤은 꽃이 핀 큰 덤불을 돌았고, 건너편에 서 있는 트릭시를 보았다. 그녀의 손에 총이 들려 있었지만 그녀는 수상을 등지고 있었고,

바들바들 떨고 있었다. "가져가. 난 그러고 싶지 않아. 조금도 원치 않아." 그녀가 짙은 그늘에 서 있는 누군가에게 그 총을 건넸다. 이내 놀랍게도 제러미가 걸어 나와 그 총을 낚아챘다.

그가 나지막한 목소리로 말했다. "약해 빠진 인간 같으니라고. 넌 우리 편이 아니야. 이걸 후회하게 될 거야."

그는 다가오는 수상을 정확히 조준하기 위해 탁 트인 공간으로 발길을 옮겼다. 이제 처칠은 20미터쯤 떨어진 곳에서 완전히 모습을 드러냈다. 벤은 제러미가 총의 공이치기를 당기는 소리를 듣자마자 그의 앞에 나섰다.

"젠장, 저리 꺼져. 널 쏘고 싶진 않으니까, 친구." 제러미가 말했다. 두 사람을 보는 그의 눈이 사나웠다.

"처칠을 쏘고 싶다면, 나부터 쏴야 할 거야." 벤이 대꾸했다.

"제러미, 안 돼!" 벤은 자신들을 향해 달려오는 패멀라의 외침을 들었다. 그녀를 힐끗 보느라 제러미의 시선이 순간 수상에게서 떨어졌다. 벤은 그 틈을 타 총에 다가갔고, 총알이 발사된 순간 그것을 쳐올렸다. 그는 총알의 힘에 땅바닥으로 내동댕이쳐지며 외마디 비명을 질렀다.

그는 모든 상황이 슬로모션처럼 일어나는 것을 의식했고, 패멀라는 소리치고 있었다. "어떻게 그럴 수가? 넌 우리 모두를 배신했어." 그녀가 벤 옆에 털썩 무릎을 꿇는 사이에 가이와 군인들이 그들을 향해 모여들었다. 그들이 벤을 내려다보고 있었다. 패멀라는 그의 머리를 쓰다듬고 있었다.

"죽지 마." 그녀가 속삭였다. "제발 죽지 마."

"괜찮을 거야." 벤은 간신히 용감한 미소를 지었다. 사실 그는 아무런 고통도 느끼지 못했고, 이마에 놓인 패멀라의 따뜻한 손과 비현실감과 낯선 기분을 느낄 뿐이었다. “녀석이 내 어깨를 쏜 것 같은데.” 벤은 일어나 앉으려고 했다. “난 녀석을 쫓아야 해. 도망치게 둘 순 없어.” 그리고 그는 기절했다.

39

팔리 숲의 배달용 밴에서

피비와 앨피는 잠긴 밴 안에서 대자로 뻗은 채 잠들어 있었다. 그들은 문을 발로 차는 등 관심을 끌기 위한 모든 것을 시도했지만 절망에 빠져 포기한 뒤였다. 밴의 옆면은 소리가 새어 나가지 않는 금속이었다. 그리고 아무도 그들이 내는 소리를 듣지 못했다. 엔진이 공회전하며 밴이 덜컹거리고 웅웅거리는 소리를 냈다. 스며들기 시작한 매연에 두 사람의 눈에 눈물이 고였다.

"누군가가 내가 없어진 걸 눈치채고 곧 나를 찾을 거야." 피비가 용기 있게 들리도록 애쓰며 말했다.

"하지만 차가 인가에서 멀리 떨어진 곳에 버려졌다면요? 우리가 들판 한가운데나 심지어 차고에 있다면요?" 앨피가 말했다.

피비는 밴에 귀를 갖다 댔다. "건물 안에 있는 건 아닌 것 같아. 새소리가 들리는 것 같거든."

"여기에 공기가 얼마나 남아 있을까요?" 앨피가 물었다.

피비는 닫힌 문틈으로 들어오는 실낱같은 은빛 햇살을 보았다. 그녀는 그게 자신들에게 큰 도움이 되리라고는 생각하지 않았지만 차분하고 긍정적인 태도를 유지하는 게 자신의 본분임을 알았다. 그녀는 리더가 되도록 교육을 받고 자랐다. 그리고 리더는 두려움을 드러내지 않았다. "우린 괜찮을 거야." 그녀가 말했다. "공기가 들어올 수 없는 게 더 나을지도 몰라. 그러면 매연도 못 들어올 테니까."

"힘이 솟는 생각이네요." 앨피의 말이 결국 그녀를 웃게 했다.

그 순간 희망이 생겼다. 둘은 밴 주위를 킁킁거리며 짖기 시작한 개들의 소리를 들었다.

"우리 개들이 짖는 소리 같아. 착한 녀석들." 피비가 소리쳤다. "가서 도와 달라고 해." 그녀가 앨피를 돌아봤다. "봐. 우린 그리 멀리 간 게 아니야. 팔리에 있는지도 몰라. 사람들이 곧 여기로 올 거야."

그들은 다시 문을 두드리고 발로 차고 소리를 질렀지만 아무도 오지 않았다. 잠시 후 그들은 침묵에 잠겼다. "앨피, 잠든 건 아니지?" 피비가 물었다.

"지랄 맞게 피곤해요." 그가 중얼거렸다. "깨어 있을 수 없을 것 같아요."

피비가 그를 흔들었다. "자면 안 돼. 절대 잠들면 안 된다고. 내 말 들려?"

앨피는 알아들을 수 없는 말을 중얼거렸다. 피비 자신의 머리도 윙윙 울리고 있었다. "잠들면 안 돼." 그녀는 계속 중얼거렸다. 하지만 결국 그녀 역시 의식을 잃었다. 그들은 밴이 흔들리더니 문이 쾅 닫히는 소리에 깨어났다. 피비는 순간 자신이 어디에 있는지 기억하지 못했다. 머릿속이 약에 취하기라도 한 듯 몽롱했다. 일어나 앉으려던 그녀는 밴이 출발하면서 문에 내동댕이쳐졌다. 엄청난 속도로 달리고 있는 게 분명했다. 그때 우지끈 깨지는 큰 소리와 함께 뭔가가 밴의 뒤를 때렸다.

"맙소사, 누가 우리에게 총을 쏘나 봐." 피비가 앨피를 흔들어 깨우며 소리쳤다. "눈 좀 떠. 하지만 엎드려 있어야 해."

앨피는 여전히 잠에 취한 채 다시 중얼거렸다. 밴이 굽잇길을 달릴 때 그들은 이리저리 흔들리며 바닥에 납작 엎드려 있었다. 그러나 더 이상의 총성은 없었다. 앨피는 몸을 일으켜 똑바로 앉으려고 애썼다.

"이거 봐요." 이제 의식을 차린 앨피가 문을 향해 꿈틀거리며 나아갔다. "총알이 문에 구멍을 냈어요. 잘됐어요. 우린 신선한 공기를 마실 수 있어요!"

"우리가 이렇게 차 안에서 마구 흔들리는 동안에는 어렵겠지." 피비가 말했다. "세상에, 다시는 우리에게 총을 쏘지 않으면 좋겠어. 토할 것 같아. 넌 안 그래?"

"지랄 맞게 끔찍한 기분이에요." 그가 중얼거렸다.

"욕 좀 하지 마." 피비는 그가 깨어나 자신에게 말을 하고 있다는 것을 은근히 기뻐하며 그렇게 말했다.

밴은 영원히 달릴 것처럼 보였다.

"독일 잠수함과 접선하려고 해협으로 차를 모는 걸까요?" 앨피가 물었다.

"모르겠어. 그가 독일 스파이인지 우린 아직 모르잖아, 안 그래?"

"스파이가 아니면 뭐겠어요?" 앨피가 말했다. "총에 대해 엿들었다는 걸 알고 나서 우리를 밴에 가뒀어요."

피비가 고개를 끄덕였다. "그래. 그랬을 거야. 정말이지 믿을 수가 없어. 저 남자는 제러미라고. 평생 그를 알고 지냈어. 그는 우리 편이잖아. 그런데 어떻게 이런 행동을 할 수 있지?"

"포로수용소에 있었을 때 독일 놈들이 자기들을 위해 일하도록 협박한 게 틀림없어요."

"진정한 영국인은 독일인을 위해 일하라는 협박에 굴하지 않아." 피비가 격앙된 어조로 말했다. "차라리 죽음을 택하지."

"지금 당장은 죽음을 택하지 않으면 좋겠어요. 우리를 절벽으로 몰고 갈 생각은 아니면 좋겠는데." 앨피가 말했다.

"넌 왜 늘 그렇게 기운을 북돋는 말을 해야 하는 거니?" 피비가 쏘아붙였다.

그때 뭔가에 부딪히면서 굉음이 났다. 밴은 흔들리면서도 속도를 줄이지 않았다. 그러더니 끽 하는 소리를 내며 멈췄다. 문이 쾅 소리를 냈다. 별안간 누군가 문을 비틀어 열었다. 환한 햇빛이 신선한 공기와 함께 쏟아져 들어왔다. 그들은 일어나 앉아 숨을 크게 들이마시며 눈을 깜박였다.

"아직 살아 있었네." 제러미는 화가 났다기보다는 놀라고 안도한 듯한 어조로 말했다. 그는 손을 뻗어 피비의 머리카락을 휘어잡더니 그녀를 밴에서 끌어냈다. "어서 나와. 넌 나와 가는 거야."

피비는 눈부신 햇살에 눈을 깜박이며 비명을 질렀고, 그가 피비를 일으켜 세웠을 때 그녀의 다리는 말을 듣지 않고 휘청댔다. 앨피가 피비의 블라우스를 잡았지만 제러미가 그를 자빠뜨리고는 피비를 끌어냈다. "자, 어서. 움직여. 더 빨리."

피비는 떠밀려 가며 주위를 둘러봤다. 그들은 비행장 활주로에 있었다.

"도와주세요!" 그녀가 소리를 질렀다. 제러미가 피비를 억지로 끌고 가며 손으로 그녀의 입을 막았다.

앨피는 허둥지둥 일어났다. 머리가 여전히 빙빙 돌았다. 앨피는 술 취한 사람처럼 비틀거리며 피비의 뒤를 따랐다. 제러미와 피비는 활주로가에 줄지어 늘어선 스핏파이어 중 하나를 향해 다가가고 있었다. 앨피는 젖 먹던 힘을 다해 그들에게 뛰어가 몸을 날려 제러미의 다리에 럭비 태클을 하려고 했다. "그녀를 놔줘." 그가 외쳤다.

제러미는 몸을 돌려 앨피가 뒤로 날아가 땅에 처박히도록 매서운 손등 펀치를 날렸다.

"앨피를 다치게 하지 마, 이 끔찍한 인간아." 피비가 입을 막고 있던 그의 손이 떨어진 순간 외쳤다. 피비는 그 손을 움켜잡고 부드러운 손바닥에 이를 박았다. 제러미가 고통의 고함을 지르며 본능적으로 손을 챘다. 피비는 앨피를 향해 달렸다. "빨리 뛰어."

제러미가 권총을 뽑아 들고 말했다. "이런 젠장. 도망가라, 이 조그만 새끼들. 가 버려. 아무튼 이젠 누구도 날 막을 수 없어."

아이들은 한 줄로 늘어선 막사를 향해 달리다가 자신들을 향해 다가오는 장갑차를 만났다. 차는 끽 소리를 내며 멈췄고, 항공병들이 차에서 뛰어내렸다. "아이들 둘." 그들 중 하나가 외쳤다. "대체 여기서 뭘 하는 거니?"

"그를 막아야 해요." 시련에서 벗어난 피비가 숨을 가쁘게 몰아쉬며 말했다. "제러미 프레스콧. 그가 우릴 납치했어요. 그는 독일 스파이예요."

"그게 정말이니?" 처음 차에서 내렸던 항공병은 씩 웃고 있었다. "이건 무슨 모험 같은 거니?"

"아니요. 당연히 아니죠." 피비가 그를 노려보았다. "난 웨스터햄 경의 딸 레이디 피비 서턴이고, 우린 제러미 프레스콧에게 납치됐었고, 우린 그가 윈스턴 처칠을 쏠 계획이었다고 생각해요. 내 말을 못 믿겠으면 팔리에 전화해도 돼요. 하지만 먼저 제러미 프레스콧이 끔찍한 짓을 저지르기 전에 막아야 해요. 지금 막 저 비행기들 쪽으로 달려갔어요."

남자들의 고함에 그들은 고개를 들었다. 스핏파이어 한 대가 활주로를 향해 질주하고 있었다.

"그자가 비행기를 훔쳤습니다." 항공병 하나가 그들을 향해 달려오고 있었다. "우리 편 하나를 총으로 쏘고 스핏파이어를 탈취했습니다."

비행기 엔진이 굉음을 쏟아 내기 시작했다. 전투기는 활주로를 달리더니 하늘로 날아올랐다.

"이제 내 말을 믿겠어요?" 피비가 의기양양하게 물었다.

"너흰 대단히 용감한 아이들이구나." 두 사람이 항공대 지휘관의 사무실에 앉아 차를 마시며 자신들의 이야기를 여섯 번째인가 일곱 번째쯤 반복했을 때 그가 그렇게 말했다. "이제 다 끝났단다. 울어도 괜찮아요, 꼬마 아가씨."

피비가 그에게 인상을 찡그리고 턱을 내밀었다. "아빠는 내가 사람들 앞에서 우는 걸 좋아하지 않으실걸요. 우린 모범을 보여야 하니까요." 그녀가 일어섰다. "누군가 우리 부모님께 전화하고 우릴 집으로 태워 주시겠어요?"

결국 눈물이 터져 나온 것은 집에 도착해서였다. 피비는 가족들이 자신이 사라졌다는 사실조차 몰랐다는 걸 알게 되었다.

"우린 네가 오늘 아침 파티 준비에 끼고 싶지 않아서 공부방에 있는 줄 알았단다." 레이디 에스메가 말했다. "그리고 넌 파티에서 낯선 사람들 앞에 얌전히 있는 걸 싫어하니까."

"하지만 개들이 엄마를 데려가려고 하지 않았어요?" 피비는 엄마의 태연한 태도에 짜증이 나 목소리를 높이며 말했다. "난 걔들이 그럴 거라고 확신했단 말이에요."

레이디 웨스터햄이 놀라서 딸을 응시했다. "개들은 왔어." 그녀가 말했다. "녀석들은 처칠 부부가 도착하기 직전에 짖어 대고 소란을 피웠단다. 그래서 솜스에게 개들을 안으로 데려가 조용히 시키라고 했지." 이내 갑자기 레이디 웨스터햄 부인은 그녀답지 않은 행동을 했다. 피비를 품에 안은 것이다. "오, 내 가엾은 아가." 그녀가 말했다. "죽을 뻔했구나."

"정말 그럴 뻔했어요." 피비가 말했다. "앨피가 아주 용감하게 제러미에게 태클을 하지 않았더라면 그가 날 비행기에 태워 독일까지 데려갔을 거예요. 아니면 날 죽였을지도 몰라요." 그러더니 난데없이 울음을 터뜨렸다.

피비가 마음을 가라앉히고 어머니 옆 소파에 앉아 있을 때 아버지가 물었다. "얘야, 누가 수상을 쏠 계획이라고 생각했다면 대체 왜 우리에게 알리러 오지 않은 거냐?"

"아빠가 제 말을 믿을지 확신이 없었어요." 피비가 말했다. "게다가 우린 수상한 건 뭐든 경찰에 신고해야 하잖아요. 그러더라고요."

"경찰에?" 웨스터햄 경이 버럭 소리를 질렀다. "마을의 저 빌어먹을 천치는 누가 달려들어 자길 물어도 그게 스파이라고 생각 못 할 게다."

"아이들 앞에서 욕 좀 하지 마세요, 로디." 레이디 웨스터햄이 말했다.

"아이가 끔찍한 반역자에게 빌어먹을 납치를 당해 죽을 뻔했는데, 당신은 애가 욕을 듣는 걸 걱정하는 거요?" 그가 따지듯 물었다. "우리가 해야 할 일은 피비를 남아도는 시간이 없는 좋은 기숙학교에 보내는 거요."

피비가 디도를 힐끗 보고 씩 웃었다.

"어째서 저런 바보 같은 위험을 무릅쓴 애한테 보상을 내리시는 거죠?" 디도가 말했다. "절 예비 신부 학교에 보내시는 건 어때요? 아니면 하다못해 트럭이라도 몰게 내보내 줘요."

"내 눈에 흙이 들어가기 전에는 안 된다." 웨스터햄 경이 말했다. "혹시 누가 너를 운전대에 앉히면 아마 그자가 그런 꼴을 당하겠지."

앨피는 거실 한쪽에 말없이 어색하게 앉아서 어서 집에 갈 수 있기를 바라고 있었다. 이상하게도 그는 이제 사냥꾼 관리인의 오두막을 집으로 생각하고 있었다. 전쟁이 끝나더라도 어머니가 있는 런던에 돌아가고 싶을지 의문이었다.

그가 일어났다. "이제 돌아가는 게 좋겠어요. 로빈스 부인이 걱정할 거예요."

"물론 그렇겠지." 레이디 웨스터햄이 자상한 눈으로 그를 보았다. "그럼, 가 보렴. 넌 용감한 소년이구나. 고맙다. 참 잘했어."

앨피가 문가에서 걸음을 멈추고 돌아보았다. "백스터네 마당에 관해 알아낸 게 있어요. 그 마당에서 뭘 만들고 있는지 아세요? 관이요. 엄청나게 많은 관이요."

"침공에 대비하고 있는 게군." 웨스터햄 경이 말했다. "오늘 일어나지 않은 일 덕분에 이제 그 침공이 좀 더 미뤄졌을 게야."

레이디 웨스터햄은 딸 중 하나가 없는 걸 막 알아차린 듯 주위를 둘러봤다.

"패머는 아직 벤과 있니?" 레이디 웨스터햄이 물었다.

"네, 아직 병원에 있어요." 마고가 말했다. "벤은 굉장히 용감했어요. 벤이 괜찮길 바라요."

"마침내 조국을 위해 뭔가 할 수 있어서 그 애가 기뻐하겠군." 웨스터햄 경이 말했다.

패멀라는 병원에 입원한 벤의 침대 옆에 앉아 있었다. 그의 어깨에는 붕대가 감겨 있었다. 벤의 얼굴은 창백했지만 침대에 기대앉아 있었고, 완전히 깨어 있었다.

"트릭시에 대해서는 믿기지가 않아." 패멀라가 말했다. "그동안 독일군을 위해 일했던 듯해. 블레츨리에서 정보를 훔치고 있었어."

"왜 그런 짓을 했을까?" 벤이 말했다.

"스릴 때문이겠지. 때가 되면 우리에게 말했을 거야. 그녀의 아버지는 줄곧 친독, 친나치였던 것 같아. 하지만 제러미는, 걔에게 그런 식으로 우릴 배신하게 한 게 뭘까? 독일에서 놈들이 걔를 세뇌하거나 고문했던 걸까?"

"뒤틀린 애국심이 아니었을까 싶기도 해. 어떤 사람들은 독일의 점령하에 놓이더라도 지금 전쟁을 종결해서, 우리의 가장 소중한 유적들이 말살되느니 영국을 내주자고 생각해."

패멀라가 몸서리쳤다. "이제 우린 알 수 없겠지." 그녀가 말했다. "걔가 그 비행기를 타고 독일로 날아갔을지 궁금해. 그랬겠지."

그들은 타일 바닥을 가로지르는 발소리에 고개를 들었다. 커튼이 젖혀졌고, 그곳에 가이 하코트가 서 있었다.

"아, 미안. 내가 밀회를 방해한 건 아니겠죠?" 그가 장난기 어린 미소를 띠며 물었다.

"물론 아니에요. 들어와요, 가이." 패멀라가 말했다.

가이가 침대 발치에 섰다. "몸은 어때, 친구?"

"노새한테 어깨를 걷어차인 것 같지만 다른 덴 괜찮아. 운이 좋았다더군. 총알이 근육만 스치고 지나갔대."

"끝내주게 운이 좋군. 뉴스를 가져왔어. 프레스콧이 탄 비행기가 해협에서 격추됐어."

"우리의 스핏파이어가 그를 추격했고, 그를 잡았다고?"

가이가 씁쓸한 미소를 지었다. "아니, 그 반대야. 메서슈미트에 격추됐어. 아이러니하지 않아?"

벤이 손을 뻗어 패머의 손을 잡았다. "안됐어." 그가 말했다.

"가엾은 제러미." 패멀라가 한숨을 쉬었다. "정말 끔찍한 최후야."

"그게 걔가 원했던 방식이었지. 불꽃처럼 활활 타오르다가 가 버리는 거." 벤은 그녀 너머 병원 창밖을 응시했다. 그 모든 일에도 불구하고 제러미는 그에게 특별한 의미가 있었다. 좋든 싫든 간에 제러미는 그의 인생에서 중요한 부분을 차지했던 친구였다.

그들이 침묵을 지키고 있는 동안 병원의 소음-의료용 카트가 달그락대며 지나가는 소리, 지시를 내리는 간호사의 딱딱한 목소리들-

이 배경음처럼 깔렸다.

"왜 아무도 그 프레스콧 자식을 눈치채지 못했을까?" 가이가 말했다. "독일 놈들은 녀석에 대해 말할, 생존한 탈주자가 없으리라는 추정에 의존했을 거야."

"그럼 우리 들판에 추락한 그 남자는 걔에게 메시지를 전하라고 보내졌을까요?"

"의심의 여지가 없지." 벤이 가이를 힐끗 올려다보고 끄덕였다. "사진 말고는 아무것도 소지하지 않았다는 건 그가 멀리 갈 계획이 아니었다는 뜻이었어. 그는 돈이든 배급 카드든 장비든 필요 없었어. 제러미가 그를 숨길 장소를 마련해 뒀을 거야."

"그리고 처칠이 가까운 비행장을 방문한다는 사실을 독일 스파이들이 안 이상, 그 사진은 처칠을 죽일 날짜를 승인한 거였어." 패멀라가 조각들을 끼워 맞추며 말했다.

"팔리에서의 가든파티는 어떻게 알았을까?" 가이가 물었다. "비행장에서 수상을 쏘는 건 분명 위험한 일이지."

"가든파티가 계획 중이었을 땐 팔리에서가 아니었어." 벤이 말했다. "차트웰에서 열릴 예정이었는데 수상이 그 계획에 퇴짜를 놓았고, 그래서 웨스터햄 경 부부가 대신 제안한 거지."

"그에 관한 메시지는 결국 다른 수단을 통해서 전달됐을 거야." 패멀라가 말했다. "우리가 해독하려던 라디오 메시지를 통해서일 수도 있고."

"걔는 사실 그 사진을 봤어." 벤이 말했다. "내가 항공성 내 공중정찰 팀을 방문했을 때 걔도 거기에 왔었어. 테이블에는 확대된 그 사진이 놓여 있었고."

"그게 언제였어?" 가이가 물었다.

"며칠 전."

"오, 난 걔가 모든 걸 그 전에 계획했다고 생각해." 패멀라가 말했다. "트릭시가 먼저 파티를 도우러 내려가겠다고 한 걸 보면. 그건 며칠 전에 계획이 완료됐던 거야."

가이가 고개를 끄덕였다. "나도 그렇게 생각합니다. 우린 사실 이번 일이 그가 영국으로 돌아온 기점으로 조정된, 더 큰 계획의 일부였다고 생각하죠. 윈저 공을 복권시키고 왕실을 암살해 침공을 용이하게 하려는 계획이요. 제러미가 그 키를 잡고 있었고."

패멀라는 몸서리를 쳤다. "제발, 그만요. 생각만 해도 견딜 수 없어요." 그녀가 일어났다. "가 봐야 할 것 같아. 가족들이 내게 무슨 일이 있는지 걱정할 거야. 아마 아빠가 날 태워 오게 마고를 보내실걸."

"제가 태워 드릴 수 있습니다." 가이가 말했다.

"친절하시군요." 그녀가 그에게 벤을 그토록 사로잡았던 눈부신 미소를 지어 보였다. "그럼 잠깐 화장실에 다녀올게. 두 사람은 내 앞에선 할 수 없는 얘기들이 있을 테니까."

"예리한 여자군." 패멀라가 병실에서 나가자 가이가 말했다. "그리고 매력적이고. 그의 여자 친구였다는 사실을 생각하면, 이 상황을 대단히 침착하게 받아들이고 있는걸."

"그 파티가 제러미의 본성에 눈을 뜨게 한 것 같아." 벤이 말했다.

"그럼 이제 네가 그 빈자리를 채우러 가야지." 가이가 씩 웃었다.

"잘 모르겠어. 그녀는 날 남자 형제처럼 봐."

"오, 널 보던 눈빛은 전혀 여자 형제의 눈빛 같지 않던데." 가이가 말했다. "네가 총에 맞았을 때 너에게 몸을 던지던 것도."

벤은 침대에 누워 천장을 응시하며 가슴이 뜨거워짐을 느꼈다. 희망이 있었다. 적절한 때를 기다려야겠지만 정말 희망이 있었다.

이내 답이 없던 물음이 떠올랐다. "마고 말이야. 넌 그녀가 독일을 위해 일하는 것 같아?"

가이가 그에게 가까이 다가갔다. "이걸 너에게 말하면 안 되지만 그녀는 현재 이중 첩자로 활동 중이야. 링 모임에 잠입해 독일로 정보를 보내지만 계속해서 우리에게 무슨 일이 진행 중인지 알려 주고 있지. 물론 그녀는 그들의 계획에 따르는 척했었어. 오, 그리고 그녀는 특수 작전부에 합류하라는 요청을 받았어. 조만간 훈련을 받으러 스코틀랜드에 갈 거야."

"이크." 벤이 말했다. "난 그녀가 이 일과 상관없어서 정말 기뻐."

"뭐, 더 나쁠 수도 있었어. 독일이 이번 주말에 예정된 가든파티에서 그녀에게 왕을 암살하라고 했어. 왕과 처칠을 일거에 보내는 거지. 하지만 버킹엄 궁전이 폭격당해 행사가 취소됐어. 그리고 당연히 그녀는 그 임무를 수행할 생각이 없었지만 우리에게 그 계획에 대해 알려 줘서 우린 앞으로의 시도에 대해 계속 주시할 거야. 용감한 여자야. 충실한 영국인이지."

패멀라가 돌아왔다. "갈까요?" 그녀가 물었다. 그녀는 벤에게 다가와 몸을 숙이더니 그의 머리를 넘기고는 이마에 입을 맞추었다. "아침에 올게." 그녀가 속삭였다. 그리고 가이가 맞았다. 그녀가 자신을 보는 눈빛은 여자 형제 같지 않았다.

40

마을 교회에서

세례 요한 축일에 크레스웰 목사는 교회에서 로빈스 수병을 기리는 특별 추도 예배를 했다. 웨스터햄 경의 가족과 팔리의 고용인을 비롯해 마을 사람 모두가 참석했다. 성가대와 신도들이 〈예부터 도움 되시고Oh God, Our Help in Ages Past〉를 부를 때, 맨 앞 신도석에 앉은 로빈스 부부는 손을 잡고 찬송가집을 내려다보고 있었다. 그들 옆에 앉은 앨피는 슬픔과 자랑스러움을 동시에 느꼈다.

검블 양은 팔리 저택의 고용인들을 위해 한쪽에 마련된 신도석에 앉아 깊은 생각에 잠겨 있었다. 만약 피비가 학교에 보내지면-그녀는 이미 피비의 뛰어난 두뇌를 최대한 활용할 수 있는 최고 수준의 여학교를 몇 곳 추천한 터였다- 자신은 더 이상 이곳에 머물 필요가 없을 것이었다. 자신은 머리가 명석하니 국가에 도움이 될 수 있을 터였다. 그녀는 이와 관련해 누구와 상의하면 좋을지 고민했다.

벤은 병원에서 퇴원해 집으로 돌아와 핀치 부인의 과보호를 받으며 회복 중이었다. 그가 병원에 입원 중일 때, 맥스웰 나이트가 직접 병문안을 와서 그의 훌륭한 활약을 칭찬했다.

"자네를 계속 기용하고 싶군." 나이트는 말했다. "비록 옥스퍼드 출신이긴 해도."

패멀라는 예배에 참석하기 위해 블레츨리에서 왔다. 그녀는 트릭시가 체포된 이후로 그녀를 보지 못했고, 아직도 그간 있었던 일들을 받아들이기가 쉽지 않았다. 트릭시는 전쟁 전에 스파이로 뽑혀 블레츨리로 갔던 걸까, 아니면 그곳에 있는 동안 변절하거나 협박을 받은 걸까? 패멀라는 결코 알 수 없으리란 걸 깨달았다. 그리고 제러미에 대해서는……. 여전히 그를 떠올리면 너무도 고통스러웠다. 언젠가는 그 상처도 치유되리라. 본능적으로 그녀는 자신을 보고 있는 벤을 힐끗 건너다보았고, 미소를 지었다.

역사적 사실

이것은 소설이지만 사실에 밀접하게 뿌리를 두고 있다. 제2차 세계대전 초기 영국에는 몇몇 친독 성향의 협회와 조직들이 활동했다. 가장 위험한 것 중 하나는 '링크Link'라고 불리는 단체였다. 그 단체는 주로 귀족들로 구성되어 있었고, 그들은 모든 국보가 파괴되기 전에 독일과 평화 협상을 하는 것이 국가에 가장 이익이 되리라고 믿었다. 그들이 적극적으로 침략을 도왔는지는 아무도 모른다.

맥스웰 나이트는 실제로 미스 코플스톤이라는 이름으로 돌핀 스퀘어에 있는 그의 아파트에서 MI5 비밀 지부를 관리했다. 조앤 밀러는 실제 그의 비서였고, 뛰어난 스파이였다. 그리고 맥스웰 나이트는 실제로 사무실에서 동물을 길렀다.

블레츨리 파크는 내가 묘사한 그대로였다. 오늘날 그곳을 방문해 그토록 대단한 작업이 이루어지던 공간이 얼마나 열악한 환경에 있었는지 눈으로 확인할 수 있다.

패션 디자이너인 지지 아르망드와 코코 샤넬 사이에 비슷한 점을 발견한 독자가 있을지도 모르겠다. 코코 샤넬은 독일군 고위 장교의 정부였던 덕분에 리츠 호텔에 거주하면서 전쟁의 위기를 넘길 수 있었다.

웨스터햄 경과 팔리 대저택은 내 상상 속에서만 존재하지만 팔리의 위치는 내가 자라며 학창 시절을 보낸 곳과 가까운 켄트주의 실제 지역으로 설정했다. 그리고 이웃에 있는 실제 두 대저택인 펜스허스트 플레이스와 놀 대저택에서 영감을 얻었다. 두 저택 모두 방문할 가치가 충분히 있는 곳이다. 윈스턴 처칠이 사랑해 마지않던 차트웰 저택도 근처에 있다.

IN FARLEIGH FIELD

팔리 들판에서

초판 1쇄 발행 2021년 4월 1일

지은이 | 리스 보엔
옮긴이 | 정서진
발행인 | 박세진
교 정 | 양은희
불어 감수 | 황은주
표지디자인 | 허은정
용 지 | 두송지업
인 쇄 | 대덕문화사
제 본 | 자현제책사

펴낸곳 | 피니스 아프리카에
출판등록 | 2010년 10월 12일 제25100-2010-000041호
주소 | 03958 서울시 마포구 망원동 419-3 참존 1차 501호
전화 | 02-3436-8813
팩스 | 02-6442-8814
블로그 | blog.naver.com/finisaf
메일 | finisaf@naver.com

책값은 뒤표지에 있습니다.
파본은 구입하신 곳에서 교환해 드립니다.